【下册】

姜拂衣

【完结篇】

Jiang Fu Yi

乔家小桥 —— 著

江苏凤凰文艺出版社
JIANGSU PHOENIX LITERATURE AND
ART PUBLISHING

有爱的青春陪伴者

第六章 她动心了？

万象巫内。

"那是什么？"沈云竹早就发现上空气流不对劲，如今更是隐隐瞧见头顶上方有一个小风旋。仔细寻找，他又发现了四个。

逆徊生仰起头，瞄了几眼，惊讶地道："四方盘？"

沈云竹微微一愣："虚空神的伴生法宝？"

逆徊生问："你没见过他？"

沈云竹没见过。关于太初九上神，沈云竹只见过其中四位。令大荒覆灭的那场战争，分割出许多战场，九上神各自都有要对付的始祖魔和顶尖怪物。

比如逆徊生就是被万木春神打败的，因为春神掌控万物生长之力，而逆徊生则拥有逆生长之力，属于天生的对手。

沈云竹望着逐渐变大的气旋："怪不得燕澜只抵挡，拖着不动手。"

逆徊生则朝前方吆喝："燕澜，有神仆为了接应你，开启了上神的伴生法宝。当心点，我也要取出我的伴生法宝了！"

说完，逆徊生扬起手，掌心浮现出一颗拳头大、不透亮的珠子。正是他的伴生法宝——溯源珠。

沈云竹收回凝视气旋的目光，看向溯源珠。逆徊生的天赋，只是令物种逆生长，能使白发苍苍的高阶修行者，疾速逆转为手无寸铁的婴孩，乃至胚胎状态。而他的溯源珠，则拥有改造物种本源的神奇力量。比如，把胚胎置入溯源珠内，可以将原本属阳的雄性，彻底逆转为属阴的雌性，以及大荒中很多奇奇怪怪的异兽，据传皆由逆徊生改造而成。

当然，溯源珠肯定还有其他用途。

逆徊生大手一挥，又交代沈云竹："这次你先不要插手，看我的，不管是何方高人，我让他们只能救走燕澜的尸体！"

沈云竹搞不懂："你要玩大的，不如先杀漆随梦和小石心人，拿来杀堕凡的燕澜，根本是浪费精力。"

他们的天赋并不能无限使用，尤其逆徊生将伴生法宝拿出来，必定是个极大的耗损。

逆徊生也搞不懂他："漆随梦还差得远呢，姜拂衣也只是一个石心人幼崽，之前搬走飞凰山不过是侥幸罢了。再说，石心人一族有什么好怕的，无非一些凭借外貌、俘获剑傀的铸剑师。你没听她说，《归墟志》里石心人连排名都没有，说明武神令候也认为他们根本不入流。"

沈云竹听到"排名"两个字就上火："你懂什么？令候不将石心人入册，纯属是私心。他的伴生神剑在大战开始之前，便为石心人所盗，直接将令候废了一大半。"不然，战争持续时间也至少缩短一半。

逆徊生诧异："啊？"

沈云竹鄙夷："啊什么啊？令候身为以剑破万法的武神，大战当起表率，然而直到你被封印，见过他出剑？听过他出剑？整个战争期间，他已经沦落到在背后出谋划策，撰写《归墟志》的境地。"

逆徊生不曾听过："你哪里得到的消息？我与令候见过，他当时确实没出剑，我听说他似乎步入了天人五衰，不便出手。"

沈云竹道："我师姐告诉我的，你觉得她会胡说八道吗？"

怜情连话都很少说，自然不会信口开河。

沈云竹冷笑："我奉劝你不要小看石心人，他们绝对不是简单的铸剑师，就像你也不是个简单的驯兽师。总之，燕澜还能不能翻出来什么浪，我不清楚，若是放走姜拂衣，你今后一定会后悔得捶胸顿足，记清楚我这句话。"

听他一再强调，逆徊生不得不皱起眉头，重新审视起姜拂衣。

半响，逆徊生拿定主意："那小崽子不久前应该才施展过石心人的大天赋，没那么快复原。先杀燕澜，说出来不怕你笑话，我在白鹭城见燕澜第一面时，还不知他是神族，心中莫名有一点怵得慌……"

正商谈着，忽听上方"轰"一阵响。

竟是那五个小风旋疾速膨胀，变为五个巨大旋涡。每个旋涡，都至少能容纳数百人同时经过。位于正中心的旋涡与地面是平行的，其他位于东、南、西、北的四个旋涡，则朝着中心倾斜。再说中间的旋涡，星云颜色也要稍浅一些，隐隐可见背后是一片草原，以及两个模糊的人影，像是一男一女。

沈云竹仔细分辨:"温柔乡?出手的是况雪沉?"

逆徊生一下子来了精神:"我知道温柔乡手里肯定会有神器,原来是四方盘。"

上空,姜韧原本正与逐影拼法力,又是一轮僵持不下。但姜韧此时的状况,已经比逐影差了很多。姜韧皮肤表面显露出鱼鳞,且鳞片缝隙之间,隐隐渗出血线,且他被逐影勾动了心魔,体内狂暴之力疯狂流窜,还要分出精力强行压制。

姜韧隐约知道下方突然又冒出来一个大荒怪物,不禁分心,便被逐影以天雷诛魔阵困住。雷电力量从逐影结印的指尖倾泻而出,编织成一张捕兽网,姜韧沦为了那只困兽。

姜韧将魔气注入手中魔剑,用以抵抗雷阵收束,又不敢毫无顾忌地释放魔气,以免被魔气冲昏头脑,因此显得越发吃力。

逐影控着阵,看阵中人有几分可怜:"你就不该自称魔神。魔是魔,神是神,神讲究修身克清,魔习惯百无禁忌,而你呢,做神你不够坚韧,成魔你又不够心狠,根本无法向我复仇,最终折磨的,只能是你自己。"而逐影在认识到这一点后,从迫于无奈接受先祖的罪恶,逐渐摆正心态。是天命让他走上这条窃神之路,倘若一再动摇,才是真正的逆天而行。

"我的功过,还轮不到你来评判。"浑身剧痛之下,姜韧的耐性越来越少,"你也不要太将自己当回事,'复仇'两个字,自我入魔之后,从来不是摆在我面前的鸿沟,不然,你们巫族早就亡于我手。"

这一千多年来的举棋不定,庸碌无为,姜韧回忆起来,其实是神格与心魔较量的过程,是他丢失自我之后,又想要找回自我的过程。

逐影不解:"那你浪费人间这一世,究竟所求为何?"

姜韧却笑道:"我所求之物不必你操心,无论如何,都好过你求一世肉身,求不着的好。"

此话也有些刺痛了逐影。

"唰!"

逐影周身环绕着数十张雷电灵符,力量灌入体内:"我还有机会,你没了。"

姜韧提起魔剑,突听轰隆隆一阵响动。

姜韧本以为是受逐影手中雷电灵符的影响,但这动静实在太大,不像是逐影搞出来的。

逐影此时也发现了,暂停施法,望向附近突然出现的一个巨大旋涡,惊怔道："这是什么东西？"

姜韧拔高声音："燕澜、阿拂，选一个距离最近的传送门，目的地都是同一个！"

天罡盾内，姜拂衣环顾那四扇倾斜的大门，又望向高空居中的大门，以及门后隐约可见的两道身影。其中的女子，她一眼就能认出是李南音。

姜拂衣惊叹："原来这就是剑笙前辈让我们等的救兵。"

漆随梦也被神器的壮观景象震撼："南门距离我们最近，且在后方，你们撤，我来当盾。我是巫族创造出的希望，逐影不会轻易让我死。"

姜拂衣不赞同："逐影会留你的命，但逆徊生和他不像一路人，不会管你的死活。"再说燕澜绝对不愿意承漆随梦的恩情，想都不要想。

漆随梦的表情处处透着不自然："那你们想办法，我照做就是。"

休容帮着燕澜支撑天罡盾，已是非常乏力："还是我当盾比较合适，看在我爹的面子上，逆徊生对我并无恶意，这些鸟怪也都没有攻击我的意图。"

燕澜不同意："你没听逆徊生说，他要拿出自己的伴生法宝对付我。不知具体威力，不确定会不会殃及你。"

猎鹿难以理解，本打算说"这死怪物什么思路"，突然想起来身边就有两个小怪物，还有一个是自己的爱人。话到嘴边，被猎鹿强行咽了回去："逆徊生是什么意思，对你出杀招之前先吆喝一声？"

燕澜说："你小时候练习捕猎，第一箭不是也喜欢故意射偏，看猎物在你箭下逃窜，被吓到眼球破裂的模样？"

猎鹿辩解道："你不懂，惊慌之下的猎物反应更迅速，更能锻炼我的箭术。"

燕澜又问："听上去很有道理，那我指责你，不准你虐杀之后，你闷不吭声地改了，是因为你特别在意尊卑，不敢忤逆少君？"

放空箭这招，是一个偶然路过的箭修所教，令猎鹿进展飞速。但有一段时间，他确实沉浸在这种"掌控"弱小生灵的满足感中。被燕澜训斥一顿，认识到不妥，他赶紧改了。

"你们准备好。"燕澜提醒一声，"我要撤盾了。"

猎鹿忙道："咱们还没说好该怎么逃？"

燕澜已经收回天罡盾："凭本事逃。"他一收力，猎鹿和休容自然顶不住，天罡盾倏然消失。燕澜取出飞行翅膀，黑羽双翅展开，拔地而起。他扔下众人，飞向距离最近的南门。燕澜没带上姜拂衣，因为知道这些异兽都是冲着他来的，而且漆随梦在她身边，他可以稍微放心。

果不其然，没有天罡盾阻隔之后，食髓鸟本来是朝着下方俯冲，在燕澜起飞后,它们绕了一个弧度,纷纷追着他而去。

食髓鸟速度惊人,很快追上燕澜。千钧一发之际,燕澜取出神行符,一跃而上,同时施展炎火术。无数火球像雨滴一般落下,点燃了不少食髓鸟。

"我们去帮忙!"休容招呼猎鹿。休容依然觉得自己适合当盾,取出一把柳琴,朝燕澜的方向跃去。休容和身为花草的柳寒妆不同,她觉醒的那点花草力量,只能纾解病患的不适,不能拿来斗法。休容的防身之术,是音波功法。这把柳琴,是她年幼时沈云竹为她挑选的法器。

休容现在回想,父亲让她修习此道,应是适合怪物天赋,只是她还不懂得使用,只能以音波扰乱食髓鸟的行动轨迹。

猎鹿随她追上去,在燕澜后方挽弓,一弓搭三箭。三箭齐发,箭身像是软的,缠绕在一起,随后融成粗壮的一支,等飞到食髓鸟群之中时,"嘭!"炸出一大蓬的血雾。随后再是五箭齐发!

他们三人在南门附近打得如火如荼,姜拂衣却站在原地没动,漆随梦自然也跟着没动。原地并无异兽袭击,姜拂衣却挡在了逆徊生和沈云竹面前。燕澜想她远离危险,她何尝不想为他切断追兵。

逆徊生打量着姜拂衣,想起沈云竹提醒他的那些话:"你这小崽子胆子果然大,布下的剑阵连食髓鸟群都挡不住,还想挡我?"

姜拂衣认真地打量他掌心托着的溯源珠:"晚辈哪里敢挡着您,就是好奇您的伴生物。"

神族,听说只有太初九上神才拥有伴生法宝。魔族,拥有伴生魔器的才被称为魔祖。大荒怪物,纵笔江川的伴生物是一杆笔,逆徊生的是一颗珠子,都被《归墟志》写在第一册。可见拥有伴生物,是天生强悍的标杆。

逆徊生笑着抛了下手里的珠子:"和我拖延时间没有用,我如今再怎么虚弱,对付你们这些小家伙,依然并非难事。"话音落下,只见一道光影从珠子内抽出,竟是一条浑身长满尖刺的龙族虚影,冲向姜拂衣的面门。

人间没有龙族,便是古籍古画之中,也从未见过这般古怪的魔龙。

魔龙的身影,在姜拂衣瞳孔里逐渐狰狞。她正准备出剑,却听到沧佑剑的嗡鸣声。

漆随梦持剑前行一步,竖劈而下。剑气掀起狂风席卷而去,将怪龙虚影吹散。怪龙又立刻凝结,漆随梦则再次出剑。

剑傀,原本就是石心人手中的利刃,姜拂衣躲在漆随梦背后,躲得心安理得。但这个剑傀,姜拂衣很不满意:"漆随梦,你在搞什么,拿着我的沧佑,只会使用固定的剑招?"

漆随梦不明所以:"不使用剑招,该怎么打?"

姜拂衣道:"沧佑的剑意是护佑,属于一柄信念之剑。和凡迹星的医剑、商刻羽的音律剑不同,他们的剑属于天赋剑,剑主在医道、音律上的天赋越强,剑道越厉害。而信念之剑,你的信念越坚定,剑威也就越强大。沧佑剑在你手中,连一成剑威都没使出来,我可以感觉到它对你的不满,它很憋屈,在对我诉苦。"

他不想对姜拂衣说谎话:"你也知道我的情况,现在让我坚定什么护佑苍生的信念,对不起,我实在是办不到……"

姜拂衣理解:"任何信念都是信念,只是护佑的信念威力更强,这样吧,你先从摒除杂念开始……具体一点,从现在起,忘掉你学过的所有剑招,感应对面龙影的力量,将自身剑气化龙,和它对抗。"

漆随梦一句"你在开什么玩笑"险些脱口而出:"珍珠,世间虽有万般剑道,却也不能随时随地异想天开。你说的可行,但我需要修炼,需要参悟。"

眼看那龙影越聚越强,姜拂衣烦透了,只恨自己此刻没有一颗成熟的心脏,不能铸出想要的剑,否则也不必在这儿费心思教导剑傀。

姜拂衣忍不住传音:"你手中握着的是我的心剑,相信我,就是可以异想天开,何况我在你身边,我会帮你,出剑!"

漆随梦没太懂"我的心剑"是什么意思,她这样笃定,他便尝试坚定信念。他双手攥住剑柄,感知龙影气息。

姜拂衣凝神为沧佑提供力量:"出剑!"

漆随梦一剑挥出,剑气竟然真的化为一条浅淡龙影,与那怪龙纠缠在一起,直接将怪龙吞噬。

漆随梦微微瞠目,原来沧佑剑在手,真的可以不以剑招,心随意动?姜拂衣却泼他冷水:"你还差得远,一次成功,是因为有我在你身边。"剑傀待在铸剑师身边,如同鱼在水中游。

漆随梦侧眸看向她。

沈云竹则瞥了逆徊生一眼:"瞧见没有,这不过是冰山一角,还敢小看石心人?"

逆徊生面露惊讶,他从前不曾和石心人打过交道,幼崽尚且如此,奚崽的本事得有多大?

"是我大意了,幸亏带了撒手锏,不然还真不容易对付。"

"撒手锏?"

"你等着看。"

一会儿的工夫,燕澜已经诛杀了半数食髓鸟。猎鹿突然朝他喊:"背后！"是那只会隐身的毒兽。

燕澜正要施展瞬移法术，竟然听到一声甩动长鞭的"噼啪"之声。这声音燕澜再熟悉不过，是柳藏酒手中用来抽人的鞭子，正在转变为另一种高级形态，万物锁。

燕澜微微一愣，柳藏酒并不是从四方盘传送门里出来的，他没有跟随柳寒妆夫妻俩回温柔乡，得知他有难，跑来了万象巫？来不及感动，燕澜心中陡生警觉。万象巫闭合多时，柳藏酒若是赶来，以他的性格，不会躲在暗处等待时机。

燕澜立刻施展瞬移术。果不其然，那条万物锁是冲着他来的！燕澜躲闪及时，只被束缚住一条手臂，却也令他一时动弹不得。他望着手臂上缠绕的狐尾，确定是柳藏酒的万物锁。

燕澜心中倏然冒出一个念头，足以令他心神俱颤。便在此时，猎鹿瞧见一个披着黑袍的小少年，手中攥着一根荆棘刺，杀气腾腾地朝燕澜飞过去，当即搭箭入弦："邪魔受死！"一道雷光箭直奔小少年胸口，而那小少年根本不躲。

燕澜急声喝道："不要！"

喝止完全来不及，燕澜只能不顾反噬，强行冲破万物锁，瞬闪前去接下猎鹿那一箭。与此同时，燕澜无法再兼顾太多后方。在不引动心魔的情况下，他唯有尽最大的努力，令那支荆棘刺不至于扎进心脏。

最终，燕澜右肩霍然一痛，被荆棘刺贯穿。燕澜并未回身将那小少年打飞，仅仅是迅速远离他十几丈远。随后，燕澜猛地吐出一口血，身形微晃，从半空中落下。

小少年龇了龇牙，再次杀过去。

猎鹿不敢再出箭，飞奔去救："燕澜！"

他这声喊得实在够响亮，将远处的姜拂衣惊动。她回头望去，看着燕澜肩膀处贯穿着一根荆棘刺，从高空摔落。而一个小少年，正对他穷追不舍。

万幸，一道身影从天而降，魔神将燕澜一把捞起来，飞去远处。

姜拂衣瞳孔紧缩。她知道燕澜为何会受伤了。那小少年，分明是十岁左右的柳藏酒。

姜拂衣飞快地看一眼逆徊生手里的溯源珠，眼底升腾起浓烈至极的恨意，无暇多言，转身朝燕澜飞去。

逆徊生拨下手里的珠子，原本晦暗的溯源珠逐渐变成透明色。珠子内部，几十根光丝牵扯着一只火红的三尾小狐狸。

逆徊生拍了下沈云竹的肩膀："老弟，你刚才不是一直问我，为何会来到万象巫？我就是追着这只小狐狸来的，他一路朝万象巫跑，我就一路追。这小狐狸修为不高，警觉性却很强，且体内有他父亲的精元保护，着实耗费了我好一番工夫……我的逆转之术，虽然暂时对付不了人类，但狐狸属于兽族，恰好是我擅长的啊。"

沈云竹打量珠子里的三尾红狐。

逆徊生摩挲珠子："早在白鹭城的时候，我就发现这小狐狸不一般，是条九尾天狐，可惜先天不足，天窍闭塞，仅生出一条尾巴。不过，这先天不足原也不是他的问题，是这人间灵气不足。我将他逆转之后，放入我的溯源珠内，重新令他再孕育一次，疏通他的天窍。你瞧瞧，这才多久，他就已经长出了三条尾巴，果然是个好苗子，等生出九尾，他会是这人间的万妖之王！"

温柔乡，况雪沉能够通过四方盘看到万象巫。变故一出，万象巫内五扇已经稳固的传送门出现猛烈波动。大门周围涌起强烈的气旋，根本无法靠近。

逆徊生抛着溯源珠，笑道："逃啊，老子看你们怎么逃！"然而他话音才刚落下，传送门再次稳固，且比之前的面积更为广阔。

"走！"剑笙浑厚的声音从北门席卷而来。北门处，光芒耀眼。

沈云竹皱紧了眉，强行点天灯支援法阵，剑笙这是不要命了。

逐影从天而降，看着魔神将燕澜从传送阵带走，姜拂衣和漆随梦紧随其后……该逃的不该逃的，全通过四方盘逃走了，逐影忌惮着眼前的逆徊生，小心翼翼地询问："前辈，我们可不可以反追过去？"

逆徊生扬了下手臂："不追，现在还不是和温柔乡开战的时候。"说着，他朝远方的小狐狸招招手，笑眯眯道，"等我的小可爱生出九条尾巴再说。"

沈云竹说道："这次是燕澜没有防备，你这撒手锏只能用一次。"

逆徊生无所谓："我抓柳藏酒又不是为了杀燕澜，是为了反攻温柔乡，救你师姐。"

沈云竹微微一愣："你说什么，我师姐被镇在温柔乡？"

逆徊生将还没长大的小狐狸收入溯源珠里，继续蕴养："对，柳家人原本就很难对付，如今又多了个焚琴劫火，小狐狸是制胜的关键。怎么样，现在要不要和我合作，一起去救你师姐？"

沈云竹越发厌烦他："你真无耻。"

逆徊生纳闷："我无耻？"

沈云竹最看不起这等下作手段，因此逐影让他耍诈，他才故意暴露："我只知道，谁若是以这种手段对付我女儿，利用她来杀我，我一定将他碎尸万段。"

逆徊生眨了眨眼："不得了，你在人间娶妻生女，逐渐有人性了？怪不得会生心魔。难道是吸收了太多人类因为争名逐利而产生的阴谋诡计，才令你生出心魔？"

沈云竹冷着脸不搭理他。

逆徊生讨了个没趣，在传送门彻底闭合之前，朝门缝大声吆喝："况雪沉，这次是你们赢了，不过麻烦你转告怜情一声，老子很快就去救她了！"

逆徊生喊话之时，沈云竹已经跃去藏宝阁门外，落在那一片中了沉眠术的巫族人群中。他弯腰将愁姑抱起来，拒绝了逆徊生："其他合作可以，利用柳藏酒去攻温柔乡，这种行为我瞧不上，我不参与。但你给我注意着，莫要伤到我的女儿，否则我要你好看。"

逆徊生质疑："你该不是不想救你师姐出来吧？"

沈云竹道："不信你问逐影，我在巫族那么久，为何连万象巫的机关都拆不掉？因为那些不够资格翻阅的古籍，我从来不会利用天赋，欺骗巫族人帮忙窃取，我不想让他们在不知情中，做出背叛之事。"

逐影望一眼他怀里的愁姑，心道你说得好听，欺骗感情难道不是欺骗？

沈云竹泰然自若地对上逐影的眼神："何为欺骗？六十年来，我可曾亏待过我的妻女？"

逐影无法反驳，这也是他觉得沈云竹还算比较好拿捏的原因。若他像逆徊生这般，逐影真不敢与他合作。逐影思索着，脚步一个踉跄。与魔神一战，逐影消耗极大。

方才魔神不惜遭受重创，强行冲破他的天雷诛魔阵，逐影也同样受伤不轻。没有肉身养护，逐影需要立刻闭关养伤。

逐影正打算交代那两个族老处理善后事宜，才发现他们竟然都已殒命，死于亦孤行手中的苦海剑。逐影难以置信，这两个族老怎么说也是人仙巅峰期，竟被亦孤行当场诛杀？

逐影想起来还有一位族老，被他派去魔鬼沼游说漆随梦。为何漆随梦来了，她却没回来？逐影以她留存的血气感知，发现她的血气已经消散，也死了，死在了魔鬼沼？不可能是剑笙杀的。因为剑笙从前以儿子的命立过誓言，他重视漆随梦胜过性命，一定不会动手。

沈云竹烦躁的声音打断了他的思考："逐影，可以将万象巫开启了，密不透风得像个牢笼。"

逐影说："关闭之后短时间内无法开启，需要等一等。"

逐影撒谎了。万象巫可以立刻开启，但剑笙强行支撑四方盘，耗尽真气，已是回天乏术。大祭司不愿出手对付燕澜，强行步入天人五衰，估计命不久

-291-

矣，三位族老也都死了，谁来守五浊恶世的大门？
沈云竹和逆徊生若是联手去攻大门，以逐影此时的状态，真不一定拦得住。逐影只能暂时拖延，先休养一阵子，想个妥善之策再说。

"阿拂？"
迷迷糊糊中，姜拂衣听见有人在喊她。脑海里"嗡"的一声，她挣扎着清醒过来。
亦孤行盘膝坐在一侧，关切着打量她的情况："醒了？可有哪里不适？"
"亦前辈？"姜拂衣双掌撑地，坐起身，打量周围的戈壁荒漠，"这里是温柔乡？不像啊。"她记得自己追着燕澜跃入传送门，眼前一黑，就失去了意识。
亦孤行朝南边望过去："况雪沉应是撑不住神器，导致我们提前掉落，不过这里距离温柔乡已经很近了。"
姜拂衣环顾四周："其他人呢？"她最想问的是燕澜，他还受着伤，又不禁想到柳藏酒，眼神更是添了几分黯然。
亦孤行拿起手边的苦海剑："他们应该也落在这片区域，我醒来之后，凭剑感觉到你在附近，先来寻的你。"
姜拂衣抬起头，只见头顶上浮着一柄撑开的伞，为她遮挡着响午的烈阳，先说了一声"谢谢"："看来我昏过去好一阵子了。"
亦孤行方才为她检视，发现她竟然没有心脏："你之前在飞凰山元气大伤，身体本就虚弱。"
姜拂衣稍作调息："我没事，我想去找燕澜。"现在无法通过同归联络燕澜，同归里塞满了宝物，一旦启动，宝物可能会溢出来，很难再塞回去。
亦孤行提剑起身，收回伞，又取出一柄剑状的大飞行器："走吧。"
姜拂衣随他踏上飞行器，站在尾端，目望他控剑起飞。
亦孤行道："我也要去寻魔神，他先是强行出关，又强行冲破逐影的法阵，情况估计不妙。"
听他提起魔神，姜拂衣道了声歉："对不起。"
亦孤行微微愣了下，转头看向她，目露不解。
姜拂衣解释："您的苦海剑入魔，会反噬我娘，这事儿魔神知道，您不知道，其实怪不得您。但因为之前对魔神存在很深的误解，以至于我在心里觉着您吧……"她有些难以启齿。
亦孤行懂了，苦笑道："觉得我愚蠢得可笑，被魔神欺骗四百年，竟然从来不怀疑他并非当年在海边诛杀海妖、拯救苍生的神明……你怀疑你母亲的眼光，为何会赠剑给我这样一根筋的蠢货。"

姜拂衣讪讪："如今我明白了，怪不得您会被骗。知道被骗，还回去魔神身边。"

四百年相处，亦孤行才是最了解姜韧的人，看到了他残存的神性。与其跟着几个不熟悉的"弟弟"搭伙救恩人，还不如回夜枭谷跟着魔神更靠谱。

亦孤行却摇了摇头："我不冤枉，以始祖魔元洗剑会反噬到你母亲，的确是我的过错，我也想不通魔神为何要这样做。"

姜拂衣多少能猜到一点："我娘意识受损，常年疯癫，魔神见到她赠剑给您，猜到她的意图，便想让她再疯一些，多送几柄，这样救她出海的力量便会增多……他的思路，我实在是很难评价。"

亦孤行低头看向手中的苦海剑，颇为自责："但早知今日，之前我不该将苦海剑交给凡迹星清洗。洗掉魔气，我很不适应。不然一早就能杀掉那两个族老，去帮你们。"

姜拂衣道："那您不如责怪我们家族的剑，将您们一个个困在了人仙巅峰，无法步入地仙。否则，以您的年纪和悟性，如今的修为不会低于魔神，和逐影也有一拼之力。"

这样，姜拂衣就不必担心凡迹星几人会有生命危险，没人去救她的母亲。她可能将"父亲"全部喊来，一众地仙剑修直接将巫族掀翻。

不过，姜拂衣方才指点漆随梦使用沧佑剑时，对石心人和剑傀，又增加了一层了解。母亲的心剑剑主们，如果想要突破地仙，未必需要断剑证道。他们无法突破地仙，大概是剑气不足。因为其他剑修进阶，吸收的是天地灵气，再转化为剑气。

心剑剑主不同，他们反过来吸收剑气，凭借剑气修炼，不受天地灵气的影响。而心剑的剑气，就足够他们步入人仙巅峰。等她母亲从封印中出来，为凡迹星等人的心剑注入更多剑气，他们几个想要突破地仙应该不难。

姜拂衣先不告诉亦孤行，毕竟这只是她的猜测，万一不对，岂不是让他白期待一场。

"也不知道闻人前辈推算得怎么样了……"姜拂衣以前着急，单纯是想救出母亲，和母亲团聚。如今还存了求救的心思。

原本，无论面对的敌人多强大，姜拂衣始终揣着一股兵来将挡的气势。看到被重塑的柳藏酒之后，她才逐渐生出了几分不知所措。

一处山洞中，燕澜肩膀上的那根荆棘刺，被硬拔出来，他从昏迷中被痛醒，冷汗瞬间湿了里衣，忍不住一声闷哼。

剑笙数落道："怎么长大了也变娇气了，这点痛都忍不了？"燕澜的意识尚未清醒，却咬牙忍住。漆随梦抱着剑，背靠山壁站立，视线落在剑笙身上。他能够看出来，剑笙的状态极差，不适宜再为燕澜疗伤。

漆随梦主动请缨，剑笙却不答应，估计是担心他下手没轻没重。而燕澜痛醒时，剑笙口中数落着他，握着荆棘刺的手却在微微轻颤，并且攥起袖子，小心翼翼地帮他擦了擦额头的汗。

漆随梦有些恍惚。剑笙为了救他性命而犯下大错，且直言不后悔，好像在意他这个儿子，胜过世间一切。但漆随梦自从知道真相后，他并没有一个很直观的感受。"听说"，全部是"听说"，充满了不真实感。他甚至有一些怨恨剑笙让他成了一个罪人，从此在燕澜面前抬不起头，无法理直气壮地和燕澜争夺珍珠。此刻，漆随梦看着剑笙悉心为燕澜疗伤，恨不得替燕澜受伤的模样，竟然后知后觉地感受到了这份亲情，体会到了剑笙对自己的付出。漆随梦心底的一个窟窿，似乎正在被填满，愈合。

剑笙扔掉那根荆棘刺，伸出手掌，掌心悬停在燕澜伤口上方："小刺残留在你体内，不吸出来很快会腐蚀，忍着。"

漆随梦再次走上前："我来吧，你……"他踟蹰了下，"爹，您先顾着点您自己。"

这声"爹"，令剑笙脊背一僵，却并不觉得意外。从漆随梦做出选择之时，剑笙就知道，他这个儿子不算太差，至少比他强得多。

"我顾不顾着点，已经无所谓了。"剑笙笑了下，摆摆手，"一边待着去，不要妨碍我。"

漆随梦嘴唇翕动，没吭声，又退回去。他看着剑笙将几十个小刺吸出来，又取出一颗丹药，以指尖捻成粉，撒在燕澜的伤口上。

半晌，燕澜睁开眼睛："父亲……"他的意识随后才清醒，才想起来父亲已经不再是父亲，面色微变，绷紧了苍白的嘴唇。

燕澜想要坐起身，却牵扯到肩上伤口，痛得浑身一颤，但他还是咬牙坐了起来："阿拂呢？这里好像不是温柔乡？"

剑笙道："就快到温柔乡了，周围很安全，你不必担心她，稍后去温柔乡和他们会合就是。"

燕澜扶着石壁，强撑着站起身："她会先来找我，不会想着去温柔乡与我会合，我去找她。"剑笙并不拦着，跟着他离开山洞。

燕澜刚迈出山洞，被戈壁上的狂风一吹，摇晃着险些摔倒。漆随梦上前："我带你去。"

"不用。"燕澜拒绝，没有力气从储物戒中取出翅膀，他便步行往前走。

总之,他不想留在这里。

剑笙在背后道:"阿拂已经找来了。"燕澜的脚步这才顿住。

姜拂衣侧坐在剑上,远远看到燕澜捂着肩膀,停在原地,正仰头朝她望过来。她一跃而下,顺着狂风落在燕澜面前,搀扶住摇摇欲坠的他。

燕澜背后十几丈远的地方,站着剑笙和漆随梦。姜拂衣心想剑笙应该帮他疗过伤,便不问他的伤势,只垂着睫毛:"绝渡逢舟喊我去万象巫时,我正送小酒他们回温柔乡,如果我当时告诉了小酒,喊他一起来,他就不会落在逆徊生手里……"

姜拂衣是通过道观的传送阵去的万象巫,等她抵达之后,提醒了族老,他们将传送阵全部关闭。而柳藏酒一定察觉到她的反常,他越想越不对劲儿,又折返回来,听说她去了万象巫,猜到燕澜有难,才往万象巫跑。

"你也是不想他跟着一起冒险,毕竟你心里明白可能是九死一生。"燕澜正是怕她会责怪自己,"你一贯不喜欢朝后看,这是怎么了?小酒还活着,我们想办法救他就是。"

姜拂衣一时感伤罢了:"我们这就去温柔乡,和况前辈一起商量。"

燕澜颔首:"好。"

姜拂衣绕过燕澜,看向后方的剑笙。她对剑笙的情感也很复杂,本该因为燕澜而指责他,但姜拂衣做不到。正如她对闻人不弃说的那样,即使剑笙是个坏人,也是她的恩人。何况,他也是个可怜人。

"前辈,您还好吗?"姜拂衣忧心忡忡地道,"我听亦前辈说,传送门动荡,是您点天灯重新撑起来的?"

燕澜闻言瞳孔倏然一缩,立刻转头看向剑笙:"您点了天灯?"

剑笙笑道:"神器使用时有间隙的,早已熄灭的天灯,我哪里点得亮。只不过况雪沉确定不了方位,四方盘是以天灯为牵引的,我为天灯注入法力,恰好能够支援四方盘。"

燕澜再次质问:"告诉我,您真的点了天灯?"

姜拂衣因为搀扶着他,发觉他在颤抖。她的心也提了起来。

剑笙原本还想笑,鲜血却倏然从口中涌了出来,被他用手背抹去。他将天灯取出,朝燕澜的方向推过去:"拿着,神族的宝物,或许对你有用。"

燕澜却没接,挣开姜拂衣的手,转身朝剑笙蹒跚着走过去:"父亲这是为何?"他的声音冷厉又发颤,"因为小酒突然现身,况前辈一时没能稳住四方盘,但他是何等高人,失态不会太久,很快便能稳住,而我们也绝非穷途末路,您为何急着支援?"

漆随梦早已有所感知,故而不像燕澜,情绪没有过分波动:"多简单,他早就不想活了,你之前没听他说吗,要不是顾念着我们两个,他早就自行了断了。"言罢,漆随梦朝前迈了一步,又回身看向剑笙,眼圈逐渐泛红,一副好气又好笑的怪异模样,"我做出选择之后,您是不是松了口气?真好啊,这个烂摊子,终于可以交给我来承担了,您欠下的债,终于可以交给我来偿还了。"

"你往后余生,能够不像我一样走错路,我就已经心满意足。"剑笙在漆随梦的肩膀上轻轻按了按,"而且,无论你做出什么选择,我都会联合况雪沉去救燕澜,我的选择与你无关。你说得没错,我是生不如死,但也不是执意寻死……我不了解况雪沉,更不了解逆徊生,我赌不起,不能承担任何失败的风险……"话未说完,他再难站稳,倒了下去。

漆随梦慌忙伸手去扶:"爹!"

燕澜已经来到剑笙面前,同样伸手去扶:"父亲……"

姜拂衣站在原地,目望剑笙的脸颊、颈部、手背,因为过度使用灵力,经脉逐渐崩裂。她从未经历过这种场面,手足无措,脑海里闪过从前与剑笙相处的画面,双眼泛酸,胸腔堵得难受。

亦孤行从剑上落下,在她身旁安慰道:"这对剑笙来说是个解脱,或许也是他最好的结局。"

姜拂衣抿紧了嘴唇,她心里知道亦孤行说的是对的,但知道和坦然接受,完全是两件事。

而此时,剑笙看向了姜拂衣,且朝她招招手:"阿拂,过来。"

姜拂衣快步上前去,和燕澜、漆随梦一样,半跪在他面前:"前辈。"

剑笙看向她的目光如从前一般慈爱:"我可以对你发誓,之前你来魔鬼沼,我照顾你,教导你,不掺杂任何的算计,那时候,我根本不知你和闻人不弃有牵扯。"

姜拂衣忙不迭点头,眼泪落下来:"我知道,我从来没怀疑过。"

剑笙松了口气的模样:"不过,我嘱咐燕澜护送你去神都,倒是有一些私心,因为我占卜出你似乎与我儿子有缘,只是不曾想到,你和我的两个儿子都有缘……"他又无所谓地笑道,"不管真正和你有缘的是谁,我都算你半个父亲,对不对?"

姜拂衣哽咽:"您虽说与我没有师徒缘分,但在我心中始终视您为师父,唯一的师父。"

剑笙颇受触动地点了点头:"我还是那句话,也不知谁有这般幸运,有你这样的宝贝女儿。"随后,剑笙又看向燕澜,身体前倾,伸出手试图摸摸燕澜的脸。剑笙似乎是体力不支,趴在了燕澜没有受伤的肩膀上。

"儿子。"他在燕澜耳边低语,"我……"

燕澜喉结滚动:"您且安心,我答应您,无论血泉能不能再为我所用,我绝对不会再从他手中夺回来。"

剑笙似乎微微一怔,原本略微紧绷的身体,逐渐松弛下来。

燕澜又苦涩着问:"但您能不能也告诉我一句实话,您此番不敢赌,不遗余力地舍命救我,究竟有几分是待我的真心,几分求我的私心?"

剑笙在他肩头缓缓闭上了眼睛,声音越来越浅淡:"我若说十分真心,仅有那么一点微乎其微的私心,你还愿不愿意相信我?"

燕澜有一些木讷,没说信不信,也不知道他还能不能听得见,喃喃道:"父亲,我以神族之名,愿您来生做个平凡人,日出而作,日落而息,与妻子白首偕老,有儿女承欢膝下。"

历代巫族人最终的归宿,基本都是鸢南的十万大山。而剑笙被葬在了温柔乡附近的戈壁滩。

亦孤行难掩唏嘘,看着三个在坟前呆立的年轻人,知道他们一时不会启程,便先去寻找姜韧。

最终是燕澜受了伤的身体撑不住,转身离开。

姜拂衣没有搀扶他,目望他盘膝坐在附近的一块岩石上之后,收回视线,看向身边的漆随梦。通过沧佑,她感觉到漆随梦的情绪不太对劲。他好像真的像指责剑笙时说的那样,认为剑笙一死,欠下的债,便全部转移到了他的身上。

姜拂衣说:"从前的事情我忘记了,但在我如今的记忆里,你没有做错过任何事情……"无论是天阙府弟子,还是恢复记忆之后,每次涉险,漆随梦都不曾缺席和退缩过。大是大非面前,其实他拎得很清楚。姜拂衣只是不太喜欢漆随梦的性格,却不能因为性格,去否定他的付出,"关于燕澜,你可以心怀歉疚,但实在没必要当成是要偿还的债。"

漆随梦垂着头,避开她的视线:"事实是,我的确欠了债。"他抬起双手捂住脸,眼泪从指缝里流出来,"珍珠,我自小为了在北境活下去,最知道该怎样趋利避害,保护自己。得知此事,我的本能反应就是抗拒,不断告诉自己,这不是我的错,我不需要对任何人歉疚……可是,我越接纳我爹,越领悟他对我的付出,脑海里'父债子偿'四个字就越清晰。你能理解吗?仿佛有一条条沉重的绳索,不断套在我身上,我像一个好不容易逃脱的囚犯,硬生生被因果是非捆绑住,我快要被勒死了……"

沧佑剑传达而来的,正是这股窒息感,以至于姜拂衣也跟着一起呼吸困难。姜拂衣顺了口气:"算了,既然你挣脱不开,认为是债,那你就认命还债吧。"

漆随梦像是得到了鼓励，拳头一捏，拿定主意："你转告燕澜，我会想办法将血泉完好无损地取出来还给他。他对我爹的承诺，只是不夺，但我可以主动给，也就不算他失言。"

姜拂衣冷笑："按照那本古籍所示，以及魔神的话，血泉离体之后，燕澜应该收不回去了。即使还能收回去，燕澜因此遭受的痛苦，又该如何计算？而你若是因为血泉离体送了命，我可不会觉得你漆随梦有种，分明就是逃避。剑笙有儿子可以父债子偿，你有什么？打算让我的沧佑剑替你偿还？"

漆随梦被她一通讥讽挖苦，颤着唇道："这也不行，那也不行，难道让我去给燕澜磕头认错，从此给他当牛做马？"他微微垂下一双通红的眼睛，看向姜拂衣，"如果没有你，我可以，生生世世给他当牛做马都没有问题。但是因为有你，我办不到，即使我再愧对他，我也想在他面前保留一点尊严，难道我满身罪孽到连这点尊严都不配有？"

姜拂衣依然寒着脸："你这样说，是在羞辱神明的血泉。漆随梦，你究竟懂不懂你后灵境内血泉的真正意义？不只是曾经救过你的命，也不只是令你突破了人类的寿元，能让你修炼到人类的顶端。"

漆随梦沉默不语。

姜拂衣说道："那是一个神明下凡来救世的法力依仗，若血泉没被夺走，可能方才需要落荒而逃的就是逆徊生和逐影，你爹也不会死。旁的神族我不知，燕澜是从来不谈亏欠的，他不会觉得你欠了他，更不会因为堕凡而生出任何遗憾，他只会愧疚自己无能，救不了他想守护的人。所以你真正亏欠的，是这滴血泉在人间本该发挥的作用，而非燕澜本人。你该还的债，也是这万物苍生。"

漆随梦睫毛微微颤动。

那股深重的窒息感终于开始稍微减弱，姜拂衣也跟着舒了一口气。知道他听进去了，便没再多说，姜拂衣丢下漆随梦，朝远处的燕澜走过去。

姜拂衣来到大石头前，坐在燕澜身边，抱着手臂低头看自己的脚尖："我若不先开解一下他，因为心剑的关系，我自己也会很难受。"

燕澜原本像是在闭目养神，闻言睁开眼睛："你做事情，并不需要和我解释。"

姜拂衣抬头，对上他的红眼珠，没继续这个话题："你肩上的伤口又渗血了。"

燕澜说了一声"没事"："皮肉伤，总会慢慢复原。"

再说伤口又会提到柳藏酒，无疑是雪上加霜，姜拂衣的心情虽比不得他俩悲痛,却也极为低落,索性不再言语,竟就这样坐到夕阳西下。戈壁的冷风掀起黄沙,眯了姜拂衣的眼睛,她伸手揉了揉。

燕澜倏然开口:"阿拂,我有一些后悔。"

姜拂衣不解:"嗯?"

燕澜微微垂眸:"父亲问我信不信的时候,我没有回答,最后的一刻,没能让他彻底安心。"

姜拂衣原本想要避开这个问题,既然他主动提起,她试探着问:"那你信吗?他的十分真心,一点点私心?"这个问题,姜拂衣也很想知道。

燕澜却避而不答:"其实是我钻了牛角尖。"

姜拂衣习惯他说话有一搭没一搭,继续附和:"怎么说?"

燕澜默默地道:"这件事,我自认伤我最深的是父亲,我觉得很委屈。但是我忘记了,我一出生,他就自囚魔鬼沼,从来不愿意见我,不认我这个儿子。"

燕澜才会猜想,父亲是因为母亲的死迁怒他。而后,他又猜想,是他体内封印着怪物,父亲不愿意他靠近五浊恶世。

"我小时候前往魔鬼沼,总会被他丢出去,丢不下数百次。我每次喊他父亲,他都让我闭嘴,有一次还给我下了禁言咒。是我一厢情愿,认为他孤独可怜,固执地非要去见他,想要陪伴他……"燕澜淡淡的声音,散在冷风里,"其实,是我时常看到猎鹿他们和父母相处的模样,心中有些寂寞,便想要去靠近父亲,从他那里得到一些温暖。父亲最终还是于心不忍,满足了我的心愿,给了我想要的。如今,得寸进尺的是我,也是我加重了父亲心中的煎熬。"

姜拂衣微微叹气,知道燕澜只是在为原谅剑笙找理由,却并不想附和他:"我从棺材里醒来,见到你爹时,可一点也看不出来他是自囚。说明你也一样给他带来了生机,你们之间的亲情是相处出来的,不是谁对谁的施舍。"

燕澜没有从她这里得到认同,便又陷入沉默。过了一会儿,他说:"我好像还没有和你道过谢。"

姜拂衣摆了摆手:"谢我来巫族救你?可我没了心脏,并没有帮上什么忙啊。"

提起心脏,姜拂衣想和燕澜商讨一下。上次燕澜的血吐在她胸口,令她一举突破。燕澜若再朝她心脏位置吐口血,是不是会像给种子浇水一样,助她心脏速生?但燕澜已是内伤外伤,总不能为了尝试,强行将他打吐血。

正乱想着,她听见燕澜说:"你才是帮我最多。"

-299-

姜拂衣笑着问："有吗？"

"有……"燕澜刚说一个字，掩住嘴唇咳嗽了几声。

瞧他虚弱的模样，姜拂衣拍了下自己的肩膀，示意他靠在她肩上。她表情自然，动作也流畅。

燕澜却只是朝她肩头看了看，并没有动作。姜拂衣本想催他，倏然意识到自己的举动不太妥当。这般场景下，像极了情人之间的亲昵行为。而他二人现在究竟是个什么关系？

姜拂衣望一眼自己腰间坠着珍珠的同归，又望向他手腕上被红绳系着的同归。燕澜喜欢她是毋庸置疑的，她呢？

石心人大概看透别人的心容易，看透自己的心很难。以至于姜拂衣始终不太清楚，她对他究竟算不算男女之情里的喜欢。该怎样判断？

其实也挺好判断的，只需要靠近一下怜情，究竟是真心还是假意，就都一清二楚了。

燕澜抬起头，朝戈壁的夜空望去："魔神来了。"

姜拂衣停止自己的胡思乱想，随着他的视线望过去。

亦孤行引路，带着姜韧找来此处。姜韧颓败的气色，甚至还不如濒死之前的剑笙。姜韧落地之后，紧紧裹了下裳衣，先慢步走去剑笙的坟冢前，轻叹道："你的悲剧，我也要负一些责任。原本你开启五浊恶世的大门，并不会造成大封印术动荡，是我从中作梗……"

漆随梦扭头看向他："你是特意过来报复的？"

姜韧摇了摇头："坦白而已，我早就没兴趣报复你们巫族人了。"他转身朝姜拂衣和燕澜走过去。

怎么说都是母亲的旧情人，姜拂衣从石头上跳下来。燕澜依然盘膝而坐。

姜韧走上前来，姜拂衣看着他双手像是结了个印，以为他打算施展秘术。他却只是微微躬身，朝燕澜行了个九天神族的大礼："先前万象巫内，不方便向他们透露您的身份，君上，请恕小神无礼。"

燕澜稍稍皱眉："你认识我？"

姜韧垂首恭敬道："岂敢不认识，我族太初九上神，龙神、凤神、长明神、武神、万木春神、虚空神、言灵神、光阴神、五行神……您乃武神令候。"又抬眼看了看姜拂衣，"极北之海里外外密不透风的一百二十三道封印，就是您不辞辛苦亲手所封。"

姜拂衣听到"令候"这个名字，脑海里先想起来《归墟志》，毕竟才刚看过他对"慧极必伤"的备注，还来不及惊讶燕澜的来历竟然这么大，就听见姜韧说极北之海竟然是令候亲手所封，她微怔片刻，倏地抬头凝视燕澜。

燕澜的眉宇间原本写满伤感，此时呈现出呆滞的模样。巨石周围陷入诡异的寂静，似乎连旷野里的劲风，都特意绕开他们。

燕澜反应过来，迅速低头去看姜拂衣，而她早已挪开视线。从他的角度，能看到她紧绷的下颚。

燕澜忍不住问："您确定没有认错人？"

姜韧仍保持着双手"结印"的姿态，谦卑道："在神域时，君上纡尊降贵，曾提点过小神数次，我们也算有几分交情。二十年前，小神将魔元碎片放入漆随梦识海以后，感受到了您的血泉之威……"当时姜韧大惊失色，才会立刻跑去巫族，请求绝渡逢舟将燕澜抱来，再次确认。

"随着君上在人间逐渐成长，即使外貌与从前判若两人，但您的秉性、言谈举止、行事作风，除了多出一些人间少年特有的……"姜韧仔细斟酌形容词，形容不出来，只能说，"特有的少年气息，旁的变化并不大，且您能召唤《归墟志》内的麒麟幻影，麒麟正是武神殿的图腾。"

姜拂衣："也就是说，诸多因素加起来，没有认错的可能性？"

姜韧回答得十分谨慎："我只能说，认错的可能性极小。"

姜拂衣只关心一件事："我外公究竟犯下了什么不可饶恕的弥天大错，竟劳烦武神亲自封印，还封印了一百二十三道？"不等姜韧说话，又问，"我听遮说，纵笔江川杀了我外婆，而我外公心碎发疯，复仇找错了人，难不成找上了武神？"

"纵笔江川杀了你外婆？"姜韧迷惘了一瞬，想到一些事情，"我明白了，当年凤族有一位叫作栾的公主，死于荒野，那会儿大荒还不曾彻底开战，不知凶手是谁。在你外公的追求者中，栾公主算是很有名的一位，你外公甚至被强迫着险些与她结为夫妻……"

姜拂衣眨了眨眼睛："听你的意思，这位凤凰族的公主不是我外婆？"

姜韧狐疑着问："你母亲不曾告诉过你？"

姜拂衣摇摇头："我跟在我娘身边十一年，她完全处于疯癫状态，几乎没有清醒的时候，包括我们是石心人，还是送我离开极北之海前一刻才想起来告诉我。从前我娘几回提及外公，也是因为看着我的脸发呆，说我的五官有些像外公。"

姜韧没想到昙姜已经疯癫成这副样子，略显伤感："一千五百年前，我见到昙姜时，她意识不清，但勉强还能正常交流，曾经告诉过我，你外婆是只身怀几缕凤凰血脉的云雀，并不是那位栾公主。昙姜手里，还有你外婆留给她的一片雀羽。"

姜拂衣瞳孔微缩："若是如此，我外公就不可能是因为报仇找错了人，才被神族封印。"

她就知道！暮西辞口中描述的外公，除了风流倜傥，聪明又洒脱。即使为了外婆的死而心碎，也不可能发疯到胡乱报仇，不顾人命。要知道能被神族单独封印的大荒怪物，哪个不曾令生灵涂炭？自控如暮西辞，也曾造成尸横遍野。即使他是无心，劫火之力难控，依然属于危险分子，必须单独封印。

"我外公究竟做了什么？哪儿得罪武神了？"姜拂衣再次抬头看向燕澜，"《归墟志》里不肯写上我们石心人的罪过，该不会是私人恩怨吧？"

燕澜哪里会知道，他一无所知，只能看向姜韧。

姜韧道："大荒之战时，小神尚未出世，只听闻您的伴生神剑被石心人盗走了。武神的伴生神剑，代表着力量，那才是您真正的神力源泉……"他侧目快速看一眼远处的漆随梦，"君上，血泉对我们而言至关重要，但对太初九上神来说，远远比不得伴生法宝。找回神剑，您的血泉应该可以再生。"

姜拂衣的双眸微微一亮，但旋即嘴角抽了抽："他的伴生神剑，是不是就像长明神的天灯、虚空神的四方盘？"

姜韧："是。"

姜拂衣："被我外公盗走了？"

姜韧摇了摇头："不一定是你外公盗走的。"

姜拂衣将要松口气，姜韧又说："也可能是更高的长辈，因为我们都不确定君上的剑是何时丢的，只知道丢失于大荒战争开始之前，而他的剑，在神域一直是个讳莫如深的问题，不被允许多提，我们都是私下里偷偷讨论。"

姜拂衣质问："既然如此，你又怎么知道他的剑是我们石心人盗走的？"

姜韧笑道："世上没有不透风的墙，有传言和大荒怪物有关，众多怪物之中唯独你们石心人懂得剑，且精通剑道。"

姜拂衣气笑了："怀璧其罪？"

姜韧给出证据："我与君上对弈之时，曾好奇问过一句，神剑是不是被石心人盗走，他沉默不语，且面色颇为凝重。"

姜拂衣指着上方的燕澜："你告诉我，他哪天不是板着一张臭脸？"

姜韧反驳不了，说道："但以君上的性格，私底下的谣言他可能会置之不理，认为清者自清。但这谣言，我摆在了他的面前，他都不说话，石心人一定不冤枉。"

姜拂衣嘴唇微动，却又无法反驳。若说令候的秉性与燕澜颇为相似，估计是真的。

姜拂衣再问："极北之海最初封印的，是不是我外公？"

姜韧点头："依照我在人间的调查，你外公是当时唯一的石心人，你母亲是在封印中被孵化出来的,从未离开过极北之海。而你外公早在一万年前,估计就已经去世了……"

姜拂衣抿紧了唇,和她猜测的差不多。

"君上。"姜韧再次行礼,言辞中充斥着恳求,"小神当年下凡,是因天灯显示,极北之海的封印出现松动。下凡后才知道,是昙姜从沉眠中苏醒,想要冲破封印导致的动荡。但据小神与昙姜将近两三百年的相处,她实在是个心地善良的女子,从耗费心思救治我,又不愿赠剑给我,便可知一二。您将她释放不会是个错误,治好她的疯癫,或许能够从她口中得到神剑的消息……"

燕澜脑海里乱七八糟,捋了片刻,去问姜拂衣:"阿拂,闻人不弃那边进展如何?"

姜拂衣抬头瞄了他一眼,不说话。

燕澜知道接下来的话可能会惹恼她,因为对她而言,没有什么比救母亲更重要的事情,但又不得不说:"我是这样认为的,极北之海的封印需要从长计议一下……"

姜拂衣:"哦?"

燕澜仰头望了望天:"我曾看到古籍上说,神明认为,人族应当做自己的神明,正是出自武神之口。"

姜韧在旁附和:"您的确认为人族有能力处理好人间事。"

目望姜拂衣已经冷下来的脸色,燕澜不禁生出一些心慌:"若我真是令候,令候会通过天灯下凡,事情一定不会简单。天灯虽是巫族人故意点亮,但此番长明灯不只是亮,还强烈震动,意味着人间的灭世之劫是真实存在的。一个和令候有关系的灭世之劫,如今看来,可能会应在被令候亲手封印的极北之海,你觉得呢?"

姜拂衣捏紧了手:"燕澜,你之前说过什么?神族也会有出错的时候,帮忙救我娘出来,你认为是正确的,你不会后悔。怎么,别的神明就会出错,得知是你自己封的,你就不会出错?就认准了我们石心人将会是灭世的灾难?"

燕澜道:"我只是说咱们先调查清楚你外公被封印的真相,等到心里有数,再救你的母亲出来。"

好不容易看到希望,姜拂衣绝不答应:"我外公已经被你的封印磨死了,你若是永远无法恢复令候的记忆,那岂不是永远无法得知真相?我娘究竟还要被关多久?你难道不知道封印是会消磨她的寿命吗?"尤其如今确定外公是被磨死的,是最早被封印磨死的怪物,她越发担心母亲,一刻都不想再等。

而燕澜竟然还想阻止她救人？

燕澜捂着肩膀，从石头上跃下来，趔趄着落在姜拂衣面前："阿拂，你仔细想一想我刚才的分析，若令候与我的行事作风大致无二，如果不是事关重大，危害深远，令候会单纯因为神剑被盗，就给极北之海种下一百二十三道铜墙铁壁般的封印？"

姜拂衣道："那可不见得，知道自己的情缘是个滥情鸟妖，你在万象巫布下多少天罗地网用来驱鸟，又在十万大山里杀了多少只鸟妖，你还能不能记清楚？"

燕澜沉默。

姜拂衣："神明也会有私心，不都是同一个模子刻出来的，你敢说你没私心？"

燕澜承认："我当然有，但这完全是两回事。"

姜拂衣："也许是一回事呢，你这人容易因为感情生出私心。打个比方，若是有个和我外公一样厉害的风流女石心人，通过欺骗你的感情，才偷走你的神剑。你蓄意报复，还不准神族讨论，岂不是很合理吗？"

燕澜说道："这不用打比方，你也是石心人，试图用过这一招。莫说你盗了我的剑，就算你剜了我的心，你猜一猜我会如何对待你？"

姜拂衣对上他诚恳的眼神，到口的话微微顿了顿。然而事关母亲的性命，不可能轻易让步，以她对自身的了解，石心人不可能是灭世天劫。

"如果骗你的是我外公？我外公是大荒公认的美男子，若是他男扮女装，玩弄了你的感情，这份羞辱你能不能受？"

等等，她原本只是无法接受燕澜揣测外公危害深远，找理由反驳他，此刻她摸了摸自己的脸，忽然觉得还真有可能："难道因为我和我外公长得特别像，你才会……"

燕澜的手心捏出一把冷汗。姜拂衣这个推测虽然非常离谱，细想之下，竟然又颇为合理？漫长的沉默之中，燕澜倏然看向姜韧，因失血而苍白的唇瓣微微颤动："你可曾听到过什么传闻？"

姜韧摇头："不曾听过，但此事绝无可能。"

"理由是什么？"姜拂衣对姜韧的信任稍微上升，他话里话外，明显更偏向她母亲，和她站在同一战线。

燕澜跟着问："原因？"

姜韧眺望温柔乡，讲述道："封印怜情时，您已经丢了剑，不是主力，却也有从旁出力。既然能去对战怜情，当时您的心中定然没有丝毫爱欲，因爱生恨怒封石心人这个假设，不成立。"

燕澜这一松懈,脚下无力,险些摔倒。姜拂衣下意识地伸手去扶他,又收了回来,改为双手环胸。

燕澜背靠巨石,得以站稳,不顾自己的狼狈,先去质问姜韧:"你既然都知道,为何不早点说出来?竟然站在一旁默不作声地看我们争执?"

姜韧颇为惶恐地躬身:"您不曾问,小神不敢随便插嘴打扰两位。"

燕澜看向他的目光,流露出谨慎:"你不顾安危强行出关前来救我,使我相信你已迷途知返,真心悔改,可你眼下待我的态度,又令我有些摸不准了。"

魔神此番站出来点明他在神族的身份,言辞之间,处处透着反常,蕴含着一股调侃、看戏的意味。往常也就罢了,燕澜才刚丧父,正处于悲伤之中。魔神若是对他心存愧疚,在他父亲坟墓附近调侃他真的合适?

燕澜嗓音低沉:"我看你像是在故意挑拨我和阿拂之间的关系,想令我们立场对立,究竟有何企图?"

姜拂衣瞥了燕澜一眼:"我们什么关系?若是这关系牢不可破,谁有本事挑拨?"

燕澜沉默。

姜韧则瞧着更为惶恐:"君上,小神只是陈述事实,并未有一句添油加醋。"

燕澜对他的戒心越来越浓烈,想朝姜拂衣靠近:"阿拂,我们得知的信息全部来自他的口述。而他心魔缠身,思想偏激,时常难以自控,做出过许多违背良知之事,我不是很相信他。我认为,我们最先该求证的是这些信息的真实性。"

姜拂衣虽然也觉得姜韧不太对劲,但现在姜韧根本不是重点。她朝后退,双眼直视燕澜:"你先不要管他,只需要回答我,如果都是真的,你一定会阻止我和我的'父亲们'破除极北之海的封印,是不是?"

燕澜尚未说话,姜韧先说:"神族使命在身,他会阻止你们是毋庸置疑的。这么一试,便试出来了。君上虽然遭受人间浊气污染,暂时堕凡,但太初上神的品格依然如初。你瞧,哪怕刚经历了丧父之痛,又得知与心上人立场相悖,仍能冷静地对照自己和武神令候,想到人间浩劫,考虑天下苍生……"

"姜韧!"燕澜停住脚步,沉眸望向姜韧,确定他的确是在唯恐天下不乱,"你是不是被逐影将心魔打出来了?"

姜韧微微躬身,语气淡淡:"为何小神想让您重走一遍我曾走过的路?正是因为刀子不彻底扎在自己的身上,剥的不是自己的皮,抽的不是自己的

-305-

筋，是不知道疼的。阿拂，他身为封印人，你强求他懂得被封之人的苦，是你糊涂。"

这话也像刀子一样，扎了姜拂衣不存在的心。她回头看一眼远处剑笙的坟冢。剑笙是她曾经想拜的师父，想认的义父，那么高的修为，不仅在燕澜心中，在姜拂衣眼睛里也如一座山一样。结果这座山说崩塌就崩塌，说散去就散去。

身为能够死而复生的石心人，这其实是姜拂衣第一次深刻认识到生命的脆弱。她除了难过，更多的是恐慌。明知道封印会消磨生命，但姜拂衣始终觉得母亲寿元还有很长，早一些救她出来，也是想她早一天脱离苦海，早一点和自己团聚，从未担心她会死。

姜拂衣冷笑："魔神说得一点也没错，刀子不在你身上，你根本不知道疼。"她从前怎么会觉得燕澜待她好？是很好，但都不过是浮于表面的好。在神明的天下苍生面前，她一个大荒怪物又算得了什么？

姜拂衣指着燕澜："你是神明，我不是，我上岸唯一的目的就是救我娘，谁阻止我，谁就是我的仇人，你也不例外。你若不是燕澜，只是令候，我已经拔剑了。"

燕澜头昏脑涨，再次解释："我没有阻止你，我只是觉得极北之海的封印并不简单，求你让闻人他们暂停一下，给我一点时间。如果造成无法预料的严重后果，导致灭顶之灾，这样的后果，难道你和你母亲就能承受？"

姜拂衣是真的蠢蠢欲动着想要拔剑："既然觉得我们石心人会导致灾难，从今往后麻烦你远离我，你救你的世，我救我的母亲，咱们各凭本事。"

她这一副"不和我彻底站一边，就给我有多远滚多远"的模样，令燕澜颇感陌生，也有些受伤。

之前，姜拂衣和他的争执还算正常范围。燕澜最清楚她爱看人下菜，碍着他巫族少君的身份，时常小心讨好他。如今得知他是真正的神族，反而更不将他当回事，越发肆无忌惮，这反而是一件好事。但经过姜韧一番引导，她像是逐渐着魔，在争执中越来越偏激，简直不可理喻。

燕澜也忍不住有些动了气，但是他还能强行压下去，再次试图朝她走过去，想去牵她的手："阿拂，你冷静，你不要慌，我们慢慢说。"

姜拂衣却又后退一步，原本有多心疼燕澜所遭的不幸，如今看他就有多面目可憎。一个"滚"字即将出口，倏然一道剑光飞至她身后，因为熟悉，姜拂衣并未做出对抗的反应。

李南音的手搭在她的肩膀上："阿拂，冷静。"

姜拂衣道："怎么都让我冷静？我究竟哪里不够冷静了？难道您也觉得

救我娘出来，就一定会导致天下大乱？"

李南音一言不发，只是继续按住她。此时，从李南音背后走出一个留着齐耳短发、赤着双脚的幼童，他伸出小手握住了姜拂衣自然下垂的手腕。况雪沉无法离开温柔乡，再次借用分身外出。

姜拂衣没有体温，身体本就冰凉，没想到况雪沉这具分身的手似冰雪一般，还要更冷上几分，冷得姜拂衣猛然打了个寒战。她还没反应过来，又打了个寒战。

况雪沉抬头看向姜韧，目光仿佛也透着寒气："你为打开封印，在我们温柔乡待了将近百年，难道不知忌讳？为何不提醒他们一声，由着他们在此地起争执？"

燕澜微微一怔，终于反应过来："您的意思是，怜情能影响到这里？"

况雪沉指着周围的黄沙："你以为我温柔乡外围，为何会是一片戈壁荒漠？原本这里水草肥美，住满了人，正是被怜情毁了，以至于寸草不生。"

温柔乡内之所以没事，是因为整个草原都在封印里。

说完，况雪沉看向剑笙的坟冢，眉间显露出自责："你们心有所属，都是怜情克制的对象，当下又在伤情，最容易遭受怜情的影响，更需要保持情感上的平静，我先前就是因为通过四方盘看到小酒……"

况雪沉还没开始修无情道，没有舍弃掉李南音，但他佛道双修，镇守怜情基本不会受到太大影响。看到小酒被逆转那一刻，他情绪剧烈动荡，才导致他受怜情气息攻击，令四方盘动荡。若非剑笙强行注入毕生修为，四方盘是真的会熄灭。

况雪沉闭了闭眼睛："幸亏剑笙不信任我，否则你们可能全部会死在万象巫。"

"姜韧。"燕澜转眸，捏紧了拳头，动了几分杀心，"你明知道，竟然还一步步刺激她？"

姜韧沉默片刻，垂下了双眸："很抱歉，我只是想要了断自己的一个心结，想知道石心人究竟会不会动心……"姜韧在极北之海的海底，与昙姜朝夕相处几百年，昙姜甚至不惜以神交双修来为他疗伤。他本以为两人已是两情相悦的夫妻，到头来，因为向巫族复仇之事争执了一番，昙姜对他竟然毫无留恋，一句道不同不相为谋，撵他走，呵斥他今后不要再回来见她。

姜韧始终不相信她是真的无心无情，之前误以为姜拂衣是自己的女儿，姜韧以为自己等到了答案。被逐影否定后，他心结再生，且愈演愈烈。

"这是我最后的一个心结了。"姜韧微微笑道，"能告诉我这个答案的，只有石心人。"先前落地那一刻，姜韧看到一旁的坟冢，以及肩并肩依偎在一起的姜拂衣和燕澜,他就知道是个时机,可以一试,"阿拂终于让我看清楚,石心人并不是真的铁石心肠。"

姜拂衣被况雪沉握住手腕,一连打了十几个寒战,"心"被冻得再也掀不起一点点风浪。她诧异地道:"我被怜情影响了?"竟然完全没有任何感知。

况雪沉松开手:"幸好你是石心人。"

姜拂衣慌忙认真感知自身是否出了问题。

燕澜却又蹙眉:"况前辈,这不太对,我只隐隐感觉到了有些烦躁,阿拂为何会比我的反应更剧烈?"若被怜情影响,他才是首当其冲。燕澜依然担心姜拂衣是不是生出了什么心魔,想请况雪沉给她仔细瞧瞧。

况雪沉说了一声"正常":"怜情仍在封印之中,释放出来的这点力量对你们来说,确实不算大,你没有主动去在意怜情,多少能够忽视她对你的影响。姜姑娘不同,我猜,她刚才应该是在心中想到了怜情,甚至还想要找怜情测试一下自己有没有情?"

姜拂衣没说话,姜韧到来之前的一刻,她就是在想这个问题。

况雪沉慎重地警告他们:"能排在大荒怪物里的前三甲,她的天赋超出你们的认知,你们生出的那种想法,距离足够的情况下,怜情可以捕捉到,和你们建立联系,一步步地影响你们,控制你们,最终吃掉你们……"

姜拂衣又不禁狠狠打了个寒战。但下一秒,她脑海里便被一个信息占据。

她被怜情影响了?

说明她真的……

动心了?

姜拂衣还没来得及多想,手腕又被况雪沉冰冷的手快速握住。况雪沉的声音难得严厉:"莫要乱想!"

姜拂衣浑身紧绷,她才刚想到"动心"两个字,就被况雪沉发现,可见怜情的确与她建立了联系。

姜拂衣暂时选择"自闭",将思绪放空,主要是不想再消耗况雪沉的灵力。他这具傀儡分身原本没有修为,因为距离本体比较近,能向本体借力,施展太多术法之后,眉毛逐渐凝了一层霜。

"你也一样。"况雪沉又转头,看向了不远处注视着他们的漆随梦。

漆随梦原本就惨白的脸色,又添几分衰败。他侧过身,将自己隔绝在他们之外,闭上了眼睛。

况雪沉又去提醒燕澜:"还有你。"

燕澜反而是最后一个才反应过来。他之前只是担心姜拂衣的状况,此时才意识到，姜拂衣会被怜情影响所代表的意义。

燕澜的心脏倏然漏跳了几拍。被况雪沉提醒之后，他控制住自己，将视线从姜拂衣身上挪开，再次看向姜韧。原本压下去的几分杀心，又"噌"地冒了出来。知道这样更容易被怜情入侵，燕澜又垂下眼睛，默念静心咒，强迫自己冷静下来。

"燕澜。"姜韧没再称呼他君上，也不再以小神自居，瞧不见傲慢，反倒有一些长辈对晚辈的态度，"我虽是为了解自己的心结，但先前告诉你们的那些信息，千真万确，并无半句虚言。"

燕澜仍在默念静心咒，眼睫低垂，不去看他："姜韧，这笔账，我稍后会找你清算。"

姜韧却笑道："以你如今的修为，不容易找到我，等你的修为追上来，我已经……"没有继续说下去。转身之前，姜韧又讲了一声"抱歉"，"我深知亏欠你们太多，可是偿还到这里，我认为已经可以了，如今我的心结已经悉数解开，今后人间的一切事情，无论是好是坏，我都不会参与，否则再生出什么心结，控制不住，不知又会做出什么偏激之事，对你们反而不好。"

况雪沉目望姜韧迎风而去的背影。李南音看着况雪沉道："你也要冷静。"魔神将他父亲害得不轻，对他的影响也很深远。

况雪沉摇了摇头："憎恨毫无意义，不过是造化弄人。何况姜韧的情况并不是很好，说是不再理会人间事，实则是他的身体经不起太多波折了。"

姜韧走远之后，皮肤浮现出清晰的鳞片，缝隙之间不断向外渗血。他停下脚步："阿行，你不必再跟着我。"

亦孤行对他故意伤害姜拂衣的行为生出恼意，但瞧他的模样，指责的话说不出口，只是态度少了恭敬："继续回夜枭谷闭关吧，师父现在的样子，和之前从温柔乡逃回来，只剩一口气没有多大差别。"

"继续闭关三百年吗？"姜韧苦笑。在血池下闭关，遭受的痛苦只有他自己知道。他能够忍耐下来，是心结实在太多，"如今我可忍不了了。"

亦孤行劝道："但您现在……"

姜韧自顾自道："那些下凡之后，又通过天灯回来的师兄师姐，虽说人间苦，也感叹人间的景色比大荒时代更美了。你有所不知，神域其实是个游离在世界之外的巨大空间法宝，是神族的能工巧匠们造出来的，虽然也很美，却比不得人间的天道孕育，自然之力。"

姜韧是在神域出生的，没经历过那场大迁徙。不知道大荒多美，便想象不出人间的颜色。他选择下凡，除了救世的决心，也怀揣着几分期待。

"可是我出生后的二十几年，被困在魔鬼沼内看守封印，恢复记忆后，就开始揣着满心的仇恨和痛苦,从此看山不是山,看水不是水……"姜韧伸出手,感受风沙穿过指缝的触觉,"我的内心好不容易才平静下来,此时最想做的,是去重新认识山川河流,见识万物生长,来人间走这一趟才算有些意义,而不是一场彻头彻尾的笑话。"

感觉到他的确得到了平静,亦孤行没再劝他:"我陪师父一起吧,就像当年陪您一起去寻找封印地……"

"你不必担心我,我虽已日薄西山,却也没有你以为的脆弱。"姜韧笑了笑,朝极北之海的方向望过去,"你继续你的使命,和阿拂一起去救她的母亲吧,这同样也是我的一个心愿。至于夜枭谷,从此便交给你了,你且看着办……"

况雪沉见姜拂衣情况稳定很多,松开她:"姜姑娘,不管你接下来想做什么,先随我回温柔乡。"

姜拂衣可不敢:"我险些被怜情控制,现在去温柔乡,那岂不是自投罗网?"

李南音拉着她:"不会,那里的封印能够助你一臂之力。"

姜拂衣疑惑着蹙了蹙眉,点头答应。正巧碰到亦孤行回来,姜拂衣大概知道他被姜韧下来的原因,思虑半晌,她摸出一支信箭。这是商刻羽之前给她的。

姜拂衣又是一番犹豫,最后还是在信箭内以意识留下信息,请他们暂停去砍断大封印术的锁链。她摩挲着手里的信箭:"亦前辈,我也不知道闻人前辈他们三人如今身在何处,事关重大,怕被拦截,不能在信箭里详细说明,因此要麻烦您追着这支信箭找到他们。不管他们在做什么,先请他们停下来……"思索片刻,姜拂衣继续说,"还请诸位一起去往云巅国与极北之海的交界海岸线,等我几天,等我摆脱了怜情对我的标记,立刻去和你们会合。"

亦孤行打量着姜拂衣,她做出这样的决定,瞧上去有几分不太情愿:"你真的想好了?"

姜拂衣只说:"这是正确的做法,不然他们破除封印之后,万一真引发什么灭世浩劫,便成了他们的罪过。"

亦孤行说了声"好",先取出苦海剑,感知一下她手里的信箭:"放吧。"

姜拂衣放飞信箭:"去!"

信箭化为一道红光,朝北方飞去。亦孤行紧紧追上。

况雪沉取出一片柳叶,放在唇边吹了一口气。柳叶从他掌心飞出,逐渐在眼前变大，变成一个飞行法器。

况雪沉抬脚踏上去，盘膝坐在前端："南音，你来操控吧。"

李南音拉着姜拂衣一起踏上柳叶。准备操控柳叶起飞时，李南音才发现漆随梦和燕澜谁都没有上来："你们两个打算自己飞过去？周围结界挺多，不要耗费力气了。"

漆随梦站着没动，将表情藏匿在夜色中："前辈，我想静一静，放心，我在这里没问题。"

况雪沉："随他去。"

燕澜则怕自己距离姜拂衣太近，影响到她："我自己飞过去吧。"

李南音劝说："怜情尚在封印中，只要保持心境，也没你们以为的那么厉害。你瞧我在温柔乡来来去去，丝毫不受影响。你这般躲避的态度，反而不好。"

燕澜稍微踟蹰，也迈上了柳叶。有伤在身，他盘膝坐在了最尾端。

柳叶在李南音的操控下逐渐升空，朝温柔乡飞去。距离不算远，飞行速度却极慢，几乎和走路没有太大区别。

李南音陪着姜拂衣坐在中间，知道她在静心，并不去打扰她。只是突然想起来一件事，李南音提醒她："对了，阿拂，等抵达温柔乡，见到柳寒妆，她若问你小酒为何没有跟你们一起回来，你就说走散了，先不要告诉她小酒落在了逆徊生手中。"

姜拂衣微微一愣："这不好吧，瞒着她没有意义。"

李南音朝前方况雪沉的背影望去："他今日修为损耗，精力不足，剑笙的事情又令他自责，回去之后最少需要休息一晚。柳寒妆若是知道小酒的处境，肯定会怪自己没有拦住小酒去往万象巫，情绪一崩溃，容易被怜情攻击，况雪沉今日可真是撑不住了……"

姜拂衣理解了，答应下来，紧接着又愣了下："她也会被怜情影响？"

李南音反而纳闷地看了姜拂衣一眼："我以为所有人都能看出来她喜欢暮西辞，只有暮西辞自己不知道，原来你也不知道？"

姜拂衣以为石心人看透别人容易，看透自己很难。没想到感情的事儿，她竟然谁也看不透。她原本以为柳寒妆将暮西辞带回温柔乡，是担心他没回封印地之前，在外容易惹出祸端，回温柔乡这块神族封印地，更容易看住他。

姜拂衣问："那暮西辞喜欢她吗？"

李南音伸出手指点了下她的额头："你觉得一个男人形影不离无微不至地照顾一个病弱的女人，是因为人好？"

姜拂衣还真不清楚。

姜拂衣闭上眼睛打坐,又吹了很久的冷风。随后,她睁开眼睛问道:"小姨,我可不可以去和燕澜聊几句?"

李南音反问:"你觉得可以吗?"

姜拂衣颔首:"我觉得可以。"

李南音见况雪沉不反对:"那去吧。"

姜拂衣提起裙摆站起身,朝柳叶后方走过去。燕澜原本正在打坐静心,睁开眼睛,目望她朝自己一步步走过来。

姜拂衣在他的注视下,走到他的右手边屈膝坐下来,目望前方:"燕澜。"

燕澜声音低低的:"嗯。"

姜拂衣斟酌着该怎么形容:"我体会到了,原来怜情的天赋并不会放大我的负面情绪,我之所以没有感知,是因为我并未产生任何负面情绪。她会令人变得自私,自私是本性,不是情绪。"

这世上的情感之中,男女之爱是最自私的。因为人的心脏长在左侧,原本就是偏的。

姜拂衣默默说道:"在怜情的影响下,我好像只在乎自身利益,完全变成一个自私自利的人。然而,她最可怕的一点你可知道是什么?"

燕澜凝视她轮廓清晰的侧脸。

姜拂衣仍然望着前方的草原,拢了拢被风吹散的长发:"最可怕的是,我冷静下来之后,竟然会羡慕那个被怜情影响下的我。我问我自己,为什么不能自私,我难道没有能力自私?"

当年被母亲送上岸之后,她不敢使用法术,处处谨小慎微,是她天生谨慎?不过是能力不足,不得不伏低做小。她当时就想着,等有一天自己强大起来,一定要随心所欲,将对手狠狠踩在脚底下。但之前在地龙腹中,当她打个响指就能碎掉别人心脏之时,究竟为什么要提醒自己克制,不能虐杀?

燕澜沉默不语,安静看着她。

姜拂衣抱着双膝,终于转头回望:"我开始想,这世上的痛苦,除了身体的痛,其他都取决于想法。我觉得我一直在用所谓的道德去压抑自己的本性,而怜情让我释放了本性,可是清醒之后,我又得继续压抑本性,越想越痛苦,我一个被封印的大荒怪物,我管那么多干什么?"

燕澜这才说:"你说反了阿拂,你并没有压抑本性,你天性善良,那些痛苦,是你在经受着这世间的浊气侵染。但是你又足够坚毅,摇摆之后,始终能够坚守自身,不忘初心。"他并没有说太多开解她的道理,她既肯说出口,就说明她已经想通了。

姜拂衣是想通了。天性善不善良不知道,她骨子里似乎也是个容易心软的蠢货，做不到只图一时痛快，不顾他人的死活。总之，结论就是要继续自控，那也就不必想太多。

姜拂衣无奈地苦笑一声，将下巴搁在膝盖上，有些难为情地低声说："我刚才还在想，我为什么要为你动心，我难道不配拥有一个凡事只为我考虑，心中没有任何善恶是非，只有我的男人？但我转念立马想到了十一岁时的漆随梦，我教导一下，他就能做到我说的那种情人，可我并不喜欢……"她会为燕澜动心，只能说明她就喜欢燕澜这种类型的。

听她提及"动心"，燕澜的双眸突然暗淡了几分："如今的我，好像不配。"

姜拂衣微微一愣："什么？"

燕澜避开她探究的目光："我等了很久，终于等到这一天，本该欣喜若狂。然而我发现，自己竟然很难体会到我原本以为的喜悦。"

姜拂衣那颗心，是为从前的他而动的。而现在的他，短短时日变了很多。

燕澜道："我刚才也在心里假设，如果是发现被欺骗之前的我，应该会如何处理和你之间的争执。"

姜拂衣摆了摆手，有些无语："别乱想了，你一样会这样处理，和我商量请闻人暂停计划，先去极北之海调查一下。"

燕澜承认是这样："但和你讲清楚利害之后，我一定会补上一句话。"

姜拂衣认真地听。

燕澜仍垂着头："当你质问我，如果你外公被封印的真相查不出来，你母亲还要被关多久之时，我会告诉你一个短暂的期限，如果在这个期限内我查不出来，不用闻人他们动手，我会亲自救你母亲出来，若是因此造成严重后果，我来想办法消除，消除不了，灭世的罪责我一力承担。"

姜拂衣眸光微微一动，半响，她轻轻"嗯"了一声："这是你从前会说的话。"就好像之前以为阻止了神明下凡救世，燕澜告诉她不要怕，他来当神明。若说动心有个起点，姜拂衣觉得，大概就是从那时候开始的吧？

燕澜的视线越垂越低："以往发生这种事情，我总是先想办法安抚你。但这次我坚持和你讲道理，不停地劝说你要理智。其实真正不理智的人是我，自从得知我的身世，不仅击溃了我的信任，也击溃了我的自信。我丧失了自信，说不出我来承担这种话，否则你根本不会被怜情影响得越来越偏激。"

姜拂衣望着燕澜的长睫毛发愣。她之前只担心燕澜会失去对一切的信任，才执拗地想要一直陪伴他，想让他知道身边还有值得信任的人。

一年前，姜拂衣从棺材里出来，心脏受损，记忆丧失，也对所有人都充满了戒备，是燕澜一路的陪伴照顾，令她重塑了这份信任感，却没想过"自信"的事。

她忘记了，燕澜骨子里是个极为骄傲的人，还曾拿他和商刻羽做比较。商刻羽会在得知自己只是她母亲的投资品之一后，骄傲碎了一地，落荒而逃。燕澜当然也会在发现自己活在一个骗局里之后，失去自信，变得沉默寡言，不再像之前一样面面俱到。

姜拂衣苦恼："燕澜，这信任我能帮你，自信只能靠你自己了。"

燕澜说："自信也得依靠你。"

姜拂衣探身，伸手扳过他的双肩，迫使他看向自己："那你告诉我该怎么做？"

燕澜摇头："你什么都不必做，你早就告诉过我答案。"

姜拂衣不是很理解："啊？"

燕澜迟疑着伸出手，覆在了她的手背上。他的手又变得很暖，是姜拂衣一直以来最贪恋的那种温暖："你曾说过，你希望我只是我，走我该走的路，修我该修的道，不为自己套上任何枷锁。"

姜拂衣实话实说："并不是我希望你如此，而是我认为所有人都该如此。"

燕澜握紧她的手："他们在我身上造成的伤害，早就已经过去了。"

如果燕澜一直因此遭受影响，等同给自己套上枷锁，这份伤害将会永无止境，就会变得和魔神一样，不停地折磨自己，连累别人。

"我唯有从心底彻底走出来，伤害才会永远停在过去。"燕澜抿起嘴唇，淡淡一笑，虽然有一些苦涩，但也不难看出暗藏的一缕释然，"你总是喜欢说我好，其实我不太明白自己究竟哪里好。我只知道我不能变，要变也是变得更好，才配得上你的喜欢，才有资格在这个遍地荆棘的人间路上，与你携手并肩，你说是不是？"

姜拂衣并没有接话，凝望他唇畔那一抹复杂的笑容。她坐在燕澜右侧，心脏位置正好挨着他，胸腔内虽是空的，但好像隐约有了些跳动声。新的心脏，似乎正在努力发芽？

姜拂衣有些茫茫然，空闲的那只手，捂住自己的胸口。她认真地感知，应该不是错觉，心脏好像真的出现了再生的迹象。所以不需要燕澜吐血在她胸口上，也可以？

姜拂衣慌忙催促："不要停下来，你赶紧再多说几句。"

燕澜微微一怔："说什么？"

姜拂衣毫不遮掩："情话。"

他只是在表述自己内心的感悟，既是表达歉意，更是想告诉她不必为他操心。他已经想通了，只需要一点时间，就能从巫族的事情里走出来，并不是在说情话给她听。表述完了以后，让燕澜刻意去说，他需要仔细想一想。何况现在正被怜情攻击，他能想吗？

燕澜发愣的工夫，姜拂衣已经捕捉不到心脏的异动，无奈地道："你啊，的确是很好，但是……"有时候很无聊也是真的。

姜拂衣仅是腹诽，并没有数落他。毕竟燕澜如今这个状态，让他说情话实在是个特别过分的要求。

燕澜口中说着要让伤害彻底留在过去，也是需要时间的。人的情绪毕竟没有开关。

姜拂衣松开他，重新抱着自己的膝盖："燕澜，有件事情我没有告诉你。"

燕澜："嗯？"

姜拂衣回忆："上次我铸造凤凰剑，从昏睡中醒来，假装忘记了你，将你吓了一跳，这事你还记不记得？"

燕澜何止记得，记忆尤深，毕竟那一刻被吓得不轻。

姜拂衣指了下自己的头："其实醒来那一刻，我的脑海一片空白，不是失去记忆的那种空白，是觉得自己的脑袋不会转了，就好像……被沈云竹的'慧极必伤'给伤害了一样。"

燕澜心下一紧："你当时为何不告诉我？"

姜拂衣自然是怕他担心："因为很快就恢复正常了，我没当一回事。你回了万象巫，我住在闻人不弃的府邸中，闻人告诉我，他想起来我娘曾经告诉他，我外公也会疯疯癫癫，甚至比我娘还疯……"

燕澜蹙起眉："你们铸剑次数多了之后，会变得疯癫？"

姜拂衣摇头："兵火曾经说过，我外公送了很多剑簪出去，但他的精神状态依然是正常的，说明铸剑没事儿。"

燕澜却望向她的胸口："但兵火应该不知道你们铸剑材料的来源。或许你外公像你曾经做过的实验一样，只是取了一点心头血，以普通剑石铸造出来了剑簪子？"

姜拂衣微微一愣："这也有可能。"

暮西辞说外公送了很多一模一样的剑簪，她默认是用心脏打造的。石心人又不是只会用心脏铸剑。

燕澜和她商量："阿拂，今后若非无计可施，尽量不要再施展铸剑天赋了。"

姜拂衣沉吟："但是不对啊，我娘和姜韧认识的时候，还没开始拉人进封印里赠剑，姜韧说，那时她就有些不太正常了。"

-315-

燕澜皱眉深思。

姜拂衣摆摆手:"这不是重点,重点是我想告诉你,我很担心哪天我也疯了,而我娘还没被救出来。"说完,她飞快地看了燕澜一眼。

燕澜领悟了她的意图:"我不是刚说过,等你身上的标记解除,我们就去极北之海。我去看看令候设下的那一百二十三道封印,究竟是怎么回事。倘若看不出个所以然,我亲自来破,肯定会比闻人他们强行破除速度更快,对比着计算下来,并没有推后救你母亲出海的时间。"

他二人又说回到这个问题上。燕澜这次小心翼翼,即使姜拂衣没被影响,对于他二人来说,这也是个极为敏感的问题。

姜拂衣还算平静:"你确实需要亲自去一趟海底,找一找令候的剑,早些令血泉再生。"

燕澜神色淡然地道:"神剑和血泉,对我来说都不重要,我并不是很在意……"

"不,燕澜,你仔细听好了,这两样东西都非常重要,你必须在意。"姜拂衣纠正他,"你看看咱们现在的处境,逐影打不过,沈云竹克制咱们,最可怕的是逆徊生,他手里控制着小酒……"

柳藏酒长出九条尾巴之后,会变得多厉害还是个未知数,重点是他们根本舍不得伤害柳藏酒。瞧瞧燕澜肩上还在向外渗血的伤口就知道了。而况雪沉最大的弱点就是他的弟弟、妹妹,柳藏酒来攻,他能不能守住温柔乡,实在是说不准。

"怜情是绝对不能放出来的。"姜拂衣此番吃过怜情的亏,深知她的危害。

怜情比纵笔江川厉害多了。纵笔江川能令江川改道,但天赋施展有间隔,有限制。而怜情的天赋很多都是被动施展,没有限制。

姜拂衣说:"咱们现在要做的,是在小酒长出九条尾巴之前,最大限度地提升实力。我努力长出心脏,你则找回令候的剑,令你再生血泉。"说着,她又瞄了燕澜一眼,"若能赶得及将我娘救出来就更好了,我娘特别厉害,从血脉中悟得的剑道更为精深。而且我娘身为铸剑人,应该能够令商刻羽他们突破地仙,如此一来,咱们这边多出好几个地仙剑傀,赢面简直是飙升啊。"

不难听出,姜拂衣最后一番话暗含了一些小心思,但燕澜知道她说的都对:"只是不知道我们往返一趟极北之海,能不能来得及赶回温柔乡……"两人聊天没有使用密语,自觉经受况雪沉的监督,怕说什么不该说的,越过了界限,再次遭受怜情攻击。

况雪沉先前始终没有制止,直到此刻才开口:"小酒生出九尾没那么快,尾巴越多需要的灵气越多,并不是说一天生出了三条狐尾,三天就能长出九条狐尾。可能第九条狐尾需要十几二十天。我认为逆徊生他们来救怜情,至少需要一个月。"

姜拂衣心道原来如此:"前辈,小酒被那颗珠子逆转之后,看上去不只是失去了记忆,好像还丧失了思维能力?"

况雪沉并不是很懂逆徊生的天赋,猜测道:"小酒属于妖族,妖在开窍之前,归属于兽族。小酒的人性及是非观,是开窍以后由我父亲引导和培养的,他被逆转回幼体状态,只剩下了兽性。而逆徊生身为大荒最顶尖的驯兽师,驯服了小酒,成了小酒的主人,姑且能这样理解。"

燕澜认为这个理解基本是正确的:"我与小酒对视时,的确感觉像是面对一只猛兽。"

姜拂衣更在意解决之策:"那有没有办法能令他恢复?"若是还能保留九尾状态,那就更好了。

况雪沉不知在想什么,没说话。

燕澜早已想过这个问题:"我觉得万木春神应该可以,春神拥有生长之力,能够消除逆生长的影响。"

临近温柔乡,众人面前出现一层肉眼可见的结界。似水的波纹,随着草原微风不断涌动。

况雪沉站起身:"可是我们不知道万木春神的伴生法宝,今时今日究竟在哪位高人的手中。"

姜拂衣想起况雪沉手中的四方盘,问:"难道上神的伴生法宝,都没带去神域?"

况雪沉背对着他们,微微点了点头:"九上神将法宝留给了各自的信徒,我们长寿人就是虚空神的信徒。"

姜拂衣道:"如果万木春神能够克制逆徊生,那万木春神的信徒应该是镇守逆徊生的封印守护者。"她的心提了起来,"逆徊生既然破印而出,是不是说明封印守护者已经……"

况雪沉却说:"神族的大封印基本不需要守,只有像怜情这种,即使处于沉眠状态,天赋也能够从封印中逸出,主动影响人类的,才需要我们来消除。"

姜拂衣分析了下逆徊生的天赋,沉眠之后似乎是无害,又想了想石心人,一旦沉眠,便无法剜心铸剑,也无害。

况雪沉举例子:"比如闻人世家,他们手中有言灵神的伴生法宝,但他们就没被安排去守封印。"

姜拂衣微微讶然："真言尺也是九上神的伴生法宝？可是闻人前辈只说此物是神器，从没说过有这么大的来头。"

燕澜闻言也有一些疑惑："况前辈，人类施展九上神的伴生神器极为困难，但闻人世家的真言尺为何能被频繁使用？"还可以拿来斗法，瞧着没有一点影响。

况雪沉道："太初九上神的神器都被封了大部分的力量，真言尺因为不需要镇守封印，被封的肯定比四方盘、天灯更多，甚至连外观、名字都改了。"

姜拂衣有几分疑惑："那些手持神器，又不守封印的人，负责做什么？"

况雪沉倒是听父亲说起过："神族给他们的任务，应该是监督、制衡其他神器持有者。只不过，唯有言灵神的信徒知道所有神器的下落，其他几人的分工则各有不同。我父亲是无意中得知此事，巫族估计至今都不知情。"缓了缓，他又说，"闻人不弃身为最高级别的监督者，他不知道这件事，应该是因为一千多年前，发动鸢南之战的闻人家主，战后遭到了纵横道的暗杀，没来得及告诉真言尺的下一代传人，所以这个秘密在闻人氏失传。

"总之，在那位闻人家主被刺杀之后，我父亲再也没听说闻人家族内，有谁施展过真言尺的大神通。"

听完他的讲述，姜拂衣终于知道了闻人氏为何会闲着没事，一直死盯着万象巫不放，甚至不惜赔上家族名声，也要联合各方势力攻打巫族。虽然最终没能攻下万象巫，却逼迫得他们上交了天灯。原来竟是这么一回事。

姜拂衣思忖道："既然如此，况前辈您提前做出一些出格之事，是不是能将监督温柔乡的神器拥有者请出来帮忙？即使不是万木春神的信徒，能够帮把手也很好啊？"

姜拂衣说完，没听见况雪沉回应："我说得不对吗？难道没有人负责监督温柔乡？"

况雪沉不清楚："如今距离大荒覆灭已经过去超过三万年，除了我们这些长寿人，其他家族早已传承了不知道多少代。瞧瞧闻人氏的现状，还有……"怕刺激到燕澜，他停顿了一下，"巫族的族老也在五千年前，背叛了长明神。"

李南音久不言语，走到柳叶飞行器的前端，靠近况雪沉："话是这样说，但既有希望，总是要试一试。毕竟此次面对的对手，实在是太过强大。"

况雪沉转头看她，幼童稚嫩的脸上，流露出苦恼的表情："问题是我身在温柔乡里，要做出什么出格之事，才能够在一两个月内传遍整个七境九国，令监督者得知，前来制止我？"

李南音也想不出来："确实不容易，世间知道温柔乡和你况雪沉的人，原本就不多。"

姜拂衣的视线在他二人身上流连:"外面知道'李南音'的人同样不多,但修罗海市的岛主很出名……不然,将目光朝小姨身上靠拢,想想办法?"

李南音听懂了:"我名声又不差,就算宣扬出来修罗岛主要嫁给温柔乡的家主,也掀不起什么风浪,长寿人又不是不能成婚,不然况雪沉哪里来的?"

姜拂衣没辙:"为今之计,唯有况前辈走出温柔乡,去外面制造一些令举世瞩目的传闻。"

况雪沉拒绝:"不行。"

姜拂衣劝:"我知道您有家训,不能离开这里,但如今情势严峻,偶尔违背一次家训……"

李南音替他解释:"阿拂,你有所不知,他不能离开温柔乡并不是迂腐,柳家祖上的家训,没有你想的那么简单。"

姜拂衣问:"难道还要逼着他们立下心魔誓言?"

李南音叹气:"心魔誓并不耽误他情急之下外出,柳家的祖先直接在神族封印的外围,又布下了一个'禁足'封印,与每一任家主灵气相连。况雪沉若是强行离开,会引动英雄家的神族封印,所以他动弹不了,一生与封印绑定。"

姜拂衣微怔:"没听小酒讲过。"

况雪沉淡淡地道:"我不曾告诉过他,因为自愿禁足,和被禁锢在此,还是有些差别的。"

姜拂衣皱起眉头,不知在想什么。燕澜也微微垂着眸,若有所思。

眼见抵达温柔乡,况雪沉道:"南音,交给我吧。"

几人乘坐的柳叶飞行器停了下来。况雪沉足下一跃,穿透前方十几丈外那层水波状的结界。

姜拂衣顺着他的身影望过去,结界后方的草原上立着一个肤色白皙,五官柔美的男人,闭着双眼,身披繁星洒下的光辉,应该是况雪沉的本体,和她想象中的气质差别不大,处处写着"世外高人"四个字。

幼童分身落在他面前,仅到他的腰线位置。况雪沉睁开眼睛,一拂袖,收回了自己的分身,又仰起头,朝结界外停泊的柳叶飞行器伸出手掌。一股无形的吸力,牵动柳叶再次移动。"啵"的一声,柳叶穿透结界,进入温柔乡。

况雪沉再次回到柳叶上,继续站在前端。柳叶在他的操控之下,速度开始变得飞快。

满目的青草随着微风浮动,姜拂衣脑海里似乎能够浮现出一只红狐狸在草原撒欢的样子:"常听小酒说温柔乡景色怡人,百闻不如一见,果然是个世外桃源。"

况雪沉无动于衷:"姜姑娘是第一次来,熟悉的地方从来没有风景。"

姜拂衣没接话,因为他突然更换成一副成熟的嗓音,不太习惯。

李南音道:"那可不见得。"她原本想要习惯性地揶揄他几句,说,情人的眼睛是最熟悉的地方,却永远都有不一样的风景。话到嘴边,又咽了下去。

况雪沉说修无情道,想和她划清界限,李南音会答应,只是因为尊重他的选择。今日亲眼瞧见他被怜情影响,李南音理解了他的无奈,越看他越是可怜。

不!

李南音紧紧蹙眉,觉得况雪沉可怜,可能就想做些什么,反而更会影响他。李南音意识到是怜情在作祟,收回看向他背影的视线,闭上双眼,将这个念头扔去一边。

柳叶飞行器掠过一片片的草海,距离温柔乡中心位置越来越近。渐渐地,一座高耸入云的石碑映入姜拂衣的眼帘。姜拂衣放出目视,看到这座石碑上只雕刻着三个字:英雄冢。

况雪沉告诉她:"这座石碑乃是神族之物,也是此地封印的阵眼,抵达以后,你在石碑附近静心打坐,以你的恢复速度,应该很快就能够摆脱怜情对你的标记。"

姜拂衣忙不迭点头:"怜情就被镇压在石碑下方的地底?"

况雪沉:"是的。"

燕澜瞧见暮西辞抱着手臂,背靠石碑站立,应该是在等他们。而暮西辞感知柳叶靠近,也抬头朝他们望过来。

燕澜四下张望:"况前辈,我的两个朋友没来温柔乡?"

况雪沉道:"你是说弓箭修,以及慧极必伤的混血女儿?"

燕澜问:"他们没有进入传送门?"

若是进了,应该一起被传送到戈壁上,按照从小的默契,他们不会在原地寻找燕澜,而是前往温柔乡等待。

况雪沉不知道:"我当时的注意力几乎都放在小酒身上,传送门动荡以后,便开始稳定心境,没有注意他们。"

姜拂衣见燕澜望向自己:"我比他们俩先入的传送门。"

燕澜不禁担忧。姜拂衣揣测:"他们留在巫族也没关系的,沈云竹看上去很在意休容。"

燕澜扭头望向后方:"我担心他们跟着来了,却在戈壁遇到危险。他们是情人,落在怜情影响范围之内,会不会……"

况雪沉道："只要情绪不过分激动起伏，不碍事，你方才向姜姑娘表露衷情，情话说了半晌，不也毫无影响。"

那些话当着况雪沉的面说，燕澜不觉得有任何难为情。如今被况雪沉当面说出来，像是被抽了两巴掌。

柳叶停在英雄冢前方。

况雪沉居高临下："我三妹呢？"

暮西辞走上前："我们收到你的信箭后，慌着朝温柔乡赶路，一刻也没有停歇过。她的身体虽然逐渐复原，仍受不住这样的劳累，等你们等得昏睡过去。"

况雪沉点了一下头，表示自己知道了。

暮西辞沉默下来，他面对况雪沉实在尴尬。之前在修罗海市的客栈里，他不知道况雪沉是他夫人的大哥，出言不逊也就罢了，还逼迫得况雪沉对他低头认错。

好在温柔乡的人温柔又善解人意，不仅夫人怕他尴尬，不拆穿他伪装成人类的事情，得知他暂时无法回到封印中，无处可去，还将他带回温柔乡。抵达温柔乡以后，况雪沉也好像失忆一般，一句也不提之前的误会，对待他，如同对待一个老朋友。

姜拂衣从柳叶上下来："暮前辈，您找我们有要紧事儿？"否则以他的习惯，该守在柳寒妆身边才对，竟然出来吹风等他们。

暮西辞不知道该怎么讲。夫人虽不曾拆穿他，但两人心知肚明，如今已经不再是夫妻，夜晚待在一个房间里，尤其是她家中闺房，不太合适。他担心况雪沉不满，对他心生更多的嫌弃。

暮西辞错开这个话题，看向刚落在姜拂衣身边的燕澜，直截了当地问："我听说，你是被巫族骗下凡的九天神族？"

燕澜声音平稳："是。"

暮西辞眼底流露出关心："你还好吧？"

燕澜："还好，已经想通了。"

暮西辞："那就好。"

见他没有要紧事，姜拂衣去往石碑另一侧盘膝打坐。况雪沉也没下去墓穴内，和李南音一起坐在柳叶上，一边休息，一边为姜拂衣护法。

燕澜和暮西辞一起背靠石碑，问道："您认不认识令候？"

暮西辞愣了一下："武神令候？"

"对。"

"见过，大战结束后，我去找九天神族主动请求被封印，曾经见过他一面。"

燕澜道:"那您对他还有印象吗?"

大荒时代的暮西辞能记住的人太少了,除非是有明显的特征。暮西辞认真回忆:"令候当时和好几位太初上神在一起,他是最特别的一个,因此我印象挺深刻。"

燕澜问:"哪里特别?"

暮西辞抬起手,食指卷了卷自己胸前垂着的乌黑长发:"几位太初上神里,只有他的头发白了不少。这样浅淡的发色说明令候神力耗损极大,可能已经步入了天人五衰。三万多年过去,也不知他是不是早已陨落。"

燕澜摩挲着指腹:"除此之外,您对他的品格可有什么了解?"

"品格?"暮西辞仔细想了想,"令候不常露面,不只是他,另外几位太初上神也一样,毕竟是九天清气孕育出的最古老的神族。不过,我听说他身为武神,却并不崇尚以武力解决问题,很少参与争斗。"

姜拂衣摒除内心奔涌的一切杂念,专心打坐。不知过去多久,当她睁开眼睛时,天光已经大亮。

姜拂衣之前感知不到怜情对她的标记,但此时心中很明确,标记已经解除了。因为她通体舒畅,心中有一种豁然开朗的感觉,明显更加耳聪目明。

她站起身,伸了个懒腰。不远处况雪沉和李南音并肩而立,只能看到他们的背影,不知在聊什么,姜拂衣没去打扰他们,朝燕澜和暮西辞的方向走过去。暮西辞依旧靠着石碑站立,抱着双臂,闭目小憩。

燕澜因为遭受怜情一些影响,也在盘膝打坐。察觉到姜拂衣靠近,燕澜睁眼,目露关切:"你怎么样?"

姜拂衣走到他身边坐下来:"好多了。"

"暮前辈。"姜拂衣想起来暮西辞,好心提醒,"虽然您自控能力一流,但也小心一些,怜情真的是防不胜防。"

暮西辞也将眼睛睁开,眨了眨:"她只要不从封印里出来,不使用术法对付我,我就不怕她。怜情的天赋,对我没有影响。"

姜拂衣张了好几次口,又咽下了。别人的感情问题,轮不到她来插嘴,何况也不是她擅长的领域。

姜拂衣继续看向燕澜:"我之前有一些想法,因为担心讨论起来情绪会失控,给怜情可乘之机,一直控制着不去梳理,现在没事儿了,想和你探讨探讨。"

燕澜:"你说。"

见暮西辞打算离开,姜拂衣忙道:"您用不着回避,我们要讨论我外公,您或许能给些意见。"

暮西辞的脚步又停下来："奚昙？"

姜拂衣指着燕澜道："你代入武神令候，觉得他会给极北之海设下一百二十三道封印，说明极北之海内的怪物危害极大。而我身为石心人，不认为我外公会犯下这等滔天大罪，更不承认我们石心人具有这种等级的危害能力，这是我们之间最大的分歧。"

燕澜点头："没错。"

暮西辞微微一怔："你是令候？"

燕澜道："魔神是这样讲的，不知道是真是假。"

暮西辞后知后觉："难怪你一直向我打听他。"

燕澜回到正题："阿拂，你想到了什么？"

姜拂衣紧绷唇线，好一会儿才开口："如果你没错，我也没错，那就只剩下一种可能性。令候想要封印的并不是我们石心人，极北之海下方，可能除了我们石心人，还有一种大荒怪物。"

燕澜并不觉得意外，附和点头："我也是这样想的。"之前在戈壁滩，他和姜拂衣最初起争执时，他就已经隐隐想到了这一点，才想去极北之海查看一番。之所以没说出来，是这个想法可能会直接改变石心人的立场。如果最后证明是错的，姜拂衣一定会失望。

暮西辞不理解："一个封印里，镇压了两种怪物？"

姜拂衣伸出两根手指："两种可能性，一种是那个怪物需要和我们石心人封印在一起，彼此相克，被磨死的速度更快。所以我外公是目前知道的大荒怪物之中，唯一被封印磨死的。"

燕澜接着道："第二种可能性，正如阿拂这一路与我联手对抗出逃的怪物，阿拂的外公奚昙前辈，或许和况前辈一样，也是一位封印守护者……不对，守护封印这种事情轮不到他，奚昙前辈更像这块名叫'英雄冢'的石碑，以自身力量直接镇压怪物，将其镇压在了极北之海的海底。"

戈壁滩上，燕澜只是凭空猜测。一路来到温柔乡，这个猜得到很多印证。

极北之海如同草原。草原有结界，限制况雪沉外出，但他在草原内是自由的，且还能将柳叶飞行器轻松拉入结界内。极北之海也有结界，更厉害，姜拂衣的母亲无法离开海中央，却能在一定海域内自由活动，还可以将一些路过的男人拉进她的封印里。

燕澜早就觉得奇怪，其他被单独封印的大荒怪物，哪个不是被囚禁得动弹不得。姜拂衣的母亲，为何能折腾出来一众情人？

"这样说起来……"姜拂衣也是因为看到了温柔乡的情况，才更加确定了自己的想法。尽管她告诉自己要冷静，呼吸仍然加快好几个节拍，"我外公没有犯错，我们并不是因为惩罚才被封印的？"

燕澜回答得很谨慎："我认为你外公可能是站队了神族，或者，他和被封印在极北之海的怪物有仇。"

姜拂衣猜："那个怪物杀了我外婆？"

燕澜颔首："有可能。"

姜拂衣攥紧拳头，燕澜连忙提醒："注意情绪。"

姜拂衣深深吸口气："他的天赋，或许是令我们变得疯疯癫癫，知不知道是个什么怪物？"

这一夜，燕澜早已翻遍了《归墟志》："各种情绪怪物，以及沈云竹、怜情这种类型，都具有令人丧失理智的能力，我目前所知信息太少，判断不出来。"

暮西辞听了许久："但有本事令你外公陷入疯癫，绝对不简单。我觉得独饮擅愁也做不到，沈云竹又是谁？"

燕澜："思若愚。"

暮西辞："怜情的师弟？"

燕澜道："对。"

暮西辞想也不想："他更不行，比他师姐差得太远，在大荒根本排不上号。当初魔祖让他来劝我，在我手底下过不了几招。"

暮西辞恍惚想起来："昨晚你问我，有没有听说令候的神剑被石心人盗走的事，你既说奚昙舍身镇压了一个可怕的怪物，那他还盗令候的剑做什么？"

这一点姜拂衣也想不通："关键不知道令候的剑是什么时候丢的，是我外公盗走的，还是其他先辈。"

姜拂衣忽然想到一个问题。绝渡逢舟诞生于"遁"，沈云竹诞生于"极"。

她问："暮前辈，您知不知道我们石心人诞生于哪里？"

暮西辞皱眉："不知，似乎没听你外公提过，我没有任何印象。"

姜拂衣又问："那在大荒时代，是以哪种标准来认定大荒怪物的？"

暮西辞解释道："神、魔、人类、妖物，这些都是来源非常纯粹的种族，很容易分辨出来。除此之外的其他物种，且拥有超乎寻常的天赋，被他们统称为大荒怪物。"

姜拂衣沉默一瞬，捂住自己的胸口，紧绷着脸慢慢看向燕澜，双眸中写满了不可思议："我们石心人，该不会诞生于武神的神剑吧？"

燕澜愣怔住。姜拂衣想到了纵笔江川和他的伴生法宝："纵笔的笔，经过龙神以脊骨和法力点化,成了半神,证明了伴生法宝是能够开灵智的。令候闭口不提神剑,是因为他的神剑变成了花名在外的石心人。《归墟志》里没有记载我们,说明我们根本不是大荒怪物?"

这样也能解释,为何外公会愿意献身镇压怪物,还被令候亲手封印。

姜拂衣乱七八糟猜测时,燕澜朝况雪沉走去,拱手请求:"前辈,能不能借鉴真镜一用?"

鉴真镜是他二弟况子衿的本体,况子衿如今正在闭关养伤,但本体在况雪沉手中。

况雪沉听到了他们的谈话,知道他意欲何为,从储物戒中取出鉴真镜递给他。

燕澜拿着那面璀璨的宝镜,走回姜拂衣身边:"阿拂,你还记不记得小酒的二哥去往无忧酒肆,是怎么被独饮擅愁抓到的?"

姜拂衣打量他手里的鉴真镜:"况子衿看穿了独饮擅愁是大荒怪物。"

燕澜将宝镜递给暮西辞:"大荒怪物基本都是人类的模样,但通过鉴真镜,照出来的应该是怪物的本源,不然况子衿怎么会知道独饮擅愁是怪物?"

暮西辞拿过鉴真镜,低头望着镜面。

姜拂衣从侧边看到,镜面显示的竟然是一簇跳跃着的黑火。

暮西辞说:"这的确是我的本源,况子衿……我夫人的二哥看到的独饮擅愁,应该是一团愁绪,呈雾气状的物质。"

燕澜将镜子取回来,递给姜拂衣:"况子衿见到你之后,也认出你不是人类,我记得他当时说你是人形,唯独心脏散发金光,没说你是剑。"

姜拂衣揽镜自照,宝镜内显示的是她自己的脸。镜面往下移,胸腔位置有一点点金色的光,是她刚刚发芽的心脏。

燕澜也望着镜面:"瞧见了吗?剑石属于金系,因此散发金光。人形加上剑石之心,鉴真镜显示得清清楚楚,你就是石心人,你们石心人自成体系,并不是脱胎于令候的神剑。"

姜拂衣摩挲着宝镜边框上翠绿的宝石。燕澜等她开口。

姜拂衣皱眉:"我们石心人不是令候的剑,不代表他的剑不会变成怪物。难道被封印在极北之海的怪物,是令候的神剑?"毕竟石心人最擅长的就是操控剑,号令剑。神剑化成的大荒怪物,由石心人来镇很合适,"令候那一百二十三道封印,或许封印的是他的伴生神剑?"

燕澜找不到理由否认。

想法一旦生成,姜拂衣脑海里浮现出一些陈旧的画面:"我好像曾经在海底的一处废墟里,看到过一柄残破的剑?"当时年纪太小,那柄剑只是一个破铜烂铁,她没有在意,印象非常模糊,想得她颇为头痛。然而兹事体大,姜拂衣不断搜索记忆。想着想着,她脑海里又浮现出母亲送她上岸那晚的场景。

燕澜见她突然睁大眼睛,瞳孔紧缩,白皙的脸上顷刻间爬满他从来不曾见过的恐惧。他的心也跟着狠狠被揪了起来:"阿拂?"

姜拂衣双唇颤抖:"十一年前的惊蛰夜,海上的月亮是血红色的,狂风卷着巨浪,整个海底都在强烈震动。我害怕极了,四处寻找我娘,没找到,便先躲在了蚌壳里。后来我娘不知从哪里赶回来,从疯癫中清醒了一些,掰开我藏身的蚌壳,告诉我石心人和赠剑的一些线索,交代我上岸去寻找我爹。"

"我什么都来不及问,我娘便着急地带我从海底跃出了海面,上方是阵阵天雷,一道道落在海面上……"姜拂衣回忆起这个场景,至今都心有余悸,"从前我不知,你想想看,这像不像怪物苏醒,想要破印而出时的状态?我以为苏醒的怪物是我们,没想到是那个真正被镇压的怪物。"

燕澜浑身紧绷:"阿拂……"

姜拂衣继续讲述:"我娘硬生生顶着天雷阵,将我保护起来,送出极北之海。但这时,海底下伸出了十几条冰晶触手将我娘捆绑住,我亲眼看着她一瞬变成冰雕,被那些触手拖入海中……我原本以为那是封印的最初形态,一直自责是我连累了我娘……"

如今想来,那十几条冰晶触手,应是怪物的法力凝结而成。母亲并不是被封印束缚住,而是被怪物抓住,强行拖回了海底!

时至今日,姜拂衣终于明白了。那晚母亲突然清醒过来,是因为海底的未知怪物正在破印。不清楚母亲知不知道自己是在镇压怪物,但她肯定感知到了危险。母亲拼死将她送上岸,压根儿不是让她来找父亲讨什么说法,是怕她死在那个未知怪物手里,一心只想救她逃走。

姜拂衣几乎站立不稳,燕澜搀扶了她一把。

姜拂衣抓紧他的手臂,难以保持镇定,惨白着脸:"我娘,可能已经死了,为了救我……"

燕澜想要提醒她冷静,但这声"冷静"根本说不出口。此事搁在谁身上都不可能冷静。

况雪沉正要开口,身旁李南音的情绪也有几分激动:"昙姜姐姐死了?"

姜拂衣忍住双眼的酸意:"小姨你冷静一点,我只是猜测。依照我从血脉里的感知,石心人如果死了,她铸的剑是会枯萎的,而你们的剑没有枯萎的迹象……"

李南音慌忙取出自己的逍遥剑,确认剑气之中仍旧散发着生命力:"你确定吗?"

姜拂衣不能确定,又在寻思其他佐证:"我曾经骗凡迹星和商刻羽,说我娘已经过世了,但商刻羽明显不相信,后来凡迹星也没再问过我。我猜,商刻羽因为修剑时间比较久,能够从剑气中感知到我娘还活着。"

李南音松了口气。姜拂衣自己也吃了一颗定心丸,朝况雪沉拱手:"况前辈,此番多谢您搭救之恩,但我要立刻前往极北之海救我母亲,赶在小酒长出九条尾巴之前回来。"

李南音道:"我也一起去。"

姜拂衣拒绝:"您还是留在温柔乡帮忙吧,海岸线那里有我四个爹,足够了。"

李南音不同意:"我一定要去。"她看向况雪沉,"你确定小酒没那么快长出九条尾巴,至少需要一个多月,对不对?"

况雪沉微微颔首:"你们此行不必一直挂念着这边,我们可以将逆徊生前来温柔乡的时间,确定在具体的某一天。"

姜拂衣问:"您想出了对策?"

况雪沉想了一整夜:"四方盘开启时,逆徊生取出他的伴生法宝,还要朝你们喊一声,要你们小心。传送门关闭时,逆徊生还朝我吆喝,说他很快会来救怜情,由此可窥探一些他的行事作风。"

况雪沉看了一眼暮西辞:"南音,麻烦你通过修罗海市放出消息,温柔乡要在两个月后举办一场婚礼。这个日子,和小酒生出九尾相近,我猜逆徊生应该会选择婚礼那天上门,给我送大礼。"

姜拂衣琢磨:"是很符合他的作风。"

有个确定的时间,心里果然有谱多了。不然去往极北之海,还要随时担心着温柔乡。

况雪沉道:"姜姑娘提议让我做些出格之事,试试看能不能引出那位监督者,这也是个机会。"

姜拂衣问:"这也能算出格?在外边的传闻中,火麟剑暮西辞和他的夫人一直都是恩爱夫妻。"

况雪沉又看向暮西辞:"世人知道的是暮西辞和暮夫人,但我要举办的婚礼,是温柔乡的三小姐和焚琴劫火的婚礼。就说你焚琴,要入赘我温柔乡。"

暮西辞没说话,况雪沉道:"旁人不知焚琴劫火是谁,监督者若是没像闻人家族一样'失忆',应该会在婚礼之前赶来温柔乡。"

暮西辞答应:"我没问题。"

"不够。"姜拂衣觉得远远不够,"温柔乡一贯低调,监督者估计对你们很放心,不会像闻人氏盯着巫族一样,时时盯着。这样嫁娶的消息散布出去,感兴趣的人并不多,传播范围是有限的。顶多会讨论下焚琴劫火是谁,为何会取这样奇怪的名字,随后便置之不理了。"

暮西辞知道她办法多:"你来想个说辞?"

姜拂衣不擅长制造谣言:"这需要想个比较离谱的,容易勾起世人的兴趣,才能保证在两个月内传得沸沸扬扬。只要温柔乡的监督者不曾闭关,一定会传进他耳朵里那种。"

几人沉默下来,都在想"谣言",但始终不够离谱。

终于,燕澜想到了一个办法。他念了个诀,释放出寄魂。

寄魂在地上滚了一圈,变成小熊的模样。几人看向寄魂兽,不明所以。

燕澜感悟很深:"没有谁比它的想法更离谱,让它来想办法。"

寄魂被围在中间,有些胆战心惊地道:"既然暮西辞在外名声响亮,与夫人的恩爱情深更是广为流传,不如说焚琴劫火杀了暮西辞,夺走他的夫人,还要杀上温柔乡,逼迫身为大哥的况雪沉为他们举办婚礼?"

李南音赞同:"这个挺好,是我都会好奇想要打听一下的程度。"

姜拂衣蹙眉:"我觉得还是不太够?"

燕澜看向寄魂:"继续想。"

寄魂绞尽脑汁:"那就说焚琴劫火爱慕况雪沉,知道他心里爱慕的其实是自家三妹,于是杀死暮西辞,抢了柳寒妆回来温柔乡,以柳寒妆的性命,逼婚况雪沉?"

一片寂静。寄魂瞧见除了自己的主人,其他人的脸色都不太对,小心翼翼地道:"还是不行吗?那我再想想。"

况雪沉出声制止:"燕公子,我看不必了,它的第一套说辞就很好,麻烦你将它收回去吧。"

第七章 石心人的来历

燕澜看向姜拂衣:"你认为如何?"

姜拂衣一时答不上来,第一种说辞不够离谱,第二种说辞又太离谱。她回望燕澜:"瞧你面不改色的模样,估计从前没少听它胡言乱语吧。"

燕澜弯腰将脚边的小熊提起来:"它也在不断进步,从前并没有这样夸张。"离谱的是他自己,竟会相信寄魂那些不着边际的猜测。

《归墟志》中,怜情虽在第一册之内,排名估计还是有些靠后了。可能和令候不曾动过心有关系。

寄魂小声道:"主人,我究竟还需不需要继续想?"之前主人问的那些问题,它全部猜错了,如今竟然还愿意给它机会,它一定要努力表现。

姜拂衣问:"不知暮前辈意下如何?"

暮西辞无所谓:"都可以,你们拿主意,反正名声对我没有任何意义,主要看……"他不知道该怎么称呼况雪沉,索性避过去,"看他能接受哪一个。"

姜拂衣说了声"好":"那就依照况前辈的选择,采用第一套说辞吧,毕竟谣言原本就会越传越离谱。"

燕澜将寄魂收回。

李南音道:"行,我稍后递个消息回修罗海市。"

姜拂衣趁况雪沉没注意,给她使了个眼色。

李南音微微一怔,旋即明白过来。姜拂衣是请她明着散布第一种说辞,暗中将第二种说辞当成小道消息传播出去。

姜拂衣再次朝况雪沉拱手:"那我们启程了。"心中实在忐忑不安,姜拂衣提醒，"前辈千万不可掉以轻心，咱们对逆徊生的行事风格只是猜测，对他的伴生法宝更不了解，万一小酒只需要几天就能完成进化，逆徊生应该不会等上两个月……"

况雪沉点了点头，看了李南音一眼："你们此行也是一样，务必格外小心。"

暮西辞跟着说："海底那位不管是剑魔，还是大荒怪物，都需要你们石心人镇压，武神亲自封印，破坏力绝对不会低于怜情。"

若不是温柔乡也面临危险，况雪沉难以招架，他也本该去尽一份力。

毕竟奚昙是他在大荒时代唯一的朋友。

况雪沉再次将柳叶取出来："此物借你们用，温柔乡地界内，方便进出温柔乡的结界。"

姜拂衣道谢，先跃上去。

燕澜拱手："前辈，我那两个朋友若是来了，还请您照顾一二。"

况雪沉："我知道。"

燕澜也踏上柳叶，站在姜拂衣身边。

李南音转身之后，脚步踟蹰了下："有句话我知道不该此时说，却又怕此时不说，往后没有机会。况雪沉，我能接受你修无情道，却接受不了这世间无你。"

与他生离，她可以继续逍遥，但况雪沉若是……

况雪沉淡淡地道："我修无情道是为了想办法杀怜情，和同归于尽差不多，你早就知道的。"

李南音摇头："但我知道那是很多年以后的事情，你是长寿人，可能等我寿终正寝之后，你才能研究出对付她的办法。以我现在的境界，我接受不了……总之，你答应我，一定要留着条命。"

况雪沉嗓音低沉："很多事情我们只能尽力而为，若是救昙姜需要你舍命，你会不会考虑我还在温柔乡等你，就有所保留？"

李南音哑口无言，也知道越是有所保留，越是束手束脚，赢面反而越低。

李南音无奈一笑，换了种说法："那你我都全力以赴，尽量不给对方留下遗憾，如何？"

况雪沉答应下来："好。"

李南音跃上柳叶，操控着飞行器升空。

"轰隆！"英雄冢慢慢开启了一扇门，柳寒妆从地穴中走出来。被凡迹星医治过后，再加上自己的调理，她的气色原本复原不少，但她急急忙忙赶回来，哪怕歇了一夜，仍是一副憔悴虚弱的模样。

柳寒妆对半空中的柳叶并不陌生:"姜姑娘,你们为何才过来,又着急走,小酒呢?"

姜拂衣没有回答:"柳姐姐,我们有急事去趟极北之海,等忙完了之后,立刻回来喝你和暮前辈的喜酒。"

柳寒妆茫然:"喜酒?"她走到暮西辞身边,狐疑地看向他。

暮西辞答不上来,尴尬的目光飘向况雪沉。况雪沉却在仰视柳叶。

柳寒妆从未在自家大哥脸上,看到过这般隐忍不舍的表情。不必过多解释,她也知道形势不妙。柳寒妆心中生出几分慌乱,暮西辞对她的情绪变化一贯较为敏感,习惯性地伸手扶住她:"夫人,他们已经想好了对策。"柳寒妆依靠着他,心下稍安。

"咻!"

柳叶在李南音的操控下,未再停留,急速朝极北之海的方向飞去。

等到柳叶彻底瞧不见,况雪沉收回视线,柳寒妆才拉着他问:"大哥,发生什么事情了?小酒呢,小酒怎么没回来?"

况雪沉原本就没打算瞒着她,是李南音昨天担心他身体吃不消,非要瞒着。况雪沉讲给她听:"小酒暂时回不来,他被一个叫作逆徊生的大荒怪物给逆转了……"

"什么?"柳寒妆只听了几句,就险些要晕过去,听完之后,眼泪流个不停,"都是我的错,我不该让他一个人往万象巫去,我该和夫君陪他一起去的……"她又指着况雪沉的鼻子骂道,"也怪你,明知道我没事,还放任他外出寻我。他在外跑了二十年,浪荡得不知天高地厚。"

"小酒已经长大了,应该为自己负责,不能永远活在我们的羽翼之下。"况雪沉心中虽也非常难过,却并不觉得放任弟弟外出游历是件错误的事情。

柳寒妆泪眼婆娑,也不接暮西辞递过来的帕子:"你说得真轻巧,依照九尾狐族的寿元,他明明就还是个孩子。"

况雪沉道:"但他只生出一尾,寿元大概在五六百年。唯有生出九尾,且还是九尾天狐的情况下,寿元才能达到五六千年。"

柳寒妆正要说话,况雪沉伸手在她瘦弱的肩膀上轻轻拍了下:"老三。"

柳寒妆仰起头。她虽然看自家大哥不顺眼,经常顶撞他,和他唱反调,但自从父亲去世,她心中最信任的人就是大哥。

况雪沉轻声说:"依照逆徊生的说法,小酒之所以先天不足,是因为现今灵气稀薄。那么只靠修炼,他修不成九尾。此番对于小酒暂时算作一个机缘,我们不必担心他,真正该担心的是我们自己,以及我们的温柔乡。"

柳寒妆随着他的话想,觉得挺有道理。抽噎了几下,她渐渐平静:"大哥，我们该怎么办？"

况雪沉道："你夫君不是说了嘛，我们已经想到了办法。"

柳寒妆："什么办法？"

况雪沉倦了，想回去休息，朝英雄冢走去："让他告诉你吧。"走到地穴门口时，况雪沉又停下脚步，回头叮嘱妹妹，"没有瞒着你什么，不要胡思乱想，小心被怜情影响。冷静自持如姜姑娘这样的石心人，都被怜情影响颇深，你这个脾气……更要多加注意。"

柳寒妆微微一怔，冲他说道："我自小在这里长大，怎么会被怜情影响？何时被影响过？"

况雪沉瞟了暮西辞一眼："今时不同往日……"

柳寒妆甩了下手，催他去休息："大哥管好自己就行了，还大言不惭地说修什么无情道，我看你瞧李南音的眼神，你能修得成才怪。"

况雪沉不与她争辩，走进英雄冢。

柳寒妆因为担心弟弟，沉默了一会儿，问道："夫君，究竟是什么办法？姜姑娘说喝我们的喜酒，又是怎么回事？"

"哦，是为了制造谣言，引监督者现身，赌一赌是不是万木春神的信徒。"暮西辞和她细说。

柳寒妆含着泪的眼睛明亮了几分："姜姑娘说得没错，就算不是，有个神器持有者现身帮忙，更有胜算一些。"

暮西辞："对。"

柳寒妆偷看他的脸色："但是这种离谱的谣言，你真不介意？"

暮西辞当然不介意，只要能够帮助温柔乡，再离谱他都接受："真要说起来，有一部分并不是谣言，我的确杀了'暮西辞'，抢了他的夫人。"

柳寒妆道："你千万不要这样想，'暮西辞'是被天雷劈死的，我们原本是去偷东西，遇上你的封印动荡，这谁能算得出来？何况我与他是假装夫妻，并不是他的夫人。"

两人说完，各自都愣了一下。这阵子，他们有意避开这个话题，假装无事发生。

谁承想，忽然就说破了，两人一时都有些无措，站在石碑下吹着清晨的草原冷风，一言不发。

柳寒妆最了解他的性格，不指望他先说话，主动道："既说焚琴劫火杀了暮西辞，那暮西辞已经不存在了，你是不是要恢复原本的样子？"

刚才的静默中，暮西辞紧张得都要流冷汗了，此言一出，才让他的冷汗彻底流下来："那、那只是对外的说辞，没必要吧？"

柳寒妆看出他的古怪："从前你怕被我拆穿，不得不顶着这个躯壳，现在你还怕什么？"

暮西辞怕自己的本来面目会吓到她。

大荒怪物基本都是人形，却也是修出来的，只要稍微努点力，即使慵懒如绝渡逢舟，同样能够轻松修出大荒主流形体。然而，暮西辞为了方便独处，将自己修成了个真怪物的样子。想当年和奚昙一起挨打时，除了"人渣的友人也是人渣"这种理由，还有"太狰狞了吓到我了"这样的理由，的确给他省了很多麻烦，令人主动远离他。可是现在……

早知今日，何必当初。暮西辞后悔不已："你等我准备一下。"

柳寒妆不懂："准备什么？"

暮西辞说不出口，他要在婚礼之前，努力修个人身出来。

但他倏然一恍惚，谣言是假的，婚礼自然也是假的，燕澜若是武神令候，自己应该很快就要回到封印里去了，真有这个必要吗？

柳叶飞行器穿过温柔乡的结界，一路飞向极北之海。

路过一处山谷时，姜拂衣请李南音将飞行法器停下来，纵身跃下："燕澜，跟我来。"

燕澜随她落在这座人迹罕至的山谷，跟着她寻到一处颇为开阔的山洞。他不解："做什么？"

姜拂衣解下腰间坠着珍珠的铃铛，递给他："同归里盛放的宝物再不取出来，铃铛就要碎裂了。"

燕澜接过来："你是说将宝物藏在这里？"

姜拂衣已经打量过周围的环境："此地挨着温柔乡，挺合适的。"

燕澜以目视丈量山洞："但是空间不够。"

"唰！"

姜拂衣释放无数小剑，操控着众小剑开始凿山："够了你喊停。"

燕澜在心中默默估算，小半个时辰后，喊道："差不多了。"

姜拂衣收回小剑，攥起袖子擦了擦额头上的汗。

燕澜一手持着铃铛，一手掐诀。铃铛颤动了几下，宝物从内有序地飞出。

姜拂衣看着那些宝物飞出来后，又在半空分成不同的队列，说道："燕澜，咱们只是将宝物暂存在这里，就不用浪费精力分类了吧，你还有伤在身。"

燕澜将手里的铃铛扔出去。铃铛口向下，宝物似开闸的洪水一般倾泻而出。"哗啦啦……"山洞内顿时堆出了一座山，堆得满满当当。

姜拂衣伸出手掌，将藏在内的剑石取走了一大半："可能用得着，我拿一些。"

两人走出山洞，姜拂衣将洞口用石头垒起来。燕澜又以秘法布下好几道结界。

大功告成，姜拂衣一边擦手一边说："这些都是我们费力得来的，我可不会还给巫族了，你要还，也只能拿走一半。"

燕澜道："放心，既然拿到手便是我们的。"

姜拂衣说："我承认我是有点贪财的心思在里面，但更多还是觉得这些财富，我们拿来开宗立派更对得起它们的价值，毕竟多数是九天神族留下来的，神族也应该希望物尽其用。"

燕澜微愣："开宗立派？"

姜拂衣纳闷："你惊讶什么，我不是一直都有这个想法？"

燕澜知道她从前有过这种想法。她曾经问他借剑石，尝试以剑石铸剑，是为了今后有个赚钱的营生。她还想建立一个剑宗，培养一众剑修协助她救出母亲。但姜拂衣现如今坐拥宝库，不必再为生计过分担忧。姜母若是负责镇守封印，也就谈不上搭救，竟然还有开宗立派的想法。

姜拂衣望着刚被封印的山洞口："我们石心人是天生的铸剑师，多铸些好剑，传授人族一些精深的剑道，希望他们能够更好地拯救自己，不能什么都指望九天神族留在人间的信徒吧？"

如果真的需要石心人镇守封印，等母亲完成使命之后，姜拂衣可能需要继续镇守。趁着自由的日子，她一定要多培养一些优秀的剑修。天下能够安稳一点，她在封印里的日子也会好过一些。

燕澜领会到了她的顾虑，想说若有那一天，自己会在封印里陪伴她，其实和隐居没有区别。可是现在轮到燕澜摸不准，他和姜拂衣之间的关系究竟位于哪一步？他有没有资格随便对她说这些轻薄之言？

姜拂衣说完半响，没听到他回应："怎么了？你觉得我的想法哪里有问题吗？"

燕澜忙不迭摇头："不，你的想法很好。授人以鱼，不如授人以渔。今后你铸剑，传授剑道，我也可以传授我自创的秘法。"前提是他和姜拂衣能够平安过了这一劫。

姜拂衣朝他竖起大拇指："还是你学问好，我想了半天的说辞，你一句话就解释清楚了。"没错，就是授人以鱼，不如授人以渔。

"走吧。"姜拂衣足下一跃，朝着上方的柳叶飞去，"这座山谷里藏着我的理想，以及我们对未来的期盼，我的记忆靠不住，你记清楚，哪天我若是忘记了，千万记得提醒我。"

西境边陲，无垢峡谷附近。

闻人不弃一袭儒生打扮，看上去风尘仆仆，手持一个星盘，在峡谷上方不停地推算方位，找寻连环封印的"锁链"，而和极北之海前端挨着的锁链，正是此处。

峡谷下着毛毛细雨，凡迹星撑着一柄精致的伞，四处眺望："这里真的封印了怪物？为何一点气息也感觉不到。"

无论怎样打量，这里都是一处普通的峡谷，附近还有几个大小不一的村落，正值清晨，袅袅炊烟升起，并无任何特别之处。

一道红光落在凡迹星附近，商刻羽巡视谷底回来："说明这里的封印没受动荡影响，怪物还在沉睡，你不妨再大点声，争取激怒他，将他唤醒。"商刻羽站稳后瞥了凡迹星一眼，"你是一点脑子都不长。"

凡迹星微微一笑："所以才需要跟在三哥身旁，时时被提点着啊，万一也像亦大哥一样被人拐跑了，那可怎么办，你就又少了个兄弟。"

商刻羽咬了咬牙。

闻人不弃抬头看了他们一眼，实在搞不懂这个商刻羽："商兄每次都说不过他，为何每次都要说他？"

商刻羽冷漠地道："我们两个如何与你何干？做你该做的，少管闲事。"

闻人不弃不和他争执："我不是多管闲事，只是怕你们一言不合打起来，像商兄说的，唤醒了沉睡的怪物。"

他话音刚落，凡迹星竖起食指，搁在唇畔"嘘"了一声，示意商刻羽保持安静。

"嗖——"商刻羽感知到自己的信箭，立刻释放法力。弧光加速飞来，被他握在手中。

凡迹星认得："这是你给阿拂的信箭？"他收了收脸上的笑容。姜拂衣会使用信箭，必定是有重要之事。闻人不弃也再次抬头望过来。

商刻羽感知信箭内姜拂衣留下的信息，眉头紧皱："她让我们暂停破解封印？"

凡迹星："原因？"

商刻羽不知道："就只有这一句话。"刚说完，他的流徵剑浮现在身侧，"有人追了过来。"戒备之中，窥见追来的人竟然是亦孤行。

凡迹星松了口气："原来是咱们的大哥，吓我一跳。"

亦孤行刚落在他们面前不远处，就被他这声"大哥"喊得愣了愣。

闻人不弃拿着星盘绕过来："亦兄，你辛苦追着信箭来，是不是阿拂有话不方便写在信笺里，需要你转告？"

亦孤行回过神："对，极北之海的封印，出现了一些新的状况。"他从巫族族老点天灯欺骗神族下凡开始说起。

三个人听得神色各异。凡迹星感叹："难怪闻人总是针对巫族，倒是我错怪你们了。"

这声"错怪"闻人不弃没接："我们只知道巫族有问题，没想到竟然比我们猜测的还更……"他不禁后怕，"早知如此，我们应该陪阿拂一起去。"

凡迹星摆摆手："就别往回看了，咱们一起去也没用，始终要等况雪沉的四方盘。"他又看向亦孤行，"但这和极北之海有什么关系，阿拂为何要我们暂时停下来？"

"因为燕澜乃武神令候，极北之海的封印是他亲手设下……"亦孤行简单讲了讲，"阿拂说，让我们先去极北之海和云巅国交界的海岸线等她。"

商刻羽一直忍到他说完："开启极北之海的封印，等同开启灭世浩劫？这根本不可能。"

凡迹星也不信："仙女如此善良，说她是灭世灾难，简直比闻人之前怀疑燕澜不是个好东西更离谱。"

亦孤行被他二人紧紧盯着，给不出答案："我同样不信，但目前是这种说法。"

闻人不弃最后一个开口："也不是不可能。"

三人一起看向他。

闻人不弃深深拢着眉头："武神若是一个不会公报私仇，做事极为严谨之人，他那众多封印，或许封的并非石心人，海底难道还有其他怪物？"

凡迹星讷讷："什么意思？"

闻人不弃摇头："所知太少，猜测没有意义，既然让咱们去海岸线，先启程吧，从此地去往极北之海，比从温柔乡过去更远。"说完，他利索地收回星盘，取出一根毛笔样式的飞行器。

凡迹星御剑飞行之前，想起来问亦孤行："大哥，你追着信笺从温柔乡跑来这里，估计追不上我们，要不要我先带你一程，让你喘口气儿？"

亦孤行本想拒绝，但他的确是累得不轻。信笺速度极快，且为了不跟丢，他一口气都不能喘："麻烦你了。"

凡迹星将伞收拢："不麻烦，以前对你多有误会……不提了，咱们都是自家兄弟，你身为大哥，肯定不会和我们计较。"

亦孤行没说话。

"是吧，三哥？"凡迹星看向商刻羽，"上次你骂得最狠，说大哥助纣为虐，结果魔神真是神族，你要不要道个歉？"

商刻羽唤来自己的仙鹤，落在仙鹤背上，"哼"一声："误会？他拿魔元洗剑难道是假的？"仙鹤舒展庞大的翅膀，掠过蔚蓝的长空，飞向极北之海。

亦孤行终于忍不住道："迹星郎，咱们手中都有恩人所铸的剑，你称我一声大师兄，我不反对，'大哥'就免了。我自小修佛道，一直以来都无心男女之情，阿拂的母亲应该只是我的恩人，我和你们不一样。"

凡迹星笑道："她也是我的救命恩人，我在心中将她视为仙女。但是你能否像无上夷一样，体内有团真火，能保证自己的元阳仍在？"

亦孤行答不上来，且极为尴尬。他从来没想过，已经这把年纪了还要来讨论这般难以启齿之事。因此，姜拂衣将他列为父亲的候选人时，他实在不好意思开口和她一个小姑娘解释。

凡迹星又笑了一声："不必解释，更加不必为难，其实阿拂对亲生父亲是谁并没有执念，她只是需要一个能够帮忙救母亲、完全值得信任的自己人。她当我们是爹，我们就做爹，这样她使唤咱们心安理得，咱们报恩也顺理成章，你说是不是？"

亦孤行茅塞顿开："迹星郎果然是个通透之人。"

凡迹星挑眉："我是医者，除了医身，自然也懂得医心。"

商刻羽的冷笑从前方飘回来："你还懂得诛心。"

凡迹星叹了口气："那是因为有的人追杀我三十年，在我心中早就是一条疯狗。而我只医人，不医狗。"

"嘭！"一道霸道的剑气劈了过来。凡迹星早已御风逃走："闻人，你来带大哥一程，我先行一步！"

亦孤行和凡迹星站得近，险些被剑光劈到，看着商刻羽跃下仙鹤，紧追凡迹星。而那仙鹤在后猛扇翅膀追着主人，都快扇出火来了。

闻人不弃落在亦孤行身旁："亦兄，咱们走吧。"

亦孤行指着前方："他们……"

闻人不弃已经习惯了："放心，他们有分寸，不会耽误正事。"

柳叶从温柔乡飞到极北之海境内，耗时十几日。如今的姜拂衣觉得好远，但她年少时南下神都，没有飞行器，修为又很低微，步行了整整五年。记忆没了，她也不知道当时是怎样撑下来的。

穿越重重大雪山，柳叶最终落在了她曾经上岸的地方，一个小渔村附近。她的几位"父亲"还没到。姜拂衣手中有亦孤行的信箭，得知他们还需要两日才能抵达。

在渔村休息一夜，第二天清晨，姜拂衣决定和燕澜一起先去海中央，留李南音在岸上等着他们。

主要是极北之海的面积实在是太过广阔，而姜拂衣自出生之后，只能在封印内活动，她需要确定一下封印地究竟位于哪一片海域。确认的方式也很简单，只要她靠近封印，又不在海水里，就会引下天雷。

寻找了一整天。傍晚时分，姜拂衣发现上空云层有异，似乎正在孕育雷暴，猜测封印的边缘应该就在这附近。

姜拂衣取出几支小剑，将小剑悬停在上方。

"我们下去吧。"姜拂衣和燕澜商量，"这些小剑留在上面当作标记，商刻羽他们能感知到。下去海底之后，他们找我不难。"

"不等他们一起下去？"燕澜目望她从小海螺里取出一颗气泡状的珠子。

姜拂衣将避水珠递给他："咱们不知道下面那个怪物有什么天赋，石心人既然能够镇压，说明我在一定程度上可以克制他，先去探探路。其实，我觉得你也最好……"

燕澜闷不吭声，扇动翅膀靠近她，将避水珠拿过来。姜拂衣知道劝不住，不浪费口舌，收回翅膀飞行器，"扑通"落入海水中。

燕澜正在研究手中的避水珠如何使用，低头见她已经被海水淹没。不一会儿，她又随着海浪露出头，抹了一把脸上的水，像一株缀着露珠的芙蓉花。

姜拂衣原本只用一支簪子绾发，此时头发散开，被她拨去耳后："以指尖捏一下就可以，这是由水母妖丹制成的，不耗费你的灵力，比你使用秘法更好。"

"你母亲制的？"

"不知道是我娘还是我外公，反正这种妖丹海底有不少。"

燕澜以两指捏了捏，气泡"啵"的一声迅速膨胀，在周围隔绝出一个防水的空间。燕澜也收回翅膀，落入水中。

姜拂衣："跟紧我。"

燕澜追着她，如同追着一条鱼。

姜拂衣在穿过一片海域时，明显感觉到了一层阻碍，应该就是结界。入内轻而易举，她若再想要出去，恐怕得吃些苦头。

抵达漆黑的海底，燕澜需要使用法力才可以看清楚周围。姜拂衣依然能够以肉眼视物，且对环境越来越熟悉。

"我和我娘就住在那里。"姜拂衣指着前方，传音给他。

燕澜顺着她的手势望过去，只见前方一片"灯火通明"。离近一些，才看清楚竟然是数不胜数的珍奇大海蚌，光芒正是从蚌壳散发出来的，且这一整片区域，似乎都在一个巨大的透明水母体内，将海水隔绝在外。

姜拂衣入内后不再需要游泳，像在陆地上一样直立行走。她赤着脚在蚌壳丛中边跑边喊："娘？"

"娘？"

"我是阿拂啊，我回来了！"

并没有得到昙姜的回应，姜拂衣虽然失望，心中却很清楚母亲此时在家中的可能性不大。否则从她入海，母亲就会前来接她。

姜拂衣不再消耗力气，坐在她自己的蚌床上，环顾四周："家里和我离开时基本没有区别，我娘不知道被怪物拖进了哪里。"关于怪物被镇压在何处，她已经冥思苦想了一路，"先去找我印象中的那柄破铜烂铁吧，如果真是令候的剑，怪物估计就在附近。"

燕澜："好。"他快要被这"蚌宫"里的夜明珠晃瞎眼睛了。

姜拂衣一刻也不休息，双掌撑着蚌床站起身，先确定方位："应该在这边。"刚朝那个方位迈出步子，姜拂衣又退回来，拍了拍方才坐过的蚌壳，"对了，忘记和你介绍，它就是将我孕育出来的蚌壳。"

燕澜伸手覆在蚌壳上，心道她还真是"珍珠"。

姜拂衣说道："我们石心人孕育是需要容器的，孵化速度快慢，据说和容器的灵气有关系。正是因为如此，我不知道我被孕育了多久，分辨不出来哪个才是我亲爹。你有没有什么秘法，可以通过这个蚌，知道我被孕育了多少年？"

燕澜仔细琢磨："短时间内，的确能够以海水之灵追溯。但你至少被孕育了五十年，不太容易捕捉到当时的水之灵，我试试……"

姜拂衣按住他的手背："算了，既然可能性不大，不如省着点精力做正事。"

燕澜道："你不是并不在意谁是你的亲生父亲？"

姜拂衣耸了耸肩："是不在意，哪个都无所谓，只是单纯想知道而已。"她离开"蚌宫"，再次入水。

凡迹星是第一个抵达海岸线的。他从前时常来此寻找仙女，对极北之海比较熟悉。他没在岸边感应到姜拂衣，只瞧见一名身姿高挑的女子临海而立，闭目养神。

人仙巅峰境界的女剑修，凡迹星脑海里浮现出好些个人名，落在她背后："修罗岛主，逍遥剑李南音？"

李南音转身，打量起眼前的俊俏男人："迹星郎？为何就你一个人？"

凡迹星笑道："他们随后就到，我因为被一条疯狗追逐，才跑得快一些。"

李南音忍俊不禁，知道他和商刻羽不合拍。凡迹星张望："阿拂呢，我怎么感知不到她？"

李南音解释："她和燕澜先去寻找封印地，等你们到齐了，咱们再一起去找她。"

不等凡迹星说话，只听一声仙鹤鸣啼。商刻羽盘膝坐在仙鹤背上，海风将他的红衣和鬃发吹起。他落在距离凡迹星很远的位置，看向李南音："将你的逍遥剑取出来，我们只认剑不认人。"

凡迹星觉得他真是煞风景："不必了，亦孤行认识她。没错吧，大哥？"

亦孤行人未到，声音先传过来："她是李南音。"

李南音依然取出本命剑，亮给他们看："逍遥剑在此，和诸位的剑一样，出自昙姜姐姐之手。"

这一看不得了，凡迹星愣了愣："你这剑……"

李南音不明所以："我的剑怎么了？"

凡迹星取出自己的伴月剑，凑过去对比，嘴角微微一抽："我听阿拂说，仙女给你铸的剑，要比我们的精致一些，我心想送给女子的剑，精致一点很正常，但这差距也未免太大了吧？"

从前有人说他的伴月剑，除了剑身，剑鞘和剑柄太过敷衍了事。他笑那些人肤浅，不懂得大铸剑师超越世俗的审美。如今瞧见李南音的剑，凡迹星才深知并不是仙女的审美与众不同，真就是敷衍了事。

凡迹星："我听说你的剑还有字？"

李南音拔剑出鞘，亮出刻字："怎么，你们的剑都没有字？"

凡迹星像是吃了一串没熟的葡萄，表情酸得遮掩不住，扭头去看商刻羽，他的脸色一样不太好看，心里舒坦多了。

凡迹星故意问："我的剑反正没有字，不知道三哥的剑有没有字？"

商刻羽瞧着并不恼："你有什么好大惊小怪的，不是早就知道咱们全是工具？"

亦孤行没有比对过他们的剑："我们四个，以及无上夷的剑，都是一模一样？"

凡迹星收回伴月："我没见过无上夷的剑，听阿拂说是一样的。至于闻人，他失忆之后，曾被真言尺唤醒，他说他可能是害怕再次失忆，将剑藏了起来，至今想不起来藏在哪里。不过我猜测他的剑也会比较特殊，毕竟闻人是个儒修，一点剑道都不懂，和我们用一样的剑那才奇怪……咦，闻人呢？"

几人聊了好半天，闻人不弃才追上来。他连日奔波，追这几个剑修，体力明显不支。

海底,距离"蚌宫"一千里左右的地方,有一片残破的建筑。不像是大荒龙族在海底建造出来的宫殿,更像是陆地建筑,掉落进了海底。

姜拂衣游进这片废墟里,指着残垣断壁上早已模糊不清的古老壁画:"先前在万象巫,你当众测天赋,我一眼认出了环绕在你周围的寄魂。我会知道寄魂,就是从这些壁画上看到的。"

燕澜没忙着去看壁画,而是绕废墟转了转:"这很像巫族古籍里画的神殿。"

姜拂衣微微一怔:"但神殿怎么会掉进海里?"

燕澜回忆曾经看过的古籍:"大荒时代灵气充裕,世间有许多类似飞凰山一样的悬浮山。九天神族诞生于清气,清气通常是上浮的,因此他们多半居住在山上。"

极北之海上空应该有个悬浮山,山上建着一座神殿。山落入海底,神殿自然也跟着一起掉落。不知是谁的神殿。

姜拂衣不禁朝下方望去:"按照你的说法,我们脚下的这方海底岂不是山顶?"

燕澜沉到底部,认真观察脚下:"好像是的。"

姜拂衣心头猛然一跳:"我娘难道被拉进了山体内部?"

燕澜闭目掐诀,察觉到这遗址似乎存在一层结界:"不一定,也有可能是被拉进了这座神殿的内部。"

姜拂衣朝他游过去:"你是说,这座神殿存在内部空间?"

燕澜以秘法捕捉不到:"我用《归墟志》试试看。"

"等下。"姜拂衣道,"咱们先找那柄剑。"万一真让燕澜将神殿内部开启,怪物被封印在内,他们再想出来并不容易。

燕澜又将《归墟志》收回去:"你说的剑在哪个位置?"

姜拂衣记不清了,只知道地处废墟附近。究竟是在废墟里面还是外围,她一点印象也没有。

"你在里面找,我去外围。"

"好。"

废墟面积不小,外围更是广阔,两人寻找了几个时辰。

"找到了!"终于,姜拂衣在废墟之外几十丈远的珊瑚丛中,又一次看到那柄剑。剑斜插在岩石上,无论剑柄还是剑身都是锈迹斑斑,看上去有些年头了。姜拂衣感知不出此剑的威力,也不敢靠近,只招呼燕澜速来。

燕澜来到她身边，仔细打量那柄剑，难怪姜拂衣说是破铜烂铁。

姜拂衣戒备着道："这是不是令候的剑？"

燕澜不解："阿拂，你为何会觉着这柄剑大有来头？而不是上方路过的人随手扔下来的破烂？"

姜拂衣自然有理由："说起海底藏着神剑，我脑海里立马蹦出来此剑，定然不一般。"

燕澜打量了好几遍："我觉得不是令候的剑。"

姜拂衣感知到他的嫌弃："为什么？"

燕澜："对比出来的。"他对比装订精美的《归墟志》，此剑即使不生锈，也不像令候的风格，但他还是决定拔出来试试。

燕澜靠近那柄剑，朝它缓缓伸出手。

"嗡——"剑竟然开始剧烈颤动。

姜拂衣屏住呼吸："还说不是令候的剑？"

奇怪，燕澜正不知所措，只见前方锈剑倏然从岩石抽出，朝他飞来，却又与燕澜擦肩而过，朝两人后方飞去。

姜拂衣和燕澜一起扭头，看着那柄剑落在闻人不弃手中。

他们几人刚寻过来，闻人不弃远远看着那柄剑，觉得似曾相识，便尝试召唤，没想到真被他召唤来了。

"这好像是我的剑？"

姜拂衣不禁讶然："这柄剑不是我娘铸的吧？"

闻人不弃面露疑惑，答不上来。他年幼时为了强身健体曾经修过剑，有过几柄佩剑，成年之后那些剑都被束之高阁，没带出过闻人府。何况他手中这柄剑，正如燕澜描绘的那般，像是上方渡海之人随手扔下来的破烂。凡迹星几人的剑柄，仅仅是纹路比较粗糙，这柄剑的剑柄没有任何纹饰，还凹凸不平，握着甚至有些硌手。忽略剑身的锈迹，此剑两侧无刃，尤其是剑尖，像是被掰断了一截？

燕澜被闻人不弃看了一眼，一时间竟不知该作何表情。仇视多年，不久前还曾起过冲突，如今回想起来，恍如一场旧梦。

闻人不弃见他木然呆立，扬起手中剑，指了下他面前的岩石。燕澜这才会意，闻人不弃是想让他帮忙仔细查看，锈剑插过的岩石缝里，有没有残留的剑尖。

"没有。"燕澜认真地检视，"看这岩石的凹口，贴合如今的剑尖形态。"闻人不弃颔首，估计此剑铸造时就没有剑尖。

闻人不弃揣测道："这可能真是你母亲赠我的剑。"

姜拂衣朝他游过去:"我来感知一下。"原先以为是令候的剑,不知道是不是入了魔,她不敢碰。

"好。"闻人不弃将锈剑从避水罩里递出去。

姜拂衣握住剑柄,认真感知许久,眼底的疑惑逐渐加深:"好像是有一丝我娘的气息,但极为微弱,若有似无的。"莫说凡迹星几人的剑,就连姜拂衣从剑笙手中得来的那柄无主剑,都充斥着母亲的气息。闻人不弃这柄剑的剑气却极淡,不仔细感知几乎捕捉不到。

刚追过来的凡迹星道:"我瞧瞧。"伴月剑出了鞘,转为医剑形态,贴近那柄锈剑,释放出丝丝缕缕的精纯剑气,缠绕住锈剑。凡迹星捻动手指,似在悬丝诊脉。几人都默然无声,视线凝聚在他身上,直到他露出诧异的表情。

姜拂衣不等他收回剑气,直接问道:"义父,怎么样?"

凡迹星摸不准:"是你母亲的剑没有错,但此剑已然'枯萎',失去了剑气?"

"枯萎?"姜拂衣琢磨这个词。

只要母亲还活着,哪怕心剑的剑主死了,心剑一样生机勃勃。这柄锈剑是怎么回事?

"我知道了。"姜拂衣想起自己之前铸造的凤凰剑,力量用尽后,那些剑就成了一堆废铁片子,"闻人前辈没有修剑的天赋,此剑属于防御类型,类似防御法宝,能够为您抵挡伤害。但有一个弊端,剑气会逐渐消耗,等消耗光了,就会变成这副模样。"

听她如此一说,闻人不弃心中有了谱。当年他恢复记忆之后,担心再次失忆,便将此剑封藏。后来潜入万象巫寻找封印相关的书籍,他自知艰难,又将此剑取出。他遭剑笙追杀,险些死在万象巫时,是此剑替他挡下了致命一击。

姜拂衣也想到了:"剑气耗尽,这柄剑使命完成,自行回到了极北之海。"

姜拂衣转眸去看身后的神殿废墟。此剑本该回到母亲手中,却停留在这神殿废墟附近,可见母亲再次失忆之后,来到了神殿。神殿肯定和被封印的怪物有关系。

闻人不弃望着她手里的锈剑,抬手摸眉心:"我之前以真言尺敲打眉心,隐隐感觉到剑契仍在,此剑既然已经枯萎,离我而去,剑契为何还在?"

姜拂衣摩挲着钝平的剑尖:"这柄剑存在两种剑意,剑身与剑尖的剑意不同。当您从我娘手中获得此剑时,剑尖应该就进入您的识海之内,从此不受您的控制。除了我娘,谁也取不出来。"

闻人不弃对剑道实在知之甚少:"还能如此?"

凡迹星耸肩："有什么好奇怪的？我的剑不就是杀剑和医剑两种形态嘛。"他收回自己的伴月剑，瞧见闻人不弃的剑连敷衍都懒得敷衍，心里更舒坦了。至少在"剑"的方面，除了李南音，仙女全部是一视同仁。

闻人不弃捏着眉心，费解："剑身属于防御，剑尖的用途又是什么？既在我识海内藏着，我竟然一点都感知不到，似乎对我也没有任何影响？"

"肯定是有影响的。"血脉里的剑道实在太多，姜拂衣分辨不出来，将手里的锈剑还给闻人不弃，"您想想看，剑尖给您带来了哪种比较特殊的能力。对比其他人，尤其是闻人氏的其他人，您最与众不同之处。"

"特殊能力？"这真令闻人不弃为难。他自小就很与众不同，闻人氏记载中还没有比他天赋更高的人。

燕澜观察着姜拂衣的表情："阿拂，你想到了什么？"

姜拂衣摇了摇头："咱们一路从温柔乡回来，我始终认为海底这柄剑是令候的。如今证明不是，我就真不知道哪里还有剑。"

这样一来，被镇压的怪物真有可能是令候的剑。燕澜还能不能再生血泉？

"回去开神殿吧。"姜拂衣越来越相信，母亲应该就在神殿内部，"但愿我娘如今是清醒的。"

燕澜："好。"

姜拂衣又问："如果神殿内封印着怪物，你打开大门，会不会将怪物放出来？"

燕澜道："若《归墟志》可以开启，不该存在这种错误。"

"那好。"朝神殿遗址方向游过去之前，姜拂衣倏然想起来，"对了，怎么只有您两位？商前辈、亦前辈，还有我小姨呢？"

闻人不弃恍若不觉，满心都是剑尖。凡迹星"哦"了一声："我们找过来的路上，遇到好几只发了狂的海怪拦路。他们三个更能打，就让他们三个杀，我和闻人先来海底，看你们需不需要帮忙。"

姜拂衣："发了狂的海怪？"

凡迹星蹙眉："总之，不是正常海怪该有的模样，不然也用不着他们三个一起出手。"

姜拂衣忧心忡忡："不知道是不是和被封印的怪物有关系，关于怪物的事情，小姨应该都告诉你们了吧？"

凡迹星点了点头："闻人已经交代过他们，杀干净之后，带只海怪的尸体过来给燕澜瞧一瞧，能不能认出是受什么怪物天赋影响……"

姜拂衣看向燕澜："咱们等他们来了再开神殿。"

燕澜点头。

凡迹星回想起来之前路过的废墟："那一片残垣断壁？"

姜拂衣解释："燕澜说废墟存在一个内部空间，我们看到的只是表象。原本是座神殿，建立在悬浮山上，咱们脚下这片区域的海底，其实是山顶……"

话未说完，周围的水波忽然剧烈震荡，是从上方传来的。此处是海底，距离海面极远，震荡可以传递下来，可见上方斗法斗得颇为激烈。

"商刻羽的剑气？"凡迹星仰起头，"没杀死海怪，反被追杀到这里？"

姜拂衣蹙眉："上去看看。"她在水中游了个弧度，随后如同一条箭鱼，直冲向上。凡迹星控着剑气凝结而成的避水罩，追上去。

闻人不弃和燕澜落在后面。因为燕澜瞧见闻人不弃给他使了个眼色，应是有话和他说。闻人不弃已将锈剑收入储物戒中，隔着避水罩，颇为坦然地道歉："之前在白鹭城，对不起。我对巫族深恶痛绝，你又身为巫族少君，还是剑笙的儿子，我实在给不了你一点好脸色。"

燕澜拱手垂眸："关于此事，我需要向您道谢。若不是您逼着我给您一个交代，我恐怕至今还被蒙在鼓里。"

闻人不弃扬了下手："这算是无心插柳，与我无关。当时我确实冲动，我那差一步就能突破地仙的先祖曾被你们……曾被巫族暗杀，巫族的手段防不胜防，我在遭遇纵横道的刺客之后，犹如惊弓之鸟，害怕巫族为了对付我，不择手段地利用和伤害阿拂。

"我也知道我应该先和阿拂讲，但我私心觉着意义不大。毕竟这一千多年来，我们闻人氏无论对谁说巫族有问题，从来没有人信。久而久之，我们已经懒得去说，习惯了暗中行事，才会威胁你远离阿拂。"

燕澜仍旧垂首："我理解，从前我对闻人氏多有误会，对您的态度也颇不恭敬，还请您见谅。"

闻人不弃弯唇轻笑："我与你之间算是一场误会，彼此既往不咎吧。"

燕澜朝他行礼："您客气了。"

闻人不弃的语气好似调侃："你本为神君，在我面前将身段放得这样低，倒是令我不知所措。"

燕澜连忙道："我并不是武神令候，只是凡人燕澜。"

闻人不弃笑容复杂："走吧。"

燕澜想起来："不知李前辈有没有告诉您，您手中的真言尺其实是言灵神的伴生法宝？"

"听说了。"闻人不弃说不上特别惊讶，他早就觉得自家先祖紧抓住巫族不放颇为奇怪，"可惜了，我家先祖被暗杀后，没有留下只言片语，我并不知万木春神的信徒在哪里，帮不了温柔乡。"

姜拂衣游水的速度，比凡迹星施法上浮还更快。她尚未游出水面，就瞧见上空光波激荡。海浪被掀起十几丈高，海水的冲击力令她难以保持平衡。

等距离足够，姜拂衣放出目视，发现是商刻羽、亦孤行、李南音正与一群鲛人以及众多海怪交手。

看形势，商刻羽他们在猎杀高阶海怪，而鲛人族跑出来捣乱。

姜拂衣觉得奇怪。极北之海的北边的确有个庞大的鲛人族群。鲛人寿命漫长，修为上限却挺一般，据说鲛人王最近刚修到人仙初境。极北之海人迹罕至，他们这点修为在深海里足够用了。

只不过鲛人很少出现在石心人的封印地，一旦靠近，会遭到母亲驱逐。事实上，极北之海之内的任何族群，都会绕开封印地。以至于姜拂衣从小在封印中，除了母亲，连个能交流的人都没有。

现在想来，这应该是母亲印刻在骨子里的责任，不能让他们靠近被镇压的怪物？

"鲛人王！"姜拂衣担心被封印攻击，不敢离开海水，只露出肩膀以上，朝上空喝道，"是谁允许你带着族人闯入我们的领地？"她并不认识为首的鲛人，瞧他是人仙修为，容貌雌雄莫辨，极为出众，应当是鲛人王。

鲛人王正在偷袭商刻羽，却被他一剑逼退。本欲再朝他杀去，听见姜拂衣的声音，鲛人王停了下来，低头看向海面，嗓音悦耳："你是姜夫人的女儿？你果然回来了，不枉费我大老远跑这一趟。"

姜拂衣重复："姜夫人？"她知道是说母亲，却不知道这称呼哪儿来的。鲛人能活两三千年，他可能见过姜韧？

其他鲛人见首领停下来，也不再偷袭。

"嘭！"商刻羽诛杀一只海怪，那海怪掉落到海面，砸起巨浪。鲜血在海面蔓延，但很快被海浪卷走。

姜拂衣感知了下，这只海怪的修为相当于人族的人仙巅峰。再看被亦孤行和李南音卷到高空去的几只海怪，修为同样不弱。往常这种级别的海怪，偶尔才会出来一次，此番竟然冒出来一堆？但它们都挺正常，并不曾发狂。

姜拂衣质问鲛人王："海怪是你养的？"

鲛人王冷着脸，指向商刻羽："是我引来的，我要杀他！"

商刻羽刚得了个空，又被一只海怪缠上："见都没见过，我是哪里得罪了你？"

"咱们没见过？"鲛人王被他给气笑了，"你是不是叫作商刻羽，是不是风月国的大皇子？"

商刻羽无语:"皇子都是哪一年的事情了?"

鲛人王喝道:"只要你是商刻羽,我杀的就是你,三百年前的事情,你难道不记得?"

商刻羽原先觉得他有病,听闻"三百年前",双眸倏然一沉:"三百年前你在海中见过我?"

凡迹星他们几人,都记得当初前来极北之海的原因。唯独商刻羽一丁点印象也没有,他始终在陆地上寻找。且他们都是低微的凡骨修为,身陷险境,才被昙姜救下,商刻羽却不一样,十几岁就突破人仙,外出游历闯荡,在极北之海遭遇困境、需要昙姜出手相救的可能性并不大。

究竟因何认识昙姜,改修剑道?商刻羽这一跑神,险些被海怪的尾刺射中。凡迹星的剑气自海中飞出,将尾刺横扫。

鲛人王怒不可遏:"你还真是贵人多忘事,当年你跑来极北之海大肆屠杀鱼妖,取骨做笛子,听见我们鲛人族的歌声,嚣张跋扈地将我擒住,强迫我们迁到极东之海,去往你们风月国,你当真一点都不记得?"

商刻羽完全没有印象。但遇到歌声动听的鲛人族,想将他们迁回国境,是他十几岁时会做的事情。风月国上下都喜好乐理,他从前也是个乐修。鲛人终究是妖,传闻还会以歌声魅惑迷途的路人,不知真假,商刻羽也不会去调查。他从小见妖就杀,只不过自从失忆醒来,这种想法发生了改变。商刻羽不再单纯以物种来区分好坏,会看他们各自的秉性。

姜拂衣替他问:"后来呢?"

鲛人王和姜拂衣说话客气很多:"幸好你母亲出手相救,将商刻羽打了一顿,拖下了海。我们也被她赶走……"

商刻羽的脊背逐渐绷直。

凡迹星从海中飞身而出,朝攻向商刻羽的海怪劈下一剑:"三哥,原来咱们之中最特殊的人是你啊。我们几个都是得了仙女的恩情,只有你是被仙女以武力制伏的?"

商刻羽浮在半空不动,攥剑的手已经开始微颤,下颚越收越紧。

凡迹星一边诛杀海怪,一边笑出了声:"你说你脑海里有个声音,时常提醒着你,有个女人在等着你,会不会是这样?你被仙女强行赠剑约束,愤恨地说:'你给我等着,我年纪小打不过你,等我回家喊我父王!'仙女说:'行,我等着你,千万要来。'结果你出海之后,流徽剑彻底将你标记,你完全忘记,只记得仙女说她在等你?"

"因此一直提醒你去寻找的女人,不一定是你的夫人,也可能是你的仇人?"凡迹星越笑越大声,"认贼作父的事情我听得多了,认敌为妻的我还是第一次听说，三哥你真是……"

姜拂衣喊："义父，您还是少说两句吧。"她想让他嘴下留情，再讥讽几句，商刻羽指不定会崩溃。

凡迹星叫了声"冤枉"："阿拂，我只是在认真推测，为他答疑解惑，哪里说错了？"他这番说辞虽然夸张，却真有可能。

商刻羽任由凡迹星奚落嘲讽，罕见地保持沉默。莫说凡迹星笑，他自己都很想笑。

三百年来，商刻羽常常在寻思脑海里那个女人究竟有多优秀，为他做过什么难得之事，竟能打动他，令他念念不忘。原来不是打动了他，是动手打过他。

他潜意识中觉得她是"夫人"，只是因为她被这群鲛人称作"姜夫人"？还有比这更荒诞离谱的笑话？商刻羽真的笑了一声。

凡迹星"啧啧"道："夫人不是真的，但阿拂依然有可能是你闺女。要不你这仇恨，也不会强烈到能抵抗住失忆之咒。"

姜拂衣嘴角微微一抽，瞧见商刻羽的脸瞬间绿了。

她无奈："义父啊……"

本来就够头痛了，偏那鲛人王还要再给商刻羽补上一刀："三百年前你就接近人仙中境，少年天才，狂妄一些也能理解。如今三百年过去，我以为你至少也该是个地仙中境，竟还在人仙？可见做人真的别太猖狂！"言罢，他将五彩斑斓的鱼尾一甩，卷出数不尽的水刃，朝商刻羽飞射。

只见星星点点的金色光芒自海中飞出，在商刻羽前方凝结成一面面光盾，将那些水刃悉数挡下，是燕澜的天罡盾。

燕澜和闻人不弃先后飞离海面，关于商刻羽和鲛人王的仇怨多少听到一些。两人都不曾说话，加入猎杀海怪的队伍。

姜拂衣依然浮在水中，瞧见鲛人王还想动手，指尖浮现小剑："够了！"鲛人王被她的气势喝住。

姜拂衣说道："我知道您受了委屈，但当年的仇怨，我娘不是已经替您报过了？商前辈是我请过来的客人，您想报仇也不要当着我的面，否则莫怪我不客气！"

鲛人王心有不甘："但是……"

姜拂衣拿出领地主人的架势："这片区域是我们母女俩的地盘，你带族人闯进来喊打喊杀也就罢了，还引海怪来此，是不将我们放在眼里？"

下方刚好是封印地，恐怕经不起这样的折腾。

妖修最为在乎领地，鲛人王立刻放弃偷袭商刻羽，解释道："姜姑娘莫要误会，我擅自闯入并不是为了商刻羽。我是听族人说你好像回来了，特意前来寻你，恰好碰上他。"

姜拂衣摩挲手中小剑："哦？您为何关注着我的动向？"

鲛人王道："姜夫人如今身在我族。"

姜拂衣愣了愣："您是说，我娘离开了蚌宫，去了你们那里？"鲛人族的领地远远超出封印地，母亲是怎么从封印里出去的？

鲛人王说了一声"是"："我知你一定想要寻她，专程前来接你。"

姜拂衣质问："我娘为何不亲自来？"

鲛人王叹了口气："因为姜夫人一直昏睡不醒。"他挥了下手，浪花卷起，在姜拂衣面前形成一个水幕。模糊的水幕里显示着一座华美的、富有海族特色的宫殿。

姜拂衣隐约窥见巨大的蚌床上，有个女子安静地躺在那里。尚未看清，水幕便因为鲛人王灵力不支而重新坠海。

姜拂衣心神动荡，一双黑亮眸子写满了戒备。

鲛人王脊背发凉，感知到她透露出的敌意，慌忙解释："我对你们没有恶意。姜夫人虽然有一点点霸道，时常驱赶我族，但对我族有大恩，帮过我们好些次。在我族心目中，她修为高深，神秘莫测，是海神一般的存在……"

姜拂衣催促："麻烦您说重点。"

鲛人王继续说："我族知道姜夫人不喜欢被打扰，从来都避开她划定的区域。十一年前，这片区域爆发一场罕见的海啸，等风浪平息，我斗胆来此，发现你们好像离开了？"

姜拂衣没有回答，那晚她被送上了岸，的确是离开了家。但母亲不知道被怪物抓去了哪里。

鲛人王道："大概两个月前的清晨时分，这片海域又发生一场海啸，没有十一年前那般剧烈，但波及也挺广泛。我又斗胆过来一趟，这次才刚靠近，就看到姜夫人趴在一条鲸鱼背上，昏迷不醒，气若游丝……"瞧见姜拂衣面露紧张，他又慌忙补充，"她如今虽然还不曾苏醒，状态却在逐渐恢复。"

姜拂衣悬着的心稍稍回落："两个月前？有没有具体的时间？"

鲛人王想了想："不知道你是否听说过，鸢南巫族的圣女，不久前将飞凰山迁去了东海。此事都传到咱们极北之海来了，姜姑娘若是从岸上回来，应该听过吧。"

姜拂衣猛地攥紧手，掌心险些被小剑割伤："是巫族圣女搬山那天清晨？"

鲛人王："大概是。"

姜拂衣微微恍惚。她将飞凰山重新引入轨道之后，加强了所有松动的封印。母亲这些年被怪物束缚住，因为封印忽然加强，才得以借力挣脱？

姜拂衣回过神："然后您将我娘带去了您的领地？"

鲛人王指着下方："这片水域问题频发，我哪里敢留下，思来想去，只能把姜夫人带走。"

姜拂衣难以置信："就这样轻易？没有遇到阻碍？"专门用来束缚石心人的封印不起作用了？

鲛人王讷讷："会遇到什么阻碍？"

姜拂衣索性从海水中飞出来，亲自验证封印的威力。从前只要她离开水，就会有天雷降落。姜拂衣小心翼翼地飞到半空，发现头顶始终晴空万里，并无任何异象。石心人的封印当真消失了！难道十一年前母亲送她上岸时，打破了这层禁锢封印？

糟糕，姜拂衣皱眉。

海底的怪物若是需要石心人镇守，母亲被鲛人王带离封印地，即使封印因为飞凰山重入轨道有所加强，估计也拦不住怪物释放天赋。

鲛人王心里一个"咯噔"："我做错了？"

姜拂衣摇头，此事不能责怪他。至少姜拂衣需要感谢他，以母亲当时的状态，继续留在封印里是死路一条。

姜拂衣问道："这两个月来，这里是不是发生了一些奇怪的事情，比如众多海怪发了狂？"

提到此事，鲛人王忧心忡忡，指着上方正被猎杀的海怪："你也知道，这些海怪原本喜欢沉在海底，最近却十分活跃，很多还会陷入疯狂，四处攻击。不过发疯的海怪没必要猎杀，只需要避开就行，时间久了，它们会自行爆体而亡。"

姜拂衣拢着眉头："我看岸上并无海怪作乱，只是这一片海域出了问题？"

鲛人王正想告诉她："这场奇怪的风暴，好像是围绕着蚌宫开始的，呈椭圆形向外扩展，面积每时每刻都在扩大，基本上一个时辰就能扩展出去一百里。极北之海虽大，但再过一两个月，风暴恐怕就会影响到我们鲛人族的领地。"

姜拂衣暗暗琢磨，这是怪物的天赋正在向外泄露，且还是被动泄露。说是被动，应该还是怪物主动选择释放的。只不过这种范围性释放，会波及谁，不受怪物的控制。他没有特定要杀的人，只是想要造成大面积的杀戮，产生戾气，以达到动荡封印的效果。

姜拂衣观察周围："咱们现在正处于风暴中心，但好像并未遭受影响？"

鲛人王说："放心，没那么快。我观察过，至少要在风暴圈子里待上两三日才会出现症状。好像修为越高，抵抗越强。"他指着自己后方的一众鲛人，"这些都是我族精锐，法力太低的根本不敢带出来。"

姜拂衣询问："你说的症状，是会陷入疯狂？"

鲛人王摇头："疯狂只是海怪的表现，灵智稍高的海妖不一样。我族有个族民并没有陷入疯狂，他瞧着非常痛苦，随后就面容扭曲而死。通过检视，发现他的心脏碎在了胸腔里。"

"碎心而亡？"姜拂衣脊背一僵，仰头望向正以秘法诛杀海怪的燕澜，"你听见没有？"

燕澜知道她想问什么："碎心的怪物，《归墟志》第一卷前三册内都没有记载。拥有这种手段的怪物，我目前只知道一种……"那就是石心人。

姜拂衣又朝上空喊："你们之前诛杀的海怪尸体，有带回来吗？"

"有。"亦孤行离得有些远，先答应一声，抽空从储物戒中取出一具比较完整的海怪尸体，扔下去。

海怪尸体砸在海面上，姜拂衣赶紧飞过去，检查这只海怪的心脏。果不其然，心脏碎成了残渣。

姜拂衣询问鲛人王："您那位族民的尸体上，除了心脏碎裂，还有没有其他伤痕？尤其是剑伤？"

鲛人王回忆："没有任何外伤，应该是被隔空震碎了心脏。"

姜拂衣："碎掉的心脏是一堆石头渣滓吗？"

鲛人王微愣："不是，就是我们鲛人心脏的样子啊。"

姜拂衣原先狠狠捏了一把冷汗，此刻才稍微松了一口气。这并不是石心人的天赋，姜拂衣若想碎掉对手的心脏，需要先以蕴含自身灵力的剑，令对方见血。剑气入侵对方的血气，将对方心脏石化，再施法碎掉。

但姜拂衣也不能保证一定不是石心人造成的，万一只是她修为不够才需要这些步骤？以外公和母亲的修为，凭空就能碎掉对方的心脏？

明显不会是母亲。难道是外公？她和燕澜猜错了，并没有其他大荒怪物，被令候封印的千真万确是疯掉的外公？姜拂衣揉了揉太阳穴，越想脑袋越痛。

海怪所剩无几，燕澜抽身落在姜拂衣身旁："阿拂，我还是更倾向你外公是在镇守封印。你换个角度去想，海底的怪物能够碎心，而你们石心人不怕心碎，刚好是他的克星。"

姜拂衣心中忐忑不安："但你不是说《归墟志》前排没有这种怪物？"

燕澜提醒："你莫要忘记，第一册被撕掉了几页。令候亲自封了极北之

-351-

海，又是他编写的《归墟志》，撕掉的这几页，大概率是极北之海的怪物。"

姜拂衣凝眸看向他："按照你的理解，令候为何要撕掉？"

燕澜理解不了，紧锁眉头："我终究不是他，也不知道当年究竟发生了什么事情。"

姜拂衣思忖："咱们还是要去神殿内部瞧一瞧，那里应该藏着不少我们想知道的答案，以及我们想找的剑。但我要先去见我娘，确定她平安无事。"

燕澜也是这样想的，不清楚怪物碎心的原理，不知该如何防御，先去安全的地方研究商讨一下最为妥当。

姜拂衣看向鲛人王："前辈，我们都要去您的领地一趟。"其他人当然没问题，她担心商刻羽。

不出所料，鲛人王竖起眉毛瞪着上空的商刻羽："我族不欢迎他！"

商刻羽冷笑一声，不说话，朝半空挥洒一道剑气召唤仙鹤。

姜拂衣喊："商前辈！"

商刻羽的动作顿了顿，看向她："我没打算离开，是准备去往鲛人族。"他以剑尖点了点鲛人王，"我想去哪里，可由不得你一条鱼妖说了算。"他一副越是不让他去，他偏要去的姿态。

鲛人王的火气又被他激起来："你……"

凡迹星杀完手里的海怪，也落在姜拂衣身边："鲛人兄弟，适可而止，真将他激怒，我们谁也拦不住他杀鱼。如今姜夫人昏迷着，可没人出来救你。"

鲛人王实在气不过："但是他……"

仙鹤飞来，商刻羽都已经落在仙鹤背上了，突然持剑飞身而下，朝鲛人王的位置斩去！流徽剑与空气摩擦，在他施展的特殊剑气下，爆发出尖锐刺耳的声音。

姜拂衣慌忙捂住耳朵，她对商刻羽也是有一定了解的，就算他忍不住想要教训鲛人王，也不会使出这般威力的剑招。

鲛人王此时的站位最接近海面，定是海面下存在危险。

鲛人王尚处于蒙怔之中，便被商刻羽的剑气波浪冲出十几丈远。

商刻羽反手一挑剑尖："出来！"鲛人王原先的位置下方，赫然伸出一条粗壮的冰晶触手，改为攻击商刻羽。

姜拂衣望着这熟悉的触手，深埋心底的恐惧陡然钻了出来。上岸后的很长一段时间，这些触手令她从睡梦之中惊醒了不知道多少次。

燕澜正认真窥探那条触手，眼尾余光瞥见身旁的姜拂衣似被定住，心中一慌，赶紧握了一下她的手。

"阿拂？"随着燕澜温和的声音，一股暖流顺着姜拂衣掌心的纹路，很快流淌过她周身经脉。

姜拂衣"破冰"而出:"是那个大荒怪物,小心不要被触手碰到,可能会变成冰雕!"封印加固以后,他竟然又可以主动释放力量了?但上次攻击她母亲时,多达十几条触手。如今仅有一条,虚弱了许多。

姜拂衣驱赶修为低微的鲛人:"你们先走!"

鲛人王刚站稳,正要找商刻羽拼命,见此情景吃了一惊,下令:"走!"

一众鲛人下饺子似的沉入海中,迅速朝着领地游去。

"嘭"的一声,流徽剑斩断那条触手。而商刻羽突觉心脏痛苦,猛然吐了口血。他捂住心口,身形有些不稳。仙鹤俯冲而下,商刻羽摔在仙鹤背上。

姜拂衣和燕澜离得近,赶紧飞去他身边。

"我没事。"商刻羽抹去嘴角的血,盘膝打坐,令仙鹤升空。一使力,他又吐了一口血。因他穿的红衣,血渍不明显,只是染红了仙鹤的羽毛。

"不要再使用法力,以真气护住你的心脉!"凡迹星此时也出了剑,却是医剑。然而这种针对心脏的攻击,属于怪物天赋,医剑能帮的并不多。且凡迹星的剑气与这怪物天赋接触后,也顿觉心中绞痛难忍,捂住了心口。那条断掉的触手再次恢复原状,因为仙鹤升上了高空,它攻向凡迹星。见凡迹星摇摇欲坠,距离较近的李南音瞬移而来,将他扶住。

凡迹星见她准备出剑:"别!伤他会遭受反噬!"他说迟了一步,李南音的逍遥剑已经横扫而过。剑气似打铁花一般进射,绚烂到极致,将那冰晶触手击碎成冰碴子。

凡迹星忍着剧痛提醒:"快护住心脉。"

李南音蹙了蹙眉,说:"你和商刻羽是怎么回事,反应这般剧烈,我似乎还好?"

凡迹星微微诧异,怪物难道选择性攻击?他检查李南音的心脉,的确只有一点轻微损伤。

说话间,碎掉的触手重新开始融合。

不等它完全融合,便被亦孤行的苦海剑一剑崩碎。

亦孤行跟在魔神身边几百年,对怪物颇多了解:"这条触手乃怪物天赋凝结,若没寻对克制之策,单纯击碎是没用的。还是先逃吧,怪物有封印压制,手伸不了那么长。"

凡迹星观察他:"你也没事?"

"暂时没有不适的感觉。"亦孤行的状态比李南音还好,按了下心口。随后,他双手握住剑柄,紧盯又打算凝结的触手,"你们走,我来断后。"

"我们一起吧?有个照应。"李南音朝上空招了招手,想让燕澜过来照顾凡迹星。

亦孤行拒绝:"不必,我自己可以。"说着又准备出剑。

他们这边已经和怪物斗法数次,闻人不弃才将缠住自己的海怪杀死。

闻人不弃持着真言尺落下来,阻止亦孤行:"莫要再斩了,纯粹是在消耗体力,你现在不受他天赋影响,多斩几次之后,不知道还能不能抵抗得住。"

被他一拦,触手再次恢复原样。

闻人不弃向上抛出真言尺,双手掐诀,口中念念有词。真言尺爆发出耀眼强光,尺身上的符文悉数飞出。

闻人不弃震声道:"定!"众多符文攻向触手,似旋风将触手环绕。触手在符文阵中扭曲挣扎,逐渐僵硬,不再动弹。

闻人不弃不敢大意,感知了下心脉,微微有些不舒服,程度比李南音略重。他收回真言尺,疲惫地道:"速速离开,我定不住太久。"

一行人朝着北方的鲛人领地飞去。

姜拂衣和燕澜同乘纸鸢飞行器,两人面朝南方,并肩而立,凝视那条被定住的怪物触手。方才两人并未出手,都在认真观察,直到触手消失于视野,姜拂衣才谨慎开口:"闻人不弃持有太初九上神的神器,先不讨论。说说我小姨,她修的是逍遥剑,御剑逍遥天地间,心境向来开阔,有受一些影响。"

燕澜沉默片刻:"至于亦前辈,心境不算开阔,也非常执着。但他修的是苦海剑,苍生苦海,以剑度之,此剑蕴含佛道。他从前又是一名佛修,对疾苦较为看得开,受影响最轻。"

姜拂衣压低声音:"至于商前辈和我义父,两人的心眼儿好像都比较小的样子……"

她说得太过委婉,燕澜直言不讳:"尤其是商前辈,心胸非常狭窄,是个极端执着的性格,被怪物伤得最重。"

姜拂衣抬头看向燕澜,以眼神询问。燕澜会意,给出肯定的答复:"如今虽然仅是一知半解,但这怪物攻心的缘由和你们石心人完全不一样,一定不会是你外公。"

姜拂衣闭上眼睛:"真是万幸。"

几个时辰后,他们终于抵达鲛人族。

鲛人族群数量庞大,居住在几百个海岛上,那些海岛都不大,像星星一般分散着聚在一起。鲛人王正站在最大的一座海岛上焦急等待,瞧见姜拂衣,立刻朝她释放信号:"姜姑娘,这里!"

此番看到受伤的商刻羽,鲛人王嘟囔了两句,却并未阻止他落地。

鲛人王引着一行人来到一座宫殿前："姜夫人就在里面休息，除了我，没人可以进去打扰。"

"真是多谢了。"姜拂衣按捺不住心情，三步并作两步，跑进宫殿之中，将他们甩在背后。和姜拂衣在水幕中看到的一样，昙姜正躺在蚌壳里，双眸紧闭，面色苍白。乌黑润泽的长发散了一床，有几缕还垂到了地上。

姜拂衣奔过去趴在蚌壳边缘，拉起她的手，贴在自己的脸颊上："娘，阿拂回来了。"

"娘？"姜拂衣握紧母亲的手，低声呼唤了两声。昙姜并没有任何反应，静静躺在蚌床上。

身为客人，燕澜也抛开了规矩，疾步越过引路的鲛人王和一众前辈，追着姜拂衣进入宫殿。这一路来鲛人宫，燕澜几次想要提醒姜拂衣，稍后见到昙姜最好先保持警惕。鲛人王目前的说辞虽然合理，却依然不能全信，无法排除他已被怪物控制，故意设局，或者另有图谋。

但瞧着姜拂衣满心期盼的模样，燕澜实在不愿意给她泼冷水，只能替她提防着。然而等燕澜匆忙跨过门槛，看到姜拂衣蹲在蚌床旁的姿势时，他的脚步慢了下来。那是一种能够及时后退的防御性姿势，燕澜反应过来，真正关心则乱的其实是他自己。姜拂衣即使心中再怎么迫切，始终都能保持着清醒的头脑。

等鲛人王进入宫殿，姜拂衣回头问："前辈，我娘如今没有体温和心跳，您见到她时，如何知道她只是昏迷？又凭什么判断她昏迷的这两个月，状态在不断恢复？"

鲛人王指了下自己闪着水光的脸颊："姜夫人表露在外的皮肤，原本有许多伤痕，我看到她时，伤口还在向外渗出新鲜的血液。而这两个月内，伤口逐渐愈合，如今一点痕迹也看不出来了，岂不是越来越好？"

"原来如此。"姜拂衣放松警惕，又因得知母亲曾经浑身是伤，不禁黯然，"我回来晚了。"

鲛人王紧张起来："姜姑娘这样问，莫非姜夫人已经……"

"没事，我娘确实还活着。"姜拂衣通过与母亲相握的手掌，能够感受到石心人的血脉气息，"只不过……"

"我瞧瞧。"凡迹星捂着心口，病恹恹地跟在鲛人王身后步入殿中。

凡迹星正欲上前，却被闻人不弃拦住："先等一等，让阿拂确定一下，我们谁也没有关于昙姜的记忆，无法确定她的身份，她出来得未免太过轻易，万一是那怪物在耍诈……怪物对你和商兄的伤害不小，阿拂暂时不怕。"

商刻羽经过闻人不弃身边时，凉凉地瞥了他一眼："我和凡迹星容易被

-355-

他的天赋影响,你又不会,竟然不敢上前?"说着话,他超过闻人不弃继续往前走,根本不听劝。

凡迹星知道闻人不弃说得对,更知道该怎样"劝"商刻羽:"三哥,仙女还昏迷着,你要报仇也不必急于一时吧?"

商刻羽身形摇晃,心脏又是一阵绞痛,喉咙口涌上血腥味,但他的确停了下来。

亦孤行不掺和他们,闷不吭声地朝蚌床走过去,迫不及待地想要去看看恩人的情况,若有诈,也好近距离保护姜拂衣。李南音却拉住他:"亦兄,你也在这儿等着吧。"

亦孤行微微一愣:"为何?以那怪物现如今能够释放的力量,又伤不到我。"

李南音说:"闻人兄也不怕,你瞧他都不上前,你学他就对了。"

亦孤行纳闷了:"我学他干什么?"

李南音避开商刻羽,拼命给他使眼色。

亦孤行:"嗯?"

李南音的眼睛都快眨酸了,亦孤行终于后知后觉地明白过来。

之前姜拂衣已经告知他们,海底那怪物擅长攻心,虽不知具体都攻些什么,但首先要保持心境开阔。姜拂衣言辞极为委婉,但大家都不是傻子,很快想明白商刻羽伤得最重,是因为他心胸最狭窄,不然也不会追杀凡迹星三十年。闻人不弃选择留在殿门附近,没扔下他们上前去,是怕商刻羽心里憋气,伤得更重。

亦孤行也赶紧退了回来,甚至退到商刻羽的后方,且下意识打量一眼商刻羽的反应。原本商刻羽这口血还能吞回去,被亦孤行小心翼翼的眼神一刺激,差点吐出来,偏偏还不能发作,否则等于自取其辱。李南音瞧见商刻羽憋红了的脸,默默扶额。这提醒了还不如不提醒,弄巧成拙了。一群男人凑在一起真是麻烦。

李南音懒得再管他们,走到蚌床前,一边做好准备保护姜拂衣,一边低头打量昙姜。她对昙姜一点印象也没有,但这个名字伴随她多年,真就如她失散多年的亲姐姐,眼睛不禁湿润:"姐姐和我想象中的差不多……"

病容遮不住她的美貌,闭目沉睡中,仿佛也能看到她微笑的模样,温柔亲切。盯着她看久了,李南音的防备心不断下降:"阿拂,没问题吧?"

姜拂衣将母亲的手小心放回蚌床上,站起身:"是我娘没错,会被轻易带出来,估计也不是怪物耍诈。我娘被鲛人前辈带出来的只是躯壳,她的魂魄还在封印里。"

李南音瞳孔紧缩："你是说，姐姐的魂魄牢记使命，还在镇守封印？"

姜拂衣不觉得，很明显以母亲如今的状态，已经无法再继续镇守封印："瞧那怪物对海域的侵染，以及方才凝结而成的触手，我更倾向于我娘的魂魄被他禁锢住了，逃不出来。"她扭头看向凡迹星，"义父，您来看看？"

凡迹星已经走上前，收起了一贯浮在脸上的轻慢，专注打量昙姜。她精致的五官，和他脑海里模糊的"仙女"逐渐重合，反而有种不真实的感觉，如梦似幻。仙女比他想象中更好看，只是她闭着眼睛时，凡迹星看不出她和女凰的眉眼哪里有相似之处。收回心思，凡迹星认真为昙姜检查身体。一个人有没有缺失生魂，他一探便知。然而石心人构造复杂，一时之间很难判断。

凡迹星收回覆在昙姜额头上方的手，犹豫着说："好像是缺了一些魂魄。"

姜拂衣旋即转身："燕澜，走，回去开启神殿。"

燕澜点点头。

李南音道："我也去。"

不等姜拂衣拒绝，凡迹星劝说："李南音，对付怪物他们比我们更擅长，让他们去就好了。我们几个试试另一种办法。两边一起行事，胜算更大一些。"

李南音走回来："我们能做什么？"

姜拂衣也停下脚步。

凡迹星道："我们几个可以尝试，将剑气一起注入她的心脉。本体灵力激增，或许能令她的魂魄之力也跟着暴涨，一举冲破束缚，自己回来。"

李南音心存疑虑："可是咱们修的剑道各有不同，同时注入，剑气会不会互相冲撞，反而伤到她？"

凡迹星说了声"不会"："咱们的剑气内都蕴含了一些她的血气，汇聚在她体内之后，应会被她转换吸收。"

姜拂衣见他取出伴月剑，抬手按住他的手臂："义父，您和商前辈还是先休息两日，并不急于这一时。"

"我无碍。"凡迹星抽出手，在她肩膀上轻轻拍了两下，又扭头看向独自站在殿门口的商刻羽，"阿拂也不用担心他，他只是心脉受损，剑气依然充足，输送些剑气没有问题。"

姜拂衣也朝商刻羽望过去。得知他被母亲逼着改修剑道的真相，姜拂衣现在面对他非常尴尬。她没办法再像之前那般心安理得，认为他们几个全部受了母亲的恩惠，答应了回来救人，就该信守承诺。

"我也无碍。"商刻羽慢吞吞走上前，他回避看昙姜，望向姜拂衣，

"我虽不知道我有没有答应过你母亲,会回来救她脱困。但我答应过你,会和他们几个合作救你母亲,我做事向来不半途而废……而且,我很喜欢我的剑道……"

商刻羽取出流徽剑,踟蹰再三,终于看向蚌床上的昙姜,心情是从未有过的复杂。无论当年是怎样被昙姜强迫着走上修剑这条路,时至今日,他都无悔,何况昙姜并不会真的"羞辱"了他。商刻羽不了解实情,却深知自己的个性。他若是遭女人强迫还生了个孩子,那么盘旋在他脑海里的声音,不会是"有个女人在等他",而是"你已经无颜立于天地"。商刻羽应该早就自尽了。

"那还等什么?"亦孤行取出苦海剑,"开始吧?"

一屋子人,就数亦孤行的表情最为简单,心境最为平稳。亦孤行见到昙姜之后,没有打量她的容貌,因为他从来都不在意皮相。他的心中满是释然,兜兜转转,终于见到了真正的恩人,可以继续履行他当年的誓言。

"开始。"凡迹星先来做示范,拇指指腹划过剑锋,血祭过的剑身骤然亮起。旋即,他反手握剑,将剑背在身后。流血的那只手并拢食指和中指,凌空指向昙姜。精纯的剑气从他指尖逸出,将昙姜笼罩。其他几人也纷纷照做。蚌床周围顿时变得流光溢彩,随后,整个大殿都变得光芒四射。

姜拂衣原本只退了几步,却被这汇聚的剑气逼得越退越远。她没急去神殿,站在侧边窗下,目不转睛地望着蚌床,想先看看情况。她只知道燕澜陪在她身边,眼尾余光瞧见闻人不弃也在。虽然找到了剑,但闻人不弃的剑身已经生了锈,没什么用,何况他没有修过剑气,一点忙也帮不上,不参与讨论,默默站在一边。

姜拂衣从他脸上看不出情绪:"闻人前辈。"

闻人不弃回望她:"嗯?"

姜拂衣斟酌着道:"因为我娘疯癫乱说话,您苦心钻研神族的大封印术,还为了斩断锁链,险些死在万象巫,忙来忙去一场空……"

"一场空?"闻人不弃微微一怔,随后轻笑一声,"我学会了很多古老的法阵,参悟了神族的大封印术,获得了知识,也丰富了阅历,为何会是一场空?"

得知昙姜并不是被封印的怪物,闻人不弃没有想过自己曾经做过的那一切,是否浪费了时间。他长舒了一口气,至少这些年,昙姜并没有被封印消磨生命。这是好事。

姜拂衣看他表情淡然,似乎真的没往心里去。

闻人不弃又叹了口气:"我原本心底还有些恼我父亲,私自篡改我的记忆,耽误了几十年。如今反而要感谢他,不然我早早将锁链斩断,破了极北之海的封印,岂不是铸成大错?"

姜拂衣沉默片刻:"或许冥冥之中自有天意。"

鲛人王从对面走过来:"闻人兄弟,方才事情多,此时才有空和你打声招呼,好久不见。"

闻人不弃看向他:"你从前也见过我?"

鲛人王抽了抽嘴角:"不是吧?连你也不记得我了?"

姜拂衣解释:"他们几个都被我娘施了法术,忘记了和极北之海相关的经历。"

鲛人王面露惊讶,原来是他冤枉商刻羽了,还以为那浑蛋做的亏心事太多,才会记不住。

姜拂衣也很好奇:"除了商前辈,您还见过闻人前辈?"

鲛人王道:"极北之海是我们鲛人的家,家中来了人,很难瞒得过我们的眼睛。何况他们又不是路过,每个人都会在海里待上一段时间。"他指着正输送剑气的几人,又指向很少开口说话的燕澜,"除了这位是第一次见,其他几个我都见过。"

姜拂衣心道你从前见过燕澜那还得了。她介绍燕澜:"他不是我请来的客人,是我的……"姜拂衣稍作停顿。

燕澜的呼吸也跟着停顿了一下,听她说:"他是我的朋友。"

燕澜迅速遮掩住自己的失望,礼貌拱手:"前辈称呼我燕澜即可。"

鲛人王皱起眉:"燕澜?"

姜拂衣见其思索的神态,猜他应该是想到了燕澜巫族少君的身份,岔开话题:"除了商前辈,您是怎么结识他们其他人的?"

鲛人王回过神:"结识谈不上,他们基本都会在海面练剑,或者四处猎杀海怪练剑,偶尔也会闯入我们的领地边界。我担心姜夫人生气,只敢远远瞧一眼,从没有接近过他们,也不许族人去打扰他们。"

闻人不弃凝眸:"但你接近过我?"

鲛人王忙说:"是你找上了我,我当时就觉得闻人兄弟是个人物,年纪轻轻,瞧着病恹恹的,竟然只凭一把尺子,孤身一人从岸上深入我们鲛人族。"

闻人不弃锁着眉头,他不记得自己带着真言尺。不过他出远门,父亲将真言尺给他防身也是正常的。他问:"不知我寻你做什么?"

鲛人王记性非常好:"你拿着一张草图,询问我极北之海何处有一座古老的宫殿,接近大荒时代的建筑风格。"

-359-

姜拂衣和燕澜对视一眼，是海底的神殿？

姜拂衣看向微微一愣的闻人："我好像不曾听您提过，当年您为何会来极北之海？"

闻人不弃至今也没想起来："自幼跟着我的家仆说，我不解祖上为何要在没有证据的情况下，贸然发动战争打压巫族，为了查证，我决定前往极北之海寻找答案。"他当时就挺疑惑，神都闻人氏和鸢南巫族的恩怨，为何要去极北之海查证。最近知道了魔神的往事，大概因为魔神曾在极北之海居住过，留下了什么蛛丝马迹。

闻人不弃猜测："鲛人兄为我指了路，将我引去了姜夫人的领地？"路上遇到波折，他为昙姜所救？他以真言尺恢复的一点记忆里，自己在昏昏沉沉中，瞧见昙姜朝他走来，说明他也是被昙姜救下来的。

鲛人王摇摇头："我从来没在极北之海见过神殿，根本不知道在哪里，你就很失望地离开了。"

闻人不弃道："以你的谨慎程度，不知我来极北之海究竟图谋什么，该会密切监视我的行动吧？"

鲛人王讪讪然："我是放了一些特殊的鱼跟着你，监视你的举动……"他没继续说，看了看姜拂衣。

姜拂衣会意："前辈但说无妨。"

鲛人王这才说："通过鱼眼睛，我看到你误入姜夫人的领地，我原本想要警告你赶紧离开，但你已经惊动了姜夫人，被她拽去了海底。"

闻人不弃重复："我仅仅是从上方路过，就被她拽下了海？"

鲛人王先点头，后摇头："也不是，你手里那柄尺子忽然亮起，掀起了几道海浪，可能是这几道海浪惊动了姜夫人……"

姜拂衣在想母亲是不是认得真言尺，知道是太初九上神的神器？所以哪怕闻人不弃不懂剑，也要赠剑给他？

思忖中，殿中突然爆发出一道强光。姜拂衣慌忙望向蚌床。光芒是从昙姜灵台释放出来的，她原本沉静的睡颜出现了松动，双目紧闭，瞧着颇为痛苦。

姜拂衣心神一凛，可见凡迹星的办法的确能够起到效果。但母亲的魂魄被束缚得太深，需要时间。姜拂衣稍稍放心，也知道时间紧迫，容不得耽搁。

"走吧。"姜拂衣喊上燕澜，一起回去开启神殿。燕澜随她走出宫殿。

"我陪你们一起去。"闻人不弃回头望一眼蚌床，"反正我留在这里什么忙都帮不上。"

姜拂衣将他撑回去："您得为他们护法，怎么会帮不上忙？"还真得闻人不弃在这里守着,她才能安心,别看他最不善战。

回蚌宫的路上,燕澜一直没说话。等快抵达神殿废墟,姜拂衣才问:"你怎么了,好像很沮丧的样子?"

燕澜打起精神:"我没事。"

姜拂衣拽了拽他的衣袖:"低头就是海水,你快瞧瞧你的表情,都写在脸上了。"

燕澜连忙低头,纸鸢速度极快地掠过海面,根本看不到倒影。

姜拂衣"扑哧"笑了一声,连日里的疲惫减轻了几分。

燕澜凝视她脸上的笑容,摸不准她是真不懂,还是故意逗他找乐子。多数时候,燕澜都能摸清她的想法,唯独事关两人之间的情感,他时常手足无措。这大概便是"不识庐山真面目,只缘身在此山中"。

燕澜原本并不想在这样的节骨眼上说题外话,但姜拂衣若能从他身上得到一点放松,他也就直言不讳:"阿拂,你刚才说……我是你的朋友?"

姜拂衣拨了下腰间的铃铛:"从前你是巫族少君,我是巫族圣女,你是我的大哥。如今咱们这层身份没了,继续对外说是兄妹,不合适吧?"

燕澜越发确定她在逗他:"你知道我指的不是兄妹。"

姜拂衣转头看着他:"你是说我动心的事情?"

她的视线好似燃了火,燕澜下意识地躲了躲。之前在温柔乡,他内心苦痛,又只顾着反省,竟然没觉得难为情,此刻倒是迟来地感觉到了。

姜拂衣笑道:"可是我动心说明不了什么,只是一时的状态罢了。"

燕澜又倏然望向她,目光有一瞬呆滞。他恍惚想到,是不是自己还不曾做出那根簪子,向她正式表明心意?他忙解释:"阿拂,我没打算省略做簪子的步骤,不是因为已经得知了你的心意,就想敷衍……"

"你误会了。"姜拂衣又不像燕澜在乎什么仪式感。在她看来,燕澜一个外行亲手做的簪子,哪怕再用心,也不如巧匠打造的精美,到时候她戴不戴还要纠结一番。

燕澜实在不解:"那是因为什么?"

"因为……"从温柔乡来此的路上,姜拂衣想到了一件事情。她歪头看向他,"你之前说,你必须变得更好,才配得上我的动心。乍一听,我还挺感动,可后来我仔细想了想,我并不是因为你特别安稳可靠,完美无缺,才会喜欢你。"

而是相处间的点点滴滴,安稳可靠的燕澜,偶尔犯蠢会脸红的燕澜,每一个表情,每一件小事,都像一滴水,共同汇聚成属于他们两个人之间的江海。

"论完美可靠,你肯定不如令候。但当你找到了令候的神剑,成为武神令候,我不知道自己还会不会喜欢你。"同样的,她也不能确定一个自天地初开以来,拥有漫长记忆,见过沧海桑田的太初上神,还愿不愿意亲手为她做发簪。

"所以咱们等一等吧。"姜拂衣眺望前方。

燕澜终于知道她态度模糊的原因:"阿拂,我觉得你可能是杞人忧天。"

姜拂衣:"哦?"

燕澜仰望星空,看星位,神殿就在前方不远处:"令候既然极力主张人间事情人力可以解决,那他下凡来之前,估计就知道自己会彻底归入人族,成为凡人燕澜。"即使在神殿内寻到武神剑,或许也只是一件利刃。

"那就不妙了。"姜拂衣私心也想他只是燕澜。但瞧一眼海面漂着的大量海怪尸体,再想一下温柔乡的处境,又开始焦头烂额。

好烦啊。石头心的时候,她总是想尝尝凡人心动的滋味。真动了,体会到的都是烦心。

姜拂衣晃了晃脑袋,将烦心事甩出去,又从同归里抓出一把剑石:"快到了,不说这个了,先做一些蕴含佛道的小剑防身,我觉得这些剑可以阻挡怪物发现我们。"说着,她将剑石抛洒出去。如今的姜拂衣,已经不需要一颗颗地凝练,一拂袖,便将那些剑石全部化为小剑。一把接着一把,不一会儿的工夫,便凝练了上千柄。

在剑气的保护下,两人沉入海中。不知是佛剑起了作用,还是那怪物白天时突破封印,强行释放天赋,需要休息,他们一直沉到废墟附近,也没见到触手。

等确定神殿大门的方位,燕澜取出《归墟志》。他并不知道怎样开启,只能摸索着来。然而,他尝试了好几次,眼前的废墟纹丝不动。

姜拂衣在旁着急也没办法,母亲从来没教过她入内的秘诀,疯癫的时候,估计母亲自己都不记得这里有个神殿。

她目望燕澜不断施法,终于听他说:"找到了。"

不知道他找到了什么,随着他话音落下,姜拂衣耳边隐约听见齿轮转动的声音,缓慢、厚重。紧接着,时间仿佛倒流,残垣断壁从下至上复位重建,不一会儿的工夫,眼前便出现一座宫殿。基本上由青色的巨石砌成,连两扇敞开的殿门都是石制的。整体没有雕梁画栋,只有古朴磅礴。

燕澜收回《归墟志》,疑惑不解:"这座神殿是大荒时代的风格不假,却并不是神族的住所,更像是人族建造的。"

姜拂衣:"你怎么知道?"

燕澜回想古籍:"神族的宫殿都是由神族建造的,采用的石头一般都是悬浮山的灵石,就像飞凰山,山体坚不可摧,以人族的力量很难毁掉。而眼前这些巨石,我瞧着并不是悬浮灵石。"

"不管是谁建的,先进去看看。"姜拂衣迈上台阶,步入敞开的大门。然而里面一览无余,除了八根木质立柱,空空荡荡。没有她母亲的魂魄,也没有令候的剑。

顾不上失望,姜拂衣将视线集中在那几根立柱斑驳的划痕上。仔细观察,这些划痕好像能够组成一幅幅画,分别勾勒出一个个的场景。像是谁拿石头随便划拉的,实在潦草,看得姜拂衣眼睛都快花了:"这些场景,虽然分布得乱七八糟,但好像在讲同一个故事?"

燕澜说了一声"没错":"我正在寻找故事的开始……这里。"

姜拂衣慌忙朝他走过去,凑在他身边,顺着他手指的方向望过去。

那一组图画,记载的是一片茫茫雪原。

大荒时代,妖魔肆虐,怪物横行,蛮兽遍地,人类虽然数量庞大,但可供生存的区域很有限。因此小小一片雪原,聚集着大量的人族部落,生存在无数巨人的脚边,他们如履薄冰,唯有抱团取暖。

在这群人中,有一名年轻的铁匠,不仅会打造工具,还懂得铸造各种兵器,尤其擅长铸剑。当时,众人并不知道此物叫作剑,只是传说之中,武神的兵刃就是这种形状,必定是天下最强悍的兵刃。铁匠四处寻找材料,将铸造出来的长剑赠送给雪原上的人们,并教他们使用兵刃,抵抗入侵的蛮兽。

有一天,一个"狰狞巨人"落在雪原,欣赏众人在铁匠带领下合力击退蛮兽的场景。等众人凯旋,他拦下队伍,要求铁匠打造一柄兵刃给他,还当众言明他会使用这柄兵刃,剜出雪原一千颗人心。铁匠若不打造,他就剜掉一万颗人心。再或者,铁匠剜出自己的心,咽气之前若还能亲手捏碎,捏得粉碎,他就放过所有人。

铁匠问他为何要如此。他笑着说他只是闲着无聊。

而凭他弹指崩山的霸道能力,铁匠知道根本无力抵抗,便在他动手杀人之前,以自己打造的小剑,剜出了自己的心脏,凭借顽强的意志力,超越人体的极限,硬撑着碎掉心脏才倒下。那位"狰狞巨人"倒是信守承诺,铁匠剜心之后,放过了众人,离开了雪原。最后一幅画,描绘的是雪原众人环绕着铁匠跪下磕头的场景。

燕澜看完这组图画:"阿拂,如果我猜的没错,画中的'狰狞巨人',应该就是海底的碎心怪物。至于铁匠,大概是你的先祖,因为突破了人类的极限，并没有立刻死去。"

姜拂衣仍然处于蒙怔中："石心人没有被记载在《归墟志》里，因为我们并不是真正的大荒怪物，我们的本源其实是人？"

"按照本源论，你们的确是属于人族。"燕澜牵着她去往另一根柱子前，望向第二组图，"这九位，就是太初九上神。"

姜拂衣望过去，图中刚好画着九个人，有男有女，每一位周身都刻画着光环。

九位上神手中持着不同的法器，最容易辨认的就是剑。下一幅图，那柄剑和持剑之人便已经出现在雪原。除了令候，还有一名女子，手持一柄戒尺，乃言灵神。他们是被雪原引动的天道异象引来的。

两人落在雪山上，看向山脚下铁匠逸散光芒的身躯，颇为惊讶，第一次认识到，看似弱小的人类，竟然拥有修炼成神的潜质。只可惜世间的太初之力已经太过稀薄，铁匠终究无法成功渡劫，羽化成神，失去心脏后，连性命也保不住。

令候毫不犹豫地将神剑送出，重新融化为一团精纯的太初之力，将铁匠笼罩，又吩咐雪原众人，亲手在雪山之巅为铁匠建造一座神殿。等神殿建成，令候将铁匠封印入内，今后能否修成正果，且看天意和造化。

两百年后，雪原遭大量魔人入侵，有灭顶之灾。众人纷纷逃上大雪山，惊醒了正在神殿内修炼的铁匠。铁匠放弃羽化，中途破印而出，以雪山石化剑，十万八千剑，一战成名，就此成为新的大荒怪物，铸剑师石心人。

而神剑和铁匠的事情，令候只告诉了其他几位上神，并请他们一起保密，以免始祖魔族知道人族竟有修成神的潜能，会对人族进行屠杀。

"原来是这样。"看完柱子上的画，姜拂衣看向燕澜，眼神复杂，心情更是复杂，"令候的剑还真是被我的先祖给'偷'了，而且再也不回去了。"

燕澜的眼神却极为澄澈："不'偷'此剑，世上没有石心人，也就没有你。用种瓜得瓜种豆得豆来形容，虽不太文雅，却莫名觉得十分恰当，你说呢？"

姜拂衣微微一怔，原本想要撩一撩耳边的乱发，才发现自己的手一直被他牵着。她没有挣脱："说正事，柱子上的图看完了，关于碎心怪，只知道了他和我们石心人之间的渊源，其他依然是一无所知。"

燕澜抬起另一只手，晃了晃手里的《归墟志》："你可知道我是怎样将神殿打开的？"

他将《归墟志》掀到了第一册残缺的那几页。之所以知道被撕掉了几页，是因为撕掉的痕迹非常明显，摆明了告诉别人，此处有缺页。《归墟志》是令候写的，极北之海是令候封的，这几页又关系到海底的怪物。燕澜有种感觉，缺页就藏在这座镇压碎心怪物的神殿里。于是，他以痕迹去感知废墟，锁定缺页的位置，才成功开启神殿。

燕澜将《归墟志》向上一抛。竹简定在半空，逐渐展开，似一盏灯，照亮了神殿内每一处角落。姜拂衣没有看到那几张纸是如何出现的，只瞧见它们似雪片从空中飘落，一片片落在燕澜平摊着的手掌心上。等最后一张纸落下，姜拂衣眼前倏然一暗，脚下有失重的感觉，如同堕入无底洞。她下意识地抓紧燕澜的手。

黑暗中，耳畔响起燕澜温和的声音："我们被抽离了意识，正在进入记忆碎片内部。"

姜拂衣对这个词再熟悉不过："就像你之前进入我的记忆碎片？"

燕澜道："对的，由万物之灵汇聚而成的记忆碎片。"

"谁的记忆？"

"不清楚，但肯定和这碎心怪物有关系。"

等到眼前重新恢复明亮，姜拂衣的双脚也再次着地。她和燕澜如今身处一间陈设简单却典雅大方的卧房内，窗下摆着一张矮几，一名男子盘膝坐在后方，坐姿端正，面容冷峻，正在闭目养神。他容貌瞧着年轻，但半披的墨发已经夹杂了丝丝缕缕的银白。

燕澜还在猜："你觉得这人是谁？"

姜拂衣觉得他在明知故问："瞧这坐姿和脸色，一看就知道是令候吧？"

燕澜：……自己平时这么端着？

"君上。"门外忽然响起声音。

令候缓缓睁开眼睛："找到奚昙了？"

"找到了。想找他其实不难，只需要去蹲守怜情。每隔一阵子，奚昙便会跑去和怜情斗法。赢了，他就会失望离开，也不知为什么……"

姜拂衣在旁听着，有点想流冷汗的感觉。她当然知道外公时常去找怜情的原因，就像她之前想拿怜情测试心动一样。因为石心人在男女之事上，无论心理还是生理都非常迟钝。

姜拂衣正琢磨着，眼前的场景忽然像是不小心摔碎的玻璃，分崩离析。燕澜解释："记忆碎片并不连贯。"

等场景重组完成，出现在姜拂衣眼前的，是一片寸草不生的黄沙戈壁，以及一抹行走于黄沙上的、浓烈的红色。

姜拂衣的视线尚未完全聚焦，便被那抹红色吸引，无法再将眼睛挪开。

"是我外公吧？"

"嗯。"燕澜看一眼奚昙，又低头打量姜拂衣。两人的五官的确是有几分相似,都是杏核眼,挺鼻薄唇。姜拂衣身为女子,比较偏妩媚。奚昙则是妖冶。

姜拂衣默默道:"原来我外公也喜欢穿红衣。"除了大婚,日常穿红衣的男人并不多。

商刻羽是其中最突出的,衣衫只换款式从来不换颜色,只不过,他将红衣穿出了一种肆意张扬的感觉。而披散长发的外公,比柳藏酒更像是一条红狐狸。

原先姜拂衣一直不太理解,外公为何会以"美男子"闻名大荒。当然,她知道自己有几分像外公,已是十分漂亮,外公定然更是风华绝代。但外公生活在大荒,那个时代最不缺的就是俊男美女。九天神族乃天之骄子,比如武神令候,从脸型到五官都似精雕细琢,英俊得挑不出一点毛病。大荒怪物也都是出类拔萃,姜拂衣不知兵火的真容,但她见过的独饮擅愁、枯疾、绝渡逢舟、沈云竹、逆徊生,容貌各有特点,令人印象深刻。

外公是如何杀出重围,让那些大荒怪物提及他时,不说他的本事,先想起他的美貌?姜拂衣今日见过才知道,"美男子"原来也是一种感觉。换成一身正气的令候长成这副容貌,给人的感觉,估计还是犹如"磐石"。

奚昙踩着黄沙,走到一处山洞前,言笑晏晏:"怜情前辈?"

隔了一会儿,一个没有温度的女子声音传出来:"多少年了,你还不肯放弃?"

奚昙环抱双臂,倚着洞门:"这次不一样,我不久前结识了焚琴劫火,和他相处了一阵子,请他帮了点小忙。他也有催化劫数的能力,和你术业有专攻不同,他不能控制是哪一种劫数,但我想啊,情劫也是劫数,还是世间最难渡的劫数,和他分别后,我恰好就遇到了一位姑娘……"

怜情打断他:"我早就告诉过你,你的命数之中根本没有情劫,不然早就被我催化,令你陷入泥潭,将你吸成一具枯骨,吊在我这枯骨崖当个摆件,岂会被你打扰那么多年?"

奚昙朝洞内做出请求的手势:"命数是会改变的,今日的我,已经不是昨日的我,麻烦前辈再帮我重新测一测?或者再和我打一架?"

怜情烦不胜烦:"我最近没有空闲,你十年后再来。我也劝你快逃,武神很快会来枯骨崖擒你。"

奚昙愣住:"谁?武神?"

怜情道:"他座下星官在我枯骨崖附近藏匿许久,原本以为是来盯我的,可当你踏入地界,他便分身离去,我才知道武神真正的目标是你。"

奚昙容色巨变:"多谢提醒,晚辈改日再来。"说完逃了个飞快。

等他离开,一男一女从洞中走出来。

沈云竹望着消失于天际的那抹红色:"师姐,石心人真的偷了武神的剑?"

怜情道:"看样子是。"

沈云竹收回视线,看向怜情。他原本娇艳似鲜花的师姐,此时已经显现出苍老之态,头发干枯泛黄,身形也变得干瘪,像个老太婆。她需要吸食大量生灵的寿元,才能重新恢复青春美貌。

从前并不会如此,万物的情感和寿元,只是她修炼需要的能量。但这几千年来,师姐每隔一阵子就会慢慢凋零,必须得补回来才行,否则可能会老死。

最初师姐还能以兽族和草木精灵进补,最近几次,师姐凋零的速度飞快,上次已经控制不住,违背对师父的承诺,吸食了一整个人族部落,遭到了九天神族的警告。此番师姐再次出现凋零之状,武神恰好派星官蹲守枯骨崖,还以为武神准备对师姐动手。沈云竹才会跑来帮忙。

"你能帮什么忙?不帮倒忙就不错了。"怜情一双冷眼朝他睨去,"丢人现眼的东西,就凭你这点本事,竟然敢去求娶般若神机,不知道她是武神的红颜知己?她眼睛瞎了,能瞧得上你?"

沈云竹阴沉着脸:"我知道我不如武神,但我对般若是真爱,她迟早会明白的。"

怜情好笑:"真爱?你心中若有爱,还可以毫发无伤地站在我身边?"

沈云竹仰首挺胸:"师姐能对付的,都只是世间最低级的男欢女爱。而我与智慧相伴,早已脱离了那些低级的玩意儿,拥有这世间最纯粹最高级的情感,你根本不懂。"

怜情看他的目光如同看一个白痴:"嗬。"

沈云竹被她盯得难堪,张张嘴想要继续辩解,又怕被羞辱得更抬不起头。

怜情却幽幽地道:"阿愚,虽然你从小就蠢得可笑,但对你来说还是蠢点好,莫要懂得太多。最好永远也不要懂得何为情深不寿,慧极必伤……"

姜拂衣和燕澜就站在山洞附近,奚昙离开以后,场景并未消失。按照燕澜的说法,这是令候的记忆碎片,说明令候已经身在附近,至少神识能够窥探到此处。

姜拂衣单纯好奇:"般若神机是谁?"

燕澜心里一个"咯噔":"诞生于智慧的神机族,战后去往了神域。你还记不记得魔神说过,封印怜情的时候,令候有从旁出力。"

姜拂衣记得,不过干吗突然提起此事。不等她思考,眼前的场景再次崩塌。

这一回，并没有立刻出现新的场景。黑暗之中，两人前方逐渐浮现出一行行发光的字。

姜拂衣认得这是令候的字，和之前燕澜投射出来的关于沈云竹的备注，字体类似。这些字，讲述的是令候原本来抓奚昙，无意中窥见怜情流逝生命的事情。

怜情独居枯骨崖，性子冷清，往常其实非常安分。上次令人族枯骨满城，她不肯解释原因，神族也不敢逼得太紧，只能稍作警告。这些天赋强悍、思维异常的顶尖怪物，倘若约束太重，可能会导致他们变本加厉地释放天赋，最终遭殃的还是人族。但窥见怜情当时的状态，令候意识到她上次屠城或许只是一个开始，便派人暗中去调查，怜情究竟哪里出了问题。最终的结论是，因为她的情人逆徊生。

看到此处，姜拂衣颇为讶然。逆徊生为了救出怜情，耗费大量精力将柳藏酒回溯成幼兽状态，即将去攻温柔乡，两人必定交情匪浅。但姜拂衣从来没想过他和怜情是一对。逆徊生若是喜欢怜情，和怜情相处，早就被她吸干寿元了吧？

姜拂衣继续阅读。

令候记录得非常简单，只说两人原先是比较亲近的友人关系。逆徊生先动的心，开始死缠烂打地追求怜情，怜情则让他惜命。逆徊生话讲得很好。以他原本漫长的寿元，只要不是怜情使用法力故意吸食，待在怜情身边，他至少也能撑个两三千年。再加上情人也并非时刻待在一起，算上分开的时间，两人做万年夫妻根本不成问题。万年恩爱夫妻，和孤单着长生不死，他选前者。

最终，逆徊生以不断流逝的生命力，打动了怜情。但赢得怜情的芳心之后，逆徊生才知道自己大错特错。被怜情喜欢上的男人，生命力流逝是加速的，且即使远离她，被她在心中惦念着，依然逃不开情深不寿的影响。

如此下去，逆徊生顶多还有两百年好活。他凭借爱意艰难支撑了一段日子，实在无法面对每日生命力大幅度流逝的恐惧，最终选择离开怜情。他使用伴生法宝溯源珠，将自己溯源成为幼年体，重新又成长了一回。重塑过后，逆徊生忘掉一切，摆脱了怜情对他的标记，回归正常。

然而怜情早已对他情根深种，原本见他生命力流逝加快，已在苦寻办法，甚至想要斩断情丝，没想到他竟懦弱地先逃了。怜情恼他背叛，寻到"年轻"的他，一番蓄意勾引。逆徊生第二次对怜情动了心，发现只剩两百年好活以后，做出的选择和第一次一样，逃离，使用溯源珠将自己重塑。

怜情再次找到他。逆徊生第三次动了心，仍是同样的逃离和重塑，如同陷入了循环。

最终打破循环的是怜情。怜情对他的爱意彻底消磨光了，取而代之的是恨。她一旦生出恨，诞生于"极"的真正含义便显露了出来。物极必反，怜情自己的生命力开始流逝。

而逆徊生因为拥有她的恨，如同被赋予了一层坚不可摧的保护罩，哪怕待在她身边，也可以安然无恙。怜情越憎恨他，越是杀不了他，只能让他有多远滚多远。直到逆徊生被封印的那一天，或许也不知道怜情为何先勾引他，又驱逐他，这般喜怒无常。

此后，怜情为了治疗自己，逐渐变得疯狂，先是大肆屠戮人族，后来连九天神族和始祖魔族，以及一些大荒怪物都不放过。所经之处，万物枯萎。最终被神魔合力镇压在温柔乡。

姜拂衣读完这些发光的字："燕澜，你看完了没有？"

燕澜已经看完许久："刚看完。"

姜拂衣："我有个问题想问问你。"

燕澜垂眸："你说。"

他猜，姜拂衣是想问，倘若换作他们两人，他该怎样选择。以长生不死为代价，做两百年恩爱夫妻，他愿不愿意。

燕澜当然愿意。凡人夫妻，能携手度过百年有多少？两百年其实很长久。

姜拂衣却问："这几张缺页不是记载碎心怪物的吗？为何突然讲起怜情和逆徊生？他俩在《归墟志》第一册里有名有姓，怎么不写到他们名下？"

姜拂衣借着字体的光芒打量他，纳闷道："你你这是什么奇怪的表情，我的问题不正常？"

燕澜收起尴尬："没有，我在想原因……哦，《归墟志》只记载大荒怪物的名字、来源、危害，从来没有记载过怪物的私事，尤其是感情问题。"

姜拂衣心道令候也是个讲究人，还挺尊重大荒怪物们的隐私。她又问："但为何只在这里记录怜情和逆徊生的私人感情，不说其他怪物？他们俩关系到海底的碎心怪物？"

燕澜重新望向那些字："九天神族最擅长推演天机，令候可能知道三万年后，极北之海和温柔乡会一起出乱子，引发人间危机。但这危机的具体内容，他知道的并不准确，便将这几页撕下，记录一些他认为具有价值的信息，留给我参考。"

姜拂衣："特意留给你？"

燕澜："记忆碎片和这段文字，我认为都是留给我的。这几张残页，应该只有我才能打开。我不是说了嘛，他下凡之前，估计已经知道自己将会成为凡人。或者说,当年他封印极北之海时,便知道将来成为凡人的他,会再来极北之海和碎心怪打交道。"

姜拂衣点了点头。她原本就觉着奇怪,神殿柱子上那些关于先祖的画,可能是外公画的。外公神志不清,怕忘记祖上的传承,特意刻在柱子上,这很正常。为何《归墟志》的残页也恰好藏在神殿里,轻而易举地被燕澜打开,里面还记载着诸多有用信息。缺什么给什么,一步到位,也未免太轻易。

姜拂衣依然有所疑惑:"令候强调关闭两界通道之后,人间事,从此凭人力解决,但他给自己的转世开后门?"

燕澜说:"称不上开后门,三万年后的事情,令候知道不了那么详细,他只是未雨绸缪,正常地做足一切准备,然后碰运气。"

姜拂衣刨根究底:"你如何知晓他不能精准计算?"

燕澜不语。

姜拂衣:"嗯?"

燕澜只能无奈地解释:"至少令候肯定不知道我们会一起来,我还刚好牵着你的手,不小心带着你一起进入了残页中,被你逮到他给'自己'开了后门。"

姜拂衣微微一愣,旋即忍俊不禁。

燕澜低声说:"阿拂,你想他一个太初上神下了凡,失去阅历、血泉、神剑……肩上还扛着重任,稍微留给自己一点提示,不算过分。"

姜拂衣道:"你不要太敏感,我没别的意思,只是觉得残页发现得太过轻易,心里不踏实,现在踏实了。"

不过,燕澜已经开始拿失去血泉的事情出来卖惨,可见巫族那一页在他心中,已逐渐成为过往。

"而且,令候和我以为的不太一样。"姜拂衣本以为令候是个极其严肃的性格,原来行事作风真的和燕澜差不多。古板,也没那么古板。守规矩,却又不是一味守规矩。

燕澜发觉自己可能是有些敏感了,太在意姜拂衣对他的看法。毕竟这世上,他只剩下她了。燕澜拂袖挥散那些字迹,默默地说:"接着看吧。"

姜拂衣一个"好"字尚未出口,眼前忽然浮现的场景,令她一瞬间屏住呼吸。她和燕澜出现在一处人族的聚集地,遍地的尸体,已经呈现腐烂的迹象。半空盘旋着成千上万的秃鹫,但下方被谁布下了凝固尸体的结界,它们不敢落地。

记忆碎片中,姜拂衣虽然无法窥探这些人类的死因,却知道是那碎心怪物干的。因为这些尸体多半从外表看不到伤痕,七孔流血,表情狰狞,身体蜷曲，紧紧捂住心口，和鲛人王形容得差不多。

一道女声响起："奚昙，怎么不继续逃了？"

姜拂衣转过身，朝声音响起的方向望过去。尸山血海旁边的空地，凭空出现三个人。板着脸的令候、目露震惊的奚昙，还有言灵神。言灵神与令候并肩而立，她五官柔美，身形偏瘦，但眼神透着不容直视的力量，多看她眼睛一会儿，便会觉得心头发慌，像是说谎被抓了个现行。

姜拂衣慌忙将视线下移，看向她手中持着的戒尺。和闻人氏的戒尺略有区别，更长一些，且被丝丝金色光线缠绕，一看便知是至宝。而现如今的真言尺，只在使用时才会发光，平时瞧着就像一柄普通的尺子。

此刻，那柄尺子的一端指向了奚昙，言灵神直视他的双眼："奚昙，所有怪物之中，听闻唯有你一人拥有弹指碎心的本事。令候和我都不信是你，拦下所有质疑。可如果真不是你下的手，我们私下里寻你，你一直疯狂地逃什么？"

姜拂衣恍然："原来令候找我外公，是因为神族也怀疑外公是碎心怪？"

燕澜蹙起眉："奚昙前辈已经见过兵火，按照时间线，距离大荒战争爆发不算遥远了，直到此刻，连九天神族都不知道世间有碎心怪的存在？"

"真不是我。"奚昙回望言灵神戎语，眼神毫不闪躲，"虽然造成的后果类似，但我碎掉对方心脏，需要剑气支持，毕竟我又不是真的怪物。而真凶的力量不在五行之中，是怪物无疑。武神大人不妨检查一下，他们的胸腔并无剑气。"

戎语淡淡地道："你先回答我第一个问题，为何要逃？"

奚昙难以启齿的模样："这不凑巧了，我以为武神大人私下里寻我，是想对我说教，教我做人，我实在不想听……毕竟我不久之前，才刚因为送出去的那百八十来根剑簪，闹出了一场小小的风波。"

令候终于绷不住开口："你管那叫一场小小的风波？"

奚昙讪讪地道："我承认，此番是闹得稍微大了点，不然我也不会千方百计地躲着您。"

令候不语，瞧着有些头痛的模样。

言灵神戎语手中的真言尺，依然还在指着奚昙："你以为令候喜欢管你？知不知道你在这世上所造成的一切善恶业报，他都会被因果牵扯其中？"

奚昙说了一声"我知道"："我们石心人的存在，和武神大人有着莫大的关联。"

戎语质问："既然知道，还敢欠下这诸多风流债？"

奚昙摊了摊手："我不承认这是什么风流债，我从来不曾隐瞒过我的意图，她们全部很清楚我没有心，是个无情的怪物。每个人都说不在意，还安慰我说会努力打动我，我才送簪子给她们……结果她们打动不了我，竟然联合起来一起打我，我这一肚子委屈找谁说理去？"

戎语颇感无语："怎么，你还委屈上了？"

奚昙慌忙躬身拱手："岂敢，是我错了，我认错。"口中认错，语气却听不出来一丁点认错的意思。

戎语懒得理他，看向令候："据我所知，他所言不假，那些女子的确是知情，不算被他哄骗，说是愿打愿挨并不为过。且奚昙还算有分寸，从不招惹人族女子，应是知道人族女子年华短暂，经不起蹉跎。"

令候依然默不吭声。

戎语回归到正题："奚昙，这些人类当真不是你下的手？"

"当然不是。"奚昙竖起两指便要发誓，"我为何要碎掉这些人类的心脏，对我的修炼有什么好处？"

戎语制止："你不必发誓，敢不敢握着真言尺再说一次。"又不是奚昙所为，他自然敢，伸手便握住眼前逸散金光的尺子一端。

戎语："说吧。"

奚昙毫不犹豫："我……我……"

怎么回事？奚昙只觉得喉咙像是被一股力量给攥住，否认之言一句也说不出口："我……"奚昙又尝试几次，额头浮了一层冷汗，依然说不出来。

奚昙尝试使用秘法传递，也办不到。眼见面前两位太初神变了脸色，他一张俊俏的脸也逐渐憋得通红。奚昙被窒息感压得透不过气，骤然松开神尺，长喘几口气："我根本说不出话。"

戎语声色冷然："你握着真言尺却想要说假话，自然说不出口。"

"我句句是真，绝无半句虚言。"奚昙搞不清状况，只能怀疑地指向真言尺，"是您的尺子有问题，它不让我澄清，它想陷害我……"

这话奚昙说不下去，真言尺乃言灵神的伴生神器，太初九神器之一。言灵神当年也有出力救他先祖，且对石心人一贯颇多照顾，不可能陷害他。这一瞬连奚昙都忍不住怀疑起自己，喃喃自语："我难道真的修成怪物了？不会吧？"像怜情他们一样，拥有了无法自控的怪物天赋？是天赋外溢导致的？

奚昙打量凝固尸体的结界，这些人类死亡半年以上。他实在想不通。

"我那会儿应该正陪着焚琴劫火去往小寒山，和此地南辕北辙，即使我天赋外溢，也不该影响到此地啊……"他将希望寄托于令候，"武神大人，我们的剑心之力，是以您的武神剑作为根基的。我们这颗剑心，说是您的剑都不为过，您真的分辨不出来这些人的心脏是不是被我碎掉的？"

-372-

令候望向他的胸口:"若是你母亲,我可以分辨。你,我分辨不出来。我早已无法通过剑气感知你的存在。"

戎语道:"若不然,他也不会派人去枯骨崖蹲守你。"

当年令候逆天而行,以武神剑和那座凝结了雪原众人信仰之力的神殿,救下铁匠的性命,并为其创造出一个能够一举羽化成神的条件。但铁匠羽化未果,最终成为石心人。从此再想凭借自身修炼成神,已是难如登天。

铁匠身为第一代石心人,存活将近千岁,寿终正寝。往后接连好几代,有男有女,修炼的天赋都不弱。他们一代代发掘武神剑的潜能,不断完善石心人这个种族,寿命也在逐步增长。但距离成神,始终遥不可及。因为从各方面来说,他们哪一个都不及铁匠。

直到奚昙降生,此子天赋卓绝,且极有想法。他不再死守着祖宗留下的守护剑意,善于学习归纳百家所长,领悟出诸多剑道,甚至大胆尝试摘心铸剑,将剑傀术写入剑心传承之中。自此,武神剑与令候几乎再无任何关系,完全属于石心人,成为他们的剑心根基。

令候肩上的责任却越来越重。

由于担心被始祖魔族知道人类有此潜能,石心人一直在伪装怪物。奚昙无须伪装,简直像一个真正的怪物。他的本源为人类,却比吃过长寿果的长寿人还更长寿。如今的岁数,比他所有先祖的寿数加起来都长。然而拥有漫长寿元的奚昙,从不修功德,也不求功德圆满。他终日里游戏人间,既没有九天神族的怜悯之心,对自己人族的身份也不见一点认同感。不作恶事,路见不平偶尔拔剑相助,已是他对祖训最大的尊重。其中可能还有令候时常"提点"他的缘故。因此,碎心怪物出现之后,其他几位上神第一个怀疑的就是奚昙。

若是他,势必要立刻解决。奚昙不同于其他的大荒怪物。其他怪物皆为天地自然的产物,他们恃强凌弱的行为,一定程度上遵循着自然法则。奚昙若当真彻底进化成为怪物,则属于神造怪物,是令候犯下的一个重大错误。

上空云层内,一声男子的轻叹传递而下,苍凉而又浑厚:"令候,你本想以石心人证道人神之路,可最终他们修成了怪物……石心人因你而起,你拿主意吧……"

见令候无动于衷,又一名女子声音自云端响起,虚无缥缈:"我们也不愿意相信,但真言尺……大荒覆灭的预示已是愈演愈烈,危机迫在眉睫,一旦彻底开战,我等恐分身乏术,还望令候君速速决断……"

奚昙悚然抬头,九位太初上神往常见一个都难,竟然一次来了四位?奚昙下意识便想召唤出杀剑自保,他应是敌不过几位上神联手,却能拼一拼逃走。然而恩人面前，他强行将杀戮之念压了下去。

"武神大人，请您一定要相信我。"奚昙恳切地望着令候，"请您给我一个机会，让我证明自己，无论付出任何代价，我势必将这个碎心怪物揪出来。"

令候波澜不惊地开口："若我不信，你该当如何？"

奚昙嘴唇翕动半晌，认命地道："我不可能和您动手，石心人的命是您给的，您若是想拿回去，也希望由您亲自动手。"他卸掉护体剑气，微微垂下头，听之任之的态度。

令候却缓缓说道："我给你机会。"

奚昙又抬起头。

"走吧。"令候轻拂衣袖。话音落下许久，其他几位上神皆不曾出声阻拦。

奚昙反应过来，慌忙行了个礼之后，拔腿就跑："我一定信守承诺，无论走遍天涯海角，也要将那碎心怪物抓出来！"

等奚昙一口气跑远了之后，上方才传来一声叹气。

令候仰头："你方才也说，大荒将起战乱，接下来我们有得忙碌，无暇管顾这突然冒出来的碎心怪物。且交给奚昙去查吧，由他去自证清白。"

上方："真言尺不是已经做出判断了？你依然相信他是无辜的？"

令候："我相信。"

"令候君……"

"若判断有误，一切因果业报由我一力承担。"令候对奚昙的信任，并非来源于他和石心人之间特殊的缘分，是他对奚昙秉性的判断。

"奚昙成年之后，曾经跑来询问我一个问题。"令候至今印象深刻，"他问我，我对他的长辈们有多少了解，他的母亲爱不爱他的父亲，或者说每一代石心人，爱不爱他们的伴侣。"

令候起初不明所以，慢慢才领会他的顾虑。奚昙发现身为石心人难以动情，或许天生无情，那么他的先祖们，是如何将石心人延续下来的？为了延续后代，必须择一伴侣？

奚昙觉得八成是的。有一个证据，无论男女石心人，选择的伴侣都是人类。因为他们和人类结合，能够诞下纯种的石心人，反而看不出体内含有人类的血脉，不引魔族怀疑。但在奚昙看来，人类绝对不该是石心人的最优选择。大荒时代讲究道法自然，没有延年益寿的丹药，人类的身体素质也没有修炼的条件，若无奇遇，能活百年都算是佼佼者。如何成为石心人的伴侣？

奚昙不愿意被迫传承。即使他向女方言明，自己需要一个子嗣，定然会有女方自愿，他仍旧觉得不妥。可是他又必须传承。石心人一脉单传，体内承载着武神剑的神威。一旦失去传承,武神剑将彻底消散于天地之间。

尽管令候一再强调,神剑送出,便属于他们石心人。但石心人坚持认为,此剑在武神手中,本该佑苍生,定乾坤。他们诚惶诚恐。

奚昙虽没有这种想法,却也认同此乃祖宗欠下的债,自己身体里也背着债。早些年,奚昙不断发掘自身力量,尝试剜心铸剑,都是在努力将体内武神剑的剑气全部引出来,重化神剑,归还武神。可惜努力到最后,奚昙令石心人威名远播,却始终无法成功分化武神剑,反而将神剑剑气融合得更为彻底。

奚昙最终放弃,他妥协了,将人生的重心全部放在寻找真爱上。至少,奚昙希望他的儿女是基于爱意出生。令候认为他钻了牛角尖,劝过奚昙不必过分执着,他根本不听。

"即使奚昙品性多有不端,单凭这一处,我不信他会成为滥杀的怪物。何况他面对真言尺,只是沉默,而非承认……"令候讲述着,耐不住轻轻叹了口气。奚昙若不来询问,令候从来没想过石心人传承子嗣,竟还有保持神剑不灭的想法。

除了铁匠,令候与其他石心人并不是很熟悉。但铁匠剜心再生之后,依然拥有各种丰富的情感,和人类没有差别,这一点令候比较清楚。往后几代应该也是一样。至于他们全部选择人类作为伴侣,他们身为人类,喜欢同类岂不是很正常?传承至奚昙,他是一个异类,才会成为石心人的巅峰。但令候并不是完全了解,不能确定地告诉奚昙,他的那些长辈都是因爱传承子嗣。

目睹奚昙的苦恼,以及他不断闹出的诸多风波,令候心中生出了几分愧疚,竟不知自己当年舍神剑救活他的先祖,究竟是对还是错。

令候再叹:"谁承想,我同石心人之间的缘分,从起初的机缘,逐步发展成如今的孽缘,真不知还要和他们继续纠缠到几时。"

隔着记忆碎片厚重的时间墙,燕澜此刻正站在令候的身边,听他说这话,心中很想告诉他,纠缠到三万年后,他与石心人的缘分,已从孽缘变成了情缘。这世间的缘分,当真是纠缠出来的。

燕澜正在心底感叹着,听见姜拂衣道:"虽然有一些不孝,但我很想说一句,我的先祖们好像有点儿不太'聪明'?"

燕澜扭头看她:"嗯?"

姜拂衣朝外公逃走的方向望一眼:"若这份孽缘,只是源于我们石心人融了神剑以后内心的不安,其实有办法解决。"

燕澜挺想知道:"怎么说?"

姜拂衣琢磨着道："你想啊，只需要我家的一个女先祖，想办法嫁给令候，生一个幼崽，那这孩子既有武神的血脉，又有蕴含神剑之力的剑心，一定意义上来说，也算把神剑还给他了？"

这还得了？幸亏她的先祖比较淳朴，没这么"聪明"，不然自己的前世可就成了她的祖宗。

姜拂衣瞧他变了脸色，也倏然意识到这一点，拍了下脑袋："原来是我在犯蠢。"

见她这副模样，燕澜微微提起嘴角："这都是缘分使然，武神剑最终由你来还给我。"担心姜拂衣会误会，不等她做出反应，燕澜先解释，"我指的并非你我的……后代，我是说，我虽然没了剑，但你我同行这一路，你曾多少次挡在我面前，护我周全，早已是我心中最锋利、最值得信赖的剑。所以石心人欠下的这份'债'，你已经还了，今后不必再记在心上。"

姜拂衣忍不住夸奖："我最喜欢你这一点，虽然话少了点，但每句话都能令我心安。"

燕澜心道自己话不少了，和姜拂衣认识的这一年，他比从前二十年讲的话都多。姜拂衣忽然想起："说起后代，我觉得我们俩似乎早就有了一个养子？"

燕澜是真的愣住："我们俩的养子？谁？"

姜拂衣："漆随梦。"

燕澜想问她在开什么玩笑。

姜拂衣没有开玩笑的成分，认真地分析："漆随梦有我的心剑，你的血泉，你说他像不像我们两个的干儿子？"

漆随梦这个名字，对于燕澜而言就像一根尖刺，一入耳，就令他浑身不适，尤其是至今仍然泛红的双眼。他唯一的排解方式，就是避免想起漆随梦。可如今听姜拂衣如此一说，燕澜心中竟生出一些啼笑皆非。他之前最在意的"沧佑剑"，以及自己被夺走的血泉，突然变得荒诞起来。

燕澜不由得垂眸轻笑："此话若是不小心被漆随梦听见，他怕是要被你气死。"

姜拂衣眼皮一跳："我随口一说罢了，你可千万不要告诉他。"

燕澜倏然望向她："我是那多嘴之人？"

姜拂衣不回答，岔开了话题："说起来，我外公在真言尺面前，为何不能开口说话？"

若非已经证实碎心怪的确和石心人无关，连姜拂衣也会怀疑外公是不是有什么问题。外公没问题，那就是真言尺的问题？姜拂衣不禁望向言灵神手中的尺子。

周围只剩下戎语之后,她在原地伫立良久,终于举起手中神器,默念一段法咒。

"嗡!"真言尺的光芒比之前炽盛一些。

戎语询问道:"真言,若令候判断无误,奚昙实属无辜,你且告诉我,为何不准他开口自辩?"真言尺无动于衷。

戎语越发狐疑:"你竟不解释?看来的确和你有关,莫不是奚昙触碰你时,你感知到了一些对你不利的信息?"

九上神里,言灵神最不善战。她的伴生法宝自然也没有几分斗法能力,但是九神器中唯一一个拥有自我意识、能以言语沟通的宝物。除了以精神压制,令对方言听计从,言灵神最强的天赋是能够预知未来。

因此,关于未来之事的"言出法随",其实是一种预言。

言灵神的预言术,多半来自真言尺。但事关预言,真言尺一贯惜字如金,从不随意泄露天机,生怕遭受反噬。尤其是近些年,真言尺变得异常沉默。若非戎语强迫,他甚至可以几百年不主动开口讲一句话。

戎语知道原因,身为器灵,真言最大的心愿是能够脱离神器,成为独立的个体。自诞生于太初之日起,他苦修至今,渡劫期将至,成败在此一举,更是需要小心谨慎。

戎语再问一遍,声音颇为严肃:"究竟是奚昙还是那碎心怪物,关系到你渡劫之事,令你不惜违背你的天职,擅改奚昙的命运?"她从不在意器灵独立,削减她的实力,但也见不得他为渡劫动起歪脑筋,"真言,我奉劝你一句,天命难测,小心适得其反。"

真言终于开口,是个清冷的男子声音:"明知失败,自然要放手一搏。适得其反,我求之不得。"

戎语沉声:"果然和你渡劫之事有关,奚昙莫不是会导致你渡劫失败,你才想要先害死他?"

真言尺内传出的声音依旧冷冷淡淡:"我若想要奚昙的性命,直接压制他,迫使他承认下来,板上钉钉,饶是令候也保他不住。"

戎语也知真言不会妄动杀心:"你究竟想做什么?"

真言继续道:"你且放心,我只想给奚昙找些正事做一做,莫要再发疯去寻找情缘。"

戎语反而更加不解:"他寻他的情缘,与你何干?"真言尺避而不答,再度沉寂。

"真言尺竟然有器灵？"姜拂衣正凑在真言尺旁边，被他突然发出的声音惊得眨了眨眼。

"难怪。"燕澜抱着手臂也凑过去看，和姜拂衣快要头对头。

原先燕澜就挺想不通，无论长明神的天灯，还是虚空神的四方盘，即使被封印了大部分力量，人类使用起来依然异常困难。他父亲为了支撑起四方盘，连命都搭了进去。可是真言尺竟然没有一点九神器的"贵重"感，原来是缺少了器灵。

眼前的场景再度开始崩塌，姜拂衣在黑暗中一连问了好几个问题："你猜真言尺的器灵渡劫成功了没有？渡劫失败，器灵会不会死？器灵死了，神器的力量会变弱？"

现今时代，器灵已经极为稀罕，目前为止燕澜只见过一个，柳藏酒的镜子二哥况子衿。实际上，况子衿属于镜妖，和器灵并不完全相同。

燕澜认真地回想关于器灵的古籍："以我对器灵的浅薄了解，他想要完全独立分为三步。"

姜拂衣："先产生意识？"

燕澜："是的，随后意识可以化为灵体，短暂地脱离本体。第三步是渡天劫，彻底独立。倘若渡劫失败，不管他还存不存在，都不会影响真言尺的力量。但看真言尺现在的状态，器灵应该是渡劫成功，独立出去了？"

姜拂衣眉头深锁，摩挲指腹，想到了一种可能性。正想说出来和燕澜商讨一下，新构建而成的场景里，竟然看到她外公抱着一名年轻女子。

这一下便将姜拂衣的注意力全部吸引了去。通过观察周围的环境，姜拂衣看到遍地因为碎心而死的尸体。可见那碎心怪又一次滥杀无辜，外公追查而来，可他来迟了，在尸体堆里发现了一个活口，正是他怀中抱着的，陷入昏迷的女子。

"姑娘？姑娘？"

"小雀鸟？"

奚昙这一声"小雀鸟"，喊得姜拂衣精神一振："这难道就是我外婆？"

燕澜想了想："应该是。"

之前魔神已经告诉过他们，姜拂衣的外婆正是一只拥有一丝凤凰血脉的云雀。姜拂衣难以置信："外公找了那么久的动心之人，竟是在这种情况下遇到了外婆。"

燕澜则有另一番感悟："不愧是言灵神，真被她说中了。真言尺一番心思，想让你外公去做正事，莫再纠结于情缘。不承想，他却因此遇到了他的情缘？"

再说奚昙喊不醒这只雀妖，又想从她口中问出碎心怪物的信息，奚昙便将她带在身边，去寻找当世擅医术的神族和怪物。走到半途，雀妖便醒了过来。

奚昙还来不及高兴，就发现这雀妖虽从碎心怪物手底下捡了一条命，却变成一只傻鸟，疯疯癫癫，一问三不知。

姜拂衣更确定这只雀妖就是外婆，雀妖的五官和她母亲相似之处并不多，但犯傻时，圆圆鼓鼓的眼睛透露出来的眼神，和她母亲疯癫时颇为相像。那怪物除了拥有碎心的能力，果然还会令人神志失常。而奚昙为了令她清醒过来，带着她先后拜访了好几位医修，耗费数年时光，都没能将她的疯癫治好。碎心怪物没再出现，雀妖是唯一见过他的活口，奚昙不肯放弃，决定自己修习医道，结合剑气创造医剑。

姜拂衣终于知道，家传的医剑竟然是这样来的，同时反应过来，这已经不是令候的记忆碎片，应是他抽取了外公的记忆。片段式的记忆中，也不知道奚昙究竟学了多少年，雀妖一直被他带在身边，得到他的悉心照顾。奚昙每天听她"师父""爹爹""哥哥""好儿子""小孙子"乱喊一通。奚昙从不耐烦到崩溃，后又习以为常，对她的称呼也从"傻鸟"，不知不觉中成为"小呆鸟"。最终，奚昙的医剑大有所成，一剑斩断了雀妖的疯癫，但也好像斩去了雀妖的记忆，她只对奚昙这些年来的照顾有些淡薄的印象，关于遇到碎心怪物的事情，已忘得一干二净。

好得很，奚昙还需要继续钻研"记忆"，也就是操控精神力的剑道。

其实，言灵神可以帮忙。奚昙却对真言尺心生怀疑，宁愿自己研究。自此以后，雀妖继续陪伴在他身边。她已经不呆了，奚昙便为她取了一个新的名字，小黛。

奚昙一边修习"记忆"，一边隐藏身份，带着小黛追寻那碎心怪物在世间留下的一切蛛丝马迹。

便在此时，世间开始爆发乱象。

始祖魔族没有发现人族有成神的潜质，倒是发现人族很容易走火入魔，可以为魔族修炼提供浊气。他们制造了一种专门针对人族的武器，似一场瘟疫，在人群中蔓延。中招的人类变得格外暴戾，不断自相残杀。浊气暴涨，始祖魔族威势大增，开始暗中联合一众怪物对抗九天神族制定的规则。神魔怪物之战，已是一触即发。

在这般恶劣的环境下，那碎心怪物再次出现，且动静比前几次更剧烈，一次出手，便导致浮尸万里，然后再度销声匿迹。

大概是因为波及范围极为广阔，这次出现了更多的幸存者，有成年人，有牙牙学语的婴儿，年纪大小不等。幸存者和小黛一样，心脏不见太多损伤，但全部变得疯疯癫癫。

奚昙以医剑将他们治好以后，他们全部失去记忆。面对这些无家可归的幸存者，奚昙将他们送去了自己的故乡，极北之海附近的雪原。

沧海桑田，雪原的面积早已不似当年，更不见人类踪迹。然而魔族制造的瘟疫不曾蔓延过来，此地反而成为一片净土。奚昙和小黛也暂时留在了雪原。奚昙一边教导那些幸存者如何在雪原生活，一边研究他们为何能够抵抗碎心。可惜一无所获。

外边的世界越来越乱，碎心怪物出现的频率也在加快。奚昙始终摸不清楚他出没的规律，接连又从不同的地方，捡了不少幸存者回来。再加上一些逃难逃到雪原的人族，五十年时间，雪原之上竟然再次繁衍出了一个颇具规模的人族村庄。奚昙莫名其妙地当上了"村长"，小黛也成为村民口中的"村长夫人"。

奚昙心中五味杂陈。一直以来，他对自己本源为人类这件事始终没有认同感，甚至觉得自家先祖为救雪原凡人而放弃羽化成神，是种不明智的举动。先祖救下的那些凡人，有几个能活过百年？若是先祖一举成神，长生不死，分明可以拯救更多。

至少奚昙不会拿自己的命，去交换这些更迭速度极快的凡人的命，怎么算都是一笔赔本的买卖。可自从奚昙为了了解碎心怪，亲手养大几个幸存的孩童，又看着自己捡回来的那些小生命一点点长大，婚嫁生子过大寿。奚昙才深知成长的不易，以及生命的可贵。而在生出这份感悟的同时，他也收获了从前求之不得的"心动"。

武神说得没错，他从前钻了牛角尖。石心人是会动心的，他一直不曾动心，是因为情缘这东西，可遇而不可求。

令候特意留给燕澜观看的记忆碎片，定然不会侧重奚昙和小黛之间的情感。但迟钝如姜拂衣，也不难从一些片段中，看出两人之间自然而然流淌着的情愫。从前，姜拂衣时常会想，外婆会是个多么优秀另类的奇女子，才能令外公动心。却忘记了，石心人最害怕的其实是润物无声，滴水穿石。

外婆不见得拥有绝顶的美貌，更不见得聪慧过人，但命运将他们绑在一起，彼此相伴，不离不弃。她会走进外公心里去，真是再正常不过的事情。

姜拂衣很有经验。

只不过望着眼前岁月静好的场景，姜拂衣心中却满是伤感。这种记忆虽然温馨，却也挺平淡，在记忆长河里通常不会太过显著，根本没有单独拎出来给燕澜观看的必要。除非,这是暴风雨来临之前的平静,也是这村庄最后的一点温馨。

果不其然。在下一个记忆碎片之中,雪原已经成为一片炼狱。残阳下,入眼的是一具具横七竖八的尸体,一张张痛苦扭曲的面容。其中包括一些姜拂衣跟随外公的记忆,有幸看着他们从小到老的眼熟之人。身为一名看客,姜拂衣的心都不禁狠狠一痛。难以想象外公亲眼见到这一幕时,所遭受的冲击有多大。

"阿拂……"燕澜喊她一声,嗓音微微发颤。姜拂衣顺着他手指的方向望过去,脑海里一刹那"嗡"的一声。她看到了小黛的尸体,可怜地倒在雪地里,心脏碎裂,七孔流血,但是小黛没有捂住心口,而是将身体蜷缩成一团。

外婆死了。和姜拂衣之前猜测的一样,外婆真的死在碎心怪物手中,从她临死前的姿势来看,似乎在保护腹部,应是已经怀有身孕。

燕澜不知如何安慰姜拂衣,只能靠近她,指向远处:"他在那里。"

姜拂衣面无表情地望过去。雪山脚下,正站着一名青衣男子,五官深刻,眉锋似刀,透着一股迫人的气势。他此刻正安静地站在死透了的村庄外围,像是在等人。姜拂衣死死地盯着他,她对碎心怪物浓烈的恨意,在这一刻终于攀到了顶峰。

奚昙只是去往附近的山峦寻找剑石,并未走远,感知到异样,立刻返回雪原。远远窥见遍地的尸体,他心中已是惊惶,等见到已经绝了生机的雪原,他的心碎了一半。落在小黛身边时,奚昙是整个摔落在地的,浑身颤抖着将小黛从地上捞起来,抱在怀中。这一刻,他才知道人在悲痛至极时,心脏是麻木的,脑袋是空白的,甚至连眼泪都会忘记落下来。

"好久以前,我记得我曾来过这里。"青衣男子一直在等奚昙,见他回来之后,才提起步子朝村子里走去,"当时我修为尚浅,尚未修出人身,似只妖兽的模样……我还记得雪山脚下曾经住着一位有名的铁匠,擅铸长剑。那天,一群人打了胜仗回来,极为开心,我被他们的欢笑声吸引而来,只觉得他们脸上的笑容格外扎眼,令我心中不快,便故意刁难那铁匠,不承想,他竟真将自己的心给亲手剜了出来……"

奚昙仍处于浑噩之中,跪在地上默然无声。

"你和那铁匠究竟是什么关系?你是他的后人?"青衣男子已经走进遍地尸体的村子,"这些年,你一直都在追寻我的踪迹,是想为你的先祖复仇?"

奚昙从小黛的尸身上抬起头:"你先告诉我为什么?我再回答你想知道的。"

青衣男子颇为疑惑:"什么为什么?"

奚昙想破脑袋也想不通："他们都曾在你的天赋之下活命，不受碎心的影响，只是神志失常，为何现在……"他终于从麻木中清醒，语带哽咽，难以继续说下去。

"忘记告诉你。"青衣男子自我介绍，"我名唤撕，撕心裂肺的撕。诞生于这世间种种痛苦，天赋也是能够释放痛苦，令尔等撕心裂肺的痛苦。"他边说边笑，"哪怕初生婴儿也知世间苦，生下来总是先学会哭。真正不知痛的有谁？目前我只知一种，疯子。这些你所谓的幸存者，其实都是天生心智残缺，精神力不正常的疯子，他们原本活在各自的世界中，根本不知痛为何物。"

"撕心裂肺……"奚昙一手搂着小黛，一手捂住自己的胸口，如同堕入了冰窖。

原来……原来小黛和这些村民，并不是遭受攻击之后才变得疯癫，而是因为天生疯癫才能在撕的天赋之下保住了一条命。奚昙却费尽心思地修习医剑，治好他们的疯癫，将他们从自己的世界拉回到了现实。清醒以后，他们便能感知到肉身的痛，体会到世间的苦。

"是我害死了他们？"奚昙不敢相信，也不愿意相信，"不可能，起初我只捡到我夫人一个。后来你每次出手，我都可以捡回来一堆疯子，同一片区域里，竟有这么多心智残缺之人？"

"这就需要去问一问始祖魔族，他们针对人族而制造的武器，导致了大量疯癫人类诞生。"撕提起始祖魔族，一副又爱又恨的模样。天下大乱，痛苦蔓延滋生，撕获得了大量修行所需要的能量。可是陡然滋生太多，又令他不堪重负，陷入痛苦，不得不外出释放。

"石心人，其实你也不必太过自责。"撕安慰了奚昙一句，"他们先前可以逃过，是我并不在意他们的死活。今日我是特意出手，即使他们还都是疯子，同样逃不过。唯一的区别，是痛苦的程度。"

至于为何要屠了这片雪原。撕发现奚昙生有一颗坚不可摧的石头剑心，令他颇感兴趣，想要碎掉奚昙这颗剑心，自然先要令他体会到无边痛苦，碎起来，才会更有把握。

"不过如此。"撕的眼底浮出一抹无聊的笑意，"你的这颗石头剑心，比我想象中脆弱太多，无甚趣味。"他一步一步地朝奚昙走过去，每一步都好像踩在奚昙的心脏上。

"嘭！"奚昙的石头剑心，骤然在胸腔内碎裂成一团渣滓！

撕望着他口中涌出的鲜血，与他擦肩而过时，脚步微微一顿："你还不曾告诉我，为何要寻找我？寻我，等于是寻找痛苦，面对我，便是要面对撕心裂肺。世人真是喜欢自讨苦吃。"

他嘴角划过一丝淡淡的戏谑,越过奚昙。然而没走多远,听见奚昙在背后冷冷地道:"我准许你走了吗?"

撕微微一愣,唇边的戏谑逐渐消失。奇怪,背后石心人的剑心确实已经碎裂,心脉也已尽毁,能感受到他在释放强烈的痛苦之意,可是他的生命力为何不见流逝,反而在迅速增强?撕纳闷转身,望向奚昙:"你……"

奚昙已从地上跄跟着站起身,直面眼前的"撕心裂肺"。奚昙的脸色,因极度痛苦的身心而苍白骇人,长发却因失控的剑气而四散飘起。随着他抬起手臂,雪原周遭的十几座悬山悉数化为造型不一的巨剑,又随他覆掌,剑尖下沉,轰隆着插入地脉。巨剑剑柄首尾相连,剑光结成金网,形成困兽于笼的剑阵。奚昙猩红着一双眼睛,指着他,一字一顿地重复一遍:"老怪物,我准允你离开了吗?"

第八章
昙姜醒来

姜拂衣稳住情绪之后，认真观察"撕"。

眼前虽然遍地尸骸，但都是三万年前的往事，是无法更改的事实，而撕则是他们正面对的难题。

此刻亲眼见到悬山剑阵，姜拂衣被震撼得头皮发麻，终于明白为何暮西辞总说石心人厉害。

姜拂衣将视线从撕的身上，转到周围那十几柄巨大的悬山剑上："按道理说，只要我的天赋足够，我应该也可以化山为剑，布下这种剑阵。区别只是外公已经七八千岁，修为精深，剑阵更具威力？"

燕澜："嗯。"他从《归墟志》里看多了关于大荒怪物那些惊天动地的描述，平生也是第一次见到这般令人惊骇的场景。

因为这一路遇到的大荒怪物，基本都被封印磨平了棱角，精力和法力所剩无几。大荒怪物的天赋强度、波及范围，和他们的精力、法力脱不开关系。

燕澜又提醒："除了年纪和修为的因素，这些大荒悬浮山灵气十足，'铸'出的神剑自然威力更强。而我们这个时代，除了飞凰山，已经没有悬浮山了。"

姜拂衣点了点头，也就是说，哪怕石心人的天赋一代比一代更强，受到自然因素的影响，也无法再复刻眼前的悬山剑威。同样的，除了沈云竹那个慧极必伤，大荒怪物即使不被封印消磨，也一样受限。

九天神族所受的限制更重，不仅法力受限，更容易遭受人间浊气污染。唯有正常人族一直在不断发掘天赋，稳步提升。从这一点来看，大荒确实变成了真正的人间。

姜拂衣摒除杂念，继续从奚昙身上学习他对剑心之力的运用。

撕立在悬山剑阵中央，头顶上方已经看不到云层，唯有翻滚成浪的剑气。他盯着奚昙，眼中的轻视消失殆尽："你心脉尽毁，为何还能活着？"不是所有生物都具备心脏这个器官，但只要是活物，必定生有"心脉"，也就是支撑生命体存在的脉络。奚昙的情况，超出了撕对生命体的认知。

"这世上你不知道的事情，还有很多。"奚昙以左手捕捉周围的万物之灵，右手则从自己灵台抽出一缕记忆。随后，他双手结印，迅速凝结成一支信箭，将撕的天赋和容貌记录得一清二楚。

奚昙放飞信箭："去！"信箭不受阻碍地穿透悬山剑阵，朝武神的方位飞去。

撕微微一愣，忽又笑道："你当真比我以为的有趣多了，这么快便从悲痛中冷静下来，想起搬救兵。"

奚昙原本就没打算和他一对一硬拼，悬山剑阵只为将他困在雪原。在心脏已碎的情况下，奚昙的剑气大打折扣，能维持住剑阵已是他的极限。

撕颇为好奇："你请的谁？我听闻你与焚琴劫火关系不错，你请他帮忙？"

奚昙知道自己应该和撕东拉西扯，拖延时间。可是奚昙做不到，他的胸口憋得难受，胸腔内仿佛有一颗虚无的心脏，濒临破碎的边缘。他冷冷地道："你想知道我请了谁帮忙，就留下来等着瞧。害怕的话，你也可以选择逃走，尝一尝我剑阵的威力。"

撕好笑："你认为我还会怕谁？"从前他确实顾虑颇多，不太喜欢暴露自己，可近来大荒战乱四起，供他修炼的能量早已溢出到不得不出来排解的地步。他敢说，现今的大荒怪物里，论杀伤力他能排进前三。

"但我没必要和你浪费时间，更没无聊到去和你们争什么排名。"撕撂下这句话，忽然似烟雾一般腾空。

他并未直接去冲击剑阵，而是定在剑阵的正中央位置。

"哗！"撕的背后蓦地抽出几十根黑色触手，在他身侧狂舞。触手表面黏黏糊糊，如同沼泽，沼泽之下"封印"着一张张扭曲痛苦的人脸，发出撕心裂肺的惨叫尖啸。

一瞬间，奚昙如同堕入无边地狱，哪怕封住耳识也没用，那些糅杂在一起的、痛苦到极致的尖啸，直达心底，震颤灵魂。

撕目望更多的鲜血从奚昙口中涌出："你只是碎心脉而不死罢了，真觉得自己有本事克制我？我要杀你，并不是什么难事。可我如今有几分欣赏你，并不想立刻要你的命。奚昙，你年纪还小，莫要意气用事，将剑阵开启，我留给你成长的机会，今后再寻我复仇……"

"你废话真多！"奚昙顶住那股震颤，咬牙催动剑阵，上方的剑气凝结出剑雷，朝撕劈去！那些剑雷劈在撕的触手上，仅仅是劈掉了几张"面孔"。剑气飞溅在其他的"面孔"上，反而加剧了惨叫声，令触手变得更加粗壮。

撕摇头："糊涂。"话音落下，他背后触手中的绝大多数，兵分十几路，向那十几柄悬山化作的巨剑延伸。它们似藤蔓一般，缠上扎入地面的巨剑，黏稠的黑色液体逐渐污染剑身，入侵剑气。剑气其实是由奚昙从心脉释放的，剑气被污染，奚昙也会遭到反噬。

奚昙想要控阵驱邪，却连手臂都抬不起来。他仿佛被一条无形的触手自脚踝缠绕到脖颈，难以喘息，动弹不得，站立不稳。巨剑失去控制，不断震颤，引动得整个雪原爆发地震，居中的大雪山有雪崩的趋势。山巅厚重的积雪开始滚落，掩埋在下方的古旧神殿，逐渐显露出冰山一角。

"撕的触手变化很大。"已知结局，姜拂衣并不担心奚昙。她指着那些令人浑身汗毛竖起的黑色触手，"从海底伸出来的触手类似冰晶，颜色透明，没有'人脸'，更听不到惨叫。当初我娘被触手拉入海底，我若看到的是这种，肯定会怀疑海底还有一个怪物。"

燕澜也觉着奇怪："撕被封印消耗和弱化之后，按道理说，触手应该还是原本的样子，仅仅是威力减弱。对比触手前后的差别，冰晶状态，像是被净化了？"

"净化？"姜拂衣琢磨，"这些人脸是不是生灵剧痛之下产生的怨气？"

"可能是。"隔着时间墙，燕澜无法感知，"佛道好像说，众生痛苦的根源，来源于五蕴炽盛。以我浅薄的理解，是说一切痛苦来自我们的感受。"

姜拂衣因为亦孤行的佛剑，对佛道有一些简单的了解，知道五蕴指的是色、受、想、行、识。五蕴炽盛，顾名思义，是说这五蕴都像被火燃烧。

燕澜继续道："佛经有云，诸行无常，诸法无我，涅槃寂静。大概是说，只要我感知不到我的存在，五蕴皆空，便可度一切苦厄？"

姜拂衣似懂非懂："你的意思是，撕的触手是被我们石心人的佛道剑意净化了？"

燕澜微微颔首，猜测道："以撕的天赋修为，净化不可能一蹴而就，必定是一个日积月累的过程。在这漫长的过程中，还要承受和抵抗他的碎心攻击，这个怪物，当真只能由你们石心人来镇守。"

姜拂衣重新看向奚昙："怪不得亦孤行和撕接触之后，所受的影响最小。他修习的苦海剑道，应该就是外公在此时领悟出来的。"

她同时明白,为何要将撕封印在极北之海的海底。五蕴炽盛乃痛苦之源,要灭掉这把炽盛火焰,冰川海底最合适。当然,也可能是因为极北之海距离雪原最近,就近原则。

记忆碎片接下来显示的场景,基本符合姜拂衣和燕澜的推测,奚垦的确是在痛苦和挣扎之中,领悟出了苦海剑意,只是场面远比他们想象中的壮阔。

捆绑住奚垦的"触手"骤然崩断,奚垦原地消失。下一刻,他出现在大雪山的山巅,伫立于那座已经完全显露出原貌的神殿外。

触手急速追上。此番,奚垦一动也不动,只是喊了一声:"先祖佑我!"他背后古旧的神殿骤然金光乍现。

这座神殿并不一般,是铁匠为救众生殉心之后,十几万雪原人类在武神的指点下,亲手建造而成的。每一块石头,从凿取、搬运上山,再到搭建,众人诚心诚意地在心中默念武神教导的法咒。神殿凝聚着众生信仰之力,是石心人诞生的摇篮。

金光笼罩之下,奚垦被镀上了一层金身,且剑心在胸腔内迅速再生,即刻成熟。那些想要再度缠上奚垦的触手,畏惧金光,纷纷后退,撤回到撕的身边去。而奚垦因为再生剑心,周围的悬山巨剑剑气暴涨。剑身上缠绕的触手,被剑气冲击得粉碎。

撕此时与山巅基本平视,他望向神殿的双眸,不自觉地流露出几缕忌惮:"神殿?先祖?你不是怪物,你是神族?可是九上神诞生于太初清气,其他神族诞生于九天清气,你们怎么会诞生于一座普通的神殿?"

说普通,是因为神殿的样式和石头,一看便是凡品,却真实地拥有神力。

撕突然明白了:"当年那个铁匠果然是你的先祖,我听闻你们石心人偷了武神剑,该不是当年武神将剑融了,给那铁匠铸了一颗拥有太初之力的剑心,再结合信仰之力,想令铁匠一步登天,羽化成神?"他颇感震惊,一贯被他当作养料和食物的渺小人族,竟有羽化成神的潜能吗?

姜拂衣仰望神殿,不禁抬起手,轻轻按在自己的心口上:"这座神殿,竟然可以令我们的剑心迅速再生?"真是太好了。她正愁这颗剑心长得慢。

燕澜则眨了眨眼睛,之前修罗海市,他在姜拂衣胸口吐了一口血,竟然令她突破,一直是个谜。知道石心人的剑心根基来源于武神剑之后,一切都变得合理。他的血,能引动石心人心脉里的武神剑气。

但此时燕澜忽然发觉,寄魂当时的猜测也具有合理性。他成了姜拂衣的信徒。在那个节骨眼上,由于姜拂衣舍命救他,他对她的热爱攀上了一个小巅峰。

石心人的诞生，和信仰之力息息相关。武神的热爱，能抵不少信仰之力。姜拂衣同时获得了两种能量，才会在对战中突破。也就是说，燕澜的那口血，并不能令所有石心人都突破，世间唯有姜拂衣。那么，可不可以推论，燕澜越信任她，对她的感情越浓烈，越疯狂，她就会变得……越强？

会。

燕澜唯一不能确定的是，对他自己会不会造成影响。若是会，燕澜觉得自己和公螳螂还真是颇为相似，倒是冤枉了寄魂。

姜拂衣瞥见燕澜摇了摇头："怎么了？"

燕澜回过神："没事，忽然想到一些莫名其妙的往事。"

姜拂衣瞧他仰着头，好像特意避开她视线的模样，疑惑："嗯？"

燕澜本想搪塞过去，犹豫片刻，低头回望她，眼中少了几分惯常的克制："我在想，以我现如今一无所有的处境，该怎样助你一臂之力。"

姜拂衣愣了愣，随后认真审视他忽然变得有点怪异的眼神。怀疑燕澜是不是意识进入记忆碎片之后，肉身被他后灵境里的心魔霸占了，从而又影响到他的意识。

燕澜读懂了她的担心，生出几分难堪："不要乱想，我没事，方才生出一个想法，等咱们从记忆碎片里出去之后再说。"

上空，撕仍处于震惊之中："人，真的可以成神？"

奚昃只说："老妖怪，你知道得太多了，我更不可能放你离开！"

撕会惊讶，只是因为此事改变了他对人族的认知，不表示他畏惧神族。可是不畏惧，并不代表他无视神族，不在意和神族结仇。

大荒怪物种族繁多，每个种族的数量却极其稀少，都是单打独斗，杀就杀了，基本没有后顾之忧。庞大的九天神族却是不能随便得罪的。

撕不是个狂妄的性格，不认为能凭一己之力对抗九位太初上神。

"我知道了，你搬的救兵是武神。"撕不再掉以轻心，决定迅速冲破法阵，远离这个是非之地。

悬山剑是扎入地面的，剑阵上方是最薄弱之处，撕朝上方直冲。

与此同时，奚昃立在神殿门前，手掌覆在胸口，掌心将新生的剑心取出。顷刻间，剑心在他掌心化为一柄长剑，剑柄和剑身上刻满了莲花纹路，心剑铸成。

"唰——"

奚昃振臂举剑指向撕："先前决定请武神大人来对付你，是我抬举你了，对付你，我一人一剑足矣！"

悬山剑阵释放的剑气,原本似海浪在头顶翻滚,此刻,竟然逐渐凝结出形状,瞧上去,像是一朵庞大的莲花苞。轰隆声中,花苞颤动着绽放,逐渐伸展成为一朵流光四溢的莲花,光芒几乎覆盖整个雪原。

此为石心人佛道剑的终极形态。

剑气莲花。

撕被逼停在剑气莲花下方,难以承受,不得已重新落在地面。他的脸上终于浮现出恐惧,慌乱着释放出更多的触手攻击莲花。

奚昙遭受重击,七孔渗血,持剑之手却稳如泰山,剑气莲花岿然不动。

"收!"随着奚昙厉喝,剑气莲花逐渐下沉,缩小,收紧。

撕被笼罩在下方,可以活动的范围已是越来越狭窄,最后仅剩下方寸之地,甚至无法站立。撕不得不盘膝坐下,反掌向上,抵抗不断下沉的剑气莲花,形成僵持之势。

"这怎么可能?"撕无法相信。其他怪物整天惹是生非,顶多也就是遭到九天神族的警告。撕处处小心,今日只是突然对石心人的剑心好奇罢了,竟就遇到了克星!

"想不到吧,你的克星,正是你亲手促生出来的。"奚昙放肆地嘲笑他,"没有你逼着我家先祖剜心,这世上便没有诞生于无限可能、心碎不死的石心人一族,老怪物,这就是因果报应。"

撕狠狠地道:"你杀不了我,世间痛苦不灭,你永远杀不了我!"

奚昙冷笑:"我何时说过要杀死你了?从头至尾,我只说不准你走。我奚昙对着祖宗发誓,只要我活在世上一天,你就休想离开雪原一步。"

撕提醒他:"此阵是以你的剑气为阵眼,困住我的同时,你也一样无法离开。而且我的命比你长,我迟早会出去,你耗尽余生究竟图个什么?"

奚昙望向山脚下的一众尸体,视线最终落在自己的妻子小黛身上。许久,奚昙才淡淡地开口:"我只能说,碰上我,算你倒霉。"

令候来迟了。

巧得很,奚昙的信箭飞来之时,恰好赶上封印怜情。等令候匆匆从温柔乡赶来雪原,奚昙只剩下半条命,撕已被剑气莲花压制得动弹不得。

为了减轻奚昙的压力,令候将整片雪原、大雪山,连带着那十几柄悬山剑,一并抬起,挪到了极北之海的上空,再沉入海底,以冰川寒气,冲淡五蕴炽盛的威力。

奚昙在神殿内养伤,令候则带走小黛的尸体,去往飞凰山。因为小黛体内有一丝凤凰血脉,奚昙求令候帮忙,想借用风神的涅槃火,试一试能否令小黛涅槃。

可惜心脉尽断的情况下，饶是纯血的凤凰，涅槃成功的概率都不大。何况小黛体内凤凰血脉极少。不幸中的万幸，小黛腹中那个才刚凝结成的剑心种子，在涅槃火中重新焕发了一缕生机，但存活的希望依然渺茫，且魂魄似有残缺。

凤神耗费上百年修补昙姜的魂魄，尚未完全成功，便派下属将其送去武神殿。因为凤神面对着以纵笔江川为首的一干大怪物，已经抽不出精力。

令候拿到封印昙姜的涅槃火后，正准备去往极北之海，在殿外被言灵神戎语挡住。戎语问："凤神将奚昙的女儿送回来了？怎么样，能不能救得活？"

令候略微思忖："问题不大。"

戎语点头："那就好。"

令候问："你特意来问，莫不是有什么好办法？"

戎语头痛地道："我正焦头烂额，能有什么办法，是真言非得让我来问。"

世间战乱频发，大荒覆灭的预言悬在顶上，九天神族已经不再执着于维持平衡，决定不破不立，以杀止战。

结局有两种，第一，世界毁灭，归于混沌。若干年后，混沌再开，诞生全新的神、魔、人、妖。希望这次没有怪物。

第二，神族取得胜利，诛杀魔族，将大荒怪物封印。这一战后，世间清浊之气崩溃，神族恐怕无法再继续留在界内，需要去往域外。大荒将会成为人间。

不存在神族战败的情况。九天神族既选择开战，赢不了，便会战到彻底灭族。当世界只剩下始祖魔族和大荒怪物，就会变成第一种全灭的结局。

为了在这场史无前例的战争中获胜，神族已经做好了准备，九上神各有分工。哪怕最不善战的戎语，也有需要对付的强悍怪物，訡和诳。这兄弟俩诞生于谎言，天赋是谎话多说几遍，就能使对方深信不疑，能令相爱之人反目成仇，能大幅度篡改别人的记忆。

当然，这一点戎语和真言尺也能做到，并且可以破掉他们的谎言。因此一直压制着他们。

但这百年来，真言尺意志消沉，单凭戎语之力，压制他们逐渐显得吃力。且訡和诳兄弟俩，似乎感知到了真言尺的消沉，之前竟还妄想篡改戎语的记忆，虽不曾成功，却让他们证实了言灵神的伴生法宝确实出了问题，开始变得猖狂起来，毫无顾忌地加入了魔族的阵营，助纣为虐。

戎语感受到了前所未有的压力。真言倏然发出声音："奚昙有了一个女儿，命运当真无法改变。"

戎语将真言尺取出来:"你的心结,是从得知奚昙镇压撕开始的。之前你还故意不准奚昙辩解,不想他继续寻找情缘,没想到弄巧成拙,反而促成了他的情缘。真言,你是不是预知了你会和他的女儿纠缠不清,你的劫数莫非是情劫?"

真言尺默不作声。

戎语劝道:"并不能说你弄巧成拙,即使没有你从中作梗,他们该遇到还是会遇到,只是这个媒介变成了你。"

真言尺:"也就是说,无论我怎样做,该发生的一定会发生,无法更改。三万多年以后,那个小姑娘,注定会为了挽救人间,增强剑气莲花的神威,葬身于冰川海底?"

"三万年后?哪个小姑娘?"戎语第一次听他说起,"听上去不像是奚昙的女儿?"

真言尺沉默片刻:"奚昙当时触碰我时,我的脑海里闪过一幅画面。有汪洋大海,有剑气莲花,还有一位小姑娘,她的五官与奚昙颇为相像,石心人一脉单传,她是奚昙的后人无疑。"

戎语微微一怔:"你亲眼看到她死了?"

真言尺回忆道:"我看到她以诀别的眼神朝我的方向望过来,喊了一声'爹',我附近似乎还有人,我不知道她喊的是不是我,但我可以感觉到,我的心很痛,那是我从来不曾感知过的情绪。"

当时,真言还不知道那朵莲花是什么,更不知道撕的存在。真言只知道三万年后,他可能会有一个女儿,是个小石心人,且会死在他面前,而他束手无策,一点办法也没有。

真言渡劫在即,无法承受那种心痛,既然救不了,便想着让她不要成为石心人。他试želi改她的命,没能成功。当奚昙以剑气莲花镇压撕之后,真言才真正明白那一幕的深意。至此,那小石心人与他诀别时的坚毅目光,笑着流泪时的乖巧模样,在他脑海中挥之不去。真言不再明哲保身,开始不断窥探未来,卜卦三千,却再也追寻不到一点关于她的蛛丝马迹。

真言终于知道,这就是他想脱离神器,需要渡的劫。他的天赋是知天命,劫数也是源于知天命。

"原来如此。"戎语本以为真言要渡的是情劫,还想训斥他几句,为避情劫而耍手段,未免太没自信。如今知道原委,她完全可以体谅。这世间各类情感,多数是昙花一现,少数是忍一忍就过去了。唯独这舐犊之情,永远无法衡量轻重。

戎语安慰道:"真言,你莫要钻了牛角尖,我们大敌当前,你必须振作起来。相信我，未来尚不曾发生，仍有机会改变，等平定大荒之乱，我们一起寻找办法。"

"可我已经弄巧成拙了不是吗？"真言原本清冷的声音，浮了些痛苦，"或许石心人的天命就是消除撕，如你所言，即使没有我插手，他们一样会走上这条路。可我偏偏就成为其中的媒介，成为害死她的一环，这是不是我知天命改天命所遭受的惩罚？"

戎语不知如何回答。

沉默中，一个温柔的女子声音传来："未来当然可以改变，只是需要付出等量的代价，岂能仅凭你一句话，就擅自更改一位关键人物的命运呢？以目前的情况来看，石心人是为消人间劫数而诞生的，你若一句话更改，三万年后的那场劫数谁来消？"

戎语望向走上前来的光阴神："可是三万年后的事情，我们窥探不了那么远，不知具体情况，想要等量付出，都不知如何付出。"

"这有何难。"光阴神伸出手，一柄金梭浮现于掌心，此乃她的伴生神器岁月梭。她的天赋，和怜情有一些重叠之处。怜情可以吸食生灵的寿元，光阴神也能取走生命体的光阴。如今，她正和五行神一起研究封印术，该怎样将她的天赋融入封印中，消磨那些顶尖怪物漫长的寿元。

"莫要忘记，我的岁月梭还有一种法力，能够穿梭岁月长河。"光阴神看向戎语，"我以岁月梭，将你的一道分身，送去三万年后那场劫数的一个月前。"

戎语蹙眉："你从前不是试过嘛，并没有什么作用。"

天道是不允许过分窥探未来的，能够像真言尺这样得到一点具体的预示，已是难得。通过岁月梭将分身送去未来，分身没有修为，若是被杀将会影响本体。分身停留超过时限，还会被天道清除，本体伤得更重。回来之后，一切关于未来的记忆，都会被抹除得干干净净，去了等于白去。

光阴神道："我们并不需要知道三万年后的信息，仅仅需要以你的阅历，去为三万年后处理撕的石心人后代提一些建议，寻找保她一命的办法。身临其境，总比我们在这里未雨绸缪更有用，只不过……"她话锋一转，"失败便罢了，若真成功改了她的命……戎语，逆天改命，即使是等量更改，也可能会遭受天谴，尤其我等乃太初上神，你心中需要有个谱。"

光阴神不知道值不值，只知不解真言尺关于未来的心魔结，将有碍度过眼前的危机。

"若能改，这并不是一件错事。"戎语心中也颇为怜悯石心人，"一举两得的事情，我愿做，也愿接受惩处。"

始终在旁默默听着，一言不发的令候忽然开口："还是我走一趟吧，你们各有重任，我则没有那么重要。何况我与石心人纠缠深厚，我去救她才是最合适的。"

光阴神看向令候："我其实更倾向于戎语前往。"

令候微微皱眉："为何？"

光阴神提醒："从真言的预知中，我们还可以得知一个讯息，三万年后，世界并未归于混沌，延续的依然是属于我们的文明。但根据我等对战损的大致估算，以及战后的迁移计划，用不着五千年，大荒就将彻底成为人间。你去往三万年后，和去往一个全新的世界差别并不大，分身损坏的风险可想而知。"她又指向言灵神，"戎语的分身若是遭到损伤，她的本体至多承受一成反噬，因为她有真言尺替她分担。而令候君不一样，你缺了武神剑，需以一己之力承担。换句话说，令候君抵抗天谴的能力，远远低于戎语，这一点，你清楚吗？"

光阴神并不是想要阻止他，只是言明利害。

"我知道。"令候将封印昙姜的涅槃火取出来，递给戎语，想让她帮忙送去极北之海交给奚昙。

戎语低头望着那簇跳跃的火焰，并未接："真言，你认为呢？"

半晌，真言尺发出声音："这是我的劫，我无法脱离神器，去不了，本该由你替我去。但令候的确更了解石心人，剑气莲花里的'气'，和令候一脉相承，他前往的确更合适。"

戎语颔首，接过涅槃火："那我们就专心去对付谄和谌吧，且将未来的劫数交给令候化解。"

这一战神族虽会获胜，付出的代价却未可知，至少她和真言可能会元气大伤，若不然，真言不会在三万年后束手无策。

"我知道了。"真言的声线平静不少，"令候行事，我自然放心。若是他出面还更改不了她的命数，那我也没什么好遗憾的了。"

商量妥，令候在武神殿外的高台上盘膝坐下，静等光阴神启动岁月梭。

"令候。"真言喊道。

令候朝戎语手中的尺子望过去。

真言尺光芒闪动："你破局的思路，应该着重放在三万年后的'我'身上。记得，我可以渡劫失败为代价，换她一线生机。"

令候："嗯。"

光阴神见他做好了准备，抛出手中的岁月梭。岁月梭开始围绕令候飞旋，速度逐渐增快，快到以目视仅能看到光影和线条。

光阴似箭,岁月如梭。须臾间,便是三万年后。

藏在《归墟志》残页里的记忆碎片,只记载到此处。

姜拂衣望着眼前巍峨的武神殿逐渐虚化,双脚如同陷入水中,再上岸时,意识已经回归到自己的身体里,仍保持着进入记忆碎片之前的状态,被燕澜牵着手。而燕澜另一只手,则握着那几张残页。

"光阴神说,她将令候的分身,送去三万年后那场劫数的一个月前,应该就是现在吧?"姜拂衣此刻才懂,这几张残页,并不是令候在给燕澜开后门,而是想要告诉燕澜,他来了?那他现在人在何处?还有真言尺的器灵,难道是闻人不弃?

"闻人不弃告诉我,他本名闻人弃,不弃是他后来自己改的。我还觉得奇怪,儒修世家为何会给儿子取名'弃'字,莫非不是弃,而是'器'?"姜拂衣自顾自说了好半天,也不见燕澜开口。她仰头朝他望过去,见他双眸呆滞,似乎仍在记忆场景中,不曾回到现实。

姜拂衣挣脱他的手,绕去他面前:"燕澜?"手掌在燕澜眼前晃了晃。

燕澜恍然回神,垂眸望向姜拂衣。他一双似血的红眸眼底,涌现出她从未见过的恐惧。

姜拂衣微怔,知道燕澜是在恐慌真言尺看到的那一幕,关于她会舍命镇压撕的结局。她首先在心中询问自己,会吗?

如果单纯只是为了避免生灵涂炭,她或许会有一点不甘心背上这样的宿命。抛开被钉在棺材里的五年,她来到这人世间,只不过十六七年。

但是撕不一样,撕和他们石心人之间的仇怨,已经比这极北之海还要深。无论大义,抑或私仇,如果需要姜拂衣舍命去镇压撕,她不会退缩半步。

"阿拂,你不要这样想。"燕澜原本的恐惧,因她逐渐坚定的眼神而加剧。他无措,双手捏住她的双肩,打断她的思绪,"预知未来,有利有弊,利在能够未雨绸缪。这弊端,则是会影响我们行事的思维,譬如稍后重新封印撕,或许还能想到其他办法,但你已知你会舍命去充盈剑气莲花,便很难再想出其他办法。"

姜拂衣想说,以外公上万年的岁数,高深的修为,净化撕这么多年,都没能将他杀死,她母亲也已经精疲力竭。她一个二十出头、大荒怪物口中的幼崽,能以自身力量重新将撕封印,已是一场豪赌。

燕澜都知道,故而他的双手在轻轻发颤。

姜拂衣拍了拍燕澜的手背:"不用我想办法,令候不是来帮忙想办法了?说起来真是玄妙,你的前世竟然能来帮咱们忙,你竟然可以见到自己的前世……"

姜拂衣忽然想到一件正事:"是不是有必要通知一下沈云竹?他想颠覆人间,重开天路,不就是为了见到令候,让令候重改他的排名?"

燕澜的脸色越发苍白:"我们不能全指望令候。眼前这种情况,他一道毫无法力的分身,仅凭阅历能给出什么建议?能不能在一个月内平安抵达极北之海,我都表示怀疑。"

姜拂衣皱起眉:"你为何这样悲观?"

"我不是悲观。"燕澜想起之前曾向暮西辞打听的消息,"兵火说他在战后见到九上神时,唯独令候白发满头。如今想来,他的分身可能死在了这里,才导致他元气大伤。"

姜拂衣道:"为何不是他成功改变了我的命数,遭受了天谴?"

燕澜道:"根据兵火的形容,令候的状态在我看来,很像是使用了什么禁术导致的反噬,不像天谴。"

姜拂衣沉吟:"令候通过岁月梭前来,应该也是从岁月梭里出来吧?"

岁月梭如今估计在光阴神的信徒手中,信徒会保护他才对。只不过人间三万年,不知传承了多少代,信徒不一定靠得住,巫族的掌权族老就是一个例子。

姜拂衣揪心:"如果令候没能来到极北之海,而是死在了路上,千辛万苦跑这一趟也未免太亏了。可是天大地大,我们也无处寻他,唯有等他前来。"

燕澜又反过来安慰她:"我也没说令候来不了,只是说莫要将所有希望寄托在他身上。"

姜拂衣自然不会坐以待毙:"不想那么多了,当务之急,是先令我再生剑心。"

姜拂衣走到神殿中央,盘膝坐下,回想外公当时掐的那个手诀。这座庇护石心人的信仰神殿,外部早已坍塌,但姜拂衣相信,肯定是还有威力的。所以母亲每次剜心铸剑,失忆之后,都会回来神殿闭关。同时,姜拂衣也知道自己不可能像外公一样快速再生心脏,需要时间,便不再浪费时间,静下心,专注自身。

燕澜看着她闭上眼睛,脑海中纷乱至极。不能全指望令候,那他此时又能做些什么?

原先燕澜以为,他可以给姜拂衣更为热烈的爱意,为她提供武神剑气和信仰之力。现在才知道这很难。在得知她会舍命之后,燕澜心中有一个念头,他愿意以命换命。若是不能够,那么她生他生,她死他死。还能如何热烈,燕澜不得而知。

数百万里之外，封印着怜情的温柔乡。

夜深人静，静谧的草原迎来了两位不速之客，轻而易举地穿透结界，朝深处的英雄冢御剑飞去。直到临近英雄冢，况雪沉才有所察觉，立刻从地穴来到地面，望向那两人的方向："他们来了。"

"谁？"柳寒妆担心柳藏酒，已经好多个夜里无眠，在屋内憋得厉害，跑出来透气。暮西辞寸步不离地陪着她，两人原本在远处坐着聊天，瞧见况雪沉突然现身，立刻起身过来。

况雪沉锁定那两人飞快移动的位置："应该是我们要等的人，负责监督我们的神器守护者。"

柳寒妆双眸一亮，同时又心有疑虑："谣言传出去只过了半个月，就将监督咱们的人引来了？"也未免太快了些。

提到此事，况雪沉额角的青筋止不住跳了跳："你在家中待着，不知外面传得有多离谱。"

柳寒妆问道："还能比那寄魂兽更离谱？比我夫君强迫大哥你成婚还离谱？"

况雪沉避而不答："总之一定是他们，否则不可能直接穿透结界。"

大哥的判断总是没错的，柳寒妆心中忐忑不安："希望是万木春神的使者。"这样小酒就有救了。

不一会儿，一柄飞剑拖着火尾划过低空，迅速进入他们的视野。放大的飞剑上载着两个人，前端一人控剑，是个剑眉星目的美男子，修为在人仙中境以上，他的视线，凝在况雪沉身上。后排之人窥探不出修为，披着黑色带帽斗篷，帽檐将脸部遮挡仅能瞧见下巴，但暮西辞可以感觉到，此人一直在打量他。

飞剑悬停在高耸的英雄冢石碑侧方百丈远，随后缓慢靠近。

控剑男子道："在下散剑修越明江，身为封印守护者，长寿人一族向来安稳，此番我来，不知意欲何为？"

况雪沉朝他拱手："越兄知道我们散布消息，是为了引你现身？"

越明江道："原本我不知，真以为焚琴劫火攻来了温柔乡，只是有位前辈告诉我……"他转了话题，"你们引我来，究竟为了何事？"

柳寒妆忍不住道："请问，越公子守护的是哪一件太初神器？我弟弟柳藏酒被逆徊生逆转回了幼体状态，他们正准备攻来救怜情，而逆徊生的克星，据说是万木春神……"

听她简单讲完，越明江微微一愣，旋即懂了，又摇头："抱歉，我们越家身为光阴神的信徒,守护着神器岁月梭,奉命暗中监察你们温柔乡。除了知道长明灯在巫族,其他神器的下落,一无所知。"

"光阴神?"况雪沉隐隐猜到,岁月梭应具有吸取寿元的力量,因此才会拿来监察长寿人。

而柳寒妆充满期待的脸,慢慢垮了下来。虽知道赌的是个概率,赌输了,心中还是有些难以承受。

暮西辞扶住她的手臂,但视线依然定在那斗篷男子的身上:"你又是谁?我怎么觉得,你不是人族?"

斗篷男子抬起双手,放下帽子,露出样貌:"焚琴,我虽不曾见过你,但料想你应该见过我。"

因为燕澜才刚询问过令候的信息,暮西辞一眼认出,惊讶地道:"武神?"

况雪沉很少表露出吃惊,他看向令候:"太初上神?"

"天路封锁,你是如何下界的?"暮西辞确定了好几遍,除了墨发增多,的确是武神,"奇怪,武神既然还在,那燕澜是哪位神族下凡转世?"

令候明显怔了一下:"你口中的燕澜,可是巫族之前的少君?他是神族下凡转世?我的转世?"令候从岁月梭出来时,越明江距离温柔乡已是近在咫尺。听闻焚琴劫火在温柔乡作乱,闹得尽人皆知,令候颇感奇怪。以他对焚琴的了解,这根本不可能,又想到焚琴是奚昙为数不多的好友之一,令候便先来瞧一瞧,或许温柔乡的乱局,和极北之海的危机相关。

前来温柔乡的路上,令候自然也听越明江讲了讲如今人间的局势,以及大事。重点在巫族和闻人世家之间的仇恨。但越明江身为岁月梭的守护者,平日里深居简出,许多消息都是道听途说。

"你还活着,燕澜便不可能是你的转世。"暮西辞疑惑地道,"究竟是魔神认错了人,还是故意说谎?"

况雪沉抿紧了唇,看了看越明江:"岁月梭,莫非有穿梭时光的大神通?"他又看向令候,敬畏道,"神君您莫不是来自过去,燕澜诞生之前?"

令候敛眸沉默,应是根据已知讯息,在推测眼前这些人是否靠得住。最终,令候颔首:"我不知这燕澜和我是否有关,但我的确来自过去,为了化解那小石心人的死劫而来。"

柳寒妆才刚从失落中缓过神,闻言眼皮一跳:"姜姑娘的死劫?"

令候已听越明江提过,猜到不久前将飞凰山搬去东海的巫族圣女,应就是石心人的后代,知道她的名字是姜拂衣。令候不知人间的礼节,学着况雪沉之前的姿态,朝他们拱手:"看来诸位与她交情匪浅,能否告知我,关于她的一切?"

对面乃是太初上神，况雪沉哪里受得起，连忙躬身："神君若有需要，吩咐便是。"

柳寒妆也跟着大哥躬身。暮西辞没当回事，瞧见夫人态度恭敬，他也随着弯下腰。

令候又打量暮西辞一眼："不必多礼，实不相瞒，我如今仅是一道毫无修为的分身，还需要诸位多加照拂。"

接着，令候从他们口中，得到了更为详细的信息。

姜拂衣误以为石心人是被封印的大荒怪物，为救母亲，上岸寻父。路上，她结识了被剑笙扔掉的漆随梦。天阙府君无上夷，以为漆随梦是神族剑灵转世，为防止他被沧佑剑标记，阻碍真正的神君下凡，逼死姜拂衣，并将她安葬在巫族附近的六爻山。柳藏酒为了寻姐下落，潜入巫族藏宝阁，欲寻相思鉴，错将昙姜所铸的宝剑放出，追着宝剑来到六爻山，放出了姜拂衣。而巫族少君燕澜，因抓捕柳藏酒，也来到了六爻山。随后，剑笙对外宣称姜拂衣是自己的女儿，派燕澜护送她北上寻父。由于燕澜从未离开过鸢南，便将柳藏酒从水牢中提出来带路。一路上，姜拂衣寻到了好几个爹……

令候仔细听着，无甚表情。哪怕听到巫族族老背叛长明神，点天灯诓骗神族下凡救世，也没有任何情绪。却在听到姜拂衣为怜情所伤，与燕澜彼此倾心时，令候平静的神情，终于出现了一丝松动。

听完许久，令候询问："姜拂衣和燕澜去往极北之海，漆随梦去了哪里？"

况雪沉抬起手臂，指了个方向："温柔乡外围的戈壁滩，剑笙葬在那里，漆随梦每天坐在岩石上打坐，大概是在想他今后该走的路。剑笙告诉我，那孩子因为年幼时遭受过的折磨，性格有些偏执，希望这次能够想通。"

柳寒妆不认同："大哥，我觉得漆公子不是偏执，他是有点自私。"

况雪沉不否认："至少他不曾亲手做过错事，与之相反，他多次不计安危，行过不少善事。"

柳寒妆又想说话，被况雪沉垂眸瞥了一眼。柳寒妆才恍然反应过来，被漆随梦夺走的血泉，正是属于眼前这位上神。

得知自己的转世被漆随梦害得这样惨，这位上神不知道会对漆随梦做什么，哪怕他现在没有法力。漆随梦这人，自从恢复记忆之后，是变得不太讨人喜欢了，但也确实如大哥说的那样。柳寒妆不再落井下石了。

令候再次踏上飞剑："我去见一见他。"

"是。"越明江慌忙控剑升空。

"我陪你一起去。"得知令候没有修为，暮西辞不能放心，"你还要去化小石心人的劫，这道分身金贵得很。"随后习惯性地，他想要请况雪沉帮忙照顾他的夫人，又想起两人是兄妹，哪有他多嘴的份，赶紧止住。

令候并未拒绝，由暮西辞带路，去往外围的戈壁滩。远远地，他们瞧见一名年轻男子，果真如况雪沉说的一模一样，正坐在岩石上闭目打坐，在他右腿边，搁着一柄剑。

令候问："他就是漆随梦？"

暮西辞点头："你想通过他体内的血泉确定一下，燕澜究竟是不是你的转世？"

凡人不曾和真正的九天神族打过交道，对神族始终不够了解，暮西辞就不会认为令候会有惩治漆随梦的想法。

"没错。"令候的视线凝聚在漆随梦的灵台位置。分身无法使用法力，不代表令候的感知力也会完全消失。

等了一会儿，暮西辞问："怎么样？"

令候感知到了，低声喃喃："燕澜竟然真是我的转世。"

暮西辞侧目："你身为太初上神，应该有办法再生血泉吧？"

令候不曾正面回答："纵我有办法又如何，你可知道漆随梦是什么人？"

暮西辞微怔："他不就是漆随梦？"

令候肃容："他是我的行刑官。"

"什么行刑官？"暮西辞先是一迷瞪，随后瞳孔紧缩，"漆随梦是专门针对你而降生的，天谴行刑官？"

令候："看样子是。他夺走我的血泉和父亲，还在试图夺走我的爱人，他的存在，应该一直令我如芒在背，如坐针毡。"

暮西辞说了一声"难怪"："我原本就有些疑惑，巫族哪儿来的能耐，竟能残害到堂堂武神。而巫族融合多次血泉都失败，偏偏漆随梦竟能完美融合你的血泉，原来并非他们有多强，是你自己遭了天谴。令候，你做了什么，竟会遭这般严酷的天谴？"

"身为执天道者，我竟试图逆天改命，这天谴是我应得的，怨不得任何人。"令候遥遥望着漆随梦，"同时也证明，姜拂衣这条小命，的确是有办法救。"他这颗不安定的心，安了一半。

暮西辞隐约有些懂了："也就是说，'三万年后'，巫族点天灯，你是为了应劫下凡？"

令候沉默了一会儿："究竟是谁给你的错觉，让你觉得我们九天一族是一群傻子，不知道规避风险，反而知劫而上？"

令候缓缓地说："我族定期推演天道，都是为了化世间劫数。自身的劫

-399-

数，当然也是能避则避，能解则解。毕竟趋利避害，趋吉避凶，方为真正的自然之道。何况我这道分身回去以后，不会保存来此的一切记忆。我不会知道长明神私自保留了一条下凡的通道，更想不到自己会遭巫族残害。"

事实可能就像魔神姜韧猜测的那般，他发现姜韧在神域失踪，才得知通道的存在。又得知天灯震动与极北之海有关，他想要下凡一探究竟，顺便寻找姜韧。他料到下凡艰险，却没料到这般艰险。毕竟九上神之前没谁遭过天谴，或许以为步入天人五衰，已算天谴。

令候不可能强迫自己想起分身这段记忆，这有违天道。若是想起来了，一早知道姜韧下凡会被巫族的叛徒剥皮放血，他身为友人，岂会不阻止？所以说，一切都是按部就班，顺其自然。时也命也。

正在岩石上打坐的漆随梦，感知到有一股力量靠近，掀了掀眼皮。瞧见是从温柔乡方向过来的，他又将眼睛闭上了。但来者的视线太过肆无忌惮，令他深感不适，漆随梦又将眼睛睁开。他目望飞剑靠近，除了暮西辞，还有两个陌生人。

飞剑落地，漆随梦看着身披黑斗篷的男人，走去他父亲的坟墓之前，躬身行了个大礼。令候拜完之后，转头看向他，目光平静："漆随梦，我欲前往极北之海搭救姜拂衣，你护送我如何？"

漆随梦正在猜测他的身份，闻言拿起腿边的剑，一跃而下："她不是在温柔乡？何时回了极北之海？搭救？她出什么事情了？"

漆随梦不认识令候，询问的是暮西辞。暮西辞便和他简单说了说。

什么武神和岁月梭，漆随梦一概没听进去，满脑子都是姜拂衣的生关死劫。不等暮西辞说完，他问："现在出发？"

令候道："你师父人在何处？"

漆随梦怔了怔："你说无上夷？他在魔鬼沼，守五浊恶世的大门。我爹死了，巫族那几个族老全死光了，大门总得有人守。"

令候询问："你们是师徒，你应该有办法联络到他吧？"

漆随梦："有。"

令候："烦请你给他递个消息，让他也去往极北之海。无论他想赎罪，抑或心怀苍生，眼下都是一个好机会。"

漆随梦不免担忧："那五浊恶世的大门……"

"巫族这一代能打开大门的，不是只有剑笙吗？"令候说了声"无碍"，"虽然在我的时代，五浊恶世尚未开始建造，但整体已经规划完毕，想要从外开启难度极高，尤其是怪物。逆徊生如今专心救怜情，怜情不曾破印而出之前，他不会打大狱的主意。至于沈云竹，更不必在意，他没这个本事。"

-400-

"好。"漆随梦身上一直都有无上夷的令箭,忙取出来,按照令候的吩咐做了。

令候再次踏上飞剑,吩咐越明江:"时间紧迫,走吧,启程去往极北之海。"

暮西辞问:"需不需要我一起去帮忙?"

"此事用不着你。"令候摇头,又饱含深意地看了他一眼,"你处理好自己的事情即可。"

暮西辞默不作声,目送他们朝极北之海疾飞而去。他也折返回温柔乡。

况雪沉和柳寒妆还在原地站着。瞧见暮西辞自己回来了,柳寒妆仰头问道:"夫君,那位神君呢?"

暮西辞落在她面前:"他带着漆随梦去往极北之海了……"见她眼眶泛红,知道她因为希望落空而难过。令候所处的时代,万木春神还不曾将伴生法宝交给信徒,他不知道法宝的下落,也无法解开逆徊生的天赋。

况雪沉在柳寒妆肩头按了下,该安慰的话,方才他已经说了个遍。如今将她交给暮西辞,他回地穴里去。

"大哥。"柳寒妆轻轻喊。

况雪沉转身:"还有事?"

柳寒妆泪眼婆婆地看着他,只是想起来,大哥不会比她的担心少。她还能流泪宣泄,大哥向来将情绪全憋在心里。不仅小酒的事情,大哥还要扛着封印的压力,如今知道极北之海将出大事,李南音情况不明,心中不知是个什么滋味,却还要开导她。她头一次真切感受到大哥的不容易。

柳寒妆吸了口气,稳住自己的情绪:"车到山前必有路,还记得爹说过,小酒是天狐,吉人自有天相,狐狸也一样,对吧。"

况雪沉微微一愣。他刻意将心态放得很平,一直冷静地安慰妹妹,忽然被妹妹安慰一句,心境突然乱了一瞬。

"会的。"况雪沉点了点头,说完便继续往回走,像是怕露怯。

等他回了地穴,偌大空旷的草原,只剩下暮西辞和柳寒妆。

柳寒妆站累了,走去石碑前坐下。发现暮西辞没有跟上来,柳寒妆瞧他双眼无神:"夫君,你怎么了?"

暮西辞摇了摇头:"没事。"简单两个字,便不再说话了,披着星光伫立在原地。

柳寒妆知道他有心事,直接问怕是问不出,需要先打开他的话匣子:"对了,夫君,刚才听你说,漆随梦是天谴行刑官,是什么意思?他也是神族转世?"

"那只是大荒时代，对天定克星的一种称呼。"暮西辞解释道。方才令候对他讲了石心人和撕之间的恩怨，一定意义上，石心人也可以说是撕的行刑官。

暮西辞接着道："有一些人很特殊，他们从降生开始，就背负任务，天道赋予的任务，乃是天选之人。比如奚昙……"想起曾经潇洒的美男子，最后落得那般下场，暮西辞心中有些堵得慌，"漆随梦就比较幸运，但细细想来，他一直在被命运推着走，说是行刑官，更像是一枚棋子。"

"原来如此。"柳寒妆佯装无意地朝他招招手，想他过来在她身边坐下。

暮西辞却依然站在原地不动，且说："我有些累，想先回去歇着。"

柳寒妆察觉他在刻意疏远自己，心头倏地有些发慌，站起身："你究竟怎么了？武神来之前，你还好好的。"

暮西辞迟疑了下："我从武神那里得知奚昙的不幸，心中难免感伤。"

柳寒妆将信将疑："真的？我们不是说好了，之前已经相互欺骗了二十年，今后不许再说谎欺骗对方？"

暮西辞微微垂眸。方才令候说，希望他能主动回到封印里去，身为会给人间带来兵火劫难的劫数怪，他实在不应该在人间久留。

关于封印之术，令候刚才窥探过英雄冢的连环封印，已经知道神族最终选用的是哪一套，稍后会传授给燕澜。

暮西辞慌了。最近，他想将狰狞的原身修炼出个人样，进度却极为缓慢。他原本以为是附身人身太久导致的，慢慢才寻思过来，是受到了怜情的影响。他惊讶，稍后又觉得自己的惊讶很可笑。

暮西辞拿定主意，决定不再自欺欺人，不再逃避。他抬眸朝柳寒妆望过去，隔着随风舞动的蔓草。

"我答应了武神，等温柔乡的危机了结，我就要回到封印里去。"

柳寒妆抓紧手背："他拿什么要挟你了？"

暮西辞微微摇头："你不是一直都知道，我该回到封印里，只是燕澜之前不懂神族的大封印术。"

柳寒妆哑了哑："其实你在人间二十几年，自控极好，并没有……"

暮西辞苦笑："我的天赋不是自控就能完全避免，随时都可能引动兵火，这二十多年不曾引动，只能说是幸运。"

柳寒妆："但是……"

暮西辞第一次打断她说话："你愿意看到温柔乡的青青草原，一瞬间成为焦土吗？愿意看到白鹭城那些你曾辛苦救治的百姓，悉数死于刀兵之下吗？而这一切，因我在人间，随时有可能发生。"

柳寒妆能言善辩，也是第一次被问得说不出话。她看着他转身，追上前半步，想喊"夫君"，已知不合适："焚琴，这不是你的错。"

暮西辞驻足，不曾回头："那你可以接受吗？"

柳寒妆嘴唇翕动，却说不出口。

暮西辞低声道："即使你可以接受，我也无法接受，无论大荒还是人间，都很美，我从来舍不得破坏这份美。"

在大荒，独居的他只知山河草木很美。来了人间，他才逐渐懂得，人与人之间的各种情感，同样是色彩缤纷，精彩纷呈。他看重，珍惜，更不愿轻易摧毁。

柳寒妆不禁又红了眼眶："难道不能躲在一个空旷无人，不受你影响的地方？"

暮西辞默然道："我影响的范围过于广阔，如今的人间处处都是生灵，没有这样的地方，只有大荒才有。"

柳寒妆心口莫名钝痛，很想说不希望他回封印里去，要回也等她寿终正寝再回去。她是妖，有着两三千年的寿元。但对大荒怪物来说，也是弹指一挥间。就赌这两三千年，他不会给人间带来灾难。但身为柳家人，柳寒妆顷刻便明白，生出这样的想法，她是被怜情影响了。

柳寒妆恍惚片刻，慌忙默念家传的静心诀。她一边念，一边目望暮西辞走远，没有出声喊他。她不能开口动摇他，否则他们柳家人三万年来的传承和坚守，会像一场笑话。

极北之海，海底神殿。

姜拂衣仍在神殿中闭目养心。燕澜站在一旁守着，从神殿逐渐恢复的光泽，判断姜拂衣的进度。

这座神殿不愧是石心人的摇篮，的确和石心人密不可分，不仅能帮姜拂衣剑心速生，她的剑心之力增强后，同时还能反哺神殿。

倏地，燕澜感觉到双眼一阵剧痛。被镇在后灵境内的心魔，突破他的强行控制，再次发出声音。

"来了。"

"他来了。"

燕澜立刻盘膝坐下，再度将心魔狠狠压制回去。

心魔说的"他"，应该是令候。他真的赶来了。

燕澜的心情一时间变得非常奇妙，既欣喜，又觉得怪异。

——"燕澜？"

燕澜眉头紧皱，这是令候的声音。刚才在记忆碎片之中，燕澜就已然发现，他的音色和心魔相似，但腔调不同。

燕澜试着和他沟通："不需要对接术法，你竟然能够和我密语传音？"

——"有何奇怪，我们本就是同一个人。"

燕澜想辩解，却又无从辩解。

——"来我这里。"

燕澜朝姜拂衣看去："现在还不行，阿拂在神殿内修补剑心，我要在旁边护法。"

——"石心人的神殿内用不着你护法，她只要不踏出神殿，就是安全的。何况她的生关死劫并非现在，没事的，相信我。有些事情，我需要单独对你说。"

燕澜犹豫了片刻，稳住心魔之后才起身，先从神殿中退出。他从海底上升，浮出水面，按照令候的指引，去往附近的一座小岛。才刚靠近，岸边站着的三个人里，燕澜第一眼先瞧见了漆随梦，他原本复杂的心情，又添上一笔烦闷。看来岁月棱的守护者，正是温柔乡的监察人。

燕澜不动声色，落在三人面前，不语。令候沉默着打量燕澜，尤其他猩红的双眼。漆随梦走去海边，绷着嘴唇不说话。越明江恭敬地行礼："燕公子，我乃散剑修越明江，负责守护光阴神的伴生法宝……"

燕澜也朝他行礼："越前辈，辛苦您了。"

这声"前辈"听得越明江极为别扭，只因知道燕澜乃是武神转世。他悄悄打量武神和燕澜，两人在容貌上并无相似之处，且从眼神和神态来看，燕澜瞧起来就像个年轻人。令候的黑瞳里，则堆积着岁月积累的沧桑和智慧。但若是认真观察，两人在某些方面，又有一种说不出来的相似之处。

最终是令候先开口："燕澜，我会出现在这里，你似乎一点也不觉得意外？"

燕澜解释："你在《归墟志》里，关于撕的那几页，留下了记忆碎片……"

在令候的时代，他早已着手编纂《归墟志》，自然知道是何物："竟是这样。"

燕澜明知故问："你们是从温柔乡来的？"他是想质问令候，既然去过温柔乡，必定已经得知他的经历，为何要将漆随梦带来给他添堵？倘若漆随梦能解姜拂衣的生关死劫，那当他没问。

令候观察着燕澜的反应，微不可察地皱了皱眉："我不仅是从温柔乡来的，且还去过鲛人岛，见到了闻人不弃和真言尺，以及至今不曾醒来的昙姜。"

燕澜担忧:"伯母还不曾醒来?"

姜拂衣怀疑昙姜的魂魄被撕束缚住了,凡迹星几人以剑气为她本体充盈力量,他和姜拂衣则来神殿寻找。虽未曾寻到,但燕澜觉得,神殿随着姜拂衣剑心增强,已不断恢复神光,昙姜的魂魄就在海底附近,神殿的神光应该也能作用到她。双管齐下,依照燕澜的推测,昙姜该醒来才对。

令候听他说出"伯母"两个字时,表情有些耐人寻味。

燕澜又问:"那你有没有想出救阿拂的办法?"

"有一点想法,正准备实施。"令候回答得模棱两可。

燕澜心中一喜,令候却说:"然而此行,我发现一件比救姜拂衣更重要的事情,或许,这才是我来此真正的目的。"

燕澜凝眸:"何事?"

令候伸出食指,指向他的眉心:"你我的心魔。他竟然有我近两成的法力,在没有血泉的控制下,你一旦压制不住,恐成人间大患。"

燕澜猜出来了:"你有法子化解心魔?"

令候收手:"有,九天神族有血泉和神髓两部分,血泉不必多说,力量之泉。神髓则为神格,而心魔就附着在神髓上。"

这些燕澜都知道:"姜韧说神髓取不出来,否则巫族族老又岂会只剜血泉?"

令候道:"我听闻姜韧生于战后,神域内的堕神应该很少见,小辈不知道罢了。其实大荒时代,我们处置堕魔的同族,向来都是抽取神髓,因为神髓一旦取出,血泉在身也会干涸,根本用不着从后灵境里剜出来这般残忍。"

燕澜默默听着,一双红瞳逐渐冰冷。他知道令候为何会将漆随梦带来了,令候是想抽出他附着心魔的神髓,交给漆随梦。

令候观他眼神:"漆随梦身怀血泉,能够净化心魔,知道吗?"

不远处的漆随梦听见,立刻望过来:"我不要!"

令候对他做了个噤声的手势。

漆随梦攥紧腰间剑柄:"我再说一遍,我不要!既然血泉能将心魔净化,你尽管将我体内的血泉取走去净化。身为上神,你不会没办法吧?"

"你先少安毋躁。"令候安抚过漆随梦,又看向燕澜。

燕澜听着有节奏的海浪声,尽量维持平静:"不知抽了神髓,我会怎样?"

令候淡淡地道:"会成为凡人,我口中的凡人,指的是你们人间的凡人,无法修炼的那种。"

燕澜压低声线:"是不是意味着,我会修为尽失,从此经历生老病死,最多不过百岁寿元？"

令候摊手："芸芸众生，绝大多数凡人的一生不都是如此嘛，哪里不能接受？有些时候，我甚至求之不得，盼做一个平凡人。"

燕澜当然可以接受成为凡人。他是不能接受将神髓交给漆随梦。而且，姜拂衣躲过生死劫，石心人寿元漫长，他却只能活百年，她当如何？重点是，燕澜根本没必要做出牺牲。

令候劝道："此乃处理心魔最温和的法子，且漆随梦融合了我们的神髓之后，他的修为会在短时间内爆发，无论处理极北之海还是温柔乡的危机，他的作用都要远远大于你。"

燕澜将骨节捏得作响，嘴唇抿得泛白。

心魔忽又出声，冷笑一声。

"燕澜，杀了他，连着漆随梦一起杀了。

"分身罢了，别怕。

"打开门，放我出去，我来杀。"

"闭嘴！"燕澜将他压下去，又对令候承诺，"我目前能够压制心魔，等过了这次危机之后，我会闭关将心魔化解。你不信我，难道还不信你自己？"

令候静默片刻："我原本是信的，将漆随梦带来，也只是提个建议，你若不愿，那便罢了。"石心人尚且有心，何况他的心本就不是铁石，岂会不怜悯燕澜，不怜悯他自己？"但我此刻见到你之后，丧失了信心，燕澜，你有堕魔的倾向。"

燕澜眼神微乱："我……"

令候目光冷然，直视他的双眼："你敢说你最近没有动过入魔的心思？"

燕澜说不出口。

他有。

姜拂衣在补剑心时，燕澜始终在旁思索，究竟该怎样帮她，才能为她提供更多的信仰之力。他左思右想，或许可以尝试融合心魔，暂时入魔。

燕澜向来克制，这种克制深入骨髓。即使他觉得自己对于姜拂衣的爱意，已经没有办法再进一步，但他很难表现出来。

燕澜寻思，或许入了魔，他就能舍弃骨子里的克制。且融合蕴含神力的心魔之后，燕澜能够提升修为，像令候说的那般，无论极北之海还是温柔乡，他都能做得更多。

"我只是想要暂时借用。"燕澜解释，"等度过风波，依然会去闭关解决。"

"下次呢？下次再遇到危机，继续借心魔之力？"令候轻轻叹气，"从你觉得魔的力量强悍，可以拿来借用时，你就已经生了魔心。你私心认为仅是借一次罢了，但随后就会有无数次，底线便是这样一次次被打破，随后彻底放纵，你将彻底堕入魔道。"

燕澜忍不住道："我现如今颇为疑惑，力量真有善恶吗？难道不是要看使用这股力量的人？你也知道我们现在的处境，既然融合心魔能够救人救世，究竟有何不可？你为何不信我，不信你自己？"

令候神色严肃："这世上可以存在任何堕魔的物种，唯有我九天神族绝对不允许堕入魔道的神存在世间，无论何等理由，哪怕他本意是救人救世，我们都不能轻易姑息。因为先例一开，我族行事各个迫于无奈，底线和执守将会逐渐消失，九天神族迟早不复存在，世界也将归入混沌。"

"我承认你说得对，但很抱歉，我并非九天神族，我是人，我有我自己的道。"燕澜从不认为自己战胜不了心魔，他眉眼渐厉，拿定主意，"不必再说，我绝对不会将神髓交给漆随梦，根本没这等必要。"

令候颇为无奈："但我是神族啊，若是遇到姜韧，他还没死，怜他遭遇，我可能会破例。但你不一样，你是我的转世，我深知你后灵境内你心魔的厉害，不能仅凭自信，就放任你入魔，相信你能自控。燕澜，你若是执迷不悟，非得护着心魔，我只能强行动手将你处刑，你有可能连正常凡人都没得做，成为一个废人。"

燕澜一言不发，看上去无动于衷。

"既然如此……"令候似在犹豫，半晌，沉沉说道，"我稍后一旦开解姜拂衣的生死劫，这道分身将会立刻消失。在此之前，我必须处理掉你我的心魔。"话音落下，令候单手简单掐了个诀。他的背后，骤然浮现出一个由符文组成的耀眼光环。

四周风浪猛然拍击小岛，力道之烈，竟将礁石击碎得四分五裂。原本站在岸边的漆随梦和越明江不得不朝岛中央退，都被这突如其来的力量震得心脏剧烈跳动。

"你的分身不是没有法力？"漆随梦下意识拔剑，跑去燕澜附近，面朝令候，警告道，"你要取燕澜的神髓，也要先和珍珠说清楚，这事儿和我没有关系！"

燕澜发现自己如同被定身，动弹不得，艰难启齿也发不出声音，甚至连他后灵境里的心魔，也被压制住了。关键是，这股压制他的力量，好像来源他自身。令候懂得利用，他不懂。

燕澜正不知所措。

"咻！"一柄小剑快似利箭，自海中飞出。一道寒光擦着令候掐诀的手背划过，斜着划出一条浅浅的血线。随后，小剑直直飞向燕澜，在燕澜前方几步幻化出人形。

姜拂衣两指捏着一柄小剑,挡在燕澜前方,凝眸看向令候。

燕澜望着她的背影,心口一跳。她又突破了,之前连御剑飞行都不会,现在竟然可以直接化作剑气飞行了。

令候望一眼手背上淡淡的血痕。这般情况下,能轻易伤他的只有石心人。

"我家的剑,一旦见了血,我就有机会石化对方的心脏。"姜拂衣维持着最基本的礼貌,"当然,肯定石化不了武神大人您的分身,但我猜,应该可以对您的本体,造成一点小小的伤害,您说呢?"

令候平静以对:"姜拂衣,你是否知道,我是来帮你的。"

姜拂衣与他四目相交:"不是我请您来的,谁请的,您找他说理去。何况您现在尚未开始救,我似乎没必要向您道谢。"

令候发觉她不仅相貌像奚崟,连任性妄为的性格都有几分像。令候再次强调:"我必先除心魔,才能为你破生死劫,否则等会儿我分身消失,留下心魔和一个动了魔心的转世,且忘得一干二净,实在无法安心。"

"那就不必破了。"姜拂衣将小剑攥进掌心,朝一旁的越明江拱手,"前辈能否启动岁月梭?赶在我动手之前,先将武神大人送回去吧。"

越明江劝了一句:"姜姑娘先冷静,神君毕竟是大荒神族,行事习惯从大局出发……"

姜拂衣打断:"我知道武神大人代表着正义,如果正义,是要我眼睁睁看着自己从未犯过错的心上人,在我面前受刑,变成废人,我还怎么相信正义?如何对付撕?还不如让这个只会令我痛苦迷惘的世界彻底倾覆算了。"

姜拂衣言罢,半晌得不到回应。她没去看令候的反应,依然望着越明江:"我并非说说而已,前辈若是可以开启岁月梭,最好立刻将大人送回去,否则我也不确定自己会做出什么。"

越明江无奈,只能望向令候:"君上……"

令候微微抿唇,陷入沉默。

越明江猜测,神君估计是拿不清该怎样面对眼前的女子。她敢伤他、威胁他,好似不知天高地厚。但偏偏被她护在身后、极力维护的情人,其实还是他。

换成越明江,大概会既气恼又欣慰,却不知神君会是怎样的心情。不过,神君并没有罢休的意思,他背后的力量光环仍然光芒耀眼。

滚滚海浪声中,令候终于开口:"姜拂衣,你说燕澜从未犯过错?"他抬起那只被姜拂衣划出血痕的右手,指向自己的心脏,"动了魔心,在我族向来是不可饶恕的错误。"

姜拂衣这才回望："在您看来，燕澜如今是人族还是神族？"

令候："他强调自己是人族，可以不守我九天神族的规矩，我认可。"

姜拂衣："那您……"

令候声色沉沉："但他想要融合的心魔，却拥有我的太初之力，我且问你该不该归我管？"

姜拂衣辩解："燕澜仅仅是动了个念头。凡人六根不净，念头瞬息万变。实不相瞒，我从前因为救母出海心切，心烦起来，恨不得毁灭世界。石心人身怀您武神剑的太初之力，您是否要将我一起处刑？"

令候直视她的双眼："你可曾想过入魔？"

姜拂衣双眸清澈，目光坦然。她不曾想过入魔。哪怕从前她觉着，为救母亲逃出封印，她能够抛弃一切原则，也从不曾动过入魔的心思。得知亦孤行将苦海剑洗成魔剑之后，她还气愤不已。

可能是源自跟在母亲身边时的耳濡目染。母亲虽疯，但她的"疯言疯语"和行事作风，都在给姜拂衣传输着某种理念，也可能是石心人的血脉里，天生抵触魔道。

姜拂衣虽不答，令候却看得十分清楚："动念头和动魔心是两种不同的概念。奚昙在大荒胡作非为，我从不多言，因我知道他没有魔心。同样的道理，你再怎样妄动毁灭人间的念头，我依然信你不会付诸行动。可我信不过燕澜，他动的千真万确是魔心，正处在说服他自己的阶段。"

姜拂衣摩挲手中小剑，语气极为坚定："我只知道，燕澜不会入魔。"她扭头去看燕澜，"是不是？"而燕澜因她那句心上人，正望着她的背影发愣。

"燕澜？"姜拂衣又喊一声。自从来此，她便挡在燕澜面前，背对着他，此时才发觉他的不对劲。

她以为燕澜被令候控制，正想请令候解除，燕澜又蓦然回过神。对上姜拂衣担忧又疑惑的视线，燕澜下意识地微垂眼睫，心慌着避开。

姜拂衣皱起眉头："你是怎么回事？"

"我……"燕澜顿了下，"他令我动弹不得，无法言语。"他没有撒谎，只不过这种状况方才就已经解除了。

"令候。"燕澜的视线绕过姜拂衣，落在令候背后的光环上。分身没有法力，本体若是在附近，分身能够借用一些本体的力量。

燕澜狐疑地质问："我能够感觉到，你是从我身上借力。但你使用的力量我很陌生，你借用的，莫非心魔的力量？你斩心魔，却要借心魔之力？"

令候却指了下姜拂衣："你先回答她的问题，我再回答你。告诉她，你不会入魔，敢不敢？"

燕澜紧紧抿了好几次唇，才去和姜拂衣对视："阿拂，原先在神殿中，我的确只是动了一点念头。但刚才令候要我将神髓抽出，交给漆随梦，我心中实在是……他或许是对的，我或许真的动了一些魔心，因为有些事情，我想不通。"

"你说。"姜拂衣转过身，面对着他。

燕澜从她乌亮的眼瞳中，仿佛得到了一些力量。他逐渐平静，声线也趋近平稳："依照令候的意思，心魔附着于神髓，我将神髓交给漆随梦，漆随梦便能以血泉净化，从而得到心魔存留的神威，为解当下的危机出力。代价是牺牲掉我。可我认为，我自己融合心魔，借魔化后的神威，同样可以出力。待危机解除，我有自信化解心魔，重回正道，不必牺牲任何人。"说完，燕澜再次看向令候，"如果非要二选一，令候坚持他的选择，我为何不能坚持我的观点？前世替今生做主，他凭什么？凭他是神，我是人？"

"他要抽你的神髓，必须先过我这关。"姜拂衣扬了扬手里的小剑，坚定地表明自己的立场，"但他不允许你借用心魔之力，我可以理解。"

燕澜的眼神微微一黯："你也不信我有定力战胜心魔，重回正道？"

燕澜的定力，姜拂衣从未怀疑过："怎么会呢，燕澜，即使你最终决定以魔证道，我也相信你无论在魔道上走多远，都不可能有任何的行差踏错。"

燕澜眸光微动。

姜拂衣话锋一转："但此事的重点，根本不在于你的心性如何，你能不能自控，你们两个的争辩根本毫无意义。武神大人心如明镜，满腹道理，但他大概沉默寡言惯了，并不擅长讲道理。讲了半天，根本没说到点子上，难怪我外公见到他就跑，不想听他讲道理，觉得很烦……"

令候和燕澜一起看着姜拂衣。

"我们和这些顶尖怪物之间，力量悬殊到令人感到绝望。"姜拂衣望一眼波涛起伏的大海，"之所以还在努力，是因为坚信这世间总归是邪不压正，对不对？"

燕澜点了点头。

姜拂衣说："如果为了压制邪魔，先将自己变成魔，以魔降魔，那即使赢了，也是输了。因为那些魔，最终将你逼成了魔。"

燕澜懂得她的意思："阿拂，以目前的局势，只要能解危机，我认为手段是次要的，争这种输赢没有意义……"

"对我们的确没有意义，我们谁都可以入魔，你不行。"姜拂衣仰头望天，又看向燕澜，"世人信仰神明，信奉的是正义和善道。而九位太初上神，则是九天神族的根基。其中武神，代表着天地之间的至高力量。你身为武神转世,在人间选择魔道,等于武神认同魔道才是天地正道,认同魔的力量乃世间最强。因此造成的影响,将难以估量。我觉着,这才是他想抽你神髓的真正原因。"

燕澜嘴唇动了动,想说什么,还是沉默下来。

姜拂衣转过身,迎上令候微深的目光:"但您是杞人忧天,我再强调一遍,燕澜不会入魔。这些道理他都懂,您所谓的动了魔心,只是他得知我将有生死劫,一时的关心则乱。您分辨不出,是您不懂得这种关心,那是您自己的认知问题,不是燕澜的错。"

令候若有所思。

姜拂衣郑重地道:"我可以向您保证,若是燕澜入魔,所造成的一切罪过,由我来承担。"

"阿拂……"燕澜不准她说。

姜拂衣扬起手臂,比了个手势让他闭嘴,目不转睛地看着令候:"您若坚持要处刑他,那您最好相信,您今后的满头白发,真有可能是我亲手造成的。"

令候不辨神色,幽幽转眸,看向一旁久不开口的漆随梦:"我本想处刑燕澜,将我们的神髓赠你,他不同意,姜拂衣也阻拦,你说怎么办?"

漆随梦失魂落魄。

令候直呼其名:"漆随梦,你若坚持,我可以和姜拂衣拼上一拼。"

漆随梦的面色苍白如纸,有一些恼恨地看向令候,怀疑他别有居心:"你这话什么意思?你只说你一道分身没有法力,请我送你前来极北之海救珍珠,神髓之事半句也没提过,为何现在好像是我逼着你处刑燕澜一样?"

令候:"你也不赞成我处刑他?"

漆随梦咬了咬牙:"我已经重复了好几遍,我不要燕澜的神髓,血泉你若能拿走,只管拿走,这些都不是我想要的东西。"

令候问:"那你想从燕澜身上得到什么?告诉我,我尽量为你实现。"

漆随梦一句"我想他将珍珠还给我"险些脱口而出,可他没聋也没瞎,听到姜拂衣亲口承认燕澜是她的心上人,在她生死劫的关口,实在很难说出口,也未免太不知轻重。

漆随梦喉结滚动几下:"你究竟是有什么毛病?你看燕澜不顺眼,不要总是带上我,我对他的一切都没有兴趣。"

令候微微颔首:"是你自己不要的,考虑清楚再说,太初上神虽在天道之下,但世人对神的承诺,同样需要遵守。"

漆随梦心烦意乱,又觉得令候莫名其妙,不吭声了。

"我当你默认。"令候话音落下,隐隐松了口气,背后的光环逐渐消失。

姜拂衣察觉到几分异常,也感觉令候询问漆随梦的话,似乎别有居心。只不过,漆随梦是觉令候故意栽赃他。姜拂衣则觉着令候是在刻意引导他,想从漆随梦口中,得到自己想要的回复。令候好像担心漆随梦再夺走燕澜什么东西?不管怎么样,见令候杀意消退,姜拂衣也收回小剑,朝他躬身道歉:"神君见谅。"

令候道:"无碍,你也是为了'我'好,我可以理解。"

直到此刻,她才觉着眼前的场面有些尴尬,见令候确实不在意,她转眸看向漆随梦。

漆随梦察觉到她的视线,望她一眼,目光带着几分幽怨,倏然转头望向他处。

姜拂衣微微一怔,回忆上次分别之前,可曾和他闹过什么矛盾?正想着,忽见漆随梦眉头一皱,抬起手掌按在心口。

姜拂衣心头微惊,没想到撕的天赋已经影响到这里了。她旋即出剑,一连串小苦海剑从腰间铃铛里飞出来,将漆随梦环绕。

这些小苦海剑,是她和燕澜去往神殿之前铸造的,那时不知撕的天赋和佛剑莲花,姜拂衣随意从血脉中提取了一些剑意。如今知道远远不够,她便疾步上前去,左手掐诀,右手拍在漆随梦灵台上。剑气源源不断地涌入漆随梦的灵台,姜拂衣交代:"你不要胡思乱想,盘膝打坐,想些开心的事情。"

漆随梦想说现在哪有值得开心的事情,但他心如刀绞,头痛欲裂,只能听话地盘膝坐下,回想他少年时与姜拂衣一路南下时的场景。

令候转身走去海岸边:"燕澜,来。"

燕澜收回看向姜拂衣和漆随梦的视线,沉着脸走去令候身边:"撕还有多久破印而出?"

令候:"半个月。"

说明姜拂衣的危机不是现在,燕澜暂且放心。

令候似在自言自语:"我原先以为,剜眼睛和夺血泉是天谴,此时不禁有些怀疑……"

燕澜拢眉:"怀疑什么?"

令候迟疑片刻,朝姜拂衣的方向望了望,又侧目看一眼燕澜。他的眼底,流露出一些费解:"也许变成你这副样子,才是我真正的天谴。"

燕澜知道他嘴里没好话,并不生气:"你不懂,这可能是你一生行善积德换来的奖励。"

令候微微愣了愣,似乎在认真思考燕澜口中的这种可能性。

"可能吧。"令候说。原本听闻燕澜和石心人的后代成了一对,令候以为自己的转世会亲近姜拂衣,是受到武神剑的影响。如今见到姜拂衣,令候开始理解,燕澜为何会钟情于她。

令候这一生都是站在最高处、最前方,从未体验过被人保护、安慰和开解,是个什么滋味,何尝不是一种遗憾。这种遗憾,在燕澜身上得到了弥补。

令候望着海面感慨:"风光我独享,行事我独断,天谴却由你来背。说起来,我该对你说声抱歉才对。"

"我们是同一个人,说这些有什么意义?"燕澜的礼貌刻在骨子里,却也不会和自己客套,"你还不曾告诉我,你方才使用的神力,是不是问心魔借的力量?"

"不是。我施展了一种禁术,通过你,向我远在三万年前的本体借用了一些神力。"令候做了个验证,果然是可行的,"我施展的,是属于我本体的神力,不是你后灵境内心魔的力量。"

"你通过我,可以向我的前世借力?"以燕澜目前的认知,有些难以理解,"这也行?"

"为何不行?你以为武神的伴生法宝是神剑,就只擅长武力?我们真正的神职并非持剑杀敌,而是专研力量,平衡世间的力量体系。"

令候与他并肩,两人竟是差不多的身形,连站姿都颇为相似。令候开始使用密语传音:"燕澜,我通过你向我的本体借力之后,你与我的本体也建立了联系。稍后,我教你这套我自修的禁术,你学会以后,也可以向我借力,我虽记不得你,但感知到这套禁术,一定会借给你。"

燕澜听到"禁术"两个字,醒悟:"这莫非就是你稍后会步入天人五衰的原因?"

"大概吧。"令候心想,会遭这般严苛的天谴,和使用禁术同样脱不开关系,"禁术的施展,消耗的是寿元。"

燕澜正要皱眉,令候提醒:"我的结局已经注定,你只需在意自己。禁术在你我之间流转,你也会消耗寿元。所以能不借则不借,能少借则少借,否则,你会早衰。"

"你都不怕,我又有何惧。"燕澜正因能力不足而犯愁,才会动融合心魔的念头,此时悬着的心,稍微放了放,语气轻快了几分,"你也莫要太小瞧我,我不肯抽神髓,只是因为没必要。何况借神力是为了救阿拂,即使让我以命……"

"你误会了,你救不了姜拂衣。"令候出声打断他的念想,"我教你借用神力的禁术,并不是为了让你改姜拂衣的命,是希望你重修神族封印,诛杀巫族那位逐影，毁掉姜韧被他融合的血泉，我不允许神族血泉为祸世间。"

燕澜刚放下的心，又提了起来："什么意思，阿拂没得救？"

令候安抚道："莫慌，我的意思是，你能借用的神力有限，且撕这一劫，唯有石心人能解。"

话又绕了回来，燕澜忧心忡忡："你究竟想到办法了没有？你说，你为阿拂改命之前要先处决了心魔，但我眼下发现，你根本没打算抽我的神髓。为她改命，难不成也是谎言？"

令候摇摇头："我说抽你神髓并非谎言。压制住你和心魔以后，我在感受你和心魔谁先反抗成功，若心魔先反抗成功，说明你有心无力，无法镇住他，我定会抽你神髓。只可惜，姜拂衣忽然出现，我没能试探出结果。"而姜拂衣出现之后，令候明显感觉到燕澜被激起来的魔心，消散得无影无踪。令候从未见过谁的魔心散得这般快。

燕澜早已不在乎这些："我只想知道你准备如何改她的命数。"

"我改不了。"不等燕澜变脸色，令候又说，"但我想到了谁有能力改。"

燕澜颇感无语："我很想给你提个建议，回去之后，莫要总是在殿中端着打坐了，闲来无事，多出去和其他神族说说话。和你聊天是真的费劲，拐弯抹角，半天讲不到重点。"

令候仔细斟酌了下语言："我不是告诉了你，我去过鲛人岛，见到了昏迷中的昱姜。"

燕澜："嗯。"

"听闻奚昙最后变得疯疯癫癫，我猜测他是故意疯的，这样能够免受撕的影响，会让他的寿命更长一些……"令候感知海上，由他亲手设下的那一百二十三道封印，如今已不剩几分威力，"我寻思着，奚昙可能是怕疯了以后擅离职守，要求我设下这些封印。以我的估算，疯癫情况下，奚昙应能活得更久。可是他始终无法彻底疯癫，达到无我的境界。"

燕澜知道原因，奚昙始终惦记着自己的女儿，昱姜。就像姜拂衣常说，她的母亲无论怎么疯癫，始终记得她的存在。

令候轻叹："战争结束以后，我应该会提议将昱姜带去神域。估计是昱姜自己不愿意，想要留在极北之海，跟在她父亲身边。"不过，昱姜确实比她父亲更适合镇守撕。

"昱姜这孩子，随了她的母亲小黛，天生意识欠缺，又因是涅槃火才保住的命，魂魄不全，对痛苦的感知极为薄弱，撕对她造成不了太多影响。我设下的这些封印，反而成了她最大的困扰。有一次，昱姜试图闯出封印，遭受反噬，也因此令她突然清醒，想起来身负的责任。于是，昱姜在石心人的剑傀术中，添加上两相忘的咒语，正是未雨绸缪，担心自己会生出求人相救的念头。"

"诅咒是她自己设下的？"事到如今，燕澜没觉得惊讶。

"撕虽然已不如当年，但奚昙死后，昙姜的剑气不断支撑剑气莲花，修为精进困难。"令候说到此处，停顿了下，"二十二年前，我族布下的连环封印发生动荡，撕从沉眠中醒来，昙姜的剑心，遭受了一次重创。十一年前，撕再次醒来，昙姜为了把姜拂衣送上岸，强行突破了我设下的封印……"

燕澜表情微讷："你不是说她对痛苦的感知极为薄弱，撕对她造成不了太多影响吗？"

问完之后，燕澜才想起来，昙姜有了一个女儿。自从姜拂衣被放进蚌壳里孕育的那一天起，昙姜就从自己的世界里走了出来，再也无法忘记女儿。心中有了牵挂，便会遭受撕的天赋攻击。

燕澜又想到一件事，二十二年前神族封印大动荡时，姜拂衣恰好破壳诞生。从前以为她是被封印的大荒怪物，封印动荡，她破壳而出，很正常，但已知姜拂衣不是怪物，孕育她的蚌壳并不在神族的连环封印内，她却遭受影响，破壳而出……

想来，是封印动荡导致撕力量爆发，损坏了孕育姜拂衣的蚌壳，不得已之下，昙姜才将尚未孕育完成的女儿取出来。姜拂衣自破壳，在海底健康长大，一切正常，说明昙姜为保下她，所付出的，恐怕远超燕澜的估量。难怪将姜拂衣送上岸之时，昙姜会遭撕擒获，几乎没有还手之力。

燕澜后知后觉："你是想说，昙姜伯母没有救了？"

令候微微闭目："她的魂魄被拘禁在封印最深处，我们进不去，她也出不来，在撕带来的痛苦之下，她全靠一股意志力支撑。如今姜拂衣重塑了石心人的神殿，她通过神殿带给她的力量，感知到女儿平安，且已成长得足够坚韧……"

燕澜捏了捏指骨，想去看姜拂衣，又不敢去看。难怪令候会选择密语传音。

"我眼见一代代石心人，落得这般下场，心中岂会不想救下姜拂衣。"令候睁开眼睛，继续凝视海底，"可我思谋了很多法子，从姜拂衣那几个父亲着手，又点拨了真言多次，却始终放心不下，总觉得那些都非真正的良策。"

机会仅有一次，令候不敢轻易去赌，但他偏偏赌了把更大的。

令候倏然朝燕澜伸出手，掌心朝向他："我已将神族的一种召唤阵法，传授给那几名剑修。同时我来施展禁术，通过你向本体借力，赔上我这道分身，在昙姜的魂魄消散之前，尝试将她从撕手中救出来。改了昙姜的命，在我看来，就等于改了姜拂衣的命。"

燕澜不知他要如何借力，伸手过去。

令候却收了收："先前我仅是浅尝辄止，此番才是真正的强行借力，折损的是你的寿元。再者，我这道分身损坏，将有碍你日后修炼……"

"啪！"燕澜不说半句废话，以掌心拍上了他的掌心。一道光线环绕在两人相触的掌心。光线飞速旋转，两人完全被笼罩在光芒之中。陡然一股澎湃巨力冲击得燕澜险些站立不稳，耳畔似乎传来麒麟的嘶吼声。

"令候，改了昙姜的命，真能顺便改了阿拂的命？"

"不是顺便，改了昙姜的命，只要她还有意识，就会不惜一切代价，保住她女儿的命。这是我推演谋算无数次之后，认为最稳妥的办法。"

燕澜心尖一颤，他原本以为是牵一发而动全身，没想到令候竟将希望赌在了昙姜的身上。燕澜想到昙姜的状态，不知道令候凭什么做出的判断："除此之外，你都想了什么办法？"

令候："很多。"

燕澜："随便说两个。"

令候道："我虽然不擅长说话，总抓不住重点，但你必须信任我的判断。你怀疑我，便是怀疑你自己，这是你之前的原话。"

话虽如此，令候还是如他所愿。毕竟借力需要通过燕澜，他若心存疑虑，会影响禁术的施展。

"你首先得知道，撕和其他顶尖怪物不同，他虽也在我族的连环封印内，但我族的封印对他的束缚和消磨，只起到辅助作用。奚昙融合武神剑，以及神殿的信仰之力，结成的那朵剑气莲花，才是至关重要。"

燕澜当然知道，也仅有石心人，方能为剑气莲花提供力量。

令候想到的第一个办法："我想通过你手中那盏长明天灯，与身在神域的长明神取得联系，将人间情况告知，集思广益。但是，点燃天灯需要消耗大量法力，我这道分身支撑不起。"

再者，莫说现如今人间浊气丛生，污染严重，九天神族难以下界平患。即使三万年前，若无奚昙，神族也不容易拿下撕。纵观所有大荒怪物，无论天赋有多卓绝，依照相生相克的法则，神族之内都有他们的克星。唯独撕是个例外。

燕澜疑惑："没有能够克制撕的神？令候，如果武神剑不曾送出去，你难道也战胜不了他？"

这种假设性的问题，令候无法准确回答："若那天遇到撕的是我，且武神剑还在我手中，我并不需要神殿，便可以像奚昙一样结出剑气莲花，镇压住撕。只不过，我最多可以镇压数百年。"

因为九天神族最见不得人间疾苦，他们天生的怜悯之心，在撕的天赋下，实乃痛苦之源。怜悯心越重，受撕影响越深。

令候继续道："撕能够毁坏生命体的心脉，太初上神同样是生命体，我的心脉再怎样坚韧，也会逐渐碎裂，且无法像石心人一样再生。大荒若无石心人，我们为了对付撕，最后很可能也会特意打造出一种类似石心人的'武器'。"

燕澜心中微动，怪不得说这场劫数，唯有石心人可解。石心人的确像是针对撕而生的物种。

令候："所以，该怎样在短短时间内，令姜拂衣的剑气暴涨到足以支撑剑气莲花，还能保住性命，成为我最头痛的问题。"

令候遂将目光放在真言尺身上。真言说，他窥见的未来场景中，姜拂衣朝他的方向喊了一声"爹"。

今日清晨，令候抵达鲛人岛，见到真言尺，已感知不到神器中存在清醒的"神识"。

令候的时代，战争才刚开始，他不知道真言遭遇了什么。从结果推测，真言可能是渡劫失败，也可能是在战争中受到了重创，灵魂险些消散，被言灵神戎语强行定在尺内，陷入混沌中。如此，真言并不是在尺子里窥见的那一幕，应是通过闻人不弃的眼睛。

燕澜正想询问："闻人不弃究竟是不是真言尺的器灵？"

令候微微颔首："我询问了他的过往，闻人告诉我，他自出了娘胎便身体羸弱，年少时才会练剑锻炼体魄。我估摸着，闻人氏这个孩子，因先天不足，出生时便夭折了。闻人老家主想试试真言尺能不能救回儿子，强行使用了神器。"

真言经过三万年的休养，逐渐从混沌中生出了一些新的意识，这部分意识在闻人老家主的牵引下，脱离神器，附身在了闻人不弃的体内。新意识懵懂无知，完全接受人类的教育长大，对自身一无所知。但他父亲应该知道，活下来的并不是自己的儿子，才会给儿子取名闻人弃，与"器"同音。

"我教导闻人不弃唤醒真言尺，他尝试多次，做不到。我想到的第二个办法，便是施展禁术，通过你借用神力，强行将真言尺唤醒。然而此禁术仅能施展一次，我这道分身便会消散，你也会伤得不轻……"

先不说能否唤醒，唤醒以后，闻人不弃，抑或说真言能够为姜拂衣做什么，令候摸不准，也不敢轻易尝试。

令候又去揣摩姜拂衣另外几个"爹"。不得不说昙姜极有眼光，挑选的剑傀全部天赋异禀，且是人间的大气运者。

石心人的剑，令他们前期精进飞速，抵达人仙巅峰时，便成了累赘。因为奚昙最初创造剑傀术，是为了惩治和控制一些祸乱人族的小怪物。这就注定剑傀的修为，一定会远远低于赠剑给他们的石心人。昙姜的下限，决定着他们的上限。

当昙姜魂飞魄散之后，她所铸的心剑便会随她一起枯萎，剑傀术也就解除了。他们全部可以像断剑的无上夷一样，突破限制，步入地仙，或许能直接抵达中后境。其中商刻羽，一步登上人族境界的巅峰，也是有可能的。

"我想到的第三个办法，是以禁术令他们当即突破，不必再去闭关进阶，浪费时间。剑傀术虽解，可他们修行心剑多年，与石心人早已密不可分，属于石心人真正的信徒。而他们皆为一方人物，各自的信徒也不少，尤其是修习医道、济世为怀的凡迹星。"

令候教导他们法咒，再由他们亲手去修葺神殿，能为神殿补充信仰之力，便可以帮到姜拂衣。能帮多少，令候同样不确定，所以也不敢轻易将这只能施展一次的禁术，赌在他们身上。

"第四个办法……"

"第五个办法……"

"第六、七、八、九……"

令候无可奈何："这唯一的机会，你我还是赌一赌昙姜吧。毕竟真言和那几个剑傀，都和昙姜关系密切，她比我更了解他们，也更了解剑气莲花，或许会有更好的办法。"

燕澜听罢这些办法，认同令候的分析，将这禁术用在昙姜身上最合适。即使不合适，燕澜也没有收回传递给令候神力的手掌。

人生在世，总要对尚未发生的事情心存期待，才有可能迎来一个更好的结果。而眼下，能令姜拂衣和昙姜母女团聚，在燕澜看来已是一件好事。不然，十一年前的分别成为诀别，将会成为姜拂衣心中永远无法抚平的伤痛。

燕澜这一路与姜拂衣同行，最清楚她寻的是父亲，牵挂的都是母亲。

令候提醒："凝神，护住心脉。"

燕澜："我知道。"

时值黄昏，海上残阳似血。

姜拂衣正全神贯注地帮漆随梦压制撕，倏然，宽阔的襦裙衣袖被身后涌来的罡风鼓起。她转头，瞧见令候和燕澜并肩立在海岛岸边，一人着淡雅简单的月白布衣，一人穿繁复贵气的玄色长袍，都被一层淡淡的金光笼罩。两人中间，是他们相击的手掌。

姜拂衣不知道他们在做什么，只发现随着金光浓郁，燕澜开始站立不稳。想到令候对待燕澜的严苛，姜拂衣眉头紧皱，暂停为漆随梦输送剑气，想去问一问，却见两人相击的手掌，整齐地朝前方海域推去。两人周身的金光顺着手臂，汇聚到手掌，最终在海面上空旋转出一个光环，和之前出现在令候后背的光环基本一致。

姜拂衣在海底神殿的图画上见过，每位太初上神的背后，都画着一个光环，看来不仅是他们身份的象征。

神力源源不断地自两人掌心涌出，光环越来越大，如一轮不断攀升的烈日，颠倒了这片海域的昼夜。一道麒麟幻影骤然自光环内钻出，悬停在上空。这道麒麟幻影姜拂衣也不陌生，曾从《归墟志》里飞出来过，令候的衣衫袖口，同样绣着麒麟云纹。

"借取神力的禁术，大致如此，你是否记下了？"令候询问。

燕澜紧咬牙关，抽不出力气回答。

"这连环封印，其内也蕴含着我的法力，我的元神可以穿透入内，出其不意地从撕手中救出昙姜。但在这个过程中，需要你独自支撑禁术，术法一断，我使不出神力，便会消亡在封印中。至少，你也得撑到我将昙姜救出来……"令候言罢，收回手，闭上眼睛，元神出窍，融入麒麟幻影内。那道烈阳般的光环，便由燕澜独自支撑，他的脊背反而比之前挺得更直。

姜拂衣看着麒麟虚影光速沉入海中，消失不见，隐约猜到令候可能是去救她母亲的魂魄。为她改命的契机，是救她母亲？也就是说，母亲原本……

姜拂衣的胸口一阵闷痛。

母亲被撕拘禁了十一年，都还活着，如今又知道石心人是撕的克星，姜拂衣想过母亲会很虚弱，没想到母亲竟会在此时散魂。是她打开海底神殿，借用神殿突破，被母亲感知到的缘故吗？所以她在岸上的这十一年，母亲仅仅是因为心有牵挂而在硬撑？

姜拂衣后怕极了。原本对于令候跨越光阴来改她的命格，她的感受并不深，毕竟真言尺的预言尚未发生。她一贯只看眼前，很少为未知耗费情绪。可如今姜拂衣忽然发现，她差一点就失去母亲了，上次的分别险些就成为诀别，她才真正从心底感受到那几位太初上神的恩德，领悟了他们舍身救世，对于这世间的意义。

姜拂衣心中充满感激，但恍惚之间，她想起自己似乎还要感谢一个大荒怪物——绝渡逢舟。

绝渡逢舟离开红尘之前，为了救燕澜，暗中和她结了契约。他诞生于大道五十，天衍四九，人遁其一"遁"，能令结契者拥有天道赠予的一线生机。

上次在万象巫，姜拂衣觉得这道契约似乎并没有被用掉。那么，真言尺会在触碰到她外公时，窥见三万年后她的劫数，莫非就是天道给她的一线生机？

姜拂衣正思索，胸腔内新生的心脏倏地开始狂跳。

怎么回事？她抬起手捂住胸口，双眸一沉，仅一刻便明白过来，吸收过海底神殿的力量之后，她的剑心和那朵剑气莲花建立了联系。这是来自剑气莲花的预警，撕的力量正膨胀着朝她的位置靠近，应是冲着燕澜来的。

"越前辈，帮我保护下漆随梦！"姜拂衣捏起小剑，想去挡在燕澜和令候前方，又觉得小剑未必有用，打算学着外公即刻剜心铸造一柄莲花剑，反正在神殿附近，她再生剑心并不难。唯一不确定的，是她铸剑的速度够不够快，能不能快过撕。

不管了，总要尝试才知道。

姜拂衣正准备剜心，却见麒麟虚影"哗"地从海面钻出，背后追着十数条似利箭一般的冰晶触手。

令候从入定状态中醒来，喊住姜拂衣："别动。"

姜拂衣慌忙停下动作。

令候拂袖一挥："走。"海岛上的几人脚底光芒闪烁，人影变得虚幻，消失不见。

海面光环减弱，麒麟速度变慢。冰晶触手缠上的那一刻，麒麟倏然变为一缕光线，令它们缠了个空。

太阳已经落山，当光环缩小合拢成一个光点时，这片海域彻底陷入黑暗。那十几条冰晶触手并没有缩回海水里，它们似鬼魅一般在海面上扭动，象征着捆绑人类的种种苦痛。

撕带着恨意的冷笑，随着海浪涌向鲛人岛的方向："你们真以为我诛散不了她的魂魄？嘀，我只是想要折磨这些石心人罢了。"

鲛人群岛上遍地明珠，散发着幽幽荧光，点缀着极北之海上漫长的黑夜。

"君上！"越明江落在令候身边，见他捂住胸口，向前踉跄，慌忙想去扶他，又怕僭越，在旁犹豫不决。

令候顷刻站稳，示意他不必慌张："我无碍。"

越明江担心："要不要我启动岁月梭？您还是立刻回去吧？"

令候摇了摇头。

姜拂衣才刚落地，就瞧见漆随梦在她右手边晕了过去。他被撕影响，原本正在打坐凝气，忽被法术传送，遭受了一些反噬。通过沧佑剑，她能感知到并不严重。

姜拂衣先扶住左手边险些倒下的燕澜："你怎么样？"

燕澜一声"没事"堵在嗓子眼里，启唇便是一口血涌出，缓慢昏在她的肩头。

姜拂衣费力撑住燕澜，缓缓蹲下，让他靠在自己怀中坐着。离近了，她才瞧清楚，燕澜脸颊和颈部的皮肤，浮现出细碎清浅的蛛网状裂纹。

上次姜拂衣借用涅槃火的神力，也曾出现过这种情况，且他的心脉，似乎遭受了损伤，姜拂衣焦急地看向令候："燕澜这借的什么力？"

"我本体的神力。"令候微微皱眉，"这套禁术对他而言，比我以为的困难很多。或者说，我高估了自己转世为人以后的承受能力。"

"那他……"姜拂衣心口滞了滞。

令候将她的担心看在眼里："还好，闭关静养一阵子便会恢复。"

姜拂衣呼了口气，又忐忑着问："君上，我娘呢？"

令候望向鲛人岛上最巍峨的那座宫殿："魂魄归位，要比我借来的法术更快。"

这话意味着救回来了，姜拂衣目露感激："多谢。"道谢虽然太过肤浅，却又不得不说。

"只不过……"令候颇为疑惑，"撕比我从外部推测得更强一些，他好像已经可以强行突破封印，却在刻意推迟，不知意欲何为。可惜我这道分身能力有限，感知不到。"他话音落下，一群鲛人从四面八方围了上来。

"什么人？"为首的鲛人护卫见到姜拂衣，忙招呼同伴退下，"是姜夫人的女儿。"

姜拂衣原本想和令候说些什么，被打断之后暂且搁置："麻烦帮我找几间空房。"

鲛人护卫忙说："诸位这边请，我家王早就为诸位准备好了。"

姜拂衣道了声谢。

等安顿好他们，姜拂衣按捺不住，想先去看望母亲。她从燕澜的房间里走出来，见到令候站在院中，微微躬身，像是在观察墙角水潭里的一簇珊瑚。

姜拂衣停下脚步："君上不需要休息？"

"我在等你。"令候直起身，朝她望过去。他立在明珠雕琢而成的灯笼下，被暖光笼罩，周身似乎也散发着一层淡淡的金光，"昙姜神魂归位，不会这么快醒来。而我这道分身即将消散，有些话，想和你单独聊几句。"

姜拂衣略微怔忪："消散？"瞧令候的气色，看不出任何异常。她还以为禁术的反噬，全被燕澜承担了。

令候指了下自己的心口："分身心脉脆弱，已经濒临碎裂，忍着罢了。你无须露出这般神色，只是一道分身而已，消散后，我会从本体苏醒。"

姜拂衣思绪万千，想要说些什么，又不知道他这道分身还能撑多久，便不再废话，等他说正事。

令候："你也不必拘谨，我想和你聊的是些私事。"

姜拂衣揣测："武神剑？"

令候的确要说武神剑。姜拂衣的性格太像奚昙，受人点滴之恩，时刻铭记于心，令候忧心此事也会成为她的一个枷锁。

令候道："我当年决定舍剑救你家先祖，是我一时兴起，也是你家先祖的造化。然而你们石心人竟总想着将神剑还给我，并无必要，如今奚昙和昙姜，已为我镇守撕三万多年……"

姜拂衣没等他说完："他们并不是在为您做事，而是在做分内之事。"

令候："但是……"

姜拂衣："我知道您是想安我的心，可是外公在我心中是位大英雄，被您给说成狗腿子，这不合适吧？"

令候换了另一种说辞："好吧，武神剑已经从一定意义上物归原主，自你开始，你们石心人再也不亏欠我什么。"

姜拂衣："您指的是我和燕澜？"

"自然。"令候看向她的目光，略带几分感谢，"燕澜天谴之身，幸得有你不离不弃地护他伴他，武神剑之于我的意义，也不过如此。"

姜拂衣拢眉："我和燕澜的结伴互助，是出自相处来的深厚情谊，并不是因为欠债和还债，不能被您拿来这样抵消。"

令候解释："我明白，我的意思是顺便……"

姜拂衣说："一码事归一码事，此事不存在顺便。我这人向来较真，认为世上无论哪种情谊都该是纯粹的，倘若夹杂其他，就会变了味道，我很不喜欢。"

令候陷入沉默，又说了一声"好吧"："姜拂衣，你说奚昙总爱躲着我，是讨厌听我讲道理，实际上我和他讲话，如同和你沟通，很少能够完整讲完一句话。"

不承想，堂堂上神竟会介怀这句调侃，姜拂衣讪笑："不过，君上您有句话说得没错，石心人与您之间的亏欠，一定会在我这里做个了断。"

"哦？"

"据说石心人一脉单传，我娘只可能有我一个女儿。我若因为镇压撕而力竭，您的神剑虽然就此消失，却并未辜负神剑原本应该背负的使命。等同

-422-

将神剑还给您了，是不是？"

"这并不是我想看到的结局。"

"再说我活着……您当年赠剑给我家先祖，除了怜悯之心，还想以我家先祖证人神之道。我娘天生意识残缺，恐怕很难修成神，如今只能指望我，我若证道成功，神剑同样完成了应尽的使命，对不对？"

令候却反问："你是否清楚修成人神的难度？"

"我知道不容易。"姜拂衣虽然从未朝这个方向努力过，但似外公这般惊才绝艳，竟将心思全部放在了寻找真爱、繁衍后代上，人神之路究竟有多难，可见一斑。

"你恐怕并不是太清楚。"说起此事，令候的容色凝重不少，"姜拂衣，非我泼你冷水，这番话，我对你家每一位先祖都曾讲过。"

"您说。"

令候微微仰头，夜空不见星月，仅有浓厚诡谲的云层，大雨将至："从大荒到人间，人族至今没有真正的成神者。第一个修成神的人类是最为艰难的，因为此人不仅要修成神，还必须成为太初上神。"

"啊？"姜拂衣愣住。

"若非如此，我何必将自己的神剑融为太初之力，赠给你的先祖？在我们九天神族，唯有九上神拥有太初之力，其他神族，只拥有九天清气。"

姜拂衣虚心求教："区别究竟是什么？"

令候缓缓讲述："太初，乃混沌初开时，世间最纯粹的一股力量。其中，这股力量又分为九种不同的体系，我们九个，分别诞生其中，各修各道。随后诞生的一众神族，都是遵循我们开辟的道统而存在。人族不在这九种道统内，按道理说，永远也无法修成神明，获得神力……"令候一口气讲了很多，想起自己有可能讲不清重点，疑惑着望向姜拂衣，"我这般解释，不知是否清晰？"

姜拂衣凝眸思索："我大致能懂。"

九上神如同岸上的九座灯塔，开辟了九条成神航道。人族不在这九条航道内，无论怎样在大海上航行，始终无法上岸。人族想要上岸，需要一个人类开辟一条新航道，上岸成为人族的灯塔。该怎样上岸，九上神也不知道。他们诞生于太初，天生便是灯塔。唯一一个曾经接近海岸的人类，就是姜拂衣的铁匠先祖，却也没能上岸。

她询问："我可以这样理解吗？"

"有些差别，不过，按照你的理解也没问题。"令候认为没必要讲得太清楚，她反而会更迷糊。

"您说得没错,我对修成人神的难度,确实了解不足。"修炼可以凭借决心和毅力,悟道实在太难了,姜拂衣开始觉着没戏。

见她似在沉思,令候望一眼燕澜的房门:"你莫要指望燕澜悟出此道,他虽已归属为人族,依然身怀神族根基,他的成神之路,始终是在武神的道统上。否则,他无法施展禁术向武神借用神力,哪怕武神是他的前世。"

姜拂衣摆了下手:"我不会指望燕澜先上岸当灯塔。您救活我家先祖,是想让我们证道,结果我揣着您的神剑,还要您转世为我照亮前路,算哪门子的报恩,先祖更不会心安。"

和石心人纠缠数万年,令候听见"报恩"两个字,就不禁有些头痛。

姜拂衣笑道:"您先别慌,我虽说会努力,却一定不会像我的先祖们,为了传承武神剑而将繁衍后代当成责任。"她收起笑容,语气逐渐低沉,"我拼尽全力都攀登不上的高峰,我不认为我的儿女会比我强。或者说,当我有能力上岸成为灯塔时,才会考虑要不要生儿育女。毕竟,我不忍心儿女也像我一样,在无边无际的深海巨浪中艰难漂泊,挣扎求生。"

姜拂衣觉得,但凡母亲脑袋清楚一点,都不会选择孕育子嗣。可她也会偷着庆幸母亲的不清醒,才令她们在今生有缘成为母女。

令候注视着她的双眸,这一刻,清澈、悲悯、感恩、坚毅,同时出现在一双乌亮的眼睛里。他原本一直觉着姜拂衣像极了奚昙,却在这一刻,发现她年纪虽小,某方面竟比奚昙更为通透。或许,她真有希望……

令候没有开口鼓励,也没再继续和她谈论此事。他伸出手,接住一滴从天而降的雨水:"人间的雨,杂质颇多,没有大荒的干净。"

姜拂衣仰起头,浓云正孕育着大雨,不知是自然现象,还是撕即将破印造成的:"君上从温柔乡前来极北之海,一路看着三万年后乌烟瘴气的人间,会不会后悔将这片栖息地让给了人族?"

"不存在'让',战争过后,我族必须离开,大荒注定成为人间。再者,我这一路除了看到一些乌烟瘴气,更看到一个蓬勃发展的种族,不断突破极限,令原本荒芜无序的世界,变得井然有条,丰富多彩。这与我族决定和魔族、怪物们开战之时,预估的未来走向基本一致。"令候提前窥见了未来,可谓忧喜参半,"只不过,和我们的期盼相距甚远。"

按照他们的预估,封印出现松动时,大荒怪物已是强弩之末,而人类也已进阶到能够诛杀怪物的高度。不承想,人族突破的进度,落后于他们的预估,且落后了太多。因为他们没算准,人间浊气攀升的速度,竟会如此之快。这些浊气,是人族自己造成的。而浊气又影响着神族的连环封印,才令封印松动提前。

姜拂衣懂了:"九天神族算到了一切,唯独没算准人心。"

令候不语。

姜拂衣眼珠转了转:"这样说来,您是不是连带着低估了沈云竹,也就是慧极必伤的能力上限?"

令候颔首:"以目前来看,他的排名确实低了点,可以朝前提一提。但他竟然想要被写进第一卷第一册,太过离谱。"

姜拂衣向前凑了凑,压低声音:"开个后门,动一动笔的事情,便能平息一场祸患,您认为值得吗?大不了等他复过,再写一行备注。"

令候稍作停顿:"这个时代的《归墟志》,不在我手中,你不该来和我商量。"

懂了,姜拂衣长舒一口气。见她如释重负,胜券在握的模样,令候微微摇了摇头,背过身去,凝视被雨滴打乱平静的水潭表面。

"砰!"姜拂衣微微侧耳,似乎听到了"心碎"的声音。

令候这道分身撑不住了,但他依然没有消散,看来在这个时代,他还有一些心结放不下。

姜拂衣多少能够猜到原因:"君上,我知道在您的认知中,燕澜的存在,像是对您的一种惩罚。很多方面,他的确没办法和您比较,但对我来说,他已经足够优秀。他有您的仁善,有您的智慧,有您的冷静……他还有一样您没有的特质,也是您看轻他的真正原因。"

令候转头:"什么?"

姜拂衣大胆抬手,指着令候:"爱自己。"

令候微微一怔。

"燕澜懂得爱自己,而我喜欢懂得爱自己的燕澜。"姜拂衣指过去的手指慢慢收回,流畅地改为行礼,"很抱歉,因我令您遭受天谴,同时又很感激您转世来到人间,赠我燕澜相伴。"她不知道这番说辞,究竟是能解一些令候的心结,还是火上浇油,但这是她的真心话。

话音落下半响,她也没听见令候回应。

姜拂衣抬起头,瞧见令候这道分身竟然已经逐渐虚化,随后,飘散如星光。目光追随,她望着那些星光飘入天际,消失于视野。

背后传来燕澜虚弱的声音:"阿拂?"

姜拂衣收回仰望天际的视线,转眸向后方望去。不远处,燕澜面色苍白,扶着廊柱站在廊下,正凝视着她。姜拂衣恍惚了一瞬。

"你在看什么,看得这样出神?"

"令候那道分身消散了。"姜拂衣朝燕澜走过去,观察他的气色。他皮肤表面的蛛网裂纹依然明显,不知是不是被灯光晃了眼,姜拂衣似乎瞧见了一缕白发,"你这就醒了?"

"只是禁术反噬,没有大碍。"燕澜避了避她窥他头发的目光,看一眼正飘细雨的高空,"你回来竟然不去看望母亲,一直在这里和令候说话?"

"正准备去。"姜拂衣双手推他回房,"你先回去歇着,等我见过我娘,再回来好好感谢你。"

"你需要谢我?"燕澜擒住了她推自己的手腕。

燕澜很想知道令候都和她说了什么。一夕之间,燕澜发觉自己和姜拂衣之间原本就不简单的关系,变得更为复杂。他担心她会认为欠了他,往后一门心思地补偿他。

燕澜想要和她说清楚,却又不愿阻碍她去见母亲,也决定等她回来再说。然而,不等燕澜松开她的手腕,脊背倏地绷直,他感知到了一股威势迎面而来。

姜拂衣比他更早感受到。她心中大喜,这是母亲的气息。

母亲醒来了,就像母亲每次睡得久一点,醒来发现她不在蚌宫里,便会四处去寻找她。

旋即,姜拂衣的眼皮重重一跳。母亲是带着杀气来的,这股杀气她也很熟悉。年幼时,她好几次被海怪缠住,脱不开身,母亲冲过来便会将那海怪碎尸万段。

母亲平时温柔似水,不说话时,瞧不出一点问题。寻她救她时,那股疯劲儿就会显露。此番,母亲瞧见她左手推着燕澜,右手腕还被对方擒着,指不定以为燕澜在欺负她。

再说燕澜猜也能猜到是昙姜,他清楚昙姜现如今的身体情况,怕伤到她,不敢抵抗,愣在那里。

姜拂衣甩掉燕澜的手,展开双臂,转身挡在他面前,及时大喊:"娘,不要伤他!"

昙姜的掌风中,潜藏着无数利剑。这一掌原本是要打在燕澜心口的,此时偏了下方向。"轰"的一声,两人背后的宫殿崩塌,顷刻成为废墟。

那一排宫殿中,还住着漆随梦和越明江。

越明江一路护送令候前来极北之海,为了赶时间,耗费大量真气控剑飞行。如今好不容易停下来休息,一颗补气的丹药还没吸收,突然被一股霸道的剑气从房间里冲了出去。而漆随梦尚处在昏厥中,幸好被沧佑剑保护了下,一瞬惊醒,蒙蒙地从废墟中爬了起来。几双眼睛齐刷刷望向前方的女人。

昙姜散着长发,穿着鲛纱织就的软裙,赤足站在院中。她的五官更偏柔美,和相貌妩媚的姜拂衣并无太多相似,但母女两人的肤色都透着常年不见光的白。姜拂衣素喜脂粉,添了几分颜色,她则不施粉黛,白得透亮。

"娘……"姜拂衣开口先哽咽。

昙姜的表情则有些疑惑:"阿拂,娘这次睡了很久吗?为何一觉醒来,你都长这么高了?或者,我还在梦中?"

姜拂衣快步上前,抱住昙姜,又喊一声:"娘,我好想你啊。"

这个拥抱姜拂衣盼了多年,尽管来之不易,此刻依然有种不真实感,不由得收紧双臂,紧贴着昙姜。也是因为贴得近,她能够感知到母亲的剑心,无论剑气还是硬度,此时都远远不及她。不知该怎么形容,母亲的剑心,像是苍老了。原来石心人的衰弱,是剑心先老。

昙姜感受到她情绪起伏剧烈,抚了抚她的背:"哪个让你受委屈了?告诉娘。"询问时,她看的是燕澜。

燕澜瞧上去比她还虚弱,颤颤巍巍地朝她行礼:"伯母,晚辈燕澜,是阿拂的……朋友。"

昙姜却认真地叮嘱女儿:"阿拂,此人看上去不像好东西,听娘的话,莫要与他交往,赶他离开。"

燕澜手心冷汗都冒了出来,谁都夸昙姜意识虽然不清楚,却极有识人之能,竟给他这样的评价?而他不知如何辩解,只能向姜拂衣投去求救的目光。

姜拂衣稳了稳情绪,松开昙姜,改为挽住她的手臂:"燕澜和姜韧遭遇相似,后灵境也有个法力高深的心魔,但他们不是同路人。"

"姜韧?这名字好熟悉。"昙姜皱起眉,脑海里逐渐浮现出一个浑身血淋淋的男人。紧接着,一堆不连贯的画面涌了出来,昙姜眉头紧皱,"原来是他。"

姜拂衣不知道母亲想起多少关于姜韧的往事,猜着她是因为燕澜后灵境的心魔,令她下意识联想到姜韧,才会觉得燕澜不是好东西。

"娘,您还记不记得,十一年前您送我上岸寻父的事情?"姜拂衣摸不准母亲如今的状态。

送她上岸那晚,母亲瞧着比从前任何时候都清醒,今日醒来,似乎又糊涂了不少。是魂魄被束缚久了,刚回来的缘故吗?

昙姜微微茫然:"我送你上岸寻父?"

姜拂衣点头:"对,那晚海上掀起一场可怕的风暴,您告诉我,咱们是能够剜心铸剑的石心人一族。当年我爹从海上路过,您觉得他天赋异禀,必成大器,铸了柄剑给他,希望他学成归来,救咱们母女出海……"她观察着昙姜的神色,将那晚的经历讲述一遍,"我上岸一直忙着寻找父亲,最近才知道,您在骗我。咱们石心人留在海底,其实是为了镇压撕。那晚撕想要破印而出,您清醒过来,慌忙将我送上了岸。要我寻找父亲,质问父亲,只是您想让我远离极北之海的说辞。"

昙姜认真听女儿讲述。她其实一直都知道自己的意识不太正常,在她的脑海里,流淌着一条漫长的记忆河流,但这条河流不是淤积堵塞,就是常年结冰。还有一部分虽然流速正常,却时不时被大雾缭绕,以至于昙姜很难分清梦境和现实。

而姜拂衣口中一个个耳熟词汇,譬如"石心人""撕",宛如一股股强风,吹散了一些浓雾。有关父亲的记忆,在昙姜脑海中逐渐清晰起来,伴随而来的,是武神剑、大荒怪物、撕、剑气莲花、连环封印……

昙姜原本混浊的眼睛,一点点明亮。难怪小不点一样的女儿,忽然长成大人,原来是从岸上回来的。昙姜才刚亮起的双眸,又微微一黯,不必问,也知阿拂小小年纪去到岸上,吃了不少苦头。

"竟已经过去十一年了……"昙姜怕她不高兴,先解释,"我并不是全然骗你,虽然有关你爹的记忆很模糊,但我真的赠了一柄剑给他,他也确实没回来……"

姜拂衣叹气:"爹没回来,是因为咱们家的剑傀术被下了两相忘的诅咒。"

昙姜又是一愣:"诅咒?"

"应该不是诅咒。"燕澜犹豫着插了一句嘴,"令候告诉我,应是伯母未雨绸缪,担心剑傀来救,破坏封印,才将两相忘写入了剑傀术中。"

漆随梦此时才从废墟里走出来,对此表示怀疑:"这和珍珠有什么关系,为何我们两个也会两相忘?"

姜拂衣解释:"我们石心人的术法,全部是写在血脉里进行传承的,前人栽树,后人乘凉,就像我不懂医道,一样能够铸造出医剑。"

她问昙姜:"娘,真是您写进去的?"

昙姜思来想去,实在想不起来,摇摇头,反问:"听你的意思,你在岸上真的寻到你爹了?"

姜拂衣没有回答,而是看向昙姜后方。

昙姜魂魄归位,醒来以后,第一件事就是感知女儿的位置,直奔而来。在殿中为她护法的一众人,她连眼睛都没斜,只当是些鱼虾蚌精。

一路跑来,后方追着不少人。见她们母女团聚,他们默契地没有上前,待在远处。

此刻姜拂衣望过去,视线从李南音、亦孤行、商刻羽、凡迹星和闻人不弃脸上划过去。她母亲醒了，他们的情绪却都颇为低沉。

估计是因为预言。想起预言，姜拂衣的视线定格在闻人不弃身上。他以往不会随意将真言尺取出来，此刻那柄黯淡无光的尺子，被他斜插在腰间。

"娘，您记得他们吗？我没找到哪个是我爹，只找到很多您铸造的心剑。"

昙姜随着姜拂衣转头，看向那些一路追着她的人，她的表情，是肉眼可见的迷惘。

姜拂衣观察母亲的举动："一个也认不出来？"

几个人里，李南音自然是最坦然、最无所顾忌的。斜风细雨中，她迎着昙姜的目光走上前去："姐姐。"

"恩人。"亦孤行原本跟着提起了脚步，忽然想起李南音之前的提醒，商刻羽为撕所伤，不能生闷气，要他跟着闻人不弃行动。亦孤行扭脸，瞧见闻人不弃没动，他抬起来的步子，又落了回去。他一回头，发现商刻羽不看该看的，正冷着脸盯着他的脚。亦孤行无奈，心想恩人的夫君是谁都好，千万不要是商刻羽，否则今后侍奉恩人，还要看商刻羽的脸色。

而闻人不弃没有动作，是在凝神和真言尺沟通，这是令候教他的办法，他一直在尝试。昙姜既已醒来，这是他目前的第一要务。故而他的视线，并不在昙姜身上，甚至目无焦距。

商刻羽同样不去看昙姜，侧目看向凡迹星："你的仙女近在眼前了，怎么不过去？"

凡迹星想说既然是仙女，当然是远观更美好，仰慕仰慕，是需要仰视的，结果话到嘴边，自然而然地变成："三哥说的什么话，我哪里敢越过哥哥们啊。"话音一落，凡迹星心里也是一个"咯噔"，仙女面前，他竟然说出这种话？都怪这杀千刀的商刻羽。

商刻羽紧绷下颚，用仅有他二人可以听见的声音警告："你不要逼我在你的仙女面前动手打你，你逃跑的样子，可不怎么好看。"

凡迹星不信，但还是回应："知道了。"

"娘。"姜拂衣见母亲揉了两下太阳穴，再次挽住她的手臂，"您才刚醒来，先去休息吧，眼下这并不是什么要紧的事情。"

真正的大事是撕。先让母亲静养两日，姜拂衣心中有很多关于剑气莲花的问题，想要请教她。

昙姜却在此时抬起手，指尖指向其中一人："我只认识他。"

姜拂衣心头微颤，顺着她的指尖望过去，嘴角忍不住微微抽了下，竟是站在最后方的鲛人王。

被点了名的鲛人王，愣了愣，一副受宠若惊的样子，从商刻羽和凡迹

-429-

星中间硬挤出来,飞奔上前,超越了李南音:"姜夫人,您平安无事真是太好了!"

昙姜微微拢眉:"我不是不准你进入我的领地?"

鲛人王又慌忙请罪:"我也是一时情急。"

昙姜环顾四周,发现身边围着不少探头探脑的鲛人。

姜拂衣意识到了问题:"娘,这里不是咱们的蚌宫区域,是鲛人岛,您送我上岸那会儿,被撕拘禁……"

听女儿讲着,昙姜似乎又想起了一些事情。她望向蚌宫方向,捂了捂心口:"难怪我连自己的心剑在身边都没知觉。"

昙姜催动剑心,片刻过后:"附近一共有七柄我的剑,鲛人王身上似乎没有?"

"七柄?"姜拂衣迷瞪了下。这里一共五位剑主,加上她手里的无主剑,一共也只有六柄,哪儿来的七柄?姜拂衣扭头,看向站在废墟前的漆随梦,母亲感知到的莫非沧佑剑?

漆随梦正揉着心口,停下动作,察觉她的疑惑,迟疑再三,走去她身边,同时,也和燕澜挨得很近。

燕澜原本就遭了禁术反噬,此刻眼珠生疼,想要远离漆随梦,但他强忍着站在原地不动,且将脊背挺直了不少。

漆随梦说:"你娘感知到的不是沧佑,估计是我师父的碎星。他原本在魔鬼沼守五浊恶世的大门,武神让我通知他来极北之海。"

姜拂衣的声音一瞬锋利:"无上夷在岛上?"

漆随梦还没见到无上夷,但确实和他有联系:"他哪里有脸来这里,躲在别的岛上,只告诉我,需要他的时候,通知他。"

姜拂衣当即便想询问无上夷的位置,她现在已有能力去和他拼一拼,捅他一剑。不行,在这个节骨眼上,她不能浪费宝贵的剑气。

"他在那个方向。"昙姜指过去,"奇怪,剑为何断了?他做了什么?"

"蠢断的。"姜拂衣凉凉一笑,不再多言。她不想母亲刚醒,就令母亲情绪太过激动,否则她肯定立马冲过去教训无上夷,"娘,断剑您也可以感受到?"

昙姜道:"剑只是断了,而非毁了,我修一下便能恢复如初。咱们的剑傀术,我不死,他不死,剑契始终在,仅是深浅不同。"

姜拂衣问:"除此之外,真没有其他解除剑契的办法?"

昙姜摇了摇头,十分肯定:"剑傀术是阿爹所修,阿爹既潇洒又执拗,要么满不在乎,要么不留退路。"

姜拂衣想想也是，剑修本就该专一，一生修一剑，解剑契是违背剑道的。何况外公修为高强，寿元又漫长，那些剑傀能达到的上限极高，更没必要解剑契。只需母亲养好身体，修为提升起来，商刻羽他们突破地仙是早晚的事情。

"娘，您还是先去歇着，养一养剑气，我陪着您。"姜拂衣又催她。

"我养剑气用不着休息。"昙姜询问女儿，"你手里是不是有一柄我的心剑，剑傀已死？"

姜拂衣伸出手，那柄无主剑浮现："这是我上岸以后见到的第一柄心剑，原本属于巫族的剑笙前辈。"

昙姜微怔："剑傀是巫族人？"

李南音走近："这柄剑最初是我从一处战场上捡来的，战场至少存在五百年了。我见此剑和我的逍遥剑外观颇为相似，便赠给我的意中人况雪沉，他却拿去拍卖，才落到剑笙手中。"

昙姜接过姜拂衣递过来的剑，紧攥在手中，闭目感知："这柄剑的剑主，的确死了。他只修到了人仙中境……"

远处的商刻羽冷笑了一声："那你可真是看走了眼。"

"我没有看错人。"昙姜不知是谁在说话，只专注凝视手里的剑，"这柄剑叫作相思剑，需要剑主怀有相思之情，才能不断进阶。"

姜拂衣了然，这位前辈因为两相忘的诅咒，忘记了令他相思之人，故而进阶缓慢。这般情况下，还能修炼到人仙中境，实在难得。

"怪不得……"燕澜低声呢喃一句。

姜拂衣和燕澜对视一眼，从彼此双眸中确认了同一件事。当初，柳藏酒为了寻找柳寒妆，前往万象巫偷盗寻人神器相思鉴，跪下喊了一声"相思鉴"以后，此剑竟从陈列柜中飞出。

原来它叫作相思剑。

昙姜将剑抛起来，随后抓住剑鞘。不知道在其他人眼中是什么场景，姜拂衣可以看见相思剑从身内涌出大量精纯剑气，通过母亲握住剑鞘的手，不断涌入母亲体内。在剑气消耗完了以后，相思剑迅速枯萎，变成一柄烂铁。

昙姜屈指一弹，烂铁碎成铁屑，消失于海风中。她也如同服用了一颗养心补气的丹药，以极快的速度，恢复了大量生机。

姜拂衣这才知道，剑心铸成的剑，竟然还可以回收，且被剑主在红尘之中修炼过的心剑，比最初始的心剑增强了数倍，也可能是这位剑主一生行侠仗义，令相思剑吸取了颇多众生信仰之力。

昙姜回收完相思剑，脑海中倏然闪过一张俊秀的脸，稍纵即逝，无法捕捉。不知为何，她心中隐隐泛起一丝难过。

"我听你方才叫我姐姐?"昙姜转眸看向李南音。

"自我介绍一下,我叫李南音,当年逃婚至此,被姐姐救下。"李南音取出逍遥剑,拔剑三寸,将刻字给她看,"我虽也忘记了,却因这些字,一直知道姐姐的名字。"

昙姜盯着那几行小字:"是我刻的,但我想不起来。"

"能不能记起从前,并不重要,我们从前的义气是真的就已经足够。"李南音合拢逍遥剑,爱惜地抚摸了下,毅然朝她递过去,"姐姐既然可以回收相思剑,那能不能回收逍遥剑的剑气?"

昙姜没有接,垂眸望着逍遥剑:"我将此剑回收,你与此剑的剑契也不会断,你往后再也无法和其他名剑结契,实力将会一落千丈。而这一柄剑,能令我恢复的剑气其实并不多。"

李南音想起姜拂衣的生死劫:"撕破印在即,姐姐能多恢复一些,便会多一些胜算,我正愁爱莫能助。"

"一柄剑不够,还有我的。"亦孤行不管商刻羽了,瞬移而来,将苦海剑递过去,"我曾认错了恩人,以魔元洗了几百年的剑,根本不配修这柄剑。"

凡迹星也取出了伴月,瞬移到亦孤行身边,递过去:"我修的是医剑,我想,对你应该更有益处。"

昙姜皱眉看着眼前递过来的三柄剑:"你们究竟在急什么?我说得不够清楚吗?"

"他们在急我的生死劫……"姜拂衣垂了垂眼睫,原本她并不想告诉母亲此事,"言灵神的真言尺窥探到的……"

昙姜听罢怔了片刻,并没有太明显的情绪,说:"阿拂不会有事,我没骗你们,回收心剑对我的增益并不大,不值得,你们留着剑用处更多。"

三柄剑没有收回去的迹象。

李南音准备开口,姜拂衣提前说:"小姨,你是不是忘了温柔乡?如今不只是极北之海有危机,万象巫都已经被大荒怪物占领了。若你们手中的剑可以令我娘恢复如初,境界更上一层楼,那我无话可说。我娘既说增益不大,你们这是何必呢?咱们所有人全将法力耗在极北之海,谁去救小酒,谁去处理那些大荒怪物?"她又看向凡迹星和亦孤行,"义父、亦前辈,你们也不要感情用事,多想一想大局。"

李南音和凡迹星似被说动,递剑的手犹豫不决。

亦孤行不以为意:"拿去吧,李南音说得没有错,不管值得不值得,恩人能够恢复一点是一点,至于大局,与我无关。"

姜拂衣:……真是一如既往的油盐不进啊。

"你们都收回去,昙姜,用我的剑。"商刻羽步行上前,面容冷峻,声音冷淡,递剑过去,"我原本就是半路修剑,从前的法修根基还在,不用剑,这几个剑修也不是我的对手,不耽误我去做别的,这才是最顾全大局的办法。"

姜拂衣头痛:"商前辈,您怎么也来添乱?"

昙姜原本正盯着那几柄剑,抬头瞧了瞧商刻羽。商刻羽不看她,将脸转去一边,正好和一旁的鲛人王对上。

鲛人王指着商刻羽说:"姜夫人,您连他都不记得了?三百年前,他跑来咱们海上捣乱,被您狠狠打了一顿的风月国皇子。"

商刻羽的脸色顷刻白了,忍住拔剑砍他的冲动。

昙姜没有理会鲛人王,她看向唯一一个还在原地站着、没想过归还心剑的男人。

闻人不弃看不太懂她的眼神,她可能是在疑惑,即使她根本不会回收心剑,他为何一点表示也没有,是来做什么的?

闻人不弃唯有暂时放下真言尺,硬着头皮上前去,将自己不久前才在海底寻到的心剑取出来。夹在四柄心剑之中,他手里这柄剑缺少剑尖的破铜烂铁,实在是扎眼极了:"我的这柄剑,你收回去估计也毫无用处吧?"

昙姜望着眼前这柄已经枯萎的剑:"你是个儒修?"

"云巅国,闻人世家,闻人……"闻人不弃考虑片刻,"闻人弃。"改名,是他从极北之海回家以后才改的。与昙姜相识时,他还叫作闻人弃。

昙姜目光里的疑惑更为浓郁,像是在回忆,自己怎么会赠剑给一个毫无修剑天赋的儒修。

闻人不弃将手里的残剑垂下,另一手从腰带里抽出真言尺:"我想,应该是因为我家传的这柄神器。我虽也中了两相忘的咒,幸好被家父以真言尺强行唤醒,可惜由于一些原因,家父又篡改了我的记忆,如今能想起来的不多。"他本想朝鲛人王拱手,可惜两只手都没空,"还是鲛人兄告诉我,六十多年前,我前来极北之海寻找一座神殿,路过你的领地时,随身携带的真言尺忽然亮起,便被你抓去海底。"

"这柄就是真言尺?"昙姜方才听女儿提起,只觉得耳熟。如今瞧见实物,她也没觉着哪里特别。昙姜探究着伸出手,握住真言尺另一端,费解,"我究竟为何抓你?我对这件神器毫无印象。"

"这种形态,你是不是会有些眼熟?"闻人不弃默念心法,手掌紧紧一攥。原本暗淡的真言尺表面,骤然亮起金色的符文,密密麻麻。

昙姜瞳孔微缩,脑海里被浓雾遮掩的记忆长河,仿佛被这金光又照亮了一部分,且是极为久远的那一部分。

她幼年时跟着阿爹待在海底，阿爹不能离开剑气莲花太远，而她不能离开阿爹身边太远。当时还没有禁足的封印，可是大荒战火连天，动辄山崩地裂，海底反而是最好的藏身之处。

战争究竟持续了多久，缓慢生长的昙姜没有概念，只记得有一天，好些神明来到极北之海，说九天神族元气大伤，即将去往域外，临行前，必须将撕纳入连环封印中。剑气莲花之外，再添一道屏障，也能为她阿爹省些力气。

昙姜还记得那位白了头的武神，想将她带去神域，她躲在阿爹背后不应。

言灵神叹了口气，这位上神始终闭着双眼，似乎不能视物："石心人是注定要留在人间的，你不是知道嘛，何必还要多此一举。"

武神道："话虽如此，我们该说的还是得说，该做的依然要做。就像明知此战必胜，本该付出的代价，半分也没有减少。"

言灵神看他一眼："我怎么感觉你去了一趟未来，回来以后，话比从前变多了？"

武神似乎怔了片刻。

言灵神轻声喊："昙姜。"

昙姜从她阿爹背后露出头。言灵神扬起手中散发着微光的尺子："此物乃是我的伴生神器，可能是我不善斗法、自保能力不如其他几位上神的缘故，真言是唯一一件拥有器灵的太初神器。"

昙姜望过去。

言灵神的嗓音颇为伤感："我们这一战，赢得凶险艰难。真言为救我、也为救世而濒临消散。原本的计划中，我们需留神器在大荒各处，以定清气。但真言这般情况，我无法留下他，打算将他带去神域，闭关为他修补灵体。他却因为一个预言，多年来耿耿于怀，不愿离开。我唯有将他封印在神器中，留他在大荒，看他自己的造化。"

当时，昙姜根本不懂她在说什么。

"你不必懂，令候不记得未来之事，不知是不是你，依照年纪，你是最有可能的。"言灵神朝她走去，尺子另一端递过去，"昙姜，看清楚真言尺的模样，今后若是相逢，有劳你替我多多照拂他一二。"

昙姜就像现在一样，握住了真言尺的另一端。她忘记自己有没有答应，但言灵神这番话，很可能蕴藏着语言的神力，偶尔会在她脑海中回响。

九天神族去往域外以后，已成废墟的大荒在人族手中重建。随着岁月流淌，人间浊气攀升，信仰也在渐渐崩塌。无论连环封印，抑或剑气莲花，力量衰减的速度都在加快。

大概是三千年前，她阿爹油尽灯枯，便只剩下她一人支撑着剑气莲花。

阿爹的死,令她第一次感受到了撕的伤害。为了抵抗这种痛苦,昙姜不再吸取神族赠她蕴养神识魂魄的冰清精魄,再加上海底封印的日子过于无聊,她时不时便会陷入沉睡。一切,都令她的脑筋越来越不清楚,记忆成为碎片。

直到此刻,昙姜也想不起来自己何时忘记了职责,何时误以为自己才是被封印的怪物,开始一心想要逃出这暗无天日的牢笼。

昙姜沉思之时,姜拂衣向后稍退一步,因为母亲身边实在太拥挤了。后退时,她才发现宫殿崩塌以后,没有廊柱给燕澜借力,他艰难站着,浮出的冷汗将鬓角都打湿了。姜拂衣低声说:"你去歇着吧,这里又没你什么事儿。"

"我还好。"燕澜的确快撑不住了。若宫殿没倒塌,背后就是他的房间,他真会悄无声息地退回房间里先歇着。现在离开,他要从昙姜他们眼前过去,过于明显,且显得十分失礼。

姜拂衣传音:"怎么,我这些父亲的笑话,你是非看不可啊?"

"从前是我肤浅,对自己不了解的事情妄下判断。"燕澜以前真觉得像是一场闹剧,一场笑话。如今来看,都不过是造化弄人,唏嘘感叹都来不及。

姜拂衣也没继续催他去休息,脚步微挪,和他并肩,又朝他挤了挤,借些力量给他。

昙姜松开真言尺,开口说话:"我想起来了,我年幼时曾见过言灵神,知道这是她的伴生神器,她还托我照拂你。"

闻人不弃微微一愣:"你知道我其实是器灵?"

昙姜摇了摇头:"我抓你入海时,可能不知道。那时候我还不太清醒,估计只是觉得尺子眼熟,想起来言灵神的嘱托,只记得我得照拂你。为何要照拂,应该记不得。"

闻人不弃又问:"你现在想起来,言灵神曾经亲口告诉你,器灵会带着神器途经你的领地?"这对他来说非常重要。之前见到武神的分身,武神猜测他是器灵,仅是猜测。

昙姜仔细想了一会儿:"言灵神没有明确说过,她只让我记住这尺子。可我认为,她让我照拂的应该是你,否则一柄尺子,有什么好照拂的呢?"

闻人不弃沉吟:"有道理。"

昙姜继续想:"言灵神说起器灵濒临消散时,她的表情痛惜担忧,可见器灵的确是命悬一线。而你当年弱不禁风,随时一副命不久矣的模样,竟然可以携带和使用真言尺,你不是谁是?太初神器,你以为谁都可以拿来比画?"

凡迹星几人听到"当年"两个字,眉头都皱了一下。

李南音问道："姐姐，你的两相忘被真言尺破除了？"

昙姜："没有，如今的真言尺，破不了我们石心人的剑傀术。"言罢，她转头看了看女儿，双眸中浮出愧疚，"阿拂，若这两相忘是我写下来控制自己的，那我很难解开。你想解开，恐怕也不容易，需要你的修为高出我很多。"

姜拂衣表现得无所谓，岔开话题："那您怎么知道闻人前辈当年弱不禁风呢？"

闻人不弃如今只不过是不敌那些剑修，但世间能完全胜过他的也不是很多，且瞧着玉树临风，没有一丝鲛人王口中病恹恹的样子。

"闻人弃手中这柄剑，叫作长生，是一柄祝福之剑。"昙姜指着那柄破铜烂铁，"祝福他身体康健，长命无忧。此剑会变成这副模样，应是为他抵挡过一次致命伤害，剑气消耗殆尽。然而，剑契未解，剑意仍在，祝福也还在。"她说到抵挡伤害时，抬眸看了一眼闻人不弃。

闻人不弃心中微动："是，我曾闯入万象巫，险些死在剑笙手中。"

姜拂衣刚想解释，说闻人不弃潜入万象巫是为了研究封印。闻人不弃微微摇头，姜拂衣便闭上嘴。

昙姜说道："你当年若不是病恹恹，随时会倒下的样子，我岂会赠你长生剑？"

闻人不弃不再疑惑，朝她施礼，向她道谢。

姜拂衣暗中摸出一剑石握在掌心，动了动念头，但剑石并未化为长生剑。正疑惑，昙姜再次回头看她："阿拂，祝福剑不能拿来铸造十万八千剑，且不能滥用。"

姜拂衣点了点头。

凡迹星看向闻人不弃："你不懂剑，却被赠剑，还是一柄保护你的剑，我原先以为仙……恩人是看中你的学识和脑子，没想到是受人所托。"

凡迹星给商刻羽一个眼神，意思是没有了老五，咱们又变成了四兄弟，心头又是一"咯噔"，忘记了，说过暂时休战，不再招惹他。

没想到商刻羽一点也不生气，反而给他一个戏谑的勾唇。凡迹星一愣，坏了，自己又成年纪最小的了！

闻人不弃没有回应，头顶乌云虽已拨开，他的心中却很不好受。通过真言尺，他能记得的往事不多，却知昙姜必定是自己爱慕之人。原以为两人曾有一段亲密的过往，昙姜才赠剑给他，哪怕是心怀利用也无妨。结果，竟然只是他的一厢情愿。

"娘。"姜拂衣喊了一声，"我有个疑惑。"

昙姜转头："嗯？"

姜拂衣指着长生剑的前端："我原先猜测，闻人前辈这柄剑，和我义父的剑类似，都具有两种剑意，才会缺少剑尖。听您说完，又猜长生剑意可能聚集在剑尖，留在闻人前辈识海内。但根据咱们家的剑傀术，剑意就是一道无形的力量，并不需要剑尖作为容器，那这柄剑的剑尖去哪儿了？"

昙姜却去询问闻人不弃："剑尖不是你在遭剑笙重创时断裂的？"

闻人不弃摇头："我不知道，我当时的记忆被家父篡改，根本不曾出现过剑。但我觉得，长生剑为我抵抗致命一击时，应该不是自行出鞘去和剑笙硬拼的吧？"

昙姜被问住了，这是她铸的第一柄祝福剑，且不是她自创的，也不能实验，因为抵挡一次，此剑便毁了。

闻人不弃看向燕澜："你父亲有没有提过？"

燕澜正在回想："从来不曾提过剑的事情，只说他本想重创您的心脉，没能成功。"

"若是如此，剑尖不会随意断裂。"昙姜上前半步，抬起手臂，以食指点在闻人不弃的眉心。闻人不弃顿觉一股寒气入体。昙姜的表情逐渐出现一丝讶然，随后变得有点古怪。

等昙姜窥探过罢，姜拂衣问道："娘，我猜的究竟对不对，剑尖也有一种剑意？"

昙姜绷了几下唇线："阿拂厉害，的确还存在另一种剑意。"

姜拂衣纯粹是对家中剑道好奇："哪种剑意？为何闻人前辈一点也感知不到呢？"

昙姜窥向闻人不弃："你感知不到吗？不应该啊。"

在得知自己有剑之前，闻人不弃真的从来感知不到任何的剑意，他也疑惑着问："不知是什么？"

昙姜稍微犹豫了下，指了指他手中的残剑："你这柄不是单纯的长生剑，叫作长生锁更为合适。"

闻人不弃喃喃："长生锁？"

李南音倏然想到一些传闻："姐姐，长生我懂，这锁的含义，是不是我理解的那种锁？"

燕澜迷惑一瞬，也想到了这个传闻。紧接着，凡迹星几人，先后诧异地看向闻人不弃。

凡迹星想笑又不敢笑，轻咳一声："闻人兄，你的众多传闻，原先我以为都是真的，后来又以为全是假的，没想到半真半假啊。"

姜拂衣的反应有一些慢，直到漆随梦给她传音："我就说这不是传闻，闻人枫隐晦透露给我的，岂会是传闻？"

姜拂衣终于恍然，传闻是漆随梦从前告诉她的，说闻人不弃被剑笙前辈伤及要害，废了子孙根，才会提前选择栽培侄子闻人枫。

这"锁"，是"贞操锁"？竟然还有这种剑意？

一时间，所有目光全部集中在闻人不弃身上，甚至连鲛人族好像也都听过这个传闻，一个个眼睛瞪得滚圆。

闻人不弃暂时没顾得上难堪，扬起尺子指着燕澜，惊怔极了："我恨了你父亲那么多年，原来不是你父亲下的手？"

燕澜难堪拱手："我曾对阿拂解释过，此事和我父亲没有关系。"他和剑笙一直认为是谣传，"这桩传闻，我父亲在世时，每次听见谁在他面前提及，都会非常气恼，会主动解释，说自己没有那么……""下作"两个字，生生咽了下去，心道好险，险些骂了昙姜。

姜拂衣捏着剑石，感知血脉里的剑意许久，忍不住传音："娘，咱们的剑道里，真有这种'锁'？"

昙姜反而纳闷地看了看闻人不弃。她原本以为自己不说清楚，没人猜得出，没想到仅仅透露一个字，在场这些人竟然全部猜到了。难道他平素花名在外？昙姜通过"锁"，明明可以感觉到这些年来，他不曾起过二心。

姜拂衣："娘？"

回望女儿充满求知欲的眼睛，昙姜不得不传音解释，"锁"是她阿爹写进剑意中的："他是为了锁住他自己，毕竟，大荒里觊觎他的女子太多，他担心一不留神遭了谁的道，这样就能万无一失。"

姜拂衣真没想到，"贞操锁"最初竟然是来自美男子的烦恼。

闻人不弃惊怔过后，心头又抑制不住地漫上欣喜。昙姜会赠他这种剑意，足以说明他并不是一厢情愿。但是……闻人不弃微微侧目，朝凡迹星望过去。

凡迹星明白他的意思，耸了耸肩膀，表示他的剑虽然也是双形态，但他没有这方面的问题，健康得很。

闻人不弃的胸口，不禁生出一些气闷，拢着眉看向昙姜，但声音依然较为平和："昙姜，你为何如此待我？"

昙姜坦然以对："我自小跟在阿爹身边长大，他对我讲过最多的话是，这世上除了自己的亲爹和亲生儿子，不要相信任何一个男人做出的任何一句承诺，多将信任留给自己，才能一切尽在掌控。"

闻人不弃攥紧尺子："我是问你，你挑中那么多人，赠了那么多柄剑，赌他们回来救你，难道不在乎他们背信弃义？为何偏偏只对我种下这样的剑意,通过这种方式来掌控我?"

"这个……"昙姜一时语塞。

"闻人兄,你向来聪慧,究竟是真不懂,还是故意装不懂?"凡迹星听不得他语气里的质问,"仙、恩……仙女只掌控你,当然是因为我们之中,她最在意你,这是你的福气,你在计较什么?"

"你若是不曾想过背叛恩人,为何要计较?"亦孤行也觉得闻人不弃莫名其妙,"你计较的原因,难道是责怪恩人耽误了你娶妻生子,左拥右抱?"

闻人不弃气结:"我……"

凡迹星在他肩膀上轻轻拍了拍,笑道:"可不是嘛,反正你也没想过其他,'锁'对你来说根本没有任何妨碍,顶多这些年来,令你心中甚是难堪罢了。闻人兄,不要身在福中不知福,这福气你不想要,有的是人想要。"凡迹星当然不能说自己羡慕,抬起漂亮的手,指向身旁的商刻羽,"商兄恐怕都快嫉妒得想要拔剑砍你了吧?"

商刻羽冷笑一声:"这般羞辱的'在意',你们竟会觉得是福气?她对在意之人的信任,甚至不如拿来利用的工具,你们还觉得被掌控的闻人应该开心?不愧一个是蛇妖,一个是魔修,毫无底线。"

凡迹星不和他争执,只笑着问:"不要和我扯东扯西,你就说你失不失望?"

商刻羽面不改色:"我有什么好失望的?意料之中的事情。我早就强调过,我绝对不可能……"

他太了解自己的性格。若他真被昙姜狠狠打过一顿,又拖入海底教训,他和昙姜之间一定不会结下什么情缘。

他永远不会臣服。退一万步,哪怕心里服了,嘴上也不会服,身体更不会服。但是,此刻他的心中,的确有种说不清楚的酸涩。一定是因为这三百年来,错将昙姜当夫人,习惯了,一时还不能接受。

商刻羽说服了自己之后,提了提手中剑,解释道:"我将流徵剑交给她回收,仅仅是因为她要做的事情,关乎着人间苍生,我不能坐视不理。否则,我早就离开了,何必在这里当笑柄。"

听见"笑柄"两个字,闻人不弃面无表情地收回那柄残剑和真言尺,转身。这里有谁比他更像笑柄。

"闻人弃。"昙姜喊了他一声。

他停下脚步。

昙姜指了下商刻羽:"即使我完全信任你的忠诚,但这世上不确定的事情实在太多。他被我强行赠剑时,似乎已是人仙境界,一样抗衡不了我。当年你什么状态你最清楚,万一在你成长起来之前,落到一个像我这样的女人手中,你难道会有反抗的余地?"

姜拂衣原本也觉得母亲的做法有点离谱,听她这样一说,又理解了。以外公纵横大荒的修为,都担心会着了女人的道,从而修出"锁"。母亲从小待在封印里,她对外界所有的认知,全部来源于外公的描述,会生出这样的想法,挺正常的。

姜拂衣也想开口和闻人不弃解释一下,但这些话好像轮不到她一个小辈来说。

商刻羽愣了愣,才想起来辩解:"我怎么会没有反抗的余地?我若遭逼迫,定会自戕以保清白。"

昙姜打量他:"我可以阻止你自戕啊。"

商刻羽道:"我总有机会。"

昙姜想了一下:"我能写出两相忘,你不觉得我多的是办法,令你记不得吗?"

商刻羽握剑的手抖了下,抬高剑尖指向她:"你……"

闻人不弃见状,反倒出声安慰:"商兄,你先冷静一下,她只是举例子,并不是说真的。"

昙姜抬起手,慢慢压下面前的流徽剑尖,看出他脾气差还没耐性:"对啊,我只是拿你举例子,借此告诉闻人弃,我提早防范的必要性而已,你干吗这么生气?"

商刻羽脸色稍霁,却不收剑:"拿去,无论从前如何,剑还给你,我们从此以后再无瓜葛。"

昙姜:"你讨厌我,难道也讨厌这柄剑?"

商刻羽攥紧剑柄,不必言说,也能感受到他的不舍。

"我已经对你们重复了很多遍,用不着。"昙姜说完之后,便不去理会他们了,转身对姜拂衣说,"阿拂,陪娘去歇着,娘有些累了。"

姜拂衣走上前:"好。"她扶着昙姜,又和李南音说,"小姨,帮我照顾一下燕澜,他为了救我娘出来,受伤不轻。"这话是故意说给母亲听的。

昙姜果然看了燕澜一眼。燕澜忙行礼:"伯母,这是我应该做的。"

"姜夫人,您这边请!"鲛人王毕恭毕敬地引路。

"我知道先前休息的宫殿在哪里,不必你引路了,我想和女儿说说话。"昙姜告诉他不要跟着,也是示意其他人都不要跟着。

"是!"鲛人王忙驱散前方的族人。

等昙姜和姜拂衣离开这里,硬撑着的燕澜才卸下这口气,身形微晃。

李南音道:"别强撑着了,我送你去休息。"

燕澜拱手:"晚辈还不至于走不动路,自己去可以的。"

"这是阿拂特意交代的事情,你不要为难我。"李南音非常坚持。

燕澜从她的表情中看出,尽管她非常喜欢看热闹,这会儿也实在不想留在这几个男人中间。燕澜便不再拒绝:"那有劳您了。"他礼貌地和凡迹星几人告退,知道他们没心思理会他,不等他们说话,便提步离开。

李南音清了清嗓子:"你们先聊一会儿,等我回来,咱们再商量剑的事情。"

漆随梦见势不妙,说:"晚辈也身体不适,去海边打坐,吸收灵气。"

见他们都跑了,亦孤行先纳闷:"他们在怕什么?"

凡迹星这时候才敢释放天性,啧啧道:"怕咱们争风吃醋,怕闻人尴尬窘迫,怕商三哥控制不住脾气拔剑砍人呗。"

亦孤行先撇清:"我千真万确视昙姜为恩人,我们之间绝对不是你们以为的那种关系,你们争风吃醋,千万不要带上我。"

"也不要带上我。"凡迹星举了下手。他心里是有一点酸,但早就很清楚自己该站的位置。

商刻羽说他勾引"夫人",追杀他的那些年,他就不断分析过自己对仙女的情感,是一种单方面的仰慕、崇拜。今日见到昙姜,他甚至有点不太敢近距离直视她。想必当年,在她面前可能都不敢多看她一眼,不敢有痴心妄想。

凡迹星看向商刻羽:"在我模糊的印象中,仙女待我极为温和,她拿你举的那个例子是不可能的,不会强迫你,商三哥,你就不要耿耿于怀了。"又捋了下胸前的一缕头发,"她若真要强迫,论花容月貌,也是强迫我迹星郎吧?"

商刻羽原本脊背紧绷,陷入曾被昙姜强迫,又被消除记忆的恐惧中。他的骄傲绝对不允许。听凡迹星这样一说,虽然他的表情欠揍了点,却很有道理。不是商刻羽对容貌没自信,而是凡迹星有着貌比芙蓉的美誉,这美誉是女子们评出来的,说他这张脸,令人有想要采撷的欲望。

商刻羽心中稍安,但那股莫名其妙的酸涩又涌上来了。

商刻羽烦得不知如何是好,体内集聚着一股力量,想要爆发出来。

刚好无上夷在附近,商刻羽之前派人找他,想为姜拂衣报仇,岂料他被剑笙给囚禁了起来,一直没找到。商刻羽决定去找无上夷,狠打他一顿,再将他带回鲛人岛。

听昙姜的意思,断剑还能修。无上夷的剑,才是最适合还给昙姜的。他一句话没说,召唤仙鹤,跃入高空,离开了鲛人岛。

亦孤行蹙眉："他就这么走了？不管了？"

凡迹星摆了下手："让他静一下，不会走远的，他虽然性格冲动，但做事还是很靠谱的。就算不管昙姜和阿拂，撕事关天下，他乃一国之君，岂能坐视不理？"

亦孤行松了口气。

再看闻人不弃，他在商刻羽离开以后，就一个人去到了角落，盘膝打坐。

闻人不弃是在感知意识海内的"锁"，希望能够捕捉到，再使用真言尺，也许可以解开他的一些疑惑。冷静下来以后，他开始有些不太理解，自己从前，为何会为了昙姜而失去理智。闻人不弃私以为，他从前着魔地参悟法阵，还发疯跑去巫族，应是不想辜负昙姜对他的信任。而给他上锁的行为，证明她竟对他毫无信任。凭他的识人之能，当初他看不穿吗？昙姜的手段如此高超？可昙姜给他的感觉，不像是这样工于心计的人。

李南音回来之后，左右环顾："商刻羽呢？不会被气走了吧。"

亦孤行："去冷静了。"

"他要多久回来？"李南音忧心，"撕破印在即，关系到阿拂的生死劫，咱们还得商量，该怎样帮助姐姐尽快恢复剑气。"

亦孤行琢磨道："我觉得，不管什么办法，可以让恩人先将无上夷的剑拿了。我从前和他交过手，他的剑气，应该不逊于商刻羽。"

和凡迹星想到一起去了，他冷笑："走，之前一直找不到他，现在刚好先打他一顿，替阿拂报仇。等他的剑被仙女回收，修为大跌，我们再去揍他，岂不是欺负人？"

"不要去。"闻人不弃感知不到"锁"，刚从专注中醒来一点，听他们说要去揍无上夷，劝道，"昙姜会去的。"

凡迹星冷笑："那不妨碍我们先揍他出气。"

李南音道："燕澜也让我回来跟你们说，不确定无上夷受伤，会不会降低他那柄心剑的剑气，平时无所谓，眼下姐姐迫切需要剑气。"

凡迹星和亦孤行连忙停下动作。

凡迹星攥起拳头，捶了下手心："那糟糕了，我们都能想到，商刻羽肯定也想到了，没准儿他已经和无上夷打了起来。"

李南音头痛："他下手更没有分寸。"

闻人不弃已经起身，朝海边方向喊道："漆随梦。"

漆随梦正坐在礁石上发呆，闻言起身："闻人前辈有何吩咐？"

闻人不弃道："告诉你师父，藏起来，不要被商刻羽找到。不必担心昙姜，他藏在哪里，昙姜都能找到。"

-442-

漆随梦微微一愣，忙答应："我知道了。"

闻人不弃还是不放心："你们去把商刻羽找回来。"

凡迹星拉着闻人不弃："你也要去，你是不知道他打恼了之后有多可怕，我们三个都不一定拦得住，需要你的真言尺。"

闻人不弃犹豫，他想要继续寻找"锁"，但此事更重要。毕竟这"锁"就算是昙姜因为不信任，才给他锁上的，时至今日，他还能说什么，甚至连说句重话都办不到。

已是夜晚，云层酝酿的暴雨仍不曾落下。鲛人岛上依然斜风微雨。周围雾蒙蒙的，伴着海潮的湿气，姜拂衣陪着昙姜慢慢走在花圃小道上，沉默了一段路。

昙姜先开口："阿拂，你怎么不说话？"

姜拂衣眨眨眼："娘刚才讲了那么多话，我以为您累了，不想说话。"

昙姜道："这样嘛，我还以为分别多年，你只熟悉从前那个疯婆子，和我之间生分了。"

姜拂衣无语："您说这话该不会是认真的吧？"

昙姜微微笑了笑。

不过，姜拂衣还真摸不准母亲的心思，她既这样说了，便打开话匣子："娘，您说回收心剑增益不大，是真的吗？还是单纯不想让他们几个修为大跌？"姜拂衣分明觉得，她在吸收完相思剑以后，剑气恢复了不少。

昙姜回答得模棱两可："因为娘只需要两柄剑便足够了，还用不着他们的剑。"

"两柄？"姜拂衣反应不过来，"除了相思剑，还有谁的剑？"

昙姜道："无上夷手中的碎星，修好之后，可以收回来。"

"对！"姜拂衣险些将无上夷忘记了，咬牙切齿，"反正他足够有本事，根本不需要您的剑。"

昙姜猜也能猜到，无上夷做了伤害她女儿的事情。她点点头："等我融合完相思剑气，就去找无上夷。他已是地仙，回收他的剑，对我的增益应该更大。"

姜拂衣脸上的愤恨逐渐消失，喜笑颜开："那可真是太好了！"

昙姜望着女儿生动的脸，脑海里都是她小时候的模样："阿拂，和我讲讲你上岸以后的事情吧，详细说说。"

"其实，也没什么好讲的……"姜拂衣并不想将从前那些遭遇讲得太详细，打算糊弄糊弄，挑些好事，比如剑笙和燕澜父子俩对她的照顾，还有柳藏酒、暮西辞这些好友。

昙姜伸出手，摸了摸她的脸颊："娘心中有些惶恐。"

姜拂衣担心极了，忙问道："因为什么惶恐？"

昙姜目露自责："你仔细讲给我听，我才会觉得，我并没有缺席阿拂的成长。"

一句话将姜拂衣说得鼻子发酸。她忍住，说道："我上岸后第一个准备去寻的爹，是天阙府的府君无上夷。路上，我认识了一个和我差不多年纪的小乞丐，也就是你刚才见到的漆随梦，他是无上夷的徒弟，我和他一路同行了五年……"

"中途遇到了半封印状态的棺木隐，为了从她手中逃走，剜心赠给漆随梦一柄沧佑剑。也是因为这柄剑，被无上夷给逼得走投无路，假死脱身……"

"无上夷遭巫族族老欺骗，以为漆随梦是神剑剑灵降世，认为我的心剑，会耽误神族救世……"她详细讲，但尽量使用稀松平常的语气。

"前面那几年的经历，都是燕澜窥我记忆碎片，讲给我听的。我因为和漆随梦两相忘，脑海里只有最近一年多的记忆。"姜拂衣瞧见母亲垂着眼睑，眼尾已经染红。

讲完之后，姜拂衣立刻接了一句："娘，我这一路见过的大荒怪物，他们全部对我小小年纪，便能使出十万八千剑感到惊讶，我的天赋是不是当真很强？"

大敌当前，昙姜也不想让女儿看到她脆弱的一面，忙不迭点头："比娘强得多，娘有你外公手把手地教，阿拂全是自己摸索领悟出来的。"

姜拂衣借着笑意，认真地提醒道："所以您千万不要小瞧我，快看看我的个头，我已经不是从前那个只会躲在您怀里发抖的小丫头了。对付撕，咱们娘俩可以商量着来，您可别再像从前一样，凡事自己拿主意。"

昙姜抬起手，揉了揉女儿的发顶，满眼的爱怜："这你就不懂了，不管你长多高，在娘眼里啊，始终是个需要保护的小丫头。"

姜拂衣原本不想惹她落泪，但母亲一这样抚摸她，她就感觉回到了小时候，她就变得娇气，想抱着母亲撒娇。可她必须表现得成熟，在稍后和撕的战争中，母亲才会和她有商有量。

姜拂衣挑眉："我都已经有了心上人，哪里是小丫头？"

昙姜的脸色顷刻凝重不少："你是说燕澜？"

姜拂衣大方承认："对，他是我喜欢的男人。"

昙姜回想燕澜的模样，挺英俊的，和女儿倒是般配，又琢磨他的人品："既然是武神令候的转世，人品应该不会有问题。"

姜拂衣笑道："放心，燕澜绝对经得起考验。"

昙姜看出她笑容里的羞涩，点点头："那就好，只要你喜欢就好，娘没有意见。"

很少和谁谈论起私事，尤其是母亲，姜拂衣居然有几分难为情。她眼珠一转："您有没有什么想要告诫我的？"

"告诫？"昙姜不解其意，"哦，阿拂是不是想学'锁'？"

姜拂衣嘴角一抽，摆了下手："您不要打趣我了，燕澜不需要。再说了，我若是想学，可以从血脉里自行探索。我的意思是，您对女儿在择偶方面，难道没有什么教导？"

昙姜摇了摇头："感情之事，非我们石心人擅长。阿拂也瞧见了，我自己都是一塌糊涂，教你，反而是害你。"

姜拂衣拐弯抹角，就是想问一问："娘，看样子，闻人前辈应该是我的亲生父亲吧？"

昙姜皱起眉："难道你对他有什么特殊的感应？"

"我要是能感应出来，还问您做什么。"姜拂衣说道，"我是猜的，其他人的剑，全部是一模一样的敷衍，只有闻人前辈和小姨的剑不一样。您还专门给他上了锁。"

昙姜迷惑："闻人弃此人，我必定是比较喜欢，才会赠他长生锁。但我的喜好，和他是不是你爹，是一回事吗？我也搞不清楚。"

姜拂衣有些无言以对，凭她的感觉，十有八九是闻人不弃。

昙姜头痛："怪只怪咱们石心人和谁繁衍后代，生出来的都是石心人。你体内融入的其他特质，平时很少显న，极难察觉。你等我先去回收无上夷的剑，应就可以从你的剑气中感知出来。"

"您休养为主，没必要因为此事消耗太多法力。"姜拂衣实话实说，事到如今，纯属好奇罢了，"他们人都挺好的，只要不是无上夷，是哪个我都可以接受，这并不重要。"

昙姜没接话，心道此事或许不重要，或许非常重要，总要先确定一下，不能凭借猜测。

姜拂衣陪着昙姜，回到她原本入住的殿中。母女俩一起坐在窗下，拉手又说了会儿话，昙姜需要及时打坐融合相思剑气，姜拂衣便先离开了。

昙姜打坐片刻，便出去寻找无上夷。

几千里之外，距离鲛人岛不算远的一座荒岛上。

无上夷盘膝坐在岸边的礁石上，望着已经升起，却被浓云遮挡住的朝阳。

-445-

腰间坠着的传音晶石，时不时散发着光芒。

忽地，他感知到背后浮现一股杀气。无上夷并未紧张，起身整理衣饰，从礁石上跃下，落在昙姜对面。

他对昙姜的容貌并没有印象，但他储物戒中那柄崩裂掉的断剑，清晰地告诉他，眼前这名女子正是赠剑给他，悉心传授他剑道的恩师。

无上夷刚从漆随梦口中得知，昙姜能够修补他的剑，且能回收他的剑。他将断剑取出，朝向她迈去。

距离昙姜几步远时，无上夷屈膝下跪，双手将断剑高高举起，垂下头，哽咽道："弟子无上夷愧对恩师，愧对姜姑娘，愧对天下人。"

昙姜面无表情，拿起断剑："我赠你这柄剑的剑意，乃执守，意味执着和守护。你对不起我，对不起阿拂，对不起天下人，却勉强对得起你的剑道。"

无上夷双手空了以后，伏地长叩，不抬头，羞愧无言。

昙姜随手一抛，断剑碎片分散飞扬，又在半空中相互吸引。"锵"的一声，脆响过罢，碎星剑重新融合，再度光彩夺目。长剑垂直落下，剑尖扎在无上夷前方，削掉了他几缕白发。

"无上夷。"

"弟子在。"

昙姜轻轻抚了下碎星剑柄，感受到剑主内心剧烈的痛苦煎熬："武神唤你前来极北之海，说无论赎罪抑或救世，眼下都是个好机会，他此言不虚。"

无上夷抬起头，仰望昙姜，双眸中添了几分希冀。

昙姜将一只手搭在剑柄上，闭上双眼，声音冷漠："我的这柄心剑，三四百年来，在红尘中历练得很是不错。你除魔卫道，匡扶正义，为此剑集聚了深厚的信仰之力。回收碎星剑，会令我亏缺的剑气充盈极多。但，我石心人的剑傀术，其实还有一种能力。"她顿了下，"此术，最初是我阿爹用来规劝和惩治心术不正之徒的。我可以通过碎星剑，夺取你的修为。关于这一点，当年我在赠剑给你们时，应该明确告诉过每一位剑主，并无任何隐瞒。"

故而相思剑主在战死之前，应是想起了那段被他遗忘的曾经，将自己还残存的修为根基，灌入相思剑内。昙姜回收的不只是心剑，以及心剑在红尘中获得的愿力，还有相思剑主的一部分根基。

"无上夷，我将要夺取你属于地仙的九分修为根基，留下的一分，只够维持你在地仙境界的生命运转，你是否愿意？"

无上夷心中一骇，忙伏地再是一叩："恩师还请将我的修为根基全部拿去！"

"敢伤我的阿拂……"昙姜随手提剑，剑尖轻触他的眉心，声音轻淡，"你若一心求生，我定要你死无葬身之地。可惜你一心求死，我偏要留你一分愧疚，自此成为无用之人，直到你寿终正寝。"

第九章 对影成双

之前昙姜曾经指过一个方向，说感应到无上夷就在那里，凡迹星几人猜测商刻羽是往那个方位去了。顺着那个方向，他们飞出去几千里都不曾找到。他们便开始兜着圈子找，终于，遇到了乘鹤回来的商刻羽。

凡迹星紧张地问："商三哥，你是不是去找无上夷了？"

商刻羽瞥了他们一眼："怎么，你们现在才想起来去找他？"

闻人不弃皱起眉："商兄，你没将他怎么样吧？"

商刻羽目不斜视，从他们旁边飞过去："不必浪费时间，我去晚了一步，无上夷已经废了。"都怪他藏得太严实，堂堂天阙府君，竟然东躲西藏。

凡迹星微愣："废了是什么意思？仙女动作这么快，已经回收了？那也不至于废了吧？"

商刻羽似乎满腹心事，沉默了下，说道："废了就是废了，字面意思。"

几人看着商刻羽的背影，总觉得有些怪怪的。闻人不弃朝他回来的方向望去，想过去瞧瞧无上夷的情况，不知距离，想想还是算了，随他们一起返回鲛人岛。

姜拂衣从母亲殿里出来后，去找了燕澜。同在一座岛上，只要催动同归，得到燕澜的回应，她就知道燕澜在哪里。

姜拂衣走到他房门外，习惯成自然，连门都不敲，推门而入。屋内的场景，和姜拂衣脑海中预想的差不多，不管陈设如何，燕澜总是坐在随身携带的矮几后面，盘膝打坐。桌面上摆着《归墟志》，还散落着许多画满符文的纸。

姜拂衣朝他走过去，心头那股怪异的感觉，不知道是不是心疼。总之，

-448-

她有些不悦地道："燕澜,你每次都这样,瞧你都被禁术反噬成什么样子了,不好好休息,又在做什么?"

燕澜知道她喜欢趴在桌面上,便将散乱的纸张收拢:"学习这套借用神力的禁术。"

姜拂衣走到矮几前坐下:"你都已经施展过了,还需要学?"

燕澜实话实说:"之前是令候通过我施展的,我并不会。这套禁术复杂又精深,我觉得我短时间内,很难使出来。"

姜拂衣忽然向前探身,撩起他一缕头发。燕澜不防,本能地向后仰了仰,又缓缓回正来,怔怔地望着她。

姜拂衣仔细捻着他的头发,果然发现几根白丝,先前并不是她眼花。这一缕头发里已有几根,看不见的地方,应该会更多。

谢也谢过了,姜拂衣不知道该说什么。她微微垂头,眼神飘忽,将他的发丝缠在手指上,缠着玩,心中那股怪异的感觉越来越重。

燕澜那颗"怦怦"跳的心脏,如同她手中的发丝,也跟着被搅来搅去,半晌才稍微安定下来一些。原先,他很想和她聊一聊有关令候的事情,如今又觉得并无必要。姜拂衣心如明镜,不是会将恩情当感情的性格。是非对错,恩怨情仇,向来清清楚楚。

唯一奇怪的是,燕澜与她之间好像清清楚楚,但又似乎不清不楚。她应该是在等他主动表白。燕澜随时都可以。但之前在巫族,她又说该有的步骤不能少,簪子必须做出来。可现在危机四伏,她的性命之忧悬在心上,燕澜只想尽快复原,学会禁术,分不出心神来做好那支簪子,也不想敷衍。而且,燕澜如今还揣着一点心慌。

燕澜轻声喊道:"阿拂。"

姜拂衣看向他。

燕澜问道:"你、你会不会觉得我很自私?"

姜拂衣愣了一下:"什么?"

燕澜垂下眼睫,不太敢去看她:"我不肯抽出神髓给漆随梦,不顾全大局。你之前一直说我好,我也承诺你,我会变得更好。但我好像变得更自私了,甚至冲动之下,动了一点入魔的心思。虽然是一时冲动,但我以前从来不会有这种冲动。"

"对我来说,你是在变得更好啊。"姜拂衣见他的头越垂越低,伸出两根手指,将他的下巴抬了起来。

被迫抬头的燕澜,有些不可置信,眼神都是直愣愣的。

姜拂衣没觉得哪里不妥,只想纠正他的态度,眼神极为认真:"你是对的，现在根本没有那个必要。偶尔会动点小魔心，其实是你变得更好的一种表现。你不要管令候怎么说，反正我觉得很好，很安心。"

有一点小私心，是爱自己的表现。

"你不知道，我那会儿远远听着，真怕你会对令候说……"姜拂衣清清嗓子，脊背挺直，还板起脸，学起燕澜平时说话的模样，"不必你动手，我自来。为天下苍生，变成真正的凡人又何妨。这是我的宿命。"

姜拂衣屈指敲了敲桌面："你若是如此，我必定要远离你。哪怕身为朋友，我也不想整天为你提心吊胆。"

燕澜似懂非懂，低头思量。

此事可大可小，姜拂衣真怕他困在心中，时常拿出来琢磨。以燕澜喜欢自省的性格，那是一种折磨。

姜拂衣伸出两指，又将他的下巴抬起："你懂了吗？"

燕澜这次被迫抬头，呆愣少了几分，眼底添了几分羞窘，微微颔首。他忘记她的手指还在他的下巴处，蹭着她的指腹摩挲了几下。他浑身紧绷，望着她。

姜拂衣却没注意，恍然想起一件事，收回手："对了……"

燕澜正呼吸稍微一滞，故作镇定："嗯？"

有时候，他内心挺希望姜拂衣能看穿他的伪装。但善于察言观色的姜拂衣，不知是刻意忽略，还是真的看不穿，总能让他蒙混过关。

姜拂衣是习惯了他的奇怪，不当回事："说起令候，他亲口对我承认，说神族没有算准人心，他低估了沈云竹的上限，让你改改。"

忽然说起正事儿，燕澜一时反应不过来，怔了怔，才问道："真的？"

姜拂衣用力点头："当然是真的，只要解决了沈云竹，逐影失去他的保护，好对付多了。"

燕澜满腹狐疑："就算沈云竹真被低估，令候也不可能答应将他挪去第一卷第一册吧？你瞧瞧第一册里的怪物，撕、怜情、逆徊生、纵笔江川、诳……将沈云竹挪进去，像是猛兽笼子里扔进去一只兔子，也未免太过离谱。"

这声"太过离谱"，令她头一次将燕澜和令候重合在一起。

姜拂衣挠了挠鬓边，讪然笑道："但我也没骗你，令候当真说了可以往前提一提。至于提到第一册里，他没明确反对，说《归墟志》如今在你手中，由你看着办。"

燕澜重复一遍："他让我看着办？"

姜拂衣："没错，他的意思，很明显是可以睁一只眼闭一只眼。燕澜，你总不会比他还迂腐吧？"

燕澜心知肚明:"他是知道我不会答应,故意对你说,好像显得他比我更懂得变通。"

姜拂衣歪头看他:"你承认,你不知变通?"

燕澜沉默。

姜拂衣劝道:"沈云竹自从逃出五浊恶世,没做过什么坏事。他还是休容的爹,你好兄弟猎鹿的老岳父,劝他弃暗投明是最佳选择,你说对不对?"

燕澜将《归墟志》从书堆里挑出来,朝她推过去:"阿拂,令候编纂这本《归墟志》的真正用意,是为了向后世流传属于大荒的文明。即使大荒怪物最终湮灭于历史,这本书,便是他们存在过的痕迹和证明。我们擅自改动,留给后世的,将是一段虚假的历史,你能明白吗?"

文明和历史都搬出来了,她哪里还敢反驳。

"先改了,骗一骗沈云竹,然后咱们再改回来行不行?"不等燕澜否定,姜拂衣一拍额头,"哎呀,不行。"

沈云竹的天赋是慧极必伤,任何人都不能在他面前算计他,动歪脑筋。他可以感知到。

燕澜见她烦恼的模样,伸手按在她的手背上轻轻拍了两下:"莫要头痛沈云竹了,我有个办法,或许能够令他站在我们这边。"

姜拂衣双眸一亮,挺直脊背:"什么办法?"

燕澜沉思:"只是一个想法,还不是很成熟。"

姜拂衣催促:"说说看。"

燕澜讲给她听。

姜拂衣蹙眉:"这样可以吗?"

燕澜道:"应该可以,之前在万象巫,他不是一直没朝我们动手,我猜他心底其实是犹豫的。只是一件事情做了那么多年,停下来,从前的努力就白费了,他不得不继续向前。"

姜拂衣琢磨:"说的也是,到时候你可以去试一试。"

燕澜眉心一蹙,她说的是"你":"阿拂,你……"

姜拂衣截住他的话茬:"燕澜,你和令候这样努力,如今我娘醒来了,若不再节外生枝,我们重新封印撕的可能性极大。但我估计是要在极北之海待上一阵子了,可能几年、几十年、几百年。温柔乡和巫族的麻烦,我参与不了,看你们的了。"

燕澜心头一紧,但比起她以命来镇,已是好太多。如果真是这样的结局,等他解决了那些事情,回来极北之海陪她就是,在哪里隐居不是隐居。但他心中仍有担心,下意识地拿起手边的书,捏着边角。

-451-

姜拂衣将他手里的书抽走,朝他笑道:"风雨欲来,我们是该忧心忡忡,商量对策。可是我今天终于见到我娘,好开心,今夜不想被烦心事困扰,你也陪我一起偷个懒如何?就这一夜。"

燕澜瞧见她的笑容,哪里还有拒绝的心思:"好,你想怎么偷懒?"答应得挺好,但他的面色依然透着忧虑。

姜拂衣了解他,太知道该怎样令他放松:"今天说起闻人的那些'传闻',我想起来那日在修罗海市的客栈里,我们聊起闻人的'传闻',你说那些都是谣传,他想要孩子多的是办法,还给了我一本书。"

姜拂衣将那本记载神交的书册取出来,放在他面前:"刚得到这本书,我看了几页,看不懂。这阵子一直没空看,你给我讲讲吧。"

燕澜低头瞧见这本书,顿时气血上涌,慌忙压制,才没有脸红。

姜拂衣瞄了他一眼,还是能从他脖颈白皙的皮肤下,看到血气涌动。很好,这下应该是放松了。可瞧见他这副模样,姜拂衣忍不住逗他:"该不会你也看不懂吧?"

燕澜从她轻快的语气,便知道她在逗弄他,手指按在桌面上,快要按出印记来,燕澜无奈地求饶:"阿拂,你不要逗我了。"

姜拂衣"哈哈"笑起来,真是越看他越可爱。谁能想到,初相识时觉得无趣的男人,古板的皮囊下,竟有这样多的可爱之处。

她正想继续逗他,门外院中,漆随梦喊道:"珍珠!"

听到漆随梦的声音,燕澜红眼珠骤然一阵剧痛,眉心紧紧一皱,不得不闭上眼。

姜拂衣也跟着皱了皱眉,解释说:"我通过沧佑剑感知,他好像有急事找我,我去去就来。"起身时,鬼使神差地,她俯身在燕澜紧闭的眼睛上,安抚似的亲了一下。姜拂衣微微一愣,未再停留,转身出门去。

留下燕澜慢慢抬手,捂住自己那只被亲过的眼睛。他另一只眼睛睁开,望着合拢的门缝,心也如擂鼓,半响回不过神来。

姜拂衣关上门时,面朝门缝,也发了片刻的愣。回忆刚才自己莫名的举动,她有些不能理解,这莫非就是所谓的情不自禁?无法自控虽然有点可怕,但滋味好像还不错?

姜拂衣抿了下唇,平静下来,转过身。清晨时分,天色依然昏暗,漆随梦抱着手臂,正站在不远处的大树下。

姜拂衣朝他走过去:"有事儿?"

等她来到面前,漆随梦取出了沧佑剑,态度诚恳:"珍珠,你将沧佑,以及我的法力吸走吧。"

姜拂衣眨眨眼，满脸莫名其妙："你在说什么？回收沧佑我还理解，吸你法力我可办不到。"

"你能办到。"漆随梦一手提剑，一手拨弄腰间一块晶石，"我方才正和师父传音，恰好你娘去找我师父，我亲耳听见……"

听他讲述，姜拂衣难掩惊愕。母亲通过碎星剑，竟然能够夺走无上夷的修为根基？外公自创的这套剑傀术，怎么越看越像邪术？难怪混迹在大荒怪物里，除了知情的九上神，从来没谁怀疑过他的身份。难怪撕出现以后，上神们都在劝令候及早动手。

"珍珠。"漆随梦将剑递过去，"你的生死劫，我不知道该怎么办，这是我唯一能做的。或许，你连我后灵境内神族的血泉也可以拿走。这样，我不仅可以帮你，也终于不再亏欠燕澜，一举多得，你就当帮帮我。"

"是我请你帮帮我。"姜拂衣无语极了，推开他的手臂，转身想回房间里去，"你觉得我会这样做吗？"

漆随梦绕去她前方，挡住她："我的沧佑是守护剑，你之前也说，血泉应该发挥它原本的作用。如今，我想为镇压撕做出一些牺牲，也不行？"

姜拂衣抬头："你就不是这样的人。"

漆随梦眸光暗淡，想问她如果他变成这样的人，会不会讨她喜欢。但从前的天阙府弟子，不就是这样的人吗？她也不喜欢。

"你只是在逃避。"姜拂衣从他眼睛里，已经看不到一点斗志。

从前一无所有，被踩在泥泞里，他拼了命地向上爬，如今反而失去了斗志。

曾经的同伴，哪怕失去了那些记忆，姜拂衣也要感谢他从前的照顾，还是很想帮助他的。但漆随梦不是燕澜，他内心只信自己，姜拂衣的话他会听，但不会听到心里去。姜拂衣也不知道该怎样帮助他，只能靠他自己。

"珍珠。"漆随梦红着眼眶，"算我求你了，这是我的一个机会，我需要一个机会，我不想再顶着那莫名其妙的亏欠，抬不起头。如今好不容易有办法，还能帮助你，求你成全我。"

姜拂衣叹气："你不要这样。"

漆随梦抓住她的手臂，像是抓住救命稻草，不肯松手："珍珠，你理解不了我的痛苦，我不知道该怎么办，只能求你帮我。"

姜拂衣却取出一柄蕴含佛剑道的小剑，朝他手腕上划拉出一道血痕："你昨晚为撕所伤，他的天赋是撕心裂肺，会放大你的痛苦，你才会生出这样的心思，忍一忍。"

"不是。"漆随梦拼命摇头，"珍珠……"

昙姜的声音传来："漆随梦，你就不要为难阿拂了，她办不到。"

等昙姜现身，姜拂衣疾步过去："娘。"她认真观察母亲，剑气充盈，气色果真变得更好。

"伯母……"漆随梦愣了下，忙解释，"我并不是故意偷听您说话，师父没来得及……"

"阿拂办不到。"昙姜并不介意，没等他说完，"她连回收心剑都办不到，这些，唯有我可以。"

漆随梦沉默不语，不知道是真是假。

姜拂衣疑惑："我办不到？您不是说我的天赋还可以？"

昙姜拉起她的手："和天赋无关，你也无法从自己的血脉中，感知到'锁'，对不对？"

姜拂衣恍然："'锁'没记载进血脉里，所以您才问我是不是想学？同样的，收回心剑和吸取剑傀的法诀，都没有记载进去？"

昙姜回："记载过，被清洗了。"

姜拂衣听她讲述才知道，原来外公还创过很多颇为古怪、邪性的剑意。结合在记忆碎片里看到的，外公在撕出现以前，曾对自身存在产生了怀疑。他对自己的人类身份，没有认同感，认为石心人早已成了怪物。直到后来捡回小黛，捡回一众幸免于难的疯子人类，他悉心治好他们，并带领他们在雪原建立家园，繁衍出村落，成为"村长"，才逐渐找回了他对人族的认同感。

留在海底的这两万多年，外公闲来无事，将那些乱七八糟的剑意，以及一些他认为不合适的功法，全部从血脉中清洗了出去。难怪姜拂衣在血脉中，感知到的，全是偏向于正义的剑道。也是因此，姜拂衣从前误以为自己是大荒怪物时，始终坚信石心人无害，并且下意识遵循着祖训。

昙姜摩挲着女儿的手背："清洗之前，我早已学会。你若实在想学，我可以传授给你。但要记住，不能留存在血脉之中。"

姜拂衣摇头："我不想学，血脉里先祖世代留下的传承，足够我摸索了。那些外公想要断掉的东西，如果还在血脉之外口口相传，岂不是掩耳盗铃吗？"

昙姜美眸微怔，似乎没想到她会给出这样的回答。重逢以来，昙姜终于清醒地意识到，从前那个需要躲在她羽翼下的女儿，是真的长大了。

"阿拂说得对。"昙姜又揉了揉她的发顶，"那我回去融合剑心了。"

"好。"姜拂衣想提醒母亲，撕破印还要半个月，慢慢融合，太急迫容易损伤根基。

却见昙姜在收手时，眉心紧蹙，捂住自己的心口，姜拂衣紧张地扶住她："娘？"不等询问，姜拂衣的心脏也像被一股强悍的力量紧紧攥住。

"扑通！"

"扑通！"

"扑通！"

剑心在那只无形的手心中，奋力挣扎，越跳越剧烈。母女二人几乎是同时朝蚌宫的方向望过去。

漆随梦见姜拂衣面露痛苦，心提到了嗓子眼："珍珠，你怎么了？"

姜拂衣咬牙问他："你没感觉？"

漆随梦略微茫然，反应过来，按住自己的心口："你是说撕的力量？我没感受到。"

"那就糟糕了。"姜拂衣询问昙姜，"娘，是不是剑气莲花的信号？"

"应该是。"昙姜起身朝剑气莲花的方向飞去。

姜拂衣也跟着一起去："漆公子，你去通知他们一下。"

漆随梦知道她指的是闻人不弃几人，想说他们去找商刻羽了，但此时或许已经回来了："好。"

姜拂衣追着昙姜飞到鲛人岛的岸边，恰好看到鲛人王慌慌张张地从海里回来。

见到昙姜，他跃出水面，大喊道："姜夫人！"

昙姜停下来："何事？"

鲛人王道："我一直安排眼线在蚌宫外围蹲守，有任何风吹草动，立刻通过海螺传音回来，刚才，手下通知我那里出事了，我不敢打扰您，先过去瞧了瞧。"

昙姜："瞧见什么了？"

鲛人王指着后方，双眸中透着震撼："姜夫人，一座山，不是，是一整片陆地，从蚌宫附近的海底升了起来！"

姜拂衣深吸一口气。

鲛人王话音落下，昙姜不再选择消耗低的飞行，而是使用高阶瞬移法术，身形一闪，原地消失。顷刻，她出现在百丈之外的高空。

姜拂衣不会这种法术，但可以锁定她的位置，加速去追。不必靠近蚌宫，姜拂衣肉眼便能看见那一片缓慢上升的、耸立着雪山的广阔陆地，是她们居住的蚌宫，也是石心人最初的家园，极北雪原。

三万多年过去，雪原上的遍地尸体已成尘埃，雪山顶上的神殿也已被腐蚀成废墟，只剩下一朵巨大的、已呈衰败状态的剑气莲花，以及自莲花周围，不断向外伸展的冰晶触手。

姜拂衣忍住心痛："他破印了？"

—455—

昙姜目光幽深："即将。"

姜拂衣心道不对啊："可是武神告诉我，还需要半个月……"

光阴神也说，她会将令候送去劫数发生的一个月前。令候在人间只待了半个月，昨夜才消散。真言尺预言的场景，原本该发生在半个月后，提前了？难道令候救了她母亲，命运线发生改变，劫数也提前了？

昙姜眉头深锁："原先我过分虚弱，你年纪又小，撕已经不将咱们石心人太当回事了。一夜过去，我接连回收两柄心剑，以及大量修为根基，撕可能感受到了危机……"

姜拂衣觉得有道理。

"轰"的一声！剑气莲花内部爆发出一阵巨响。花瓣颤动，与剑心共振，姜拂衣险些吐血。

"那是什么？"

震动过后，远处悬停在高空的陆地，周围似乎有一道弧形的光环若隐若现。九天神族的封印连环？

凡迹星几人才刚回到鲛人岛，站都没站稳，地面就一阵剧烈摇晃。闻人不弃的真言尺，倏然自行飞出。尺身符文亮起，光芒涌动。闻人不弃心头不禁一跳："这是……"

被令候留在岛上帮忙的越明江，手持发光的岁月梭朝他们瞬移而来。瞧见真言尺此时的状态，越明江更是忧心忡忡："前辈，我手中的神器也亮了起来，且一直在颤动，应是在预警。我可能无法继续留在这里，需要赶紧回去封印地，那里封印着'诳'，虽然不必常守，但祖上有规训，神器一旦预警，我们必须前去死守。"

李南音左望一眼真言尺，右望一眼岁月梭，想起况雪沉眉心的四方盘，渐渐变了脸色。她稍稍退出人群，取出和况雪沉之间的传音符。这般远距离的传音符，较为罕有，轻易不会使用，平素以信箭沟通足够。李南音催动许久，毫无动静。不知况雪沉那里出了什么事情，竟连开启传音符都顾不上了。

原本姜拂衣和漆随梦在外聊天，燕澜怕自己控制不住偷听，封住了门禁，不曾听见鲛人王前来报信。

燕澜正因为姜拂衣那个亲吻而心思不定时，忽然听见一声连门禁都阻挡不住的炸响。鲛人岛遭受波及，地面震动，燕澜慌忙趔趄起身，想要出去一探究竟。他刚拉开房门，剑笙临终前给他的那盏长明天灯，在储物戒中发出嗡鸣声。

燕澜停下脚步，将天灯取出。

"唰!"预测祸福的天灯骤然亮起。

燕澜心中骇然,忙将手掌贴近灯壁。一霎,一个模糊的场景,涌入燕澜脑海中。蔚蓝的天空中,飘荡着一条五彩斑斓的弧形光带。但这条光带,又隐隐地被一层黑雾笼罩。黑雾通过光带的灵气流转,也跟着一起流转。光带应该是神族的封印连环锁链?黑雾又是什么?

燕澜仔细想了想,瞬间瞳孔紧缩。撕久不破印,竟是在反向捕捉连环,试图将自己的天赋灌入连环!他打算碎掉整个连环,先助其他怪物破印,人间痛苦滋生,他轻松破印,还能立刻吸收众多痛苦之力。如此一来,便不必承担强行破印之后,太过虚弱,又被打回去的风险。

燕澜忍不住心惊,天赋厉害也就罢了,还有这样缜密的心思和耐性。

如今,逆徊生不会再继续等待,他将立刻带着柳藏酒去攻温柔乡,相助怜情破印。还有万象巫,五浊恶世的大门,随着连环封印破碎,谁又能守住?面对眼前的千疮百孔,燕澜攥紧灯柄,一时间真不知如何是好。

海面上,撕毫无温度的声音,再一次随着海浪涌向了鲛人岛。

——"石心人,我们继续。"

与此同时。

鸢南,万象巫。

魔鬼沼位置传来的剧烈震动,惊醒了正在打坐的休容。她匆忙从卧房跑出来,瞧见她父亲沈云竹快了她一步,沐浴着晨光,凭栏站立,眺望着震动的来源地。

魔鬼沼遍地瘴气,阻碍窥探。休容疾步上前,来到他身边,紧抓他的手臂:"爹,那边发生什么事情了?"

之前族老们审判燕澜时,况雪沉开启虚空神器四方盘,她和猎鹿一起跟随燕澜,通过传送门去往了温柔乡,掉落在外围。等两人抵达温柔乡后,又听闻燕澜去往了极北之海,她和猎鹿没在温柔乡逗留,选择返回万象巫。

当时跟着离开,是为了保护燕澜,更是为了告诉自己那遭受背叛、伤痕累累的好友,他们愿意与他共进退。然而他们同样放心不下巫族,有父亲在,休容不必担心回来后的安全问题。

逐影这个窃神的隐世族老暴露以后,如今巫族人分为了两派。其中大部分长老和族民,内心无法接受族老们的行为,在猎鹿的努力下,离开万象巫,搬去了魔鬼沼。

魔鬼沼的面积,其实比万象巫广阔千倍。剑笙居住的区域,仅仅是沼中一片小小的禁地,唯有看守五浊恶世的大巫才能入内。

禁地之外的大片区域，是巫族人最初的家。他们五千年前才迁移出来，沼内的洞穴和树屋，仍留存着巫族人的痕迹。逐影并未阻拦他们。

当然，也有极少一部分人，选择跟随逐影，继续留在奢靡气派的万象巫。他们认为窃神已成事实，唯有向前看，哪怕与大荒怪物为伍。而休容留在万象巫，则是为了劝她父亲悬崖勒马。

"爹？"

"奇怪。"沈云竹抬头望天，清晨时分，天幕依然黑沉。无数粗壮的闪电链在乌云中穿梭，却又不见降雨的迹象。

沈云竹分析了许久："这像是五浊大门动荡，引发的天象。"

休容心中一紧，她母亲和猎鹿，都在魔鬼沼内。

"逆徊生。"沈云竹望过去，"好端端的，大狱大门为何动荡，莫非你做了什么？"之前他喊逆徊生一起去破门，逆徊生明明不答应，说要保存实力先去攻温柔乡。

逆徊生也是被动静惊出来的，去询问另一侧的木头人："棺木隐，你们干的？"

棺木隐和另外几个逃出来的大荒怪物，原本被魔神姜韧聚在一起。姜韧时日无多，撒手不管以后，他们便被逆徊生邀请来了万象巫。棺木隐摇头："你不是叮嘱我们，在你救出怜情之前，不要节外生枝？"

逆徊生想想也是，他们连魔神姜韧的话都愿意听，是些"老实怪物"。他回望沈云竹："你确定是大狱大门出了问题？"

棺木隐也看过去。

沈云竹的脸色变得难看起来："嗬，你们都是被单独封印，只有我是从大狱里逃出来的，竟然怀疑我对大狱的判断？"

"真是太好了！"逆徊生双眸骤亮，"没谁动它，它自己动荡，肯定是连环封印出了大问题，不等了，我这就前往温柔乡！"

柳藏酒的九条尾巴早些时候就长了出来，他敢说，如今柳藏酒已是人间最强的大妖。但逆徊生听闻温柔乡将要举办婚礼，明知他们是通过分析他的行事作风，故意使用拖延之计，依然决定多等上十天半个月。这么短的时间，逆徊生不信他们能长进多少。而他可以将柳藏酒驯服得更好，婚礼之日登门，给他们都瞧瞧，大荒第一驯兽师的本事。

如今连环封印再次动荡，逆徊生当然要顺势而为，将其他因素抛去一边，他必须救怜情。自从离开封印，他的脑海里充斥着这个念头。可能怜情是他在大荒唯一的好友吧，总之不会是爱情。谁敢爱怜情？

棺木隐提议："逆徊生，不要舍近求远，先和我们一起去魔鬼沼开启大门吧。我也想救我哥哥,只要大门开启,怜情和哥哥自然可以出来。"

逆徊生甩手:"我没你耐性好,我等不了。咱们各忙各的。"他将柳藏酒放出去十万大山里捕猎妖丹,提升妖力,现在要忙着召唤回来。

棺木隐冷笑一声,她早已认清他们这些怪物,永远都是一盘散沙的事实,若不是一直找不到她哥哥莽木隐被封印在哪里,她根本不会和他们凑在一起。

她招呼沈云竹:"走?"

沈云竹还没说话,休容抱紧他的胳膊不撒手:"爹!娘也在魔鬼沼,你们去开大门,她一定会拦的,你想要娘的命吗?"

棺木隐说:"不必担心,我们会注意你的母亲和情人。"

休容心里恨透了这些怪物,但从来不与他们红脸呛声,只劝自己的父亲:"爹,您如今还没犯过什么不可饶恕的错,我和燕澜求情,他一定会让您留在人间。"

绝渡逢舟就在人间游荡,无害的怪物,藏在人间根本没有问题。

"但您这一步迈出去,就再也回不了头了。"休容语带哭腔,"您明明是喜欢人间的,喜欢可以为您带来更多能量的人类。真要为了《归墟志》里的一个虚名,毁掉人间,毁掉您和娘的夫妻之情,和我的父女之情?"

沈云竹最近整天被女儿闹腾,颇为头痛:"棺木隐,大门用不着我们去强行开启。"

棺木隐:"怎么说?"

沈云竹解释:"大狱是九天神族比照原先的大荒,近乎完整复刻出来的。空间越大,越是容易漏风。大门已被强行开启多次,早已不牢固,连环封印动荡,它会第一个崩。巫族如今没有能及时关闭它的人,咱们只需坐等开启便是。"又对休容说,"告诉你娘和猎鹿,带着族人赶紧撤出魔鬼沼,回来有法阵保护的万象巫。"

休容想都不用想:"娘和猎鹿肯定是会号召他们死守,可能还会开启魔鬼沼的封锁法阵。"

沈云竹沉默片刻:"那我也没办法了。"

休容呼喊藏在她父亲体内休养的逐影:"逐影,你是我们巫族的族老,打算坐视不理?"

沈云竹嗤笑一声:"你就别指望逐影了,他窃了神族的血泉,早成怪物,不杀鸡儆猴,肯放族民退回魔鬼沼去,已算他还剩下一点身为巫族人的良心。依照眼前情况,逐影唯有和我们这些怪物站一边,才有希望重得肉身,继续苟活于世。何况他和魔神一战过后,重伤未愈。"

逐影果然闷不吭声。

沈云竹望向魔鬼沼："无论如何，你劝劝他们吧。要退尽快退，不可犹豫。瞧这形势，晚一步都来不及，里面的巫族人一个也活不了。"

休容脸色煞白，颤着手摸出传音符，将消息告知身在魔鬼沼的母亲和猎鹿。

极北之海上，依然惊涛骇浪。

撕那句"我们继续"，一直伴着浪声在姜拂衣耳畔回荡，令她的心跳越发剧烈。

那片从海底升起的陆地，已经稳固地悬停在封印地高空。无数条触手从内部不断撕扯着剑气莲花，将花瓣撕扯得变了形状。

姜拂衣心中虽然着急，却不能越过母亲拿主意："娘，我们现在该做什么？"

昙姜指向前方悬停半空的广阔陆地："你往前飞，靠近剑气莲花，以剑心为它提供剑气。但记得，一定要保持你认为安全的距离。"

"那您呢？"

"我才刚吸收无上夷的法力，如今在体内乱窜，给我一点时间稳固一下，稍后便去。"

"好。"

昙姜提醒："千万注意距离，而且你不用做什么，只需要靠近，剑心自然而然就会为莲花补充剑气。"

姜拂衣忙不迭答应："我记下了。"

昙姜目光沉静，目望姜拂衣穿梭风暴，急速朝那片陆地飞去。她原地停留片刻，立刻返回鲛人岛。

岸边站着刚抵达鲛人岛的闻人不弃几人。真言尺亮起时，还不知发生了何事，此刻剑气莲花升至高空，站在他们的位置，已经可以窥个大概。

"闻人弃，你跟我走一趟。"昙姜是奔着他来的，直接落在他面前，"撕感受到我剑气增长过快，不再等待，开始破印。我本想将阿拂打昏，但摸不准她的修为，怕办不到，又怕伤了她，需要你的真言尺帮忙。"

闻人不弃愣了下。

昙姜恨不得拽起他就走，催促："快随我走，时间紧迫。"

闻人不弃眉头深皱，担忧地朝海中央望去："昙姜，我理解你的心情，但你这样做，有没有想过阿拂的感受？"换作从前，闻人不弃会赞成。但上次他为姜拂衣好，逼迫燕澜远离她，被姜拂衣好一通教训，反省了很久，"说句不中听的，你平安无事最好，万一丧命，是想她终生悔恨不成？"

昙姜不管这些："我现在只讲阿拂的命，没什么比她好好活着更重要。"

闻人不弃劝道："阿拂不是十一年前的小孩子了，她远比你想象中的更有能力，你应该和她商量着来，这样胜算更大。等到实在没办法，为人父母，再将生路留给她。这样阿拂努力过，对结果也容易接受一些。"

"真言尺的预言摆在那里，我不能接受任何意外，你不愿意就算了。"昙姜望向凡迹星几人，"你们和我去。"

商刻羽在犹豫，他也有些想将姜拂衣打晕。但他不善于揣摩人心，不是很能摸得准姜拂衣的性格，他看向凡迹星："你这个义父怎么说？上次她想去巫族救燕澜，闻人坚持不让他去，我拿不定主意，你是最支持她的，口口声声说要相信她。你说去，我们就去。你说不去，我们就不去。"

凡迹星很想怀疑商刻羽是在故意报复他。

但这个节骨眼上，他知道大家都在担心阿拂。

凡迹星不想违背昙姜，却也只能为难道："仙女，我觉得闻人兄的话有道理。"

亦孤行原本都打算动身了，见他们都不去，退了回来。他也明白，此时的恩人不太冷静。完全听她的，未必是对她好。

亦孤行自从跟了魔神，从来没有违背过魔神的意思，没想到，今日竟然要违背真正的恩人："阿拂的潜力，可能比你以为的更强。闻人说得对，等没办法，再将生路留给阿拂，我们都会拼死保护她的。"

昙姜抿紧了唇，最后看向了李南音："你呢，你和他们不一样，不要让我失望。"

李南音手捏传音符："姐姐，打晕阿拂，让她避开撕这一劫，恐怕也不能保证她安稳无虞。不知道撕做了什么，导致太初神器全部在预警。我直到现在还没联络上看守怜情的况雪沉。极北之海外，恐怕也是一片狼藉……"

昙姜微微一怔，这才注意到闻人不弃手中发光的真言尺。

闻人不弃指了下海中央："打晕阿拂这事，我觉得你就不要想了。阿拂脑筋转得很快，因为足够信任你，一时间才会被你蒙骗。只需稍稍一想，很快就会反应过来。"话音刚落下，便瞧见昙姜转头望向海面。

不多时，姜拂衣出现在他们的视野中。姜拂衣落在昙姜面前，拳头攥着，瞧着有些生气："娘，您不是要融合法力，跑回来做什么？和他们商量打晕我，像十一年前一样，将我丢出极北之海，丢上岸？"

昙姜哑了哑，片刻，紧紧闭上了下微红的眼睛："阿拂，撕虽然已被剑气莲花和神族封印，消磨得只剩下几千年寿元，但娘仍然没有自信将他重新封印。"

姜拂衣也不是真的生气，因为母亲的举动，原本就在她的预料之中，慌忙安慰她："再加上我，足够了。我感觉咱们娘俩联手，这一战最坏的结果，无非一起被封印。"

只是这个被封印，不再像从前那样，可以在一定范围内自由活动，需要在剑气莲花内陷入沉睡，以全部精神力镇守。撕不死，莲花不熄，便无法醒来。

姜拂衣道："咱们母女俩一起沉睡个几千年，等磨死了撕，就会苏醒，那时候便能得到真正的自由。"

昙姜哪里舍得："傻孩子，那是几千年，不是几百年、几十年。何况，你知道镇海几千年的风险吗？"

姜拂衣故作轻松："咱们石心人的命很长，几千年后出来，还能在人间逍遥很久。"

昙姜向姜拂衣背后望过去，目望手握天灯的燕澜走近，问道："那燕澜呢？他若无法重新修成神，作为人类的寿元，能不能撑到你苏醒的那一天？"

姜拂衣的眼神黯了黯："我相信燕澜会熬到那一天的。"

燕澜的声音由远及近："阿拂，恐怕不行。"

姜拂衣扭头，对上他的红眼珠："怎么，你没自信？"

燕澜步履蹒跚，慢慢走到她面前来："撕这些年来，反向捕捉到了封印连环，如今，正在将力量源源不断地注入其中……"

姜拂衣面色一僵。

燕澜继续说："其他封印全部崩溃在即，五浊恶世的大门，更是可能已经开启。撕的食物，是众生痛苦，很快就能饱餐一顿，恢复大量精力。阿拂，即使你们全部将命填进剑气莲花里，也没有用处。"

姜拂衣难以置信："燕澜，兹事体大，你确定吗？"

燕澜点了点头："这是长明灯传递给我的信息，也是长明灯的天赋。"

李南音攥紧手中的传音符："难怪。"

凡迹星惊怔过后，无奈地轻笑一声："也就是说，人间彻底完了。"

亦孤行疑惑："神族为何要设置连环？除了一损俱损，还会一荣俱荣。"

凡迹星耸了耸肩："不设置连环，最多能将怪物封住一两万年，根本撑不到今时今日。"

姜拂衣走去燕澜身侧："你有什么办法？"

燕澜微微垂眸："我还在想。"

一时，大家都陷入了沉默。

便在此时，李南音神色一动，她手中的传音符终于有了反应。犹豫了一下，她没有离开人群，当众将符箓点亮，迫不及待地问："况雪沉，你那边怎么样？"

——"你此时找我，是不是极北之海也出事了？"

"是撕造成的……"李南音将燕澜的话重复一遍。

——"怪不得。"况雪沉的声音听上去颇为平静，"南音，不必等逆徊生来，我这边已经很难守住。怜情即将破印，我眼下唯一能做的，是使用四方盘，将温柔乡方圆五千里内居住的人族全部挪走。"

李南音指节簌颤了下，以这种程度使用神器，他已经不再考虑性命了："目前形势，将他们挪走，也只是保他们一时的命。"

——"多保一时，便多一分希望。我能给他们这一时希望，也许稍后会有人，能给他们一世希望。"

李南音沉默，不知还要说什么。她知道况雪沉是对的，也知道自己劝不住他，更不知道该怎么办。

姜拂衣从传音符里，隐约听见柳寒妆有些哽咽地喊了一声"大哥"。她心中也不好受，眼尾瞥见燕澜欲言又止，她越发凑近他，低声问："你有什么办法？"

燕澜紧抿了几次唇："阿拂，这不能称之为办法，只能说是一种被动的应对策略。"

姜拂衣道："别管是什么，先说出来。"

燕澜为难道："这盘棋实在太大，我……"

姜拂衣大概明白他的顾虑："我相信你。我还相信，若是输了，没人会责怪你。即使，事关我母亲。"

燕澜垂眸深望她一眼。姜拂衣则摸到他的手，紧紧握了一下。一起共进退了这么多回，姜拂衣完全信任他。

燕澜不再犹豫，红眸沉静下来："况前辈，您若打算使用四方盘，那不如用在别的地方，跟着我们一起来赌一把。"

——"赌？赌什么？"

燕澜没忙着说，而是看一眼远处在云层中影影绰绰的陆地，又看向闻人不弃："闻人前辈，现如今的人间，还有谁比你更懂这套连环封印？"

闻人不弃正皱着眉，紧捏真言尺。显然，他也想到了，正在思考可行性。

姜拂衣瞳孔缩了缩，从前以为母亲是被封印的怪物时，闻人不弃一直都在疯狂研究这套连环封印。且他研究的方向，正是找出极北之海前后两条锁链。砍断这两条锁链，将极北之海脱离大连环，再破印救出她母亲。这样在破印时，便不会影响其他地方的封印。

姜拂衣的目光，又从凡迹星和商刻羽脸上扫过去。先前在白鹭城，他们三个凑在一起,商讨了很多斩断锁链的办法。她去巫族救燕澜时,他们则去四处奔波,还是姜拂衣将他们喊来极北之海的。撕将力量灌入连环,借此流转,但只需他们几人将连环找出,斩断,把撕踢出连环,不就解决了?

凡迹星笑吟吟地道:"看来闻人兄那些苦心钻研,不曾白费。而我们这阵子的努力,最后竟然还能派上用场。这是不是叫作皇天不负有心人?"

闻人不弃忧虑道:"连环的位置容易固定,但薄弱点很难寻,你们斩锁链本就不易,撕还会从中作梗。原本我们来救昊姜,可以打持久战,不断试错。眼下却只有一次机会,难度远超想象,你们不要太乐观。"

商刻羽瞥他一眼:"怕什么?并不需要你完全找准,差不多就行。亦孤行以佛剑气护我,我必定斩断。"

亦孤行:"我没问题。"

几双眼睛都看向闻人不弃。

闻人不弃被他们盯着,不堪重负。他避开他们的视线,以真言尺缓缓敲了几下自己的掌心,倏然攥紧:"事到如今,也唯有尽力一试。"

凡迹星拍他的肩:"你就是爱谦虚。"

燕澜等他们商量妥,才继续说道:"若是诸位前辈能够成功,其他封印便能安稳下来。我们需要处理的,只剩下三个地方,极北之海、巫族、温柔乡……"

——"我知道了。"况雪沉明白了燕澜的意图,"我之前以四方盘,在巫族开过传送门,锁定过位置,如今还能开。而燕澜你手中握有天灯,我也可以像上次一样,感知天灯,将传送门开到极北之海去,再将三处地点,连在一起。"

燕澜黯然,怜情破印的关口,况雪沉顶着她的攻击,支撑四方盘,后果可想而知。

——"我本就打算启动神器挪人,救他们一时。如今有希望令我救他们一世,我赚到了,是我之幸。"

燕澜定了定神,继续道:"通道建立之后,劳烦焚琴前辈立刻前往万象巫。柳姑娘最好也去,我们可能需要她帮个忙。"

灵符中,传出暮西辞的声音。

——"你想让我去守狱门?"

燕澜道:"怜情破印,您留在温柔乡并无用处。大狱的大门,更需要您去守。那扇铜门打开之后,不是所有怪物一起拥出来,是离得近、跑得快的先出来。他们不识人间,无知无畏,定会奋力一搏。但他们绝大多数都认识您,知道您的厉害,从心理上便会退缩。"

——"虽被关在大狱,你也不要小瞧他们。等怪物们越聚越多,我肯定拦不住。"

"放心,您在内抵挡时,有人会关门。"燕澜朝远处站着的漆随梦望过去。

漆随梦怔了怔,指着自己:"我关门?"

燕澜:"是,有劳漆公子。"

漆随梦:"我不会关门。"

燕澜忍住眼珠的刺痛:"父亲是一千多年来,唯一一个能开启铜门的巫族人,你是他的亲儿子,又有武神的血泉,若说谁最有可能关门,只能是你。"

漆随梦告诉自己不能答应,这担子实在太重:"我……"

燕澜不等他说话:"巫族大难将至,而你才是巫族真正的少君,莫非,你想让父亲死不瞑目吗?"

漆随梦心中一震,没再反驳。

燕澜必须追问:"兹事体大,我究竟能不能将此事交给你?"

漆随梦嘴唇翕动半响,见姜拂衣也在盯着他,他一咬牙:"我来关。"

——"燕澜,你怕是不知道,除了沈云竹,棺木隐那几个怪物如今也在万象巫,他们不会给漆随梦时间关门。"况雪沉提醒道。

燕澜道:"他们全部交给我。"

姜拂衣转眸,凝视他披发下的缕缕白丝,心中不由得担忧。

昙姜倏然开口:"燕澜,眼下最难办的,其实是逆徊生。撕再强,他还在笼中,尚不曾出笼。"

手中有《归墟志》,燕澜最清楚,第一册的怪物里,目前只有逆徊生一个在外。逆徊生控制了小酒,还不惧怜情的天赋,去救怜情,谁也挡不住。

一众眼睛凝视在燕澜身上,想听他的解决之策。他却不语,两片薄唇抿得发白。

"怎么到我身上,你不敢说了?"姜拂衣叹口气,替燕澜解围,"娘,撕只能您来对付了,我要去救小酒,对付逆徊生。"

燕澜看向姜拂衣,他的心头和眼底,一起涌上酸涩:"我知道你从温柔乡来极北之海的路上,就想到了办法。也知道,那是下下策。"

姜拂衣摇头:"不算下下策,是我原先根本没有把握。"

燕澜低声询问:"现在呢?"

"只能拼一把。"姜拂衣望一眼李南音手里的传音符,"况前辈,我不会浪费您此番启阵的付出,我会救回小酒,替您守住温柔乡的封印。"

"不可以!"昙姜慌忙拉住她,连连摇头,声音哽咽,"阿拂,你这还不如和我一起镇海,怜情加上逆徊生,你是去送死。"

姜拂衣叹气："可是不解决他们，我们镇海能镇住撕多久？"

石心人天生克撕，母亲回收了两柄心剑，以及不少法力，对付撕，是有生机的。极北之海外若是生灵涂炭，撕吸食痛苦，迅速膨胀，母亲便只能拿命来填。

昙姜焦急道："阿拂，我们换一换，你留下对付撕，我去对付逆徊生和怜情。"

姜拂衣说道："娘，真言尺窥见我对战撕是必死之局啊，您忘了吗？我离开极北之海，或许是破局，是我的生机。"

昙姜怔住，嘴唇微微颤。

姜拂衣摩梭她的手背，安抚着她，说道："而且唯有我才能唤醒小酒，才能少个敌人，多个妖王做帮手。让我去吧，相信我一次。我一定留着条命，和您再相见。"

昙姜最终闭上了眼睛，眼泪从眼角滑落。姜拂衣忙去为她拭泪，却被她一抱住。

"阿拂，你为什么会是我的女儿。"昙姜不记得自己何时孕育的她，现在只后悔为何孕育她，要她自出生起便吃尽苦头，还要承担这样的宿命。

姜拂衣也抱紧昙姜，脸埋在她的肩头，眼泪无声流出来，打湿昙姜的衣裳。相聚不过一晚，便又要分别。这一别，不知是多久。

伤感之中。

——"燕澜，拿出天灯，飞到你能飞的最高处，我开始启阵。"

天灯原本就在手中拿着，燕澜却收了回去："如今人间已成棋盘，我们尽皆入局做棋子，只要一子错，将满盘皆输……"他朝闻人不弃几人拱手，躬身，"尤其是诸位前辈，能否斩断连环，是一切的前提。"

几人顿时压力倍增，都不说话。

燕澜又道："连环未断之前，姜伯母与撕斗法若是处于下风，各位前辈也莫要慌张，不要想着先施以援手……因为此举治标不治本。依照我的理解，只要连环断裂，撕自然会遭受大幅度削弱，姜伯母的压力至少减轻一半。因为撕灌入连环的法力，在流转过程中，无法立刻回收。"

闻人不弃点头："明白了，我这就去找出连环。"他需要飞到海上去，靠近剑气莲花。

燕澜提醒："您现在可以去，但最好等到传送门开启以后，再行动。"

闻人不弃领首："我知道。"

况雪沉要燕澜飞到能抵达的最高处，燕澜却将天灯收起来，是顾虑上升时，亮起的天灯在手，撕会感受到，从而阻碍况雪沉感知天灯。同样的，闻人不弃一旦开始捕捉连环,也会被撕发现,令撕提高警惕。

燕澜心中虽然担忧,却懂他们都知轻重,不再多言。他又朝昙姜行了个礼:"那么,诸位前辈再会。"足下一点,跃上半空,取出自己最惯用的飞行器,"唰"的一声,燕澜背后生出一对庞大的黑色羽翅,轻轻一个扇动,一飞冲天。

闻人不弃又去交代凡迹星几人:"你们先在岛上待着,等我定住连环,寻到薄弱之处,会释放信号。"他若寻不到,他们过去也没用。太早靠近撕,还要耗费精力护住心脉。交代完,闻人不弃的目光忍不住朝昙姜和姜拂衣两人望过去。

昙姜还在搂着女儿不放。姜拂衣反而一直在故作坚强地安慰她。

闻人不弃心头涌上一股说不上来的沉闷,动了动唇,想说什么,却不知该说什么,好像也没有立场说什么。耽误不得,他只能收心,御风朝海中央飞去。

李南音手中的传音符,开始出现消散迹象。

——"南音。"

李南音:"你说。"

传音符沉默。

李南音会意,退出了人群:"你可以说了。"

温柔乡中,见况雪沉陷入沉默,心如刀绞的柳寒妆拉着暮西辞离开:"大哥,我们两个先去商量点事情。"

虽未走远,但况雪沉知道柳寒妆不会偷听。况雪沉不禁自嘲,他自认从容,没想到,在这个节骨眼上,不过是几句表明心意的话,他竟会觉得难为情。以至于,他开始怀疑,自己的无情道,真的能成功吗?即使不出这样的岔子,他也不可能战胜怜情。

"南音,对不起。"

——"我以为你支支吾吾,是想对我说一声'我喜欢你',期待了半晌,竟然是一句'对不起'?说吧,你做了什么对不起我的事情?"

况雪沉习惯她私下里的不着调,怅惘道:"早知是这样的结局,我从前不该一直拒绝你。即使你心知肚明,我是迫于无奈,心中也定然不会好过,而我心中,也并非你看到的那般……舍得。"

——"可不是嘛,我从前说什么来着,你就是喜欢想太多。人生在世,就当及时行乐,毕竟谁都不知道今后会发生什么。"

况雪沉本以为她会安慰他几句,不承想竟是抱怨,他陷入沉默。

——"不过啊,你若早早接纳我,指不定我会觉得索然无味,先放弃你了。"李南音笑了一声,随后,声音慢慢低沉下来,"况雪沉,不管怎么样,我李南音这辈子能够认识你,已经值了。人活着,不就是活那几个瞬间嘛。我们之间,也留下了很多瞬间啊。尤其是当年秋水峡谷,我缠着你比剑的日子,整整三年多,每一天,我都很快乐。"

况雪沉攥着手中的传音符,她虽然看不到,却还是点了点头:"南音,希望你今后还能拥有更多难忘的瞬间,保重。"

沉默了一会儿。

——"我会照顾好自己,你放心。"

况雪沉准备熄灭传音符。

——"况雪沉。"

他停下来。

——"如果可以,留个念想给我,但不必太过强求。"

况雪沉没有回答,熄灭了能量即将耗尽的传音符。

此时的茫茫草原,已被雾气弥漫。镇压怜情的那座高耸神碑,更是被一团黑气笼罩。况雪沉使用家传秘术,在神碑外围,筑起了一层防护罩,用来加固神碑,延缓神碑的崩碎。

然而治标不治本,怜情已经完全苏醒,并不断向外释放她的力量体。况雪沉能够很清晰地看到,一个人影正在神碑前方缓慢凝结。一旦凝结完成,怜情的力量体便能破除况雪沉的保护罩。

况雪沉只能延缓,改变不了什么。因为他还不曾忘情,在加固时,会遭怜情攻击。再加上,撕通过连环传递,融入了他的天赋,况雪沉如今还被撕心裂肺的痛苦折磨。

双管齐下,况雪沉几近崩溃。他取出眉心的四方盘,准备开启传送门:"三妹、焚琴,你们准备好去往万象巫。"

柳寒妆正伏在暮西辞胸膛上哽咽。她想留下来帮大哥,心知帮不上忙。燕澜让她去往万象巫,应是和弟弟有关系,她不得不去。暮西辞想安慰她,不知该怎样安慰,只能轻轻拍着她的背,给她温暖和力量。

柳寒妆原本只为自己的家人操心难过,忽然想起暮西辞。她抬起头,泪眼婆娑:"你去守门,漆随梦会不会将你关进去?"

暮西辞摇摇头:"大门不是立刻关上的,会慢慢关闭,只剩一条缝时,我有把握出来。"

柳寒妆压在心中的石头刚要减少一块,忽然想起,要是单独封印是会被磨死的,大狱里反而更好。此时此刻,柳寒妆已经经受不住更多失去,揪住他的衣襟："你干脆不要出来，趁机在大狱里待着吧？"

暮西辞望着她满是担忧的眼睛。莫说进大狱，现在的他，甚至又在动摇，想要留在柳寒妆身边，陪她渡过难关。可是瞧一眼温柔乡如今的惨状，暮西辞忍不住怀疑，会不会和自己有关系，是自己的劫火，为况雪沉带来了劫数。

暮西辞不敢再侥幸了，也不相信自己："太初九上神一致认为我不能进大狱，该被封印消除，以他们的悲天悯人，做出这样的判断和决定，应该是正确的。"

柳寒妆张了几次口，又默默咽回去，最后只能说："我们真的，浪费了很多时间……"

的确，暮西辞身为寿元绵长的怪物，从来都没有时间概念。大荒时代，唯一觉得时光短暂的一次，是和奚昙从相识到分离。如今和柳寒妆相处的每一刻，都让他疑惑自己从前的成千上万年，究竟是如何度过的。

李南音望着自己的掌心，传音符逐渐化为灰烬。她忍住心痛，调整心情，回到人群里来。

姜拂衣已经安抚住了昙姜，此时看向她："小姨……"

李南音打起精神："好了，阿拂，这时候，咱们就谁也别安慰谁了，谁还能比谁好到哪里去？"

昙姜道："你性子果然洒脱，难怪我会赠你逍遥。"

李南音看向昙姜："姐姐，况雪沉从来不是一个爱赌的人。他做事向来诸多考量，力求万无一失。他肯将最疼爱的弟弟，最放不下的责任，都交给阿拂，并且一句也不叮嘱，可见他是完全信任阿拂的。"

昙姜点头，她已经从他们所有人的言辞中，得到了结论。她的女儿如今很强。身为母亲，她难过又欣慰。但想让她放心，那是不可能的。只是女儿有句话说进了她的心中，面对撕，预言似刀，不如离开这里，去面对怜情和逆徊生。

昙姜重新振作起来："阿拂，撕交给我，你无须有后顾之忧，撕断然不是我们石心人的对手。"

见母亲终于舍得放她走，姜拂衣松了口气，生怕母亲因为挂念她，滋生心痛，再被撕所困。

姜拂衣望着上方："娘，等会儿传送门会开到空中去。我和漆随梦先上去，以免被撕阻拦。"

"阿拂放心，他想要阻拦你，也得先问问我。"昙姜忍痛松开女儿的手，转身便朝海上飞。

"娘……"姜拂衣控制不住，向前追了几步。昙姜回头依依不舍地望着她，却并未停下。

直到母亲消失于视野，姜拂衣的眼泪才掉下来，旋即被她抬手抹去。

"阿拂。"凡迹星的手，轻轻搭在她肩膀上，"你放心好了，我们几个会拼死相助仙女，你现在只需要顾好你自己。"

姜拂衣回头："义父，我虽然放心不下我娘，却也不希望你们'拼死'，活着才是我们的目的。"

凡迹星无奈地叹气："你莫不是以为，我们当下所为，只是为了报答仙女的救命之恩？"

姜拂衣知他有分寸，闷不吭声，看向了亦孤行。

亦孤行沉声道："我知道在你们看来，我很愚蠢。但再怎么蠢，我如今已四百多岁，能活到今天，也说明我是有脑子的，是吧？"

姜拂衣招呼漆随梦："走吧。"

漆随梦已经飞到了上空，正在等她。姜拂衣御剑升空时，传音给欲言又止的商刻羽："商前辈，我娘昨晚讲话很难听，令您颜面扫地。但我相信，'狠狠'打一顿，应是鲛人王添油加醋，并且，她是不会强迫您的。"

商刻羽面露尴尬。

姜拂衣知道尴尬，也要解释："我在记忆碎片中看到，我外公也和您一样，特别喜欢穿很鲜艳的红色衣裳。后来他捡到我疯癫的外婆，为了医治和照顾她，散发不便，经常将长发简单地高高扎起。我猜，我娘看到您，应是看到了我外公的影子。就像我长得很像外公，小时候，她也总是盯着我的脸失神。"

商刻羽微微一怔。他明白了，昙姜若是从他身上看到了她父亲的影子，又怎么会狠狠打他？更不会强迫自己的"父亲"，恐怕连勾引利用的心思，都很难产生。

"轰！"上层浓厚的乌云，被响动震散了一片区域。躲藏在乌云背后的朝阳，如瀑布般洒下一部分光辉。那光辉之处，有两个气旋初生，渐渐旋转出两扇传送门。

众人尽皆抬头望去。

"成功了！"

眼前明亮以后，心中的阴霾似乎也被稍稍驱散了一些。

上方，燕澜迅速收起天灯，展翅朝传送门飞去："阿拂，走。"

姜拂衣加快速度。

上次在万象巫，况雪沉在五个方位各开一个传送门，方便燕澜他们就近逃走。如今这两个传送门紧挨着,一个通往温柔乡,一个去往万象巫。

"珍珠!"漆随梦费力追上她,"这两个门长得一模一样,哪一个才是去万象巫的?"

姜拂衣现在也不知道:"离近了应该能看出来,你看仔细,别进错了。"

话音落下,海中央那片升起的陆地,传递来一声震荡神魂的闷响。撕发现了。姜拂衣不管不顾,当她奔着光辉,倾斜升空时,恰好看到悬浮在海上,正仰头担忧望着她的闻人不弃。

"这世上谁都可能滥情,唯有我们这些长着石头心的石心人不行。"即将穿越传送门时,姜拂衣传音,"照顾好自己,照顾好我娘。"

闻人不弃愣了愣。

姜拂衣选择了温柔乡的传送门。

温柔乡已被怜情的天赋充斥,姜拂衣上次便因为动心,险些遭怜情控制,根本站不住。这次况雪沉将门开去了距离英雄冢很远的位置,那里的天然屏障,能助她抵挡一下怜情的攻击。

但是,按照她和燕澜的默契,姜拂衣应该先去往万象巫,赌一赌逆徊生尚未动身。或者,当传送法阵出现在万象巫上空时,逆徊生应该会先尝试,能否通过传送门前来温柔乡,这样便能节省他的时间,且他应会让柳藏酒开路,这样,有机会在万象巫就将柳藏酒解决掉,逆徊生唯有自己前来温柔乡救怜情,这样姜拂衣的压力会小很多。

可是,姜拂衣远远看到燕澜进了温柔乡的传送门,她便跟着来,降落在燕澜身边。

燕澜指着头顶去往万象巫的传送门:"逆徊生果然想传送过来。"

姜拂衣隐约看到气旋之后人影晃动,光波耀目。估计是先抵达的暮西辞及柳寒妆,和柳藏酒打了起来。

"嗡……"传送门颤动,看来是漆随梦也到了。

姜拂衣皱眉:"那我们还不赶紧过去?"

燕澜收回视线,转身面朝她:"阿拂,我没有信心。"

姜拂衣胸口一堵:"不是吧燕澜,都这时候了,你告诉我你没有信心?"

"是。"燕澜凝眸望着她,"我没信心,可以像柳寒妆安抚小酒一样,安抚住你。"

姜拂衣瞳孔微缩。她救回柳藏酒的办法,是剜心赠剑给他,并不是以剑傀术来操控柳藏酒,而是和逆徊生对拼天赋力量。

逆徊生以溯源珠,将柳藏酒逆转回幼体,修补他缺失的天窍,只会令小

-471-

酒生出尾巴，并不会令小酒丧失自我意识，对他言听计从。这些"意识"，是逆徊生在他重塑以后，脑袋空白时，以驯兽之术，训出来的。说白了，是一种"教育"。

而姜拂衣认识柳藏酒，是在一年以前。一旦柳藏酒被她的心剑标记，那么这一年内的记忆，将会全部丧失。按照道理，逆徊生对柳藏酒的"教育"，也会一起被他忘记。

姜拂衣先前不提，是担心自家的剑愧术，战胜不了逆徊生的御兽术，如今势在必行。这也是燕澜请柳寒妆去往万象巫的原因。

柳藏酒被心剑标记以后，若能从逆徊生手中清醒过来，意识将会一片空白，需要柳寒妆安抚住他，告知他接下来该做什么。说不定，柳藏酒有亲人在旁，能够迅速恢复一年之前的所有记忆。

《归墟志》里说，被逆徊生的本命珠子重塑回幼体以后，只要不出岔子，肉身、修为、记忆都会在很短的时间内反弹回原位。逆徊生为了摆脱怜情的天赋，重塑了好几回，将怜情忘记，应是他自己不愿意想起来。

如此一来，柳藏酒的难题便解决了，且还要感谢逆徊生，反向帮助姜拂衣解决了一个大难题。

姜拂衣早已动了心，尝试过，在怜情手底下，仅有被动挨打的份。更何况，稍后她要在怜情的手底下，对付逆徊生。哪里会有一点胜算？

偏偏巧得很，一年多前的鸢南六爻山，姜拂衣在棺材里沉睡时，是柳藏酒掀开的棺盖，将她放了出来。

姜拂衣第一眼看到的人，是柳藏酒，第二眼，才是前来抓捕柳藏酒的燕澜。她和柳藏酒两相忘，其中，也包括燕澜。

姜拂衣便再也没有任何的弱点，只管来温柔乡拼死一战，眼下胸膛里的这颗剑心，是真正意义上的一心两用，一举两得。

"从温柔乡去往极北之海的路上，你拉着我，将从巫族得来的宝藏，全部藏在一个山洞里。你告诉我，那些宝藏你今后打算用来开宗立派，授人以渔……"燕澜话音顿住，嗓音越发低沉，"还告诉我，将来若是你忘记，让我一定要提醒你。我便猜到了你的下下策。"

燕澜当时便有些恐慌，好在形势并未迫在眉睫，那只是一个兜底之策罢了。

原本两人全凭默契，如今说穿，姜拂衣垂着睫毛，不太愿意去看他。虽是无奈之举，姜拂衣心中却觉得有些对不起他。因为这不是和燕澜两相忘，她忘记了，成为比较轻松的那个，只剩下燕澜守着失忆的她，和两人从前的回忆，成为最痛苦的那一个。

姜拂衣深深吸气,抬头望着他,满眼的无奈:"燕澜,我没有别的办法了,你也没有,我们只能如此,你不要怪我。"

燕澜全部懂得,心疼还来不及,怎么会去责怪她:"无论你做什么选择,我都会支持你。只是,我实在没有信心……"

姜拂衣见他焦虑的模样:"我本想着,我们有同归,我会相信你……你若没信心安抚住我,给我一块留声石吧,我提醒自己该做什么。"她朝他伸出手。

燕澜望着她掌心的纹路:"以我对你的了解,你在失忆后不会轻易相信任何人,包括你自己的留声石,你也会怀疑,不可能拼全力去对付怜情和逆徊生,这样你的胜算会降低,不可以。"

不等姜拂衣询问"怎么办",燕澜再度取出长明天灯。亮起的长明灯,被两人围在中间,漆黑的天幕下,照亮两人都在极力忍耐的脸色。

"阿拂,你认真看着这盏灯。"燕澜握着灯柄,示意她以双手捧住灯罩。

姜拂衣照着做。

等她捧稳了以后,燕澜松开灯柄。他那两只温暖却微颤的手,覆在她冰凉的手背上,与她一同用力捧住灯罩。她看着灯,燕澜看着她垂下的长睫:"你一边凝视长明灯,一边在心中默念你想要记得的重要事情,我尝试施展一种能够加深记忆的秘术。希望此灯,成为你迷失彷徨时,为你辨别方向的北斗星。"

姜拂衣睫毛微颤:"什么秘术?"

燕澜解释:"牵机。"

牵机术,是巫族大祭司传授给燕澜的。燕澜自幼跟在大祭司身边长大,大祭司是巫族最擅长占卜术的人。他年事已高,加上时常因占卜遭受反噬,记性不太好,便在一些旧秘术的基础上,悟出牵机术。

牵机,指的是牵动记忆的契机,以一样宝物为媒介,将一些想要重点记住的事情,和宝物绑定在一起。术法成功以后,一旦脑海里浮现出这件宝物,便会牵动与宝物绑定的相关记忆。

具体效果如何,燕澜完全不了解。他从小不说过目不忘,记忆力也是颇为惊人,用不着这套秘术,仅是本着好学的心,求大祭司教他。

姜拂衣听罢,寻思道:"燕澜,贪多估计不行,我只会默念我稍后该做的要紧事,不会提到你一句。"

意料之中,燕澜闷不吭声,只将双手按得更紧一些。

姜拂衣望着灯芯,默默说道:"其实对你来说,也是一件好事。我将你忘记,你稍后便能毫无顾忌地做事,不必担心自己万一战死,我会太难过,你说对不对？"

燕澜几经犹豫，摇头："不对。"

姜拂衣愣了一下。

燕澜胸中酸涩，艰难开口："如果可以，我很想保住自己这条小命。因为我还知道，哪怕以你如今的修为，已经不再需要防备太多人，失忆之后，你依然会感觉到恐慌。上一次你失忆醒来，是我陪伴你度过了那个时期，我多么希望这一次也是我。交给别人，我不能放心。"

姜拂衣抬起头，紧盯他的一双红眼睛。

燕澜顾不上窘迫："我要开始念咒了，你看灯，不要看我。"

姜拂衣目不转睛："看灯不如看你，大哥，你好像并不清楚，你才是我的北斗星。"

燕澜心头乱跳了几下，仅差一步，便要溺死在她看似平静的眼波里，可是姜拂衣这声久违的"大哥"提醒了他。

燕澜挪开视线："时间紧迫，你快看灯，长明灯拥有神力，我没有。阿拂，我不是武神，没有什么神通。"体内除了一条代表根基的神髓，以及附着在上的心魔，还表明他往昔神族的旧身份。今日的燕澜，仅仅是个被巫族圈养了二十一年的年轻人。

姜拂衣催促道："既然知道时间紧迫，你快念吧，我心中有数。"

燕澜喉头一紧，确定她不是为了放松心情而调侃，也知劝不动她，便收敛着自己的心跳和呼吸，准备施展牵机术。

姜拂衣双手捧着长明灯，抬头借灯光盯紧他，原本被危机推着走，她心里只有着急，只想着赶紧解决一切。如今旁边无人，她和燕澜面对面，两人中间只隔着一盏灯，心中陡然生出浓烈的不舍。

"大哥。"她忍不住喊。

燕澜暂停施展法术，低头看她。

姜拂衣说："记得你说的话，保住你的小命，陪我找回属于我们的回忆。虽然我觉得我不会，但又不能完全保证，忘情以后不会再对其他好男人动心。可其他人再好，我也不想错过你。"

燕澜再也忍不住，伸手揽过去，将她连着长明灯，一起揽在怀中。

姜拂衣感受到他胸膛剧烈起伏，耳郭也被他落下的眼泪打湿，她也空出一只手，抓紧了他的手臂。

"答应我。"

"我尽量。"

姜拂衣在他胸口推了下，眼神逐渐恢复如常："那就开始吧。"

燕澜也迅速收拢情绪，再次施法。

姜拂衣在心中反复默念着一些重要信息。

"姜拂衣，你已经上岸十一年了，你们石心人不是大荒怪物，而是负责镇守怪物的大荒人族……

"你的失忆，是你自己的选择。头顶上的传送门，有一条通道是去往温柔乡。你在醒来以后，立刻赶往温柔乡……

"如今有本事在怜情天赋下站稳的，可能唯有你和一条叫作柳藏酒的九尾狐，他是你值得信赖的好朋友，你可以放心与他合作，无须猜忌……

"你要不惜一切代价，战胜逆徊生，阻止怜情出笼。姜拂衣，记清楚，是不惜一切代价，哪怕死，哪怕生不如死，也不可以退缩半步。

"这一战至关重要，说旁的，此时的你无法理解，那便仅需记住一点。你败了，会影响到你身在极北之海的娘亲。撕会因世间痛苦激增而实力大涨，你娘的下场可想而知。我比谁都清楚，你会退缩的原因，只可能是想留着性命去见你娘。然而你娘的性命，如今，或许就在你的进退之间，明白了吗？

"记住。"

"记住！"

"姜拂衣，你一定要记清楚！"

她反复提醒自己，也正如她所说，只记眼下关键的，不曾提起燕澜。

燕澜以全部精神力，施展完牵机术，忍不住垂下头，以额头抵住她的额头。两人额头相触，共同抱着灯，像是凑在一起取暖。

片刻，姜拂衣深深吸气："大哥，我准备好了。"

燕澜紧咬了一下牙齿，直起身："咱们走吧。"

长明天灯被他收回同归里，两人抬头望向头顶上方的两扇传送门。通往巫族的那扇门，背后似乎战得更激烈。而那扇通往极北之海的门，已是若隐若现。

姜拂衣三人从极北之海出来以后，况雪沉需要阻挡逆徊生从传送门通过，没有力量再支撑两扇门。

姜拂衣御剑飞起，望着那扇逐渐消失的极北之海的门，不知道那条最关键的封印连环，寻得怎么样了。

姜拂衣先进入万象巫传送门。燕澜没有跟进去，而是朝传送门说话："况前辈，我还有一件关于柳姑娘的事情，想问问您的意见，不知道您现在还有没有精力？"

况雪沉的声音从传送门传出来："你说。"

燕澜和他简单沟通了下，便跃入前往万象巫的传送门。

-475-

每当有人穿过传送门，使用四方盘的况雪沉嘴角就得渗出血液。月白色的长袍上，胸前已被染红了一大片。支撑四方盘的耗损只是一小部分，另一部分来源于怜情，以及撕传递来的痛苦。

在况雪沉背后，怜情的力量体即将凝结完成，力量不断冲撞着他苦苦支撑的防护结界。怜情对外界，已有些许简单的感知，甚至能够断断续续地说话："你们这一族，守了几万年了，不嫌烦吗？"

况雪沉不理会她。

忽然，一只手搭在他的肩膀上，是李南音的声音："我们抛下一切，回到我们相识的净土，从此做一对闲云野鹤如何？你心中真的从未这样想过吗？还是觉得这人间，没了你的匡扶就不行了？"

明知是怜情制造的幻想，况雪沉依然回应道："想过，但是办不到。人间一旦倾覆，何处还有净土。"

况雪沉从不将自己看得那么重要，更谈不上心怀大义。很多事情，不是舍我其谁，而是落在了肩头，不得不做罢了。说完，况雪沉关闭了极北之海的那扇传送门。其实早该关闭了，他只是想通过传送门，再多看看李南音。

极北之海，那片悬停在高空的陆地上，剑气莲花被触手撕扯得濒临破碎。随着昙姜靠近，剑气莲花得到补充，即将凋谢的花瓣，终于恢复了一些光辉，将撕外放的力量，小范围地收紧。

昙姜落在雪山顶上，背后是早已坍塌的神殿。她在飞来的路上，便已剜出剑心，熔炼为一柄佛剑。此时剑在手中握着，剑尖指向剑气莲花。剑气奔涌而出，源源不断地注入莲心。花瓣摇曳，将那些粗壮的触手越收越紧。

"石心人，你这是何必？"撕在莲花下冷冷地道，"我不过是杀了你的母亲，至于让你和奚昙前仆后继地抓着我不放，哪怕熬死一代两代，也非得熬死我？"

昙姜抽空看一眼上空即将闭合的传送门，语气平淡："是的，就是要熬死你。"

撕早就知道，这群石心人的脑子都不正常，触手继续撕扯莲花："你在海底长大，对大荒、对人间难道有什么感情？为何要为了那些不相干的人，赔上你的自由，甚至性命，仅是因为你父亲的嘱托？"

昙姜稳稳攥着剑："你太啰唆了，有这啰唆的时间和精力，不如拿来破印。"

撕笑了一下，不难听出其中的有恃无恐："你以为我在求饶，试图说服你吗？我只是想不通罢了……"他的笑声戛然而止。因为他感知到闻人不弃悄悄靠近，手持一个星盘，在陆地外围几百丈远的地方，怪异地飞行了五六圈。

撕旋即明白，他们已知他将力量灌入连环的事情。这并不奇怪，他诧异的是，他们竟然想要找出连环，将连环斩断？

撕会选择这条路，是这二十多年来，他已从捕获的大量过路人的意识中，对人间的现状有了基本了解，再加上对人间阴阳五行的分析，在撕看来，即使人间有谁能够找出连环，也不可能斩断。胜败在此一举，这一回可能是撕最后的机会，他不容有失，立刻想要凝结附近早已外溢的力量，前去攻击闻人不弃的心脉。

剑气莲花外，靠近闻人不弃的位置，触手才刚要凝结，昙姜一手握剑支撑莲花，一掌朝那触手击去。掌风内无数小剑飞旋，绞在初具形态的触手上，便听一声震耳欲聋的炸响，只剩一簇烟雾。

闻人不弃的心脏一阵剧烈跳动，回头，朝炸响处望过去。心知自己很快会成为撕重点猎杀的对象，他不再稳中求进，迅速飞去推测的区域，收起星盘，拔出腰间的真言尺。他右臂朝前伸直，真言尺的中端被他握在右掌心。

闻人不弃凝聚精神力，以左手在胸前掐了个手诀，且快速念了一段法咒。真言尺在他掌心旋转一圈，光影拉扯，化为一根毛笔。

闻人不弃握住毛笔，在面前凭空竖着写了几行字，字迹飞舞，且字体散发的光芒过于耀眼，看不出是什么字。写完以后，他将笔尖一甩："去！"那几行字如同离弦之箭，朝前方疾驰而去。

当途经某处时。

"嗡……嗡……"

一条弧形光带，被那几行字震了出来，正是极北之海封印的连环。和剑气莲花一样，原本应该流光溢彩，如今却都黯然失色，甚至还染上了一层腐蚀性的黑雾。

闻人不弃瞳孔缩紧，立刻给岸上的人释放信号。他自己则跃上前去，手中毛笔再次变回真言尺，指向那条连环："言灵，定！

"你们快来！"

凡迹星几人赶来得很快。闻人不弃吃力地定着连环："这条光带哪处位置最亮，说明最薄弱，斩吧。"

亦孤行不理解："最亮的最薄弱？"

闻人不弃道："没错，最亮的地方，说明受我干扰最深，自然是最薄弱的。"

长达数十丈的光带，商刻羽寻到他认为最容易斩断的位置："这里！"他取出流徽剑，提剑飞到上方，准备蓄力。他和凡迹星从前商讨过斩锁链的办法。两人结成一个能够提升修为的通力剑阵,凡迹星负责维持剑阵,交给商刻羽一个人去斩。因为一次斩不断,他们会遭反噬不说,连环锁链可能会脱离闻人不弃的控制,闻人不弃也会受伤,无法在短时间内再次定住连环。

凡迹星虽然总爱羞辱和嘲笑商刻羽,却从不怀疑他的实力,这一剑必须由他来斩。原先失败了,他们可以休息一阵子,再继续尝试。今日箭在弦上,必须成功。压力悬在肩膀上,商刻羽握剑的手,都不禁捏了一手心的冷汗。

"商三哥,放轻松。"凡迹星边朝他飞,边说,"咱们这个剑阵,原本只有两人,如今有四个人。"

"准确来说,是三个人。"李南音还在默背凡迹星教她的通力剑阵口诀,抽空道,"亦孤行的佛剑气,只负责保护我们少受撕影响。"不提供给商刻羽。

凡迹星取出伴月剑,落在商刻羽背后不远,笑道:"那也多了一个人,李南音,你不要妄自菲薄,你一个顶俩。"

李南音知道,他是见她情绪低落,怕她在支撑剑阵时,遭撕攻击。她伸出手,道遥剑浮现:"尽管放心,只要拿到剑,我脑海里就只剩下剑。"

凡迹星捋了下袖口,眉梢一挑。除了商刻羽,李南音剑气最精纯,她的状态很重要。凡迹星问道:"甚好,我开始结阵,入阵的法诀,你们都记住了吧?"

李南音:"我没问题。"

亦孤行:"我也没有问题。"

凡迹星并拢两指,以指作刃,在自己握剑那只手的手腕上,划了一道,顿时皮开肉绽。他的手自然下垂,鲜血顺着手掌染红了伴月剑柄,又顺着剑身一直流到剑尖,被血浸染过的伴月,剑光瞬间变得凌厉。

凡迹星剑指商刻羽:"以血为引,相连真气,阵起!"

李南音与他的动作如出一辙,仅故意慢他一步举剑:"逍遥入阵!"

亦孤行不曾血祭,他双手合十,苦海剑悬在了他的面前:"苦海入阵。"他的剑道,原本就是奚昙针对撕悟出的。剑气一涌入剑阵中,其他几人,尤其是商刻羽,终于觉得被攥紧的心脏,轻松了一些。

亦孤行却面露痛苦:"我一个人撑你们三个,撑不了太久,商刻羽,你赶紧。"

商刻羽张口便想斥责他,催什么催,他难道会故意拖延吗?最终咽了下去,怕一张口,会泄了鼓起的这口气。商刻羽攥紧剑柄,将通力剑阵传递来的力量,以及他自身的剑气,逐渐融合一体,汇入流徽剑内。待蓄力完成,商刻羽改为双手持剑,朝前方连环最薄弱之处,一剑劈下!

剑气海啸一般冲出,尚未触碰到连环,单是与空气相碰,便产生过于狂暴的冲击力。商刻羽首当其冲,手颤得握不住,流徽剑脱离掌控。他向后方连退了十几丈,一口血吐出来。

凡迹星三人同样遭受波及,被反噬回来的剑气,冲击得七零八落,吐血不止。剑气将他们几人的衣裳,割出大量血痕,褴褛又狼狈。但这些全在意料之中,他们只担心这一剑究竟能不能将连环锁链斩断。他们遭反噬得越狠,证明这一剑的威力越强,也就更有希望。

谁承想,原来均匀覆盖在连环锁链上的腐蚀黑气,在剑气释放时,突然从两侧向中间集中,刚好覆盖在商刻羽锁定的薄弱之处。

"轰!"环状的光波激荡在极北之海上空。

负责定住锁链的闻人不弃,哪怕有真言尺护身,也被冲出去极远,情况比他们更差,持着真言尺的那条手臂,经脉崩裂。

可惜的是,在厚厚一层"黑泥"的保护下,连环锁链将断不断,并且连环会自动修复,用不了多久便能复原,他们这一剑等同白斩。

闻人不弃稍微稳住,即刻飞回原位,赶在连环开始修复以前:"定!"

商刻羽见状,以手背抹去唇上的血,召回流徽剑,也回去原位,准备再斩一剑。

"不要!"闻人不弃面色惨白,喝住他,"这一剑你们已经尽了全力,剩下的你斩不断,反而还会令你伤上加伤。"

"就差这么一点,我撑得住。"商刻羽认为没有问题,却也不敢在此时轻举妄动,质疑闻人不弃的判断。

闻人不弃道:"没用,石心人是撕的克星,但反过来,撕被剑气莲花镇压三万年,最熟悉的就是石心人的剑气。而你们修的剑,全部来源于昙姜,撕有一定的抵抗能力。"

商刻羽顿住。

"那该怎么办?"凡迹星捂住胸口回来,原本打算继续结剑阵,只能停下来。

"闻人,等我们几个恢复片刻,再次结阵,来得及吗?"李南音望向真言尺下的连环,被商刻羽斩出来的缺口,仍在缓慢融合。

亦孤行则望向远处的剑气莲花,昙姜还在阻挡撕朝他们攻击,不知还能抵挡多久。

撕放松的笑声涌来:"我真好奇,九天神族是怎么想的,竟然将我们的大荒,留给你们这群没用的人类?"

"凡迹星,结阵!"商刻羽受不了这种刺激,朝撕的方向瞥了瞥。知道自己并不擅长口舌之争,商刻羽交代凡迹星几人,"你们不必输送剑气给我,只需要集中力量护住我的心脉。"

李南音劝:"你冷静一下,不要被他激将……"

凡迹星则比较听话,再次以血结阵:"是你忘记了,商刻羽和我们不同,他最初是个法修,还是人仙境界的法修。"

李南音微怔,举剑入阵:"你是说,他不打算用剑了?可是凭他人仙初境界的法修根基,能行?"

等亦孤行也入阵,凡迹星专注控阵,全力护住商刻羽的心脉,故意拔高声音:"应该能行吧?好歹出身皇族,曾经是人皇啊。据说人皇都有天道气运和一国之运护身,是真的吗?"

"你少来激我,不怕适得其反吗?"商刻羽回头瞪他一眼,"专心布你的阵!"

"这不是一直在布阵?"凡迹星一刻也没停下,都快要累昏过去了。

商刻羽收回视线。

凡迹星才微不可察地叹了口气:"三哥,量力而行,今后若是没你和我斗气,我会缺少很多乐趣。咱们此番若是安稳度过,我保证,今后一定会多让着你点。"

商刻羽身形微微一滞,不难听出他调侃之下的发自内心的担忧,想让他"滚",别以为现在说两句好听话,从前的恩怨就能一笔勾销,最终还是没有说出口。

商刻羽淡淡地道:"凡迹星,你知道我改修剑,是因为我修剑的天赋极高。你不知道的是,我修法的天赋,其实远比修剑更高。这些年,我若真想杀你,你早就死了。"

凡迹星嘴角一抽:"这狂妄得有些过分了。"

"是不是狂妄,你且看着。"等被剑阵护好心脉,商刻羽闭上眼,双手迅速结印,施展自己的家传绝学。少顷,商刻羽眉心显出一道印记,罡风自他脚下升起,自下而上,席卷着潋滟红衣。激荡的狂风之中,商刻羽蓦然睁眼,喝道,"乾坤借力,法天象地,起!"发环崩断,他的元神冲顶而出!

凡迹星渐渐仰头,望着那庞大绚烂的元神法相,瞪大了眼睛,布剑阵的手险些不稳:"这……"他是最清楚商刻羽实力的,也是最震惊的。

"稳住!"李南音忙替他压住阵,但同样惊讶,法修她见多了,能做到这一步的,第一次见。

"这算什么,都给我看好了!"商刻羽这声"看好了",是在挑衅撕。

不断暴涨的元神,引动下方的浪潮,又因商刻羽上抬的手掌,海面顿时拔高十几道飞速旋转的水柱,逐渐幻化成为十几条水龙,围绕他凌乱飞舞。

"斩！"巨大的元神法相，随着商刻羽的手势，一起朝攻击处指去。水龙齐齐冲向那被黑雾覆盖的薄弱之处。

"轰！"黑雾散，锁链断。封印连环停止运转。停摆状态下，再去砍断另一侧的锁链将轻而易举，至于断掉的两端，稍后还会绕开极北之海，再度闭合。撕所在的封印地，就此成为一座孤岛。

再说连环锁链崩裂那一刻，所产生的反噬力，再次将凡迹星几人击飞。他们根本控制不住，直接跌入海水中。从海里出来时，脸上身上又添了不少新伤。一个个面色憔悴，跄跄踉踉，分不出谁比谁更狼狈。

而商刻羽因有元神法相抵抗，稳立半空。直到反噬平息，收回元神，他才一个摇晃，开始随着海风坠落。仙鹤鸣啼，顶风而来，在他将要落水时，接住了他。

商刻羽旋即在仙鹤背上盘膝而坐。他本想将散开的长发重新扎起来，稍一动作，血气涌上喉咙口，忍住不动。仙鹤脚掌擦过海面，载着他再度升空。

"你怎么能……"极北之海上空，回荡起撕震惊的怒喝声。

商刻羽施展的这项大神通，是将自身精气神全部浇筑在元神之内，再借用和吸纳天地五行之力。哪怕大荒时代，撕见到的次数也不多，现如今的人类怎么能做到？以他的判断，根本不应该！

商刻羽冷笑道："怎么样，现在知道九天神族为何要将大荒交给我们了吗？"话虽如此，这套所谓的家传绝学，他祖上从未成功过。他从前尝试，也没成功过。

亦孤行虽不剩几分力气，仍飞去商刻羽身边，凝剑气去护他的心脉："你修法的天赋既然这样高，为何不专注修法？"

昙姜虽然赠了剑，却也不是只能修剑。亦孤行从修佛道改为修剑道，是因为他佛道修得浅显，师父甚至不愿意为他剃度，只准他代发修行。

"确实。"李南音也有这种疑问。她以为商刻羽说自己修法的天赋比修剑更高，是在给他们吃定心丸，不承想竟然是真的。

商刻羽沉默。从前他可以说，他喜欢自己的流徽剑，而且他隐约觉得，流徽剑和他脑海里的"女人"密切相关。唯有修剑，才有可能寻到她。

商刻羽眉间带着一抹倨傲："修法对我来说轻而易举，修起来有什么乐趣？"

"行了，商三哥，这里没人怀疑你的实力，别忙着显摆了。"凡迹星朝他劈了一剑。身为医修，他比谁都清楚商刻羽此时的状况，根基损得不剩多少。身体损伤能够复原，真气亏损也能补充，根基损毁通常是不可逆的，需要重修，且毁坏过的根基，重修时极为不易。

凡迹星几个人，虽然远不如商刻羽伤得严重，根基也都有不同程度的受损。不过大家保住了命就好，留得青山在，不愁没柴烧。

李南音先发现："闻人呢？"

凡迹星一愣："闻人还没上来？"

闻人不弃负责定住连环，连环碎裂时，他遭的反噬应该是最重的。此时还没从水里出来，他估计是陷入了昏厥。但他们眼下也无法下去捞闻人不弃，还要集中精力应对撕下一步的举动。连环断裂，撕计划失败，耗费了那么多的法力，不知恼羞成怒下，他将如何。他们一起望向远处那片悬在高空的陆地。

原本立于剑气莲花斜上方的昙姜，在连环断裂时，被远处袭来的力量击倒，摔进背后的神殿废墟里，手中心剑脱落，顾不得捡。

昙姜伏在地上，抬头望向了海面上的几人。昙姜相信他们可以办到，是因为别无他法，必须要相信。如今见到连环锁链真被斩断，除了喜悦，她同样有些惊讶。

父亲在大荒时代开创的这套剑傀术，无论任何时候，从没有剑傀可以超越铸剑师当前能力的下限。然而凡迹星几人结成通力剑阵时，每个人都突破了各自的极限。

尤其是商刻羽，突破得最显著。他最后使出的这招大神通，不带一丝源自武神剑的剑气，完全是他自小修来的道法根基，是当下纯种人类的天赋力量。

昙姜那弥漫着雾气的脑袋，忽然回忆起父亲曾经告诉她的一番话。石心人这个物种，属于人类，而非大荒怪物，不只是因为他们的先祖曾是人类，还有一个重要原因，他们遇强则强，且能够随心所欲创设剑意的这项根基，源自人类独有的一种特质——"无限可能"。

大荒怪物可以被武神写入《归墟志》，以天赋强弱进行严谨排名，却没有一本书，可以为人类定性排名。生生不息、世代相传的人族，在很多造诣上，即使可以做到前无古人，也很难说后无来者。这便是"无限可能"。

昙姜自小和父亲待在海底，远离人群。对于自己是人类这件事，都是父亲耳提面命，她心中其实没有太多认知。今日，昙姜终于也体会到了父亲口中的那种"归属感"，一些她一直在做、知道自己应该做、必须做的事情，也仿佛变得更具有意义。

"轰隆！"

倒在地上的昙姜随着地面晃动，也摇晃了一下，她察觉脚下的极北雪原，又开始向上攀升。原先撕已将这片困住他的陆地,升到了封印允许的最高处。锁链断裂,他虽失去一部分法力,但封印对他的压制,瞬间变小了很多,他开始集中精力去破封印。

这也是预料之中的事情。超出预料的是,撕剩下的能力,竟然依旧如此强悍。

此番陆地上升,竟牵引着一部分的海底,跟着一起上升!这样海水将倒灌上陆地,导致沿岸转瞬间经历"沧海桑田",他同样可以获得大量的痛苦之力。

昙姜起身的同时,手掌一抓,心剑入手,再次将剑气注入即将枯萎的莲花。

撕平静的声音下,压抑着他的怒气:"昙姜,你或许能将我重新镇压,但代价是赔上你的命。而我还有几千年的寿数,这几千年,你能保证我不会再有机会破印?到时候谁来补充这朵莲花?你的女儿?"

昙姜道:"你高估了自己,你已经不值得我拿命来镇。无论需要多少年,我都陪你耗下去,你必定终结在我手中。我不会放你出去为祸人间,更不会给你机会伤害我的阿拂。"

"那就让我瞧瞧,你们石心人还有什么我不知道的本事!"莲花内的触手突然发力,花瓣险些被撕碎。

昙姜再次被击退,倒在废墟里,鲜血从胸口处渗透出来,顿时晕染了一大片。陆地上升的速度,容不得昙姜多想,她慌忙提剑起身。慢慢为莲花补充剑气已经来不及了,昙姜开始想要突破自身。

远处。

"怎么办?我们现在可以做什么?"亦孤行看到昙姜的吃力,至多也只是拖慢那片陆地上升的速度,心中难免焦急。但他焦急也没用,斩锁链,已经耗尽了他们的剑气。一身伤的情况下,他们靠近剑气莲花是给昙姜添麻烦。

李南音望着缓慢上升的海平面,默默道:"真的很难想象,三万年前的大荒时代,这些怪物全盛时期,会是怎样恐怖的存在。"她不禁担心起姜拂衣。一个尚未出笼的一等怪物,能力这般非凡。姜拂衣却要去对付一个和撕差不多情况的怜情,再加一个已经出笼、还不曾使出太多本事的逆徊生。

凡迹星见识过纵笔江川的能力,没有任何惊讶,只想赶紧寻找到闻人不弃:"闻人呢?赶紧出来拿个主意。"

闻人不弃此时陷入深海,一手攥着尺子,一手捂着自己的额头,不断下沉。锁链崩断时的力量,几乎震断了他全身经脉,幸好他提前以真言尺抵挡,才保住这条命。

闻人不弃并未昏厥,只是头痛欲裂,比经脉尽断更令他难以忍受。脑海里瞬间涌出无数种声音,来自不同的人,有咆哮,有呐喊,有恸哭,也有轻语,嘈杂地糅在一起,分辨不出那些声音的来源,甚至连一句都听不仔细。但闻人不弃忍住剧痛,努力分辨。他觉得自己记忆的闸门,就要被彻底打开了。

可当闻人不弃发现自由下潜变慢,海水似乎在上升时,他立刻攥紧真言尺,压住脑海中那些纷乱,朝上方飞去。他刚跃出海面,便瞧见令他震撼的一幕。

昙姜竟然将手中那柄刚剡出来、新铸好的剑,回收体内。她御风急速升空,高出缓慢升空的陆地数百丈,悬停在陆地中央,恰好也是剑气莲花的莲心位置。随后,昙姜似隼一般向下俯冲,掌心涌出剑气,似乎想要一掌拍在莲心上。

但随着她俯冲,掌心剑气凝结为剑尖,她的身体,竟然逐渐幻化成为一柄长约十数丈的光剑!幻化完成后,阻力增强,速度慢了下来。

广阔的陆地上升,巨大的光剑下坠,距离不断缩小。"嘭"!剑尖最终抵在了莲心上,爆发出一个不断向外扩展的夺目光环,陆地不再升空,光剑依然持续下压。昙姜是想要以这种方式,将这片陆地,重新压回海里去。

然而……

一寸。

三寸。

六寸。

陆地下降得极为缓慢,且逐渐停了下来,与光剑僵持不下。远远望去,北海中央,悬空的陆地上,垂直扎着一柄流光溢彩的巨剑。

已被淹没的鲛人岛,一众鲛人浮在水中,只探出头,敬畏地望着他们心目中的"海神",在心中为她默默吟唱鲛人族的祝福之歌。

"商刻羽。"僵持之中,昙姜的声音传来,"将你的剑交给我回收,你的确用不着,且我相信失去这柄剑,对你今后影响不大。"

商刻羽盘膝坐在仙鹤上,皱眉望着那柄光剑。他取出流徵,摩挲剑柄,却没动作。

凡迹星催促:"你还犹豫什么?"

商刻羽将流徵剑朝昙姜的方向扔了过去,不必使力,流徵在昙姜的吸引下,自动朝她飞去。如同水滴融入大海,无声无息地融入那柄巨剑之中。

不多时,光剑倏然炽盛,打破和撕的僵持局面,缓慢地将陆地下压十几丈。升起的海平面,重新降了下去。见此情形,凡迹星三人没有任何犹豫,也打算将剑扔出去。

"你们先别忙。"商刻羽制止他们,"昙姜没有骗我们,单纯回收心剑,用处的确不算大。你们考虑一下,选个人出来。"

李南音及时抓住即将脱手的剑："考虑什么？"

商刻羽道："我先前告诉你们无上夷废了，是看到他被昙姜回收心剑以后，只剩下一分修为根基。看样子，昙姜可以通过心剑吸收剑傀的修为根基。我想，我们也可以将修为根基注入剑内，交给她回收。"

商刻羽见过无上夷以后，原本想着，稍后昙姜母女俩封印撕，万不得已时，他将自己的修为根基注入流徵，交给昙姜，重新将撕这个祸害镇回去。不说为姜拂衣改命，也不说救世，这原本就是他身为一国之君，应尽的责任。谁知道撕暗中搅动连环，将局面闹到这种程度。

"我此番根基损伤严重，无法注入，你们比我情况好些，只能由你们来了。"商刻羽看向他们，"只不过我有自信重修成功，恢复只是时间问题。你们则需要想清楚，有可能从此成为废人……"

"我来。"亦孤行想也不想，便要举剑尝试注入修为根基。

李南音却按住他的剑："你不要和我争，没了况雪沉，我已经……"

凡迹星"啧"了一声："李南音，你修的逍遥剑，竟然想为况雪沉殉情？"

李南音道："你懂什么？真正的逍遥，是随心所欲。"

凡迹星摆了下手，一副"少来"的模样："咱们想办法，不能感情用事，而是要将风险降到最低。我精通医道，底子好，是不会让自己成为废人的，我才是最合适的……"

李南音摇摇头："不是我看不起你，凡迹星，你的剑气强度不如我俩，择其一，也是看我们两个谁更合适。"

亦孤行道："干脆别争了，咱们每个人给一半。"

李南音双眸一亮："好主意。"

凡迹星笑道："亦大哥真是不鸣则已，一鸣惊人。"

闻人不弃的声音却突兀地响起："其实，还有更好的办法。"

几人循声望去。

凡迹星窥了窥他的状况，深深蹙眉："闻人……"

闻人不弃落在他们身边："你们只需像商刻羽一样，将心剑还给昙姜便是。我也相信，剑道在心，手中有剑没剑，虽有影响，但你们应该可以寻到最合适的出路。"

凡迹星举目，望向远处正吃力下压的光剑："你认为，仅是将心剑归还，她便能将撕重新压回海里去？"

闻人不弃道："有希望，石心人本就天克撕。如今撕强弩之末，不过是困兽之斗。而昙姜气势如虹，且心有牵挂，求生欲远胜撕。"稍稍顿了一下，"她应会像阿拂之前预估的那样，以身镇印，陷入沉睡，直到撕被彻底净化、消亡。我估计，还需要四五千年。弊端是，无论重新封印撕，抑或持续镇印，她的损伤都难以估量。若在这四五千年内，再出什么事端，后果难料。"

李南音凝眉："既然如此，你为何阻止我们？"

"我并没有阻止你们，只是说还有更好的办法。"闻人不弃解释，"你们各有能力，国君可令百姓安居，医者可消减身体之痛，佛修可度化人心之苦。至于你，李南音，你掌控着修罗海市，背后勾连着七境九国的商业脉络。对于大多数凡人而言，财，可平众多人间疾苦。只要你们携手努力，撕被净化的速度将会加快，昙姜或许只需镇守三千年左右，便能重见天日，获得自由。"

凡迹星和亦孤行面面相觑。李南音若有所思，他们留着修为根基，起到的作用似乎是更大。

"剩下的，交给我。"闻人不弃亮出真言尺。

尺子虽为太初神器，却并不能直接为剑气莲花提供力量，也无法直接拿来镇守封印。然而他不一样，他已被昙姜的剑标记，成为剑傀。

闻人不弃道："只要我融入神器中，就不再惧怕撕的碎心。昙姜可以通过我，源源不断地获得神器内的太初之力，支撑她镇印。如此一来，能够减少昙姜的耗损，撕被净化的时间至少可以再缩短两千年……当然，前提是阿拂他们也能获胜。"

商刻羽朝他看过去："闻人，你想起来自己是器灵了？"

闻人不弃摇头："没有。"

商刻羽："那你怎么融入神器里？"

闻人不弃望向光剑："我直接杀过去，生死一线之际，无论我究竟是不是器灵，这家传的、世代供奉的尺子，应该不会眼睁睁看着我被怪物打死，魂飞魄散吧？"

商刻羽拢眉："这不就是赌吗？"不过，他们谁不是在赌。

"就让他去尝试吧。"凡迹星没劝，他心知闻人不弃这具肉身，本也废得差不多了。

闻人不弃朝他们拱手："我若失败，后会无期。倘若成功，各位，愿你们早日复原，都能突破寿元上限，咱们千年以后再见。"言罢，他抓紧真言尺，朝向光剑飞去。

"逍遥！"李南音旋即扔出手中剑。

"去！"凡迹星也放飞了自己的伴月剑。

亦孤行心头纷乱，闻人不弃让他去度化人心，可是一直以来，他活在迷惘之中，连自己都度不了，真的行吗？真不如将修为根基注入剑中，相助恩人更简单。此情此景，又容不得亦孤行怯退，心道不行也得行，他抬手将苦海剑扔出。三柄心剑的速度,远远超过闻人不弃,为他前行开路,披荆斩棘。

昙姜正全力与撕斗法,感知到的时候,想要阻止已经来不及了,只能任由那三柄心剑融入她的体内。一瞬激涨的剑气,令光剑尖端顶住陆地中心迅速下沉。

一尺。

一丈。

十丈。

百丈!

昙姜一鼓作气,势必要将他镇回海底去!

闻人不弃沿着心剑开辟的路径飞过去时,扑了个空,抓着真言尺俯身下落。

下方光剑内,依稀能看到昙姜的影子。她仰起头,猜到他的意图:"闻人弃,回去,我们石心人和撕的恩怨,与你无关。"

闻人不弃道:"面对人间大劫,无论我是神器的器灵,还是闻人氏的传人,都和我密切相关。"

昙姜道:"多沉眠两千年,对我而言无所谓,我从前每次沉眠,都是以千年计算。"

闻人不弃道:"极北之海已经不在连环内,多两千年,需要承担不少风险。撕早一天消亡,人间早一日安稳。"

昙姜承认他说得对:"但是……"

闻人不弃:"你难道不想早些见到阿拂?"

昙姜心中一颤,再难拒绝:"那你呢,你又会得到什么?"

闻人不弃笑道:"我不是说了嘛,无论我是器灵,还是闻人氏的传人,镇灾驱邪,平定人间,我都义不容辞。"

昙姜仰头望着他:"还有呢?"在她直白的目光下,闻人不弃的笑容收了收:"还有……"

没等他答。

"嘭——"那片陆地终于被光剑压至了海平面,陆地边缘一时激荡起千层巨浪。

"你们这群疯子!说我们是怪物,我看你们才是怪物!"一旦触碰到海水,水灵力对他的天赋也有一定压制,撕垂死挣扎。

闻人不弃被乱流击中,皮肤皲裂,血液渗出,染红了真言尺。他仍未退缩,持续逐着光剑下坠,最终坠入海中。

闻人不弃一入海,那些杂乱的声音,又涌了出来,先前的头痛再次发作,痛不欲生。

真言尺骤然闪动了一下。闻人不弃的身躯开始虚化，隐隐要被真言尺吸收。他像是融入了一层保护罩内，杂音又如潮水退去，最终，脑海里只剩下昙姜的声音。

"奇怪，你要'锁'做什么？我信得过你，你反而信不过你自己？"

"我是信不过我爹，我若迟迟无法救你出来，见我不肯娶妻，万一我爹以真言尺敲我一记……总之防不胜防，否则，你爹也不会造出'锁'。"

"一旦上了锁，你爹可能不会将家主之位传给你。"

"我并不稀罕。何况在我参悟神族封印以前，这家主给我也没空管。"

"神族的封印不是那么容易参悟的，你不要太逼迫自己，慢慢来。"

"依你所说，你每时每刻都会被封印消磨寿命，教我如何慢慢来……昙姜，你在铸造长生剑时，顺便铸一把锁吧，我实在不想为了任何琐事，分散我参悟封印的精力。"

"你爹逼迫你娶妻，无非就是为了家族有后。不如你骗一骗他，说你已经有了一个女儿。石心人孕育需要很久，等孕育完成，我会试着送她离开封印，上岸寻你。"

"你忘了，我家的尺子叫作真言，我在我爹面前，根本讲不了假话。"

昙姜沉默。

"怎么了？"

"没有，我造一把锁给你。"

那些关于昙姜的记忆，如洪水涌入脑海。闻人不弃猛然惊醒，眼眶立刻就红到酸痛。当时昙姜说的竟然是实话，她和他真有一个女儿！

只是昙姜看出他的"疯魔"，担心他为参悟神族封印而做出傻事，瞒着他。否则知道妻女都在封印中，遭受封印伤害，他怕是会更疯。事实表明，昙姜的担心十分正确，若没有长生剑护体，以及沈云竹暗中相助，他几十年前就已经死在了巫族。

"昙姜！"闻人不弃的眼泪溶于海水中，他俯身下潜，想去抓昙姜的手。

而昙姜看到闻人不弃身体虚化，即将融入真言尺中，便施展剑傀术，想要通过闻人不弃识海中的剑契，与真言尺建立连接。

闻人不弃回想起往事时，她的识海也一起被击中，几乎和他同时想起。昙姜再次仰起头，两人此次对视，眼神都起了变化。

她朝上方伸出手。他握住那只手的瞬间，再是"嘭"的一声震动。镇压着撕的那片陆地，再次嵌入海底，与原先的凹陷严丝合缝。

海底被搅动得极为混浊。待混浊稍微沉淀，可窥见一柄三尺多长的剑，

—488—

竖直立在那里。一柄长尺则倾斜而立，尺身与长剑交错相贴。

海底逐渐平静下来，剑尺也安静伫立。

——"阿拂，愿你这一战旗开得胜，从此顺水顺风，娘和爹，期待和你重逢。"

万象巫上空的传送门，气旋猛烈旋转。

姜拂衣比燕澜快了一步，先从气旋中展袖飞出。下方人影晃动，气波涌动，姜拂衣顾不得看，先朝前方高阁处望去。

逆徊生双手撑着栏杆，注视着她，笑道："小石心人，不久前才从万象巫夹着尾巴逃走，这就敢杀回来了？"

姜拂衣也望着他淡笑："年轻人嘛，不就该从哪里跌倒，再从哪里爬起来，您说呢？"说着话，姜拂衣并未从高空下去，先感知环境。

逆徊生则紧紧盯着她背后的旋涡。和姜拂衣猜测得差不多，他想从传送门直接去往温柔乡，这样省时省力。但他不了解神器四方盘，不知道况雪沉能不能通过四方盘对付他。本想让柳藏酒打头阵，他紧随其后，不信况雪沉舍得杀自己的弟弟。不承想，柳藏酒刚靠近传送门，便被暮西辞逼退。

逆徊生在一旁观战，并没有动手。他知道眼前的暮西辞就是焚琴劫火，从前不曾交过手，如今更不确定焚琴还剩下多少实力，想先看看。

逆徊生向来谨慎，被封印消磨这么多年，法力本就所剩不多。逆转和驯服柳藏酒，又消耗一部分。补充速度远不如消耗得快，他舍不得浪费，想要集中起来救怜情。他试探着问："小石心人，怎么只有你自己跌倒了爬起来，那个神族小子呢？在万象巫摔断了腿，爬不起来了？"刚问完，那扇传送门再次出现波动，燕澜从旋涡内飞了出来。

姜拂衣低声："你好像有些慢。"

燕澜解释："和况雪沉说了几句话。"他和姜拂衣一起展袖下落。

姜拂衣传音："大狱大门开启，沈云竹、棺木隐那几个怪物，应该都去了魔鬼沼，好像只有逆徊生自己在万象巫。奇怪的是，巫族人去哪儿了，城里好像没多少人？"

燕澜解释："巫族大部分族民，早些时候就已经跟随猎鹿去往了魔鬼沼。"先前从温柔乡去往极北之海的途中，他就得知了这个消息。

猎鹿以秘法传信，亲自告诉他的，是想让燕澜知道，巫族大部分人都还有良心，懂得分辨是非善恶。猎鹿还想询问一下燕澜，接下来该做什么。言下之意，巫族人已经不认逐影这个族老，只认燕澜这位少君。

燕澜只回应一句，他相信猎鹿能够处理好。他是放下了，也知道窈神之事,不能牵连整个巫族。燕澜真心希望巫族平安过了此劫,今后更好。但这巫族少君的位置,和他再也没有任何关系。

"事不宜迟,不给逆徊生反应的机会,先控制小酒。"姜拂衣心中一定,万象巫这边基本没有潜在的危机,可以行事。

"嗯。"燕澜答应。

两人朝传送门下方望过去。

柳藏酒极为显眼,他已经基本恢复成从前的体型容貌,只是两只耳朵仍是毛绒尖耳,狐狸眼周围布满红色线条,看上去妖异得厉害,眸光也透着猛兽的狠厉。

柳藏酒手中的兵刃,是惯用的那条长鞭,随着妖力增强,原本就非凡品的鞭子,更不容小觑。一鞭挥出去,火光伴着闪电,在四周猛烈炸开。

相距几十丈,姜拂衣都能清晰感受到这股妖力的压迫感。暮西辞、漆随梦,以及柳寒妆,在他的长鞭之下,被抽得节节败退。当然,也是因为他们在面对柳藏酒时,基本只守不攻,才会如此狼狈。

"小酒!我是三姐啊,你就真的一点也认不出我?"柳寒妆几次被他攻到眼前,都不想躲避,甚至有迎上去的冲动。她心中始终不信,柳藏酒会对她下杀手。她试图以这种方式将他唤醒,只不过每次都被暮西辞阻止,及时将她拉回来。

暮西辞一边以剑抵挡进攻,一边牢牢护住她。因为着急,不顾最近的刻意疏远,暮西辞使用起二十年来最熟悉的称呼:"夫人,你信我,这样没用的。逆徊生是大荒最强的御兽师,莫说小酒,大荒时代的神兽,也很难抵住。"说话的工夫,暮西辞的手臂便被抽了一鞭,深可见骨,血肉模糊。他下意识地打算还手,又忍回去。

柳寒妆心头一阵绞痛:"那究竟该如何是好?"

漆随梦见暮西辞受伤,围上来替他们挡一挡,提醒道:"总是被动挨打不行,该还手必须还手。我们还要去关门,不能太多耗损。"他抽空朝上方望去,"至于柳藏酒,珍珠既然说有办法救,就一定有办法,不用怀疑。"

暮西辞也仰头:"燕澜,小酒交给你们,我和漆随梦这就赶去魔鬼沼!"

"不着急,事情一件件解决。"燕澜回到从小长大的地方,只需释放出目视,朝魔鬼沼的方向稍微感知,便知道魔鬼沼最高规格的禁制大阵开启了。

九霄鸿蒙阵,九天神族留下的法阵,防止五浊恶世大门开启,怪物跑出来,设下的第一重屏障。三万年来,由于五行流转,以及多次破坏,威力所剩不多,但也能勉强挡一挡。

"焚琴前辈,您先挡着逆徊生,我们全力救小酒。"燕澜说完,立刻俯身向下。半空之中,他双手结印,施展自己最擅长的秘法,"天罡盾!"

"唰!"柳藏酒的长鞭,抽在一面骤然显现的金色光盾上,发出一声震颤嗡鸣。

柳藏酒立刻转向,想绕开这面六边形的光盾。然而无论他往哪里去,光盾便会出现在他面前一丈远。

柳藏酒转向的速度越快,光盾形成的速度也越快,不多时,便结成一个"蜂巢",将他困在其中。柳藏酒不再躲闪,妖力汇聚于掌心,整条手臂都散发出红光。他狠厉地龇了龇牙,一鞭又一鞭地抽在光盾内壁上。

每一鞭,都如同抽在燕澜身上。燕澜面无表情,稳稳落在盾阵前方,双手掐诀控阵,和柳藏酒对峙:"快。"

姜拂衣稍后落地:"漆随梦,以你的浮生剑意绑住他。"

漆随梦再问一遍:"浮生剑?"

浮生剑是无上夷所授,漆随梦自从清醒后,再没使用过。以他今时今日的心境,不知还能不能行。但姜拂衣这样说,漆随梦并拢两指,指尖凝聚出一个旋涡,一甩而出。盾阵内的柳藏酒,旋即被一串流光溢彩的气泡缠绕住,如同绳索。

知道捆不住太久,姜拂衣道:"柳姐姐,快,抽他一丝精气出来!"

柳寒妆微怔:"精气?"

漆随梦一听,便猜出姜拂衣打算铸剑。他的瞳孔紧紧一缩,剑气显然不稳,慌忙收敛心神,稳住。

姜拂衣开始为剜心做准备:"我要以小酒的精气,铸一柄剑,试试看能不能以我家的剑傀术,打败逆徊生的御兽术。"

他们姐弟体内都有柳家父亲的真元,柳寒妆又比较擅长医术,抽起来更简单。

柳寒妆一时反应不过来,但她完全信任姜拂衣,不再迟疑,慌忙取出一根银针,屈指一弹,银针"咻"地朝柳藏酒飞去。这根银针只要可以蹭到柳藏酒,即使擦到一点皮,也能成功取得他的精气。

然而,突听一声兽鸣!柳藏酒现出妖身,天罡盾阵中出现一只体型庞大的九尾红狐。束缚他的气泡尽皆碎裂,那根银针也被弹开。

"嘭!嘭!嘭!"九尾红狐直接以妖身,冲撞着天罡盾阵。

漆随梦吐了口血。柳寒妆向后仰去,被暮西辞扶住:"夫人?"

燕澜还稳稳站着,双手控阵,只是脸颊已无血色。

姜拂衣不去管他们,她一只手按在胸口,等着铸剑:"再来!"

漆随梦迅速站稳,再次施展幻梦。

"我没事。"柳寒妆推开暮西辞,控制那根掉落在地的银针,"收!"银针重回掌控,飞向那只九尾红狐。

逆徊生知道石心人的剑傀术,原本认为姜拂衣办不到,连取柳藏酒的精气都不一定能办到。见此情景,他终于按捺不住,从楼阁跃下。

暮西辞的注意力,一半集中在柳寒妆身上,一半关注着逆徊生的动静。逆徊生才刚有动作,暮西辞瞬移迎上去,挡住他的去路。

逆徊生与他相隔两三丈,面对面,仍不敢轻举妄动:"焚琴,我真就纳闷了。休容和这个小石心人,都是在人间长大,她俩满心帮着人类,我可以理解。你是怎么回事?你和我们一样,都是大荒怪物,你帮着人类做什么?"

暮西辞还要去守大狱的门,也不想和他动手,不得不说话:"绝大多数的怪物,在不受九天神族约束之后,都会滥杀人类。我不想看到世间变成一个屠杀场。"

逆徊生真要笑了:"刀兵劫数,不是恰好能为你提供力量,你竟然拒绝?珍馐美味喂进你嘴里,你选择吐出来?你是要气死谁?"

暮西辞振了下手中的火麟剑:"与你何干?"

"不对啊,以前也没听说你爱多管闲事,不是一贯明哲保身的吗?就因为如今做了温柔乡的女婿?"逆徊生瞥了他一眼,半是讥讽,半是感慨,嗤道,"还真是问世间情为何物,连大荒怪物都控制不住,难怪怜怜会这么厉害。"

"以前世间有神族,他们会管。"暮西辞想了想,"你要这样问,我承认我最近有一些后悔。"

逆徊生:"哦?"

暮西辞是认真的:"早知今日,当初我就应该站出来帮助九天神族,而不是东躲西藏。"

逆徊生无话可讲了,和大荒怪物们最不能谈的,就是族群观。毕竟当年就有一些站队神族的怪物,而其他怪物也没觉得他们哪里不对。棺木隐或许说得没错,一盘散沙,是导致他们这个强大族群,沦落到今日境地的根本原因。

逆徊生攥了攥拳头:"既然如此,让我来试试你的劫火。"

暮西辞将劫火注入火麟剑:"你确定?上一个被我克到功败垂成,翻不了身的是纵笔江川。"他就赌逆徊生对他的天赋了解不深。毕竟暮西辞从前在大荒,不常与人斗法,知道他深浅的并不多。

逆徊生皱起眉,的确心有顾忌。但柳藏酒是他的心血,他不能放任石心人抢走,成为剑傀,掉转枪头再来对付他,搬起石头砸自己的脚,也未免太气人了!

正犹豫不决,魔鬼沼方向再次传来一声惊雷阵响,且引动了天象。

此次引发的天象,和之前截然不同。

原本上空积聚的乌云,似乎被这雷音震得消散了一些。姜拂衣原先捏了把冷汗,以为是沈云竹几人攻破了魔鬼沼的阵。瞧见天象,她睁圆了眼睛,有些激动地询问燕澜:"连环锁链是不是断了?"

燕澜边控盾,边感知天灯:"天灯熄灭,锁链应该是被砍断了。"

"谢天谢地!"姜拂衣拍着自己的胸口,长舒一口气,"他们办到了,真的办到了……只是不知道付出了什么代价。"尤其担心闻人不弃,他的自保能力是几个人里最差的。母亲虽然无法给出肯定答复,就凭那把"锁",以及姜拂衣对石心人的了解,已经差不多判断出闻人不弃是她的亲生父亲。

燕澜默默道:"不管什么代价,都还能活着就好。"

姜拂衣没说话,点了点头。活着就是希望。

"怎么回事……"逆徊生观察一会儿天象,心知自己不能再继续拖延,必须赶紧去往温柔乡。趁着封印动荡尚未完全平息,救怜情破印才能事半功倍。逆徊生顾不得柳藏酒了,不值得将精力耗在这里。关于温柔乡,他原本只怵焚琴劫火,如今发现焚琴是个痴情种,在温柔乡里根本不是他的对手。他放心很多。

逆徊生拿定主意,放弃传送门,一拂袖,从袖中飞出一只怪鸟。怪鸟冲上半空后,体型瞬间膨胀。逆徊生怕被阻拦,身形还虚晃了一下,才跃上鸟背,厉声喝道:"走!"

怪鸟振翅起飞,快似一道闪电。这是大荒时代,除了高阶凤凰,速度最快的鸟类,被逆徊生逆转成卵,带进了封印,人间仅此一只,大荒也不多见。这般惊人的速度,暮西辞已经许久不曾见识过,计算道:"最多一两个时辰,他就能抵达温柔乡。"

但这些不是他接下来需要操心的事情,暮西辞回到柳寒妆身边,看她不断操控银针,试图获取柳藏酒的精气。朝夕相伴相识二十多年,他第一次见她这样专注。暮西辞目不转睛,多看了两眼,毕竟看一眼就少一眼。

姜拂衣望着逆徊生消失的方向,心中有些疑惑。她一直以为,逆徊生从封印中醒来后,想起了他和怜情多年来你追我逃的往事,觉得对不起怜情,才一门心思地想要救她破印,但听着逆徊生讥讽暮西辞多情的态度,好像不对。不过,事实是什么并不重要。逆徊生不顾一切想救怜情的心是真的。

姜拂衣和燕澜分析过,怜情受到物极必反的影响,生命力一直在流逝。三万多年过去,能活到今天,怜情对逆徊生的恨,应该早就没有那么强烈。为了破印,怜情大概不会排斥和他合作。总而言之,姜拂衣提醒自己,稍后容不得一点侥幸心理。微微一愣,她叹了口气。她怎么又犯蠢了,现在提醒

-493-

自己有什么用，待会儿全忘了。

"小姜，接着！"柳寒妆尝试了十数遍，终于成功取到柳藏酒一缕精气。

姜拂衣以两指夹住银针，那缕精气便在柳寒妆的操控下，自动绕上她的手指。姜拂衣背过身，手掌在胸口一抓，将新长出来还不到两天的剑心取了出来。

"嘭！"背后传来震耳欲聋的响动，以及一声兽吼。

姜拂衣不必回头，也知道是九尾红狐将剑气和盾阵都冲破了。有人会拦着，她不理会，专心铸剑。

柳藏酒没有修剑的天赋，并不适合修剑，且他对剑道也没太多热情。这柄剑不需要设置剑意，铸造起来更简单，节省不少时间。至于剑名，姜拂衣也没心思想。

因此，姜拂衣的第三颗剑心，铸造出一柄锋利，但只有锋利的剑。而锋利，是剑最质朴的状态。也可以说，这柄剑代表着返璞归真。从一定程度上，似乎契合了姜拂衣对这柄剑的期望。

"你们都闪开！"姜拂衣忍住剜出剑心后的不适感，紧紧咬了咬牙，手持这柄锋利的剑，转身朝那只九尾红狐劈去！

如今的柳藏酒没有自我意识，全凭兽性，利刃斩来，便以利爪来挡，并不知道，那柄利刃融合了他的精气。狐狸的尖爪想去抓剑，姜拂衣便迎合着他，故意让他抓剑。

"锵——"刺耳的声波之下，姜拂衣心念一动，长剑倏然化为剑气，扎向那庞大的九尾狐狸脚掌心。因有他的精气，剑气入体得极为顺畅。

成功了！但只成功了一半，姜拂衣还需要强制结剑契，强行标记他，比拼的是精神力。

剑气入内以后，顺着经脉流向柳藏酒的识海，本能地令他感到恐惧，他疯狂地一掌拍向姜拂衣。

姜拂衣在他爪下站立，一双眼睛紧紧盯着狐狸眼："柳藏酒，接下这柄剑，给我……忘！"

柳寒妆在旁提心吊胆，抓紧身旁暮西辞的手。漆随梦着急地想去帮忙，见燕澜没动，他也退了回来。燕澜脸上没有表情，其实一颗心早已提到喉咙口。

千钧一发，狐狸突然仰天尖啸一声，摔倒在地上，红光闪现，从妖身变回了人身，鲜血从他双耳中缓慢流出。

"小酒！"柳寒妆慌忙上前去，摔跪在他身边。

姜拂衣还在原地站着，风一吹，微晃了下，倒下之前，便已经落入燕澜怀中，被他打横抱了起来。

-494-

姜拂衣只觉得天旋地转，迷迷糊糊，脱口而出："大哥，我好难受……"

几个字，燕澜眼眶酸涩，眼泪险些落下来。若不是遇到姜拂衣，他都不知道自己原来这样脆弱。燕澜收紧手臂："告诉我，我该怎么帮你？"

姜拂衣也不知道。之前和漆随梦两相忘，是在她假死昏迷以后，沧佑才彻底标记漆随梦，姜拂衣完全不清楚自己是怎样失去记忆的。

这一回，她的感知十分清晰。自从六爻山醒来，这一年多的记忆，开始在脑海中倒退回放，最终退回到六爻山初遇柳藏酒的那一天。

姜拂衣的意识逐渐昏沉，努力想要睁开眼睛，看清楚燕澜的容貌。视线太过模糊，她只能抬起手，试探着去摸他的轮廓。燕澜主动将侧脸贴在她手心里。

姜拂衣以拇指描着他的眉骨："我好像成功了，瞧见没有，我们石心人就是比逆徊生更强。"

"嗯。"燕澜搂紧她，"如果石心人是大荒怪物，一定是《归墟志》的榜首。"

"不对，如果我们真是怪物，那就赢不了了。"姜拂衣被他勒得喘不上气，感受到他在颤抖，撑起全身的力气，轻轻拍了拍他的脸颊，"去做你该做的吧，我心中有北斗星……"她的手臂滑落，陷入昏迷之中。燕澜闭上眼睛，将脸埋进她颈窝里。

地面忽然接连颤动了几下，又是从魔鬼沼方向传递来的。这回，应是那几个怪物在破九霄鸿蒙阵。

燕澜快速平复心情，依照和姜拂衣的计划，抱着她走向柳寒妆。燕澜将她轻轻放下地，让她靠着跪坐在柳藏酒面前的柳寒妆："柳姑娘，阿拂和小酒很快会醒。醒来以后，将丢失两人相识以来的所有记忆。依照道理，小酒会忘记逆徊生对他的驯服，恢复理智。"

柳寒妆睁大双眼。

燕澜伸出手，将乱发别在姜拂衣耳后："不能确定小酒认识阿拂之前的记忆，会不会立刻复原，需要你这位亲姐姐来安抚他，讲明眼前的危机。小酒不惧怜情，可以前往温柔乡，请你告诉他一定要相信阿拂，协助阿拂，听她的话。"

柳寒妆搂好姜拂衣："那小姜怎么办？"

燕澜道："你只需管好小酒，阿拂戒心重，不会轻易相信任何人，多说无益。"

柳寒妆问："连你也不信？"

燕澜苦涩道："阿拂之前沉睡，是被小酒唤醒的。我与她相见，是在她认识小酒以后,她连我是谁都不会记得。"

柳寒妆难过道:"为了救小酒,你们两个……"

燕澜不等她说完:"若不是小酒,阿拂不忘记我,怎么去温柔乡?"

听了这话,柳寒妆心中更难受:"小姜的记忆,岂不是要退回到刚从极北之海上岸,十一岁时?一醒来,她便要去温柔乡,面对两个强大的怪物?"

"我和她已有对策,她知道自己该做什么,柳姑娘放心。"燕澜忍住心中不舍,站起身,"这里交给你了,我们要赶去魔鬼沼。"

燕澜很想等到姜拂衣醒来以后再去,心中希望她醒来以后,第一眼看到的是他。但对一个要去和怜情较量的人而言,这没有任何好处。

漆随梦终于忍不住喊道:"燕澜。"

燕澜脚步一滞,朝他望去。

漆随梦的视线,从姜拂衣脸上收回去:"如果我关上了大狱大门,今后,我是不是不欠你什么了?"

燕澜的眼珠疼了下:"我从来没说过你欠我。"燕澜不太喜欢漆随梦,对他没有好脸色,源自私心,有些是因为阿拂,有些是因为父亲。

漆随梦道:"不管什么原因,谁都认为我是获利者,我就该矮你一头,该觉得对不起你,该对你心存感激,否则我就是自私自利的浑蛋。"明明他什么都没做过,"我不在乎别人怎么看我,但别人看我的眼光,会让我觉着珍珠也会这样看我。"

以至于漆随梦现如今,越来越厌弃自己,只想着怎么将血泉还给燕澜。可是,现在不一样了。姜拂衣将他们两个都忘了,一切回到了原点。

漆随梦早就觉得不公平,姜拂衣若不是忘了他,不会那么轻易接受燕澜。他又有机会了,然而心里这关,还是过不去。

漆随梦再问一遍:"关上那扇门,我是不是就不用再饱受指责了?"

燕澜知道他忽然燃起的斗志源于何处,不想在此时与他争论什么,只说:"先过了这一劫再说吧。漆随梦,没必要非得证明什么,能活着最重要。虽然我不喜欢你,也想你活着,你是父亲的心血,你好好活着,他煎熬的一生,才有意义。"

漆随梦听他提起父亲,心中霍然一痛。

燕澜张开翅膀,一跃而起,朝魔鬼沼飞去:"走吧。"

暮西辞御剑腾空,追上去,刚飞出万象巫的高墙,听见燕澜问道:"关于武神想您重新回到封印里的事情,您有什么想法?"

暮西辞早已拿定主意:"我赞同,我会给人间带来灾难,确实不适合在人间逗留。既是劫数,便该化解。"

燕澜见他态度坚定，说道："您是不适合在人间逗留，但也没必要在封印里消磨至死。我觉得，您可以去大狱里。"

暮西辞愣了一下："你是说，此次关门，我留在里面？"

燕澜问："还是您认为单独封印更好？"

暮西辞无语："封印里动弹不得，唯有沉睡，还被封印削弱，静等消亡。有谁会认为单独封印更好？"

燕澜："沈云竹。"

暮西辞没说话。

燕澜："那您是愿意去大狱。"

暮西辞："当然。"他当年就想去大狱，那里是个完全仿照大荒建造的虚幻空间，是他熟悉的世界。且听说内部遭到毁坏，也会重新修复，很方便他定时释放体内的劫火。

可是九上神不同意，认为劫数本该消亡。暮西辞曾被纵笔江川陷害，犯下杀业，心中自责。何况他早已觉得了无生趣，便坦然地接受了单独封印。

暮西辞再问一遍："你确定我可以留在大狱？令候说的？"

"我说的。"燕澜私自拿的主意，"令候他们是不敢将您放入大狱，因为您往常太过孤僻，他们不了解您。担心您哪天待烦了，或者受到刺激，会损坏大狱的大门，是个不稳定因素。"但这一路走来，燕澜了解他，信任他，"令候会有这样那样的顾虑，我不会，阿拂更不会。有您在内，我们反而更安心。"

暮西辞看向他，眼神微微透出动容。

燕澜真诚的目光下，隐含着一些不舍，然而天下没有不散的宴席。

暮西辞忽然停了下来，朝背后的万象巫望过去。他原本以为，在狱门即将合拢时，他还要出来的，还会见到柳寒妆。方才离开时，他都没有和她告别。

暮西辞想回去和她说几句话，踟蹰许久，最终加速朝魔鬼沼飞去。

燕澜却停了下来，使用秘术，隔着万象巫高耸的城墙，和柳寒妆密语传音："柳姑娘。"

——"他们还没有醒。"

燕澜告诉她："我和焚琴前辈谈妥了，他不再被单独封印，我同意他今后去往大狱生活。"

——"这太好了。燕澜，真的谢谢你！"

从声音可以分辨出来，柳寒妆起初是喜悦的。忽然想到，大狱大门即将关闭，她又陷入沉默。

燕澜说道："大狱大门没那么快关上，需要时间。柳姑娘，小酒醒来以

-497-

后，便不再需要你做什么。若你愿意，可以立刻去往魔鬼沼，趁大门关闭之前，入内。"

——"我可以进去？"

燕澜解释："那是一个虚幻世界，谁都可以入内。只不过里面全部都是大荒怪物，比大荒时代更没有约束和规则，信奉着弱肉强食。人类进入，生存不易。然而有焚琴前辈在，依照《归墟志》，他在大狱里基本没有对手，你不必担心自己的安全问题。"

柳寒妆仍然沉默。

燕澜道："我过来之前，将此事告诉了你大哥，他说看你自己的意思。"

——"我夫君怎么说？"

燕澜："他不知道我告诉了你。我故意等飞出万象巫才说，一来，是不希望他因为等待你的决定，故意延迟关门的时间。这一点，希望你谅解，毕竟我们为此付出了太多，尤其你大哥……"

——"你不必解释，我懂，你做得很对。"

燕澜继续说："第二，是想着你万一并不想去，焚琴前辈理智上认为你是对的，知道这样对你更好，心中恐怕也会难过……"

停顿片刻。

——"如果我错过了这一次，大狱的大门，永远也不会再开了吗？"

燕澜说道："连环锁链链暂时断裂，稍后还会绕开极北之海重新连上。因此大门关闭以后，单独封印的怪物不死，大狱大门不宜再次打开。根据闻人前辈判断，可能需要五六千年。"

——"五六千年？"

燕澜"嗯"了一声。

柳寒妆是一株仙草，寿元很长，再加上是被长寿人心血浇灌养成的，更长。但五六千年，估计是撑不到。

"无论是我还是阿拂、昙姜前辈、闻人前辈、商前辈……不管我们谁还活着，今后的目标，都会是尽早将他们诛灭。这个时间，定是提前的。提前多少我无法准确地告诉你，一半，是有可能的。漆随梦早已是半神之躯，哪怕不修炼，寿元也很可观。他若有本事关门，便有能耐开门。"

——"你的意思是，等单独封印的怪物消亡以后，大狱的大门，可以再次打开？"

"可以。焚琴在门后，门外也有人守，速度打开，速度关闭。"燕澜分析过后，如实说，"有一定风险，但也有操作的空间。可是时间太远，是否物是人非，哪些会变，哪些不会变，谁也说不准，不如眼前更容易掌控。"

——"我知道了,多谢你。"

燕澜不再多言,振翅继续飞。

万象巫内,柳寒妆一手搂着姜拂衣,一手握着柳藏酒的手,眼泪落下来都没手去擦。她呆坐了一会儿,头顶上方的传送法阵,旋涡再次涌动。一个书生模样的男子落了下来:"三妹!"

柳寒妆抬起头:"二哥?你怎么会来这里?"

她二哥况子衿之前被独饮擅愁打伤,本体鉴真镜开裂,一直在本体内休眠。

早些时候知道逆徊生要去攻温柔乡,大哥明明说将镜子藏了起来,藏去很远的地方。况子衿落在她身边,蹲下来,探了探柳藏酒的气息:"大哥强行把我喊醒,我才知道出事了。他说我重伤未愈,在温柔乡帮不上忙,让我来万象巫。还说你能做的,我也能做,小酒交给我。三妹,你想做什么,就去做吧。"

柳寒妆哑了哑,哽咽道:"大哥那样,小酒这样,我怎么能放心?"

况子衿叹口气,攥起袖口擦去她的眼泪:"大哥从前将咱们三个撵出去,不就是揣着和怜情同归于尽的心,提前想让咱们学会自立吗?可惜没能等到他修成无情道,研究出对付怜情的武器……我知道你心疼小酒,他现在是咱们三个中最强的,守护神器和封印,今后成了小酒的责任,他再也无法踏出温柔乡。但今后有我陪着他就够了,哪能都耗在那里?"

柳寒妆低着头,心烦意乱。

况子衿又说:"三妹,你换一种方式想,焚琴进入大狱,你负责监督他,敦促他一起守大狱的内门,同样也是守封印,并没有辱没咱们的家门啊。"

"行了,你先闭嘴。"柳寒妆难以控制自己的焦虑,"我现在很烦,你让我安静一会儿。"

况子衿忍不住:"我忍住痛苦好心开导你,瞧你这脾气。说真的,也就那个怪物整天有耐心惯着你。"

柳寒妆瞪了他一眼。

地上蜷缩着的柳藏酒,似乎被他们吵到了,睫毛一颤,嗓子眼咕哝了一声。

"小酒?"兄妹俩同时看向他。况子衿更是将他从地上扶了起来,晃了晃。

柳藏酒挣扎着睁开眼睛,等逐渐能够视物,头脑也清醒一点,倏然从况子衿怀里弹开,落在不远处,戒备地望着他们:"你们是谁啊?"

不对,他该问自己是谁?他的脑袋为何一片空白?

况子衿:"小酒,我是你二哥。"

柳寒妆："我是你三姐。"

两人关切地盯着他，尤其柳寒妆，眼泪珠串似的落。

"二哥"和"三姐"不断在柳藏酒脑海中回荡。柳寒妆提醒："你感知一下我们的气息。"

柳藏酒听话地感知了一下，他们两人虽然不是狐妖，但好像和他的妖气有着千丝万缕的关系？

柳寒妆因为搂着姜拂衣，不方便朝他走过去，招了招手："过来。"

这宛如招呼小狗一般的手势，柳藏酒竟莫名熟悉，自然而然地朝她走过去。随后，他的两只手，分别被他们两人握住。柳藏酒完全不想反抗，茫然无措的心逐渐沉静下来。

柳寒妆循循善诱："乖，仔细想想我们是谁？"

柳藏酒仔细想。慢慢地，他脑海里涌上了从小到大的一幅幅画面。柳藏酒的眼睛越睁越大，陡然甩开他们的手，朝自己大腿掐了一把："我知道了，我是在做梦！不，我肯定是被万象巫的法阵困住了！"

柳藏酒想起来了，他为寻三姐，来万象巫求借相思鉴。无论怎样谈条件，那位叫作燕澜的少君始终不肯借给他。他无奈之下，只能潜入巫族的藏宝阁，取走一柄剑，跟随那柄剑去找三姐。

然后……这里是万象巫，三姐在面前，二哥也在。重点是，他感觉到自己妖力强横，竟然已生九尾。这幻阵也未免假得离谱。

柳藏酒"扑通"跪了下去，望着空荡荡的万象巫，做出请求的手势："不知是巫族哪位大巫困住了我，我知道我不该偷东西，但我三姐失踪二十年了，我真的很想她。求您了，不论相思鉴能不能找到我三姐，该受的惩处，我一定不会逃避！"

说着，他还想磕头，况子衿将他拽起来："小酒，这不是幻境，是真的。"况子衿将鉴真镜递给他，"你自己看。"

鉴真镜不仅是一面照妖镜，也可以鉴别幻境。当柳藏酒握住鉴真镜的那一刻，他已然感觉到了"真实"。

"不是幻境？"柳藏酒越发迷糊，抓了抓头发，"那这……怎么和我的记忆对不上啊？"他去看柳寒妆，"三姐？我是怎么找到你的？"

柳寒妆忍住鼻酸，低头看了眼姜拂衣："小酒，你现在仔细听我讲，你是中了石心人剑傀术里的两相忘……"她挑一些要紧的，讲给他听。

柳藏酒一边听，一边吃惊望着昏迷中的姜拂衣。柳寒妆话音落下半晌，他也没能回过神来。

柳寒妆推他一下："小酒？"

柳藏酒狠狠打了个寒战，问道："你是说，这一年来，我为了帮朋友，连酒都戒了，拼命想要长出九尾。如今终于长出了九尾，我却将他们全部忘了？"他仰头望向传送门，"你是说，大哥他……"

柳藏酒瞳孔紧缩，旋涡正在逐渐缩小、变淡。看样子，传送门即将关闭。

"等不及了，我先将她带去温柔乡！"柳藏酒弯腰去抱姜拂衣。岂料刚将她抱起来，姜拂衣倏然睁眼，一掌朝他肩膀拍去。

姜拂衣的力道并不重，仅是本能反应。柳藏酒旋即后退，目光一凝，下意识防守，旋即又想起三姐告诉他的那些往事，还叮嘱他要听姜拂衣的话，柳藏酒又迅速松懈下来。

"小姜？燕澜说你们早有对策，你应该会记得一些吧？"柳寒妆在旁紧张地观察姜拂衣。

姜拂衣目光中充斥的戒备，比柳藏酒刚醒时更满。听到"燕澜"两个字，她微微凝眸。

柳藏酒着急地指向上方："姜姑娘，我大哥已近虚脱，传送门快要关了，我们要赶紧去往温柔乡，否则凭借飞行器和我的四条腿，追不上逆徊生。"

姜拂衣仰头望向上方的旋涡，不知道在想些什么。须臾，姜拂衣忽然问他："你是一条九尾狐狸？你是不是叫柳什么……"

他答："柳藏酒。"

姜拂衣御风而起，朝传送门飞去："走！"

柳藏酒连忙追上去。

万象巫上空的旋涡，在他们飞入以后，逐渐缩小成一个光点，随后消失不见。传送门的消失，意味着况雪沉可能耗尽了生命力。

柳寒妆抱住自己的二哥，止不住地抽泣。况子衿同样难过，抚着她的背，轻声安慰："人迟早都会死的，大哥年纪不小了，性格又云淡风轻，足够豁达。他连李南音都放得下，还有什么放不下的？"

"要说有，那就是咱们三个，所以咱们兄妹更应该好好的。你别再耽搁了，赶紧去魔鬼沼吧。"见柳寒妆没反应，况子衿推开她，独自飞起来，悬停在半空，"你不去，那我去，我这身体和修为，对付不了怜情和逆徊生，去魔鬼沼搭把手还是可以的。"

他知道柳寒妆犹豫，想引她去，等去到暮西辞身边，可能她就不会再犹豫了。但是……况子衿低头，面露尴尬："三妹，魔鬼沼在哪个方向啊？"

柳寒妆习惯了，不见一丝诧异。她擦了擦眼泪，跃去高空，飞向魔鬼沼："小心跟紧我，不要乱跑。"

姜拂衣进入传送门以后，陷入短暂的黑暗中，令她心生恐惧。

方才，她也曾陷入黑暗。她记得那晚极北之海掀起风暴，母亲将她送上岸，叮嘱她去寻找父亲。她在北部打听了一阵子，最后决定南下神都，前往天阙府。之后的事情，姜拂衣全部不记得了。

不能想，一想就头痛。浑浑噩噩中，姜拂衣瞧见远处有一点光亮，她迎着光亮走过去，发现那是一盏做工精美的灯。她模模糊糊看见有个颀长的人影，身姿端正，一丝不苟地端着灯座。姜拂衣来到灯旁，仰起头，想要看清他的脸。他却说："看灯，不要看我。"一句话，令姜拂衣猛然惊醒，黑暗退散，周围明亮起来。她的脑海里开始重复回荡一些声音，是她自己的声音。

——"你们石心人不是大荒怪物。"

——"两相忘是你选择的忘记。"

——"九尾狐柳藏酒，是你值得信赖的朋友。"

——"前往温柔乡，你要不惜一切代价，阻止逆徊生和怜情。"

等等。

声音断断续续，但隐约可以连贯出一些信息。姜拂衣惊疑不定，不断思考各种可能性。最终判断，这些信息都是真的。即使还有疑问和恐惧，她也不再犹豫。

等到姜拂衣飞出传送阵，虽然飞出了黑暗，草原上空却雾蒙蒙的。柳藏酒跟着从旋涡中飞出来以后，这扇传送门也关闭了。

一落地，柳藏酒立马变回原身，撒开蹄子，朝英雄冢的方位狂奔："姜姑娘，这边。大哥怎么把传送门开得这么远？"

姜拂衣追上去。

柳藏酒在草地里狂奔了一段路，远远瞧见写着"英雄冢"三个字的高耸石碑，已经崩裂了一小半，剩下的部分，碑身遍布裂纹。

快要抵达石碑时，四方盘倏然从天而降，悬在柳藏酒面前，挡住他的去路，似乎不准他再继续靠近石碑。

柳藏酒重新变回人身，四下张望："大哥？"可惜并没有见到况雪沉，四方盘单独在这里，说明……

柳藏酒从小在温柔乡长大，知道怜情是会"吃人"的，被她夺走寿元的生命体，将会成为烟尘，连骨头都不剩下。

"大哥……"柳藏酒心口抽痛，却又有股不真实感，云里雾里。

忽然，他听见一道声音："小酒。"

柳藏酒脊背一僵，慌忙转身。

眉目疏朗的况雪沉，正站在柳藏酒背后不远处，见柳藏酒想朝他扑过来，他抬手制止："站在那里不要动,你一动,我可能就会消散。"

柳藏酒吓得立刻缩回去,知道他是拼着意志,才将烟尘重新凝结成身躯,其中痛苦可想而知。

柳藏酒紧捏拳头,指甲掐着自己的手心,强迫自己镇定："大哥,你想交代我做什么?"

况雪沉摇头："没有。"

柳藏酒开始绷不住了,知道大哥就是想见一见他。

况雪沉猜到他的想法："通过传送门,我已经看到你清醒。我强撑着,是想你看一看我。"

柳藏酒不是很懂,是要他看清楚身为封印守护者,可能面临的下场?

况雪沉望着他："我们上次分别,是在修罗海市。"

柳藏酒不记得了："听三姐说,二哥路过修罗海市,被一个怪物抓住了,我们都去救他?"

况雪沉点头："当时姜姑娘深陷危机,要逃去飞凰山,你也想跟着去,跑来和我告别。我提醒你小心,你嫌我啰唆。离开时,你背对着我招手,说等你帮了朋友,就回来温柔乡多陪陪我……"

柳藏酒头痛："我一点也想不起来。"

况雪沉担心的是他想起来："今日若不让你见见我,我怕你会责怪自己,为何当时要嫌我烦,背对我告别。怕你今后再有朋友,想去帮忙,会诸多顾虑,瞻前顾后。"

柳藏酒彻底绷不住了,双手捂住脸。

况雪沉轻轻叹气,眼睛里写满心疼："你的尾巴终于长了出来,却忘记了想要生出九尾的原因。你生性最喜欢自由,今后却可能被禁足在这温柔乡里。可是小酒,人生有时候就是如此,天道无常,缘起缘灭,都不是我们这些凡夫俗子能够掌控的。只要这些疾风骤雨,吹不散你的信念,浇不熄你的热情,那就已经足够了……"

这些"啰唆"柳藏酒以前经常听,从来没往心里去,总觉得是些空话假话大道理。如今每一个字,都被他牢牢刻在脑海里。

"我知道了大哥。"柳藏酒纵然万分想要继续听他"啰唆",却不想他撑得太辛苦,"我会牢牢记住的。"说完,柳藏酒红着眼睛,面对他,挥手告别。

姜拂衣远远望着,没有上前。她看着况雪沉逐渐消散,看着四方盘缓慢飞入柳藏酒的眉心,成为一道金色的印记。虽没有任何关于况雪沉的印象,姜拂衣却感觉到胸口像是被谁捶了一记,有一股闷痛的感觉。

无暇多想,姜拂衣看向那块残破的石碑。附近,若隐若现地立着一道身影，一袭轻纱薄裙，身姿曼妙，长发柔顺乌黑，唯独脸上布满皱纹，显露出一种不太自然的苍老，是那个能够排进前三的大荒怪物，怜情的力量体。

脑海里的信息告诉姜拂衣，怜情诞生于物极必反里的"极"，特点是情深不寿，能够吸收生命体的寿元，尤其是有情人。"极"，好像还有慧极必伤，否极泰来。

姜拂衣努力回想时，怜情看向了她。不知为何，姜拂衣下意识地退缩了下，想要挪开视线。仅这一个举动，姜拂衣心中便已知晓，自己曾经估计是被她伤害过。

怜情抿唇笑了笑："小石心人，在这神族为我选择的空旷之地，我吸食不到足够的寿元，无法继续破印，正觉得可惜，你们两个就来了。"一只九尾狐狸，一个石心人，吸食了他们，便能继续破印。

怜情又惋惜："然而，狐妖无心，而你原本有情，还被我影响过。短短时间内，竟就忘情了？"

姜拂衣不可以暴露自己失忆的事情，以免被她针对。姜拂衣闷不吭声，迎着她的目光走上前。

怜情仔细打量她，似乎此时才看清她的容貌，也令她想起了一些往事："你的模样真像奚昙，怪不得忘情忘得这样快。你们石心人啊，都是一群负心人，可怜那个叫作燕澜的男人了。"

姜拂衣蹙眉，脚步微滞。她其实并没有认真听怜情在说什么，一直在不动声色地将剑气逸散出去。

姜拂衣如今做事全靠本能，而她的本能里有种认知，怜情的天赋在攻击有情人时，乃是通过"情愫"，直接与对方建立联系，几乎无法从外部阻挡。但攻击无情人时，就是正常的攻击。怜情需要将天赋修炼成"武器"，再施展出去，因此是可以察觉和抵抗的。

姜拂衣全神贯注，以剑气进行捕捉，敏锐地发觉怜情在和她说话时，附近剑气波动剧烈。

怜情打算动手了。在她说出"燕澜"两个字时，剑气波动的线路，指向了柳藏酒。姜拂衣脚步停滞的那一刻，凝聚周身剑气，朝柳藏酒前方某处瞬闪。尚未站稳，姜拂衣两指并拢，微微侧身，朝力量奔来的方向指去："起！"一股狂暴的剑气从她指尖涌出。

"哗！"前方竟然竖起一堵几十丈宽、十几丈高的剑气墙！

怜情的力量看似无形，冲撞在剑气墙上后，激荡出非常明显的光波。

姜拂衣从手指震荡到手臂，经脉剧痛，但她只顾愣愣地望着面前如水波流动、高耸的剑气墙，深感吃惊。

姜拂衣施展法术的本意，只是想要凝结起一层剑气罩，不知道该使用几分剑气才够，便尽可能地多释放一些。哪知道会结出这样一堵高墙。上岸十一年，她究竟都经历了什么？

当对自己现如今的法力拥有一定了解后，姜拂衣原先的惶惑恐惧，消减了一大半。毕竟很多恐惧，有时候是源于弱小。

姜拂衣振奋精神，开口说话："堂堂顶尖大怪物，竟然搞声东击西，偷袭这一套？"

怜情冷笑："大荒时代我自然用不着，以我现在的处境，能怎么办？再说了，神魔两族当年联手对付我，使出的手段，也不见得全部光彩。"

怜情并没有一击即退，力量源源不断地朝剑气墙袭去。姜拂衣指间的剑气同样似海深厚，支撑着剑气墙。怜情的力量向上走，剑气墙便继续升高，怜情的力量向两侧走，剑气墙则向两侧快速延展。总之，魔高一尺，道高一丈。

姜拂衣清楚眼前的怜情只是一道力量体，且还是从封印里泄露出来的一部分，威力很小，绝对不能让怜情的本体出来。

"柳藏酒？"姜拂衣喊。

柳藏酒恨不得上前撕碎了怜情，然而望着前方仿佛无边无际的剑气墙，他有些明白三姐为何一再强调，让他凡事听从姜拂衣，以她的意见为主。他跑来姜拂衣身边："要我做什么？"

姜拂衣声音放低："你现在可以吗？"亲眼看着哥哥在面前消散，她担心他还没缓过来。

柳藏酒咬了咬牙："你说。"

姜拂衣："我是想问，你有没有什么加固封印的办法？"

"我……"柳藏酒原本想说自己只是一知半解，眉心新得来的印记倏然闪动了一下。他的脑海里，自动浮现出修复神碑的法咒。修复神碑，应该就是加固封印吧？

柳藏酒慌忙道："我好像有办法！"

"太好了。"如此一来，姜拂衣便能专注应对怜情，不必分心想办法，"我们赶在逆徊生来之前，先将封印加固一下。"

柳藏酒望着面前的剑气墙，疑惑："我躲在你的保护下施展法术，能不能穿透这堵剑气墙？"

姜拂衣猜测："你和我的心剑结了剑契，应该可以。先试试吧，不行的话，我们再想别的办法。"

"行。"柳藏酒不再犹豫，飞身而起。有姜拂衣的保护，他全然不管怜情，闭上双眼，双手结印，眉心的金色印记微微闪动。

姜拂衣感受到一缕缕力量，正在试图穿透剑气墙。有她的心剑，只要她不刻意阻拦，果真可以。

随着柳藏酒施展法咒，那块断裂的神碑逐渐闪动光芒，虽然微弱，但碑身上的裂纹，似乎在自动修复。

"你……"怜情显然没想到，这只在温柔乡长大的小狐狸，出去没几年，如今竟然变得这样厉害，像是得了什么奇遇。关键是，他不但妖力强盛，还有这样好看的皮囊，轻易便会有女子追逐。可他的内心，竟毫无情愫。

柳藏酒一旦开始修复神碑，怜情被封印在内的本体，便可以直接反击。反噬之力，不受剑气墙的阻碍。

柳藏酒猛地吐血，施法被打断，从高空摔落下来，摔到姜拂衣的脚边。

姜拂衣还没问，柳藏酒先吐干净血水："没事，别担心，我就是不防。"他手掌撑地，又爬起来，再次飞到高空，继续施法。

有了防备，柳藏酒顶住反噬，咬牙施法。随着他眉心的印记越来越亮，不仅神碑纹路修复速度增快，就连原先碎裂满地的石块和石渣，都被力量牵引着，从地面升起来。

断裂的部分，似乎还能重建。但是柳藏酒顶着反噬施法，威力不够，那些小石块和石渣，只是围绕着断裂的神碑旋转。

姜拂衣见势不妙："你专心施法，不要分心抵抗。"

柳藏酒想说不分心抵抗，他会被反噬死。怜情发疯了，反噬一波比一波重。但柳藏酒眼下本能地信任姜拂衣，他卸下防御，全力施法。

姜拂衣一手撑着剑气墙，另一只手指向柳藏酒，不知道他体内那柄剑叫什么名字，直接喊道："心剑！"

柳藏酒识海内的那柄利刃轻轻颤动了下。

"咻！"姜拂衣分出一道剑气，通过心剑流向柳藏酒，施展一种血脉里的替身术法："我以三千剑气护你身，柳藏酒，你的反噬现在由我来抵抗，施法！"

柳藏酒愣了一下，的确没再感觉到反噬，越发沉心念咒。

终于，那些围绕神碑旋转的石块和石渣，倏然被神碑吸入！碑身顿时金光闪现，断裂的部分再度重建。

怜情游荡在外的力量体，挣扎着被石碑吸了回去。弥漫在温柔乡的烟雾，也被神碑散发的耀眼金光，驱散了大部分。

柳藏酒从空中落下来，脚一挨着地面，便精疲力竭地仰躺在草地上，又慌忙去看姜拂衣。

剑气墙消失，姜拂衣同样消耗过重，再加上替柳藏酒承受反噬，她脸色苍白，盘膝坐下："赶紧疗伤，补充体力，这只是个前奏，逆徊生来了以后，才是真正的危机。"

柳藏酒也慌忙坐起来，从储物戒里取出好几颗高品质的妖丹，一股脑地吞下去。他开始打坐，由衷地夸赞："姜姑娘，你真厉害。我说的不只是法力，你几乎没有在岸上的记忆，却像是身经百战一样。"

姜拂衣闭上眼睛："斗法这种事情，并不怎么凭借记忆吧？"

"说得也是。"柳藏酒望向神碑，"连环锁链已经被斩断了，怜情还这样厉害，其他地方不知情况。"

估计只有最强的几个怪物才会如此。撕有人处理，纵笔江川的封印，前阵子已经被加固过了。

姜拂衣听着"连环锁链"有些耳熟："那是什么？"

柳藏酒打算将三姐讲述的那些，讲给姜拂衣听。

姜拂衣思考片刻，及时阻止："别，从前的事，先不要告诉我，以后再说。"她既然特意提醒自己，说"两相忘"是自己的选择，说明有不得不忘记的理由，再加上怜情刚才那番话，估计和燕澜有关系。现在并不适合知道往事。

姜拂衣盘膝打坐，摒除杂念，探索自身，想知道自己还学会了哪些本领，方便稍后拿来使用。

不知道过去多久，姜拂衣探索得正入神，倏然听见远处传来一声呼喊："怜情，我来救你了！"

姜拂衣旋即清醒过来，从草地上站起身。她放出目视，远远窥见一个长相清俊的年轻男人，脚踏一只飞行速度极快的怪鸟，毫不费力地穿透温柔乡的结界，直奔神碑而来。

柳藏酒耗损过重，接连吸收了几颗妖丹，才勉强补回来一些。他太过专注，没听见有人说话，但他眉心的四方盘骤然闪动，提醒他有人闯进了温柔乡的结界。柳藏酒一瞬汆毛，跳了起来："是不是逆徊生来了？"

姜拂衣点了点头，手心出了一层薄汗。

柳藏酒难以置信："万象巫距离温柔乡那么远，他竟然来得这么快。"

姜拂衣也惊叹他脚踩的那只怪鸟："不知他手中还有哪些大荒异兽，千万小心。"

柳藏酒突然想到，说："听我三姐说，他最厉害的并不是御兽术，而是将生命体逆转成幼体状态，我就是被他给逆转了，才长出尾巴。稍后我若是为他所擒，他会不会再次将我逆转啊？"

姜拂衣道："不会，只能逆转一次，只有他自己才能够不限次地逆转。"

柳藏酒又担心她:"那你呢?"

姜拂衣:"我是人类,他在大荒因为瞧不起人类,没有钻研过逆转人类,暂时拿我没办法。"这些信息,似乎没有被刻意提醒过,但她知道。

柳藏酒紧张不已:"我们才将怜情封回去,神碑还不稳。姜姑娘,你现在有什么策略?"

策略?姜拂衣如今对眼前的局势全部一知半解,能有什么策略。但姜拂衣从小遇到烦心事时,都不外乎一句话:"咱们兵来将挡,水来土掩。"随机应变。

"好,听你的。"柳藏酒像是听到了一个绝佳策略,非常赞同,紧绷的神经都放松了不少。

鸢南,魔鬼沼内。

猎鹿收到休容传音,知道大狱大门即将开启,便立刻着手打开九霄鸿蒙阵。开启之前,猎鹿先通知随他回来魔鬼沼居住的巫族族民,告知众人眼下即将发生的危机。

猎鹿决定不给他们太多时间考虑,只说,完全启动大阵需要一炷香的时间。不想留的可以走,留下的,一旦大阵开启,不会送他们任何一个人离开,魔鬼沼将有进无出。最终,只有寥寥族民离开。

猎鹿心里很清楚,留下来的族民不一定都不怕死,也不一定还承认祖宗留下来的责任。他们中有些人,像从前的燕澜一样,从来没有离开过鸢南地界,不知道外面的世界是什么样子,觉得巫族若是守不住大狱,大荒怪物们出笼,他们就算现在选择离开,也逃不出外面的十万大山,不如留下来和族群共存亡。

猎鹿认可这种心态。小到族群,大到国家,不可能要求每个人都明辨是非,恪守祖训。不然,怎么会产生"领导者"。狼有狼王,雁有头雁。族群的大方向,通常都是"领导者"引领的。

或许是猎鹿自私,不顾燕澜被迫害的事实,身为巫族人,他内心始终认为巫族会越走越偏,犯下大错,和族民的关系并不大。猎鹿不可能放弃自己的族群,他发誓一定要将巫族引回正途。今日,若是整个巫族战死在魔鬼沼,也算正途。

就这样,九霄鸿蒙阵开启了。大狱的大门,也在不断的震荡声中,逐渐打开。三位族老在审判燕澜那天,全部被杀。

隐世族老逐影站队大荒怪物,大祭司自从燕澜的事情暴露,就销声匿迹,至今也不知道去了哪里。剩下的年轻长老连关门法咒都不知道,只能手持兵刃站在魔鬼沼的深处，眼睁睁看着一只巨大眼睛缓慢地睁开，焦急紧张中，他们迎来的并不是大荒怪物。

那本为大荒怪物排名的书册，之所以叫作《归墟志》，是因为五浊恶世的大门，设置在归墟山。大狱是仿照大荒建造的，归墟山在大荒时代，就是人迹罕至之地，仅有一些魔兽时常出没。那些凶残的魔兽种类，除了逆徊生手中被逆转私藏的一些卵，当年大战时，基本都已经被九天神族处理干净，留下一些相对温和的魔兽，和大荒怪物一起，被放逐进了大狱里。因此，这次封印大动荡，最先发现大门开启，且毫无顾忌疯跑出来的，是一群魔兽。

魔鬼沼内本来就有瘴气，限制了它们的力量。但身怀大荒血脉的魔兽，哪怕是一些温和的物种，对人类来说，依然很难招架。整个魔鬼沼乱成一团，四处回荡着兽吼声、厮杀声。

血腥味透出大阵，飘散得极远。一众魔兽冲撞大阵也就罢了，法阵外围，木头人棺木隐也在尝试破阵。除了她，还有一个身穿黑衣的男人，和她一起破阵。

沈云竹在后面站着，并不出手，也不吭声。休容站在沈云竹身旁，通过结界寻找母亲和猎鹿。母亲的修为要高一些，应付魔兽还好。至于猎鹿，魔兽也是兽，他最擅长猎杀兽族，应该也还算轻松，但都顶不住逃出来的魔兽越来越多。休容很想入阵帮忙，猎鹿已经告诉她入阵的法诀，可她还要阻止她的父亲。

两个怪物破了半天，那层结界依然没有破损的痕迹。棺木隐不由得感叹："这九天神族留下的阵，三万年了，还是如此坚固。沈云竹，你来都来了，不能一起出力？"

黑衣男子也说："没错，你都已经从大狱里出来一千多年了，入赘巫族也有几十年，我不信你不知道怎么破阵。"

棺木隐哄着他："再不济，你总知道如何入内吧？"

沈云竹还没说话。

休容："爹！"

沈云竹脑仁痛："我是真的不知道，不然，岂会在巫族待到今天？你们不要用这种鄙夷的眼神看着我，就算我把逐影放出来，身为巫族一千多年的族老，之前巫族最高的掌权人，他也不知道这九霄鸿蒙阵入内的法诀。"

棺木隐蹙眉："怎么会？"

沈云竹道："此阵每次启动，法诀都不一样。只有当次开启法阵的人才知道，也就是猎鹿。"

棺木隐微微诧异："还能这样？"

沈云竹摊手："就像封印连环，位置时刻都在变动。九天神族那位精通封印法阵的五行上神，最喜欢搞这些动态的东西。"

棺木隐揉揉自己的太阳穴："那你想个办法，你可是咱们大荒最有头脑的怪物。"这话沈云竹爱听，他不禁犹豫起来。

那黑衣男子却说："既然猎鹿知道，拿休容要挟他说出来不就得了。"说这话时，黑衣男子"嘶"了一声，感受到了慧极必伤的天赋，头痛得厉害。

休容作势躲在父亲背后，露出害怕的样子。沈云竹的脸色一瞬冷了下来，冷哼一声："这么聪明，自己想办法。"

棺木隐也头痛，为自己这些同类感到头痛。"我来吧。"棺木隐重新面朝魔鬼沼外围的结界，准备释放天赋。鸢南十万大山，树木众多，正适合棺木隐发挥，只是她自封印逃出来后，损耗太严重，轻易不想使用法力，何况是破此大阵。

休容不知道她打算做什么，只瞧见附近的树木全部在摇摆颤动，令她惊惧。休容慌忙跑去结界前，面朝棺木隐，展开双臂："你要破结界，就先杀了我。"

棺木隐只能暂缓行动："让开！"休容昂着头，脚步不动。

棺木隐烦不胜烦："沈云竹，把你女儿带走，教一教她规矩，真是不知天高地厚。"对慧极必伤起杀心，是会被反噬的，而休容只是一个混血幼崽，修为还很低微，棺木隐想要下手杀她并非难事，完全是看在沈云竹的面子。

沈云竹却用赞赏的眼光看着休容，不愧是他的闺女，真勇敢。他温声喊道："休容，回来，你不是她的对手。"

休容展着双臂，第一次眼神犀利地看着棺木隐，同时对沈云竹说："爹，您也是一样，非得破结界，就先杀我。女儿真想知道，我和您那所谓的理想，究竟哪个更重要。"

话音落下，听到燕澜的密语传音："休容，这里交给我，你回魔鬼沼去。"

休容目光闪动："燕澜？"听到燕澜的声音，她心中仿佛一下子便安稳了，又问，"你在哪里？"能够密语，说明距离她不远。

燕澜："马上到，还有焚琴和漆随梦，我已经和猎鹿沟通过，他们两个都知道入内的法诀。你带他们前往大门，焚琴入内守，漆随梦在外面关，你们需要保护漆随梦，以免他关门时遭受伤害。"

休容忙答应："知道了！"休容转头便默念法诀，穿过眼前的结界屏障。

正与她对峙的棺木隐一愣，有些莫名其妙，倏地，棺木隐察觉背后有异动。三个怪物同时转头，暮西辞先到。

棺木隐赶紧收回自己的天赋，向后退去，并且告诉身边的黑衣男子：

"他就是焚琴劫火。"

黑衣男子拢了拢眉,看向暮西辞,问的问题和逆徊生颇为相似:"你一个劫数怪物,从前孤僻得不出门,现在为什么要帮人类?"

暮西辞一眼也没看他,直接从上空穿透结界,进入魔鬼沼。漆随梦紧随其后,也顺利入内。休容带路:"这边请!"

燕澜因为和柳寒妆说话,慢他们一会儿,等他们都入内后,他才展翅落在结界外侧。站稳后,燕澜收拢翅膀,面朝三个大荒怪物,眸光微敛,一言不发。

因为休容在和燕澜传音:"燕澜,那个怪物叫惊婪,你千万小心,我爹说他能克制你。"

燕澜的视线,落在以前没见过的黑衣男子身上。

婪,《归墟志》第一卷第三册的怪物,字如其人,贪婪。

至于为何说会克制燕澜。婪有一种能力,能催动人的欲望。欲望的存在,本身是正常的,一旦被催动,将会成为贪欲。燕澜后灵境内囚禁着他的心魔,而心魔,很容易被婪催动和蛊惑。

从前燕澜在《归墟志》里看到"惊婪"那一页时,浑身就有些不舒服。当时,他以为是名字的缘故。他叫燕澜,那怪物叫惊婪,如今才后知后觉地知道原因。

休容又说:"这阵子我一直跟在我爹身边,他虽然和他们混在一起,但是真没做过不该做的事情,也没说过不该说的话。我感觉,不只是我闹腾的缘故,我爹他内心也很犹豫,可能是骑虎难下,也可能是需要一个台阶,我不知道该怎么办……"

燕澜道:"交给我。"

休容请求道:"燕澜,答应我,若非必要,不要伤害他好吗?"

燕澜道:"你不用担心,听了你的分析,我更有把握劝服你父亲,站来我们这一边。"

休容惊喜:"真的?"

燕澜:"我何时骗过你?"

休容也就是顺口一问,他们从小一起长大,燕澜说有把握的事情,很少有办不到的。吃下这颗定心丸,休容不再影响燕澜对敌,领着暮西辞和漆随梦去大狱那里。

漆随梦之前在魔鬼沼待了一段时间,但他根本记不住路,只能跟着休容。三人一路深入魔鬼沼的腹地,到处是巫族人在围剿魔兽,或者被魔兽追赶。

顺手或是遇到危急的情况下,暮西辞才会出手相帮。因为他知道,他赶紧去堵住门口,不让那些魔兽出来,才是真正的解决之策。

"猎鹿！"大门附近,休容看到猎鹿弯弓搭箭,数箭齐发,瞄准的都是从大门跑出来的怪物。

"那就是大狱大门？"漆随梦忍不住震惊,他真以为是两扇铜门之类的,没想到竟是一只藏在黑雾之中的巨大又猩红的眼睛。从瞳孔中,能看到一些影影绰绰的山脉,和狂奔而来的魔兽。

魔兽从眼珠中跃出,因为眼珠过于巨大,根本不知道它们会往哪个地点落。猎鹿领着一众弓箭手,围成一个长弧形,仍然挡不住。

漆随梦想要问,大门为何建造得如此壮观,像是生怕别人不知道这里是大狱,又一想,内部毕竟是个广阔的大荒世界。相比较而言,这只眼睛已经算是很小。

漆随梦根本无从下手："猎鹿,该怎么关门？"

"你们守好！"猎鹿交代一声,提着弓跃出箭阵,落在漆随梦身边,"漆兄,我若知道,就不会在这里射箭了。"

漆随梦头皮发麻,又去问暮西辞："焚琴前辈？"

暮西辞平静地望着那只眼睛,当年那场毁灭大荒的大战后,他曾亲眼看着九天神族将大荒怪物驱赶入内。当时那只眼睛,比现在更大。

"此乃虚空之眼。"暮西辞解释,"是五行神以虚空神的一只眼睛,打造的大门。"

这个信息,连休容和猎鹿都不知道,他们惊讶道："虚空上神竟然剜了一只眼睛出来建造大狱大门？"

暮西辞摇头："那也不是,战争中为了对付某个怪物剜出来的吧。用过以后,装不回去了,索性拿来建造狱门。九天神族,我还是很服气的。"

暮西辞望向左右正与魔兽搏杀的巫族人,脑海中闪过况雪沉、闻人不弃、商刻羽一众人的脸。

岂会不难呢？人族现在面临的,都是曾令九上神付出惨重代价的怪物。即使怪物们已经日薄西山,此时的人族,也//处在冉冉升起的阶段。

"漆随梦,虚空之眼蕴含神力,你以神族血泉、石心人的剑都尝试一下,或者有用。"暮西辞说着,朝黑雾中的眼睛飞去。

进入眼睛里后,眼前是归墟山的一处狭小山谷。这样的地形,恰是易守难攻。

火麟剑入手,暮西辞一剑横扫,剑气激荡,连焚十数只魔兽。他以肉眼,都能看到远处已有一些怪物在张望,估计是想先看看情况,或者等着其他怪物先去开路。眼前这些发狂的魔兽,或许也有他们驱赶来的。暮西辞不管太多,他持着剑,只杀那些靠近狱门附近的魔兽。

虚空之眼外,厮杀还在继续,但因为没有新的魔兽出来,压力减轻了很多。休容和猎鹿一左一右地站在漆随梦身边,保护他不受打扰。然而,漆随梦盯着虚空之眼,呆立着没有动作。

猎鹿心急如焚,时不时朝燕澜的方向望过去:"漆公子,你快开始吧,焚琴前辈不知道能挡多久,燕澜也……"

焚琴是怪物,不必担心他的性命。狱门若一直关不上,燕澜肯定是会死守结界,偏他答应燕澜要保护漆随梦,不能去和燕澜并肩作战。

休容给他使眼色:"你不要打扰他。"猎鹿愣了下,懂了。燕澜的危机,漆随梦怎么会在意,越提醒,指不定他越慢。

其实漆随梦心中也很着急,他不是不知道轻重,正在催动"血泉"的力量,感应虚空之眼,已经初有心得。然而眼尾余光,瞥见了休容的"眼色",他知晓他们的担心,是害怕他因为姜拂衣,故意拖延,想害死燕澜。

漆随梦不禁自嘲,如果他真能做到这样狠,那可实在太好了。最窝囊的就是他这种人,当不了好人,也做不了坏人。

漆随梦道:"放心,我没你们想得那么卑鄙。"

猎鹿有些讪讪:"对不起,我只是着急……"

漆随梦没什么好脸色,但还是解释:"急不来,这扇门不是用手关的,我需要调动血泉里的神力,和虚空之眼的神力连接上,再以意识关门。关门的步骤不难,难的是连接……"总而言之,要经受住虚空之眼的考验,愿意和他建立连接。

如果血泉还在燕澜体内,燕澜来关门,应该会比较简单。武神血泉在漆随梦这里,不知道虚空之眼会不会判定他是个窃神者,不仅排斥他,还要攻击他。因此漆随梦只能一步步试探着来,万一被攻击,还能及时回撤。

暮西辞在门后,不知疲倦地杀了很久,背后的狱门始终没动静,不知道漆随梦在干什么,心中也暗暗觉得漆随梦靠不住。但暮西辞犹豫了下,没有催促。哪怕远处那些怪物开始蠢蠢欲动,暮西辞也不催促。知道尽快关闭最好,他私心又希望关得慢一点。一旦关闭,此生,他便再也见不到柳寒妆了。

暮西辞早知自己动了心,却在这般时刻,始知深浅轻重。他开始后悔,燕澜告诉他那会儿,他和柳寒妆之间只隔了一道万象巫的城墙,为何不回去再见她一面呢。

"夫君?"

"夫君啊!"

恍惚中,暮西辞好像听到了柳寒妆的声音。他脊背一僵,慌忙回头望过去。透过一层光膜，他真的看到了柳寒妆，她站在一众蓄势待发的弓箭手前，双眼通红，仰头望着他。

柳寒妆忍住哽咽，喊道："燕澜说，我可以进去大狱里，陪你留在那里，我真的很想……"况子衿说服了她，进入大狱和暮西辞一起守狱门，不算辱没门楣，"但是我大哥死了，小酒去了温柔乡，如今生死未卜，我现在不能去啊……"

这一战，以赢来考虑。

小酒若是不幸战死，温柔乡交给她二哥一个人，不行。小酒活下来，想必五劳七伤，需要多年调养，还要镇守温柔乡。柳寒妆不放心，也不能那么自私，只顾着自己。

暮西辞："夫人……"他想要安慰她，她能有这个心思，他已是心满意足，真的。

"夫君接着。"柳寒妆取出一个储物戒，朝那只眼睛扔了过去。

储物戒靠近眼睛时，被暮西辞吸入内，攥在手中。他朝储物戒内一探，瞳孔微缩，里面盛放着一株灵草，是柳寒妆的本体。

"原本在我大哥手中，来万象巫之前，大哥还给了我。"柳寒妆已有主意，"你拿着我的本体，我是父亲以心头血养护出来的，而他的心头血，蕴含着四方盘的能量。若小酒活着，等他复原，让他尝试使用四方盘，感知我的本体，将传送阵开进大狱里去。"

燕澜肯定不同意。这就需要小酒足够强大，拥有足够的掌控力，能令燕澜放心。柳寒妆才能放心离开，留小酒和二哥支撑起温柔乡。

柳寒妆道："若是小酒没了，那就等怪物磨死，我完成使命，请漆随梦再开狱门，我进去找你。"

旁边，况子衿无奈极了："三妹，你真是枉费了大哥让我来的一片苦心。"

柳寒妆不理会他，其实，若非大哥派了二哥来，她未必这样快拿定主意。兄长们都在为她着想，她自然也要为他们多想一想。

柳寒妆仰头："好吗？"

暮西辞攥紧那枚储物戒，用力地点头："当然好，还是夫人考虑得最周到。"

柳寒妆朝他微笑，露出她最甜美的笑容。暮西辞心潮起伏。

柳寒妆却脸色倏变："夫君小心呀！"

暮西辞背后，一只高阶魔兽在怪物的驱使下，朝他飞扑而来。被打扰的暮西辞皱起眉，他微微侧身，一把抓住那魔兽的脖颈，"咔嚓"扭断以后，扔飞出去。

远处的怪物们,原本觉得他意志有些消沉,想先以魔兽多消耗一下,再一起去攻他。如今见他似乎燃起了一些斗志,心道不能再等了,群起而攻之。

"夫人,这柄剑给你!"暮西辞将他在人间修炼二十多年的火麟剑,扔出了虚空之眼。随后,他向前疾驰数十丈,一掌拍向地面,释放出劫火。反正这里是幻境世界,损坏还会复原,也没几个正常生灵,暮西辞没有心理负担。

"轰——"地面震动,熊熊火焰瞬间蔓延。

劫火出,万物灭。怪物们疯狂逃窜,慢一点都会死无葬身之地。

一个头上长角的狰狞怪物,自火焰中缓慢走了出来。那具属于暮西辞的肉身他不需要了,等待的漫长时间里,足够他修炼得好看点。

只是之前忘记问一问,夫人究竟喜欢哪一种好看点。现在当着这么多人的面,他不好意思问。而且,他还不知道有没有这个荣幸,能被夫人看到。

狰狞怪物踩着焦土,回到虚空之眼附近。

"焚琴劫火在此,靠近牢门者,诛!"

"漆随梦,关门!"

劫火动荡了狱门,虚空之眼比之前膨胀了一些。

在外的柳寒妆也说:"漆公子,你关门吧!"说完,她擦了下眼泪,拉着况子衿去帮忙救助被魔兽咬伤的巫族族民。

漆随梦心里有了个底,也知道那些怪物已经越聚越多,确实不能再等了。漆随梦闭上眼睛:"我开始连接虚空之眼,在此期间,尽量不要让任何外力来阻碍我。"

"放心。"猎鹿和休容异口同声。猎鹿的弓箭是第一道防线。休容的天赋,是第二道防线。漆随梦便没再说话。

过了一会儿,众人瞧见一根淡淡的金线从漆随梦眉间飞出,朝那只眼睛飞去。众人屏息,却见那根金线才刚触碰到眼珠,便发出"噼啪"一声爆响。

漆随梦面露痛苦,向后倒去。不等猎鹿去扶他,他已经爬起来继续。

这次是两根金线,"噼啪"两声。

漆随梦再次被击退,摔进泥潭里,又咬牙回来继续。这样连续尝试了几十次,休容在旁看着,有些明白自己先前是小人之心了。但这一次次失败,又令她提心吊胆。

漆随梦却在一次失败后,说:"我可以关,只是需要时间,你们去和燕澜说一声,大概需要两刻钟。"同时朝虚空之眼喊道,"焚琴前辈,我需要两刻钟!"

虚空之眼并没有完全排斥他,只是在考验他的毅力。漆随梦旁的没有,最不缺的其实就是毅力。

他从小做乞丐,求生的毅力极为坚韧,想要高深的修为,想要显赫的地位,想带珍珠过上好日子的心志,比谁都坚定。为此一直在努力拼搏。

结果,他根本不必拼搏。他早就拥有了神族血泉,早已是天阙府的弟子。他此后要么做巫族的少君,要么成为天阙府的府君。只不过,那些全部烙上了耻辱的印记,永远也甩不掉。

原先漆随梦想不通,失去了目标,为此痛苦不堪。如今瞧瞧柳藏酒,不也是一样嘛。他想要的九尾,同样是以这种方式得到的。漆随梦想,或许人生有一种修行,就叫作"接受"。他"轻易"得到了一切,随后,要用一生来学会"接受"。

暮西辞那声"关门",声音比平时浑厚,魔鬼沼外围守结界的燕澜也隐隐听见了。

此时的燕澜,早已筑起了铺天盖地的天罡盾,抵抗棺木隐攻击他背后的大阵结界。这附近的古木,在棺木隐的天赋力量下,全部变成了高耸粗壮的树人。树杈成为武器,被树人们攥在手中,一边以躯干冲撞天罡盾,一边以树杈捶击。

燕澜唇上沾着血,控盾的双手难以抑制地颤抖,并不只是因为眼前这些树人,棺木隐虽强,但还不至于将燕澜逼到这般境地,主要是惊蛰对他的影响。惊蛰在棺木隐斜后方站着,一直在朝燕澜笑,咧着嘴,笑容诡异。

燕澜刻意回避他的视线,但双眼仍然有种灼烧感。他后灵境内的心魔,随他灵力消耗,逐渐变得难以控制,跃跃欲试地想要冲破后灵境的束缚,不停地在乱他的心神。

"燕澜,瞧瞧你面对的敌人,还不肯接受我,使用我的力量吗?"

"你究竟还能顶多久?那个挖你双眼,剜你血泉,欺骗你二十多年的逐影,躲在沈云竹的体内,都还没出手呢。"

"你迟早会借用我的力量,眼下何必艰难支撑,徒增这些伤痛?"

"只要你接受我,打败他们不过是眨眼间的事情,你可真是愚蠢啊。"

燕澜极力忍耐,额角青筋尽显。知道猎鹿和他密语传音:"燕澜,漆随梦说估计需要两刻钟,你怎么样,能不能撑得住?"

燕澜:"两刻钟?"

猎鹿:"对。"

燕澜:"我知道了,你赶紧回去保护漆随梦。"大狱离外围有些远,猎鹿需要跑出来一段距离,才能和他密语。

猎鹿:"好,你小心啊。"

得知漆随梦能关大门,燕澜心中终于安定。剩下的,守就是了。他心安以后,将心魔压制住了一些。

觉得时机已到,逐影终于从沈云竹体内飞出,没披斗篷的情况下,像是一摊黑泥。他因融合魔神血泉,只成功一半,没有了肉身,如今比怪物更像怪物。

逐影可以什么都不管,却势必要杀燕澜,他的一道分身还在寄魂里,杀了燕澜才能夺回来:"燕澜,你还敢回来?"

"回来杀你。"燕澜这话说得毫无波澜,只是在陈述事实,"这些怪物站在他们的立场,谈不上罪大恶极。而你,窃夺神明血泉,罪该万死,天道不容。"

"我怎么天道不容了?"逐影第无数次辩解,"我没有告诉你们吗?他们哄骗姜韧下凡,剜走姜韧的血泉,我毫不知情。他们不敢融合,才找寿元将尽的我融合,我原先也是受害者,而且,是受不了延长寿元的诱惑才决定接受,反正那血泉已经剜出来了。何况我不是已经受到惩罚了,变成怪物,还不算我的惩罚?"

燕澜不听他辩解:"这世上从来不存在被迫作恶,当你被迫选择作恶时,和他们已经是沆瀣一气,不分早晚,更不分你参与了多少。"

逐影问道:"你们不是神吗?神的品格不就该无私?贡献血泉救人,难道不是你们的天职?"

"你可真是无耻至极。"沈云竹在旁都听不下去了。

逐影不曾说话,事已至此,说太多的确无用,但窃神族血泉这事儿,每次他都必须解释,好像能给他壮胆。

"走。"逐影想去杀燕澜,喊沈云竹一起上前。若有危险,他得及时回到沈云竹体内,被慧极必伤的天赋保护。他与沈云竹合作,才能高枕无忧。

沈云竹鄙夷道:"燕澜这副状态,你还需要如此畏惧?"

逐影之前已经栽过跟头:"他毕竟是神。"

惊婪在旁嗤笑:"拔毛的凤凰不如鸡。"

沈云竹没忘记惊婪想伤害他女儿的事情,冷笑:"你在说你自己吗?大荒威风凛凛的婪,从封印里出来后东躲西藏,比着燕澜好到哪里去?"

惊婪嘴角一抽:"你不也一样……"

沈云竹道:"滚一边去,我可不一样,我是从大狱出来的,没被削弱,我还变强了。"

惊婪颤了颤手,无话可说。他们的确变弱了,而沈云竹真的变强了。

从前在大荒,他们几个根本不将他放在眼里,对他客气,也是因为他背后站着厉害的师父、师姐、师弟,以及他师姐怜情的至交好友逆徊生。

"沈叔叔。"燕澜喊了一句。

"想求我帮忙?"沈云竹朝他望过去,见他这般狼狈,目光中透出一些不忍。毕竟,燕澜是他看着长大的。沈云竹笑,"你求我,我可以考虑考虑。"

燕澜一说话,正被猛烈攻击的天罡盾颤动了下,他紧绷唇线。

沈云竹不太理解他:"你下凡救世,遭到巫族这般对待。也没过去多久,便跑回来替他们守阵,你还当自己是巫族少君?"

燕澜避而不答,极力维持住天罡盾以后,才说:"您想颠覆人间,重开通天路,要神域里的武神令候看一看您的本事,将您的名次,挪到第一卷第一册里,对吧?"

沈云竹点头:"没错,乃我平生所愿。"

燕澜直言不讳:"其实没必要如此麻烦,武神令候已经不在神域。我就是他的转世。"

沈云竹愣了一下,随后万分惊讶:"你说什么?"

同时被惊住的,还有另外三个。棺木隐和惊婪会怀疑燕澜撒谎,沈云竹和逐影不会,他们深知燕澜的秉性。

逐影向后退了两步,面露惊恐之色。族中典籍不是说,天灯请下来的神族,都是长明神座下的弟子吗?武神怎么会轻易下凡?他竟然剜了太初上神的血泉?逐影惊恐中声音越发狠厉:"杀了他,必须杀了他!不能被神族知道!"

燕澜无视逐影,只望着沈云竹。他直到此时才讲出来,是想要多观察一下沈云竹的态度,是否真如休容所说。

燕澜心中已有判断:"沈叔叔,您的排名我承认是低了,是要挪。"

沈云竹目光一凝。

燕澜继续道:"不仅如此,还有一些需要挪。比如般若神机,比如您的师弟否极泰来,他们都去往了神域,被封了神位,待在怪物名册里显然不太合适。以及绝渡逢舟,我认为他也可以获封神位,将他那一页撕了下来,都放入后记之中,言明他们已入神籍,不参与排名,单独一册。"

沈云竹怔了怔:"你的意思是……"

若非需要控盾,燕澜想将《归墟志》取出来给他看:"那些去往神域的大荒怪物,都是因为战争中主动站队神族,帮助了神族。绝渡逢舟当年不是主动的,来人间以后,主动帮过魔神和我。您当年虽然帮了魔族……"但以沈云竹当年的本事,应该也帮不上什么忙,没造成什么危害,"来人间千年,您不曾犯错。且救过闻人不弃,教过他封印相关,还帮过我和姜拂衣,今日人间大劫，您若选择站在我们这边，入神籍有理有据。事实上，我在来魔鬼沼之前，就已将您那页挪去了新开的一册，并且擦掉了备注。"

沈云竹的表情逐渐变得很是微妙："燕澜，你自己都不是神族了，你给我神籍？"

燕澜看向他："您在乎的，不就是《归墟志》吗？我虽已是凡人，但《归墟志》只有我能撕下来，重新装订，这还不够？"他也看得出，沈云竹如今的确很纠结。

燕澜抵挡攻击的时间里，沈云竹朝魔鬼沼深处张望了十几次。不知是担心休容，还是放心不下他的妻子愁姑。可能他真就需要一个台阶，不知道这个台阶如何，若不行，燕澜还有准备。

沈云竹心中在做最后的挣扎。老实地讲，从大狱里逃出来后，他当真无时无刻不在想着打开狱门，颠覆人间。

但自从燕澜的事情暴露，巫族变成这副样子，他的夫人得知他是怪物后，没有吵闹，也不和他说话，去了魔鬼沼。原本平静的生活遭到破坏，沈云竹开始有些不太习惯。如果大狱真的开启，人间变成炼狱，他是不是会更不习惯？

以前他师姐怜情每次出手，人族大量消亡，沈云竹都没有任何感觉，毕竟他们尽量不伤人，只是在遵循九天神族定下的规矩。

直到他这千年来生活在人间，女儿也有人族的血统。人类，在他眼中，也开始变得有血有肉起来，尤其是结界内的巫族人。

可是沈云竹毕竟是大荒怪物，且为了那个"理想"努力了上千年，又不甘心放弃，半途而废，更说明他的无能。如今有机会能入神籍，单独一册，和师弟、般若、绝渡逢舟挨着，好像挺不错。

沈云竹也知道，燕澜是在给他台阶下。他气恼武神写下《归墟志》，机缘巧合，武神转世竟然在他眼皮子底下长大。沈云竹心中这口闷气，也得到了纾解。

沈云竹抱起手臂，穿过树人的缝隙，朝结界走去，朝燕澜笑道："怎样才叫站队？帮你一起守这九霄鸿蒙阵？"

燕澜暗暗松了口气。

逐影望着沈云竹的背影，难以置信："沈云竹，你不会就这样被他说服了吧？"

惊婪更是诧异："你真的是智慧怪物吗？"

沈云竹一来到前方，那些攻击天罡盾的树人，难免会攻击到他。

他的天赋，是谁对他有算计、伤害的意图，便会自损。树人没有算计，

但存在伤害的举动也算。都用不着沈云竹出手,他的天赋力量,直接导致那些树人逐渐炸裂。

"砰砰砰!"树人一个接一个地倒下。

而操控树人的棺木隐是有脑子的,沈云竹的天赋能够攻击到她。树人炸裂,棺木隐本就受伤,此刻头痛欲裂,天旋地转,接连吐了好几口血。有一口血,是被沈云竹活生生气出来的!

棺木隐指着沈云竹,怒其不争,愤恨地道:"我等天生强悍,从前连九天神族都要避一避我等的锋芒。如今沦落到这般田地,皆因你们这群蠢货!要么刚愎自用,要么临阵倒戈,要么明哲保身,要么疯疯癫癫!一盘散沙!实在一盘散沙!才让这大好山河,被从前踩在脚底下,蝼蚁一般的人族彻底占领!"

沈云竹依然抱着双臂,冷漠地道:"我顶多也就是个临阵倒戈,大荒覆灭,和我一个被关进大狱里的小角色,能有多大关系?少给我扣帽子。"

棺木隐:"你……"

沈云竹:"生气?来打我。"

有沈云竹挡在前面,燕澜终于得空稍微喘口气,不禁朝温柔乡的方向望去,心中牵挂着姜拂衣和柳藏酒。不知道"北斗星"能够发挥多少作用。

倏然,燕澜原本只是感觉灼烧的双眼,剧痛难忍,疼得无法站立,只是半跪在了地上,单手揿住太阳穴。燕澜无法再控盾,面前的天罡盾消失,九霄鸿蒙阵的结界再次暴露。

是惊婪对燕澜展开了猛烈攻势,惊婪死死盯紧燕澜:"沈云竹挡在你面前,能拦住棺木隐和逐影,可拦不住我。"惊婪的天赋,是直接作用在心魔身上的。

"你不会以为,刚才就是我全部的能力了吧?"惊婪歪头看着燕澜的红眼,看着他痛苦扭曲的脸,"我只是想省点力气罢了,这不,被棺木隐骂了一顿,可不敢再明哲保身了。"惊婪又看向棺木隐,"你牵制沈云竹。逐影,你去杀燕澜!"

逐影犹豫。

惊婪道:"燕澜能够一直压制心魔,因为那是武神的心魔,邪性不够。在我的催动下,心魔也已经'入魔',燕澜抵抗不住。"

逐影担心:"心魔有武神的法力,燕澜若是被逼着入了魔,我们不是更打不过?"

惊婪不耐烦地道:"你当我是个摆设?"

逐影这才杀向燕澜。

"天罡盾！"燕澜强撑着站起身。

大狱大门还没关闭，他们闯进去，漆随梦便无法关门。焚琴的劫火需要积攒，耗尽之后拦不住怪物破门。他不能在这时候倒下来，不能功亏一篑。

心魔又在说话："接受我吧，燕澜，我能为你解决所有的难题。

"你死守，守不住，只是白白送命罢了。你难道不想再见你的阿拂姑娘了？

"你的阿拂姑娘如今已经将你忘得一干二净，你若死了，便是漆随梦陪在他的身边。你孺慕的父亲，漆随梦才是他的爱子。难道你还能忍受，你心爱的姑娘，成为漆随梦的妻子？

"燕澜，你根本不是什么武神，你也没有救巫族、救人间的责任。你这二十年来的人生里，除了欺骗和背叛什么都没有，你究竟图什么啊？

"接受我，听到没有！"

温柔乡内，逆徊生低空飞行，怪鸟飞速掠过，掀起一道狂风。

即将抵达神碑时，他瞧见碑体金光流动，正在修复一些细小的纹路，便知道自己来迟一步。逆徊生顿时气怒交加，瞪了姜拂衣和柳藏酒一眼。

逆徊生从那只怪鸟背上跳了下来，想要冲过去一掌击碎正在自动愈合的神碑。因为一旦完全愈合，破印难度将会增加数倍。但逆徊生是从封印里逃出来的，封印连记得他们所有怪物的气息。不等他近身，神碑释放出一道金光，"轰"的一声，将逆徊生挡了回去。逆徊生明明没有伤到头，脑袋却痛了一下，痛得他险些昏过去，但他毫无畏惧，哼笑一声："我且看你能挡住我多少次，看我们谁才是强弩之末！"逆徊生再次冲向神碑，周身涌动着雷霆之势。

"起！"姜拂衣故技重施，神碑前方，被她竖起了一道剑气墙，"柳藏酒，赶紧加固封印。"

柳藏酒接连答应两声，慌忙施法。

逆徊生攻在剑气墙上，第一册内的怪物，他是唯一逃出封印的，实力毋庸置疑。

"嘭——"剑气墙轰然碎裂。逆徊生被剑气冲击得向后连退。

姜拂衣比逆徊生伤得更严重，痛得难以保持站立，趔趄了一下还是没站稳，倒在地上。

"姜姑娘？"柳藏酒扭头见她双唇和下巴全是血，心惊肉跳。他想去扶她，又忙着加固神碑，逆徊生万一打中神碑，他还能稍微顶一下，"我有好多丹药，都是我三姐炼制的，你想吃哪一种？"

"不必管我，挡住他，就这一股气，我看他能撑多久。"姜拂衣还没从地上爬起来，便再次凝气，继续铸起剑气墙。

逆徊生虽然心急火燎，却并没有完全丧失理智，知道这剑气墙的厉害。姜拂衣虽然伤得不轻，他也受了伤。怜情近在眼前，逆徊生不遗余力，释放出他从大荒带来的最强异兽："出来！"

只见一只小兽从他袖中飞出，落在地上，瞬间长成一头体型庞大的异兽。

"这……"柳藏酒仰头看着那几丈高，以剑作翅，虎背熊腰，还满口獠牙的怪兽，双眼都看直了。

"杀！"逆徊生挥臂一指，并不让这异兽去冲撞剑气墙，而是指挥它去攻击姜拂衣。

柳藏酒没办法继续加固封印了，不再施法念咒，取出他最趁手的鞭子："姜姑娘，这大家伙交给我！"他长鞭一甩，锁住了异兽一条腿。没想到那异兽挣扎了几下，便险些将他的鞭子扯断。异兽怒吼一声，朝姜拂衣咬过去。而逆徊生就是在等一个机会，等姜拂衣有动作的那一瞬，再去攻剑气墙，姜拂衣必定遭受重创。

哪里想到，异兽即将吞噬姜拂衣时，被一只体型同样庞大的九尾红狐撞飞。

柳藏酒放弃了法术，直接变回妖身："不就是变大吗？逆徊生，拜你所赐，我现在也可以！"

异兽摔在草地上，地面被震得颤抖，刚爬起来，又被九尾红狐撞倒。异兽展开剑翅飞起来，红狐以九条尾巴当作长鞭，将它捆住，硬拽下来，再次将地面砸得颤动。

兽始终是兽，再怎样驯服，也拥有兽性。它愤怒地嘶吼一声，不再管逆徊生的指令，朝狐狸咬去。两只庞然大物，在茫茫草原上，展开了最原始的对拼撕咬。

逆徊生看着那只张牙舞爪的九尾红狐，被气得脑袋越来越痛。

"我当是谁给的机缘，原来是你让他长出了九尾。"怜情讥讽的声音，突然从神碑里传了出来，"逆徊生，你还是和从前一样，成事不足，败事有余，遇见你，当真是我的劫数。"

逆徊生慌忙转头，隔着剑气墙看向神碑："怜情，你能听得见我们说话？你现在是有意识的？"

怜情冷笑了一下。

逆徊生不解："那你刚才怎么不吭声？"

怜情冷冷地道："你想我和你说什么？"

逆徊生越发不解："怜情，你这是什么态度？是气我当年没去帮你？我根本不知道你四处吸食寿元，也不知道神魔竟然会联手对付你，我若是知道，肯定会去帮你的。"逆徊生至今都觉得纳闷，他和怜情相识以后，聊着非常投契。怜情善解人意，简直就像他肚子里的蛔虫。可是有一天，怜情突然对他大发雷霆，让他滚出她的领地，今后再也不许出现在她面前。直到被封印，逆徊生也没有想明白，自己究竟是哪里得罪她了。

别说逆徊生疑惑，姜拂衣在旁听着，也很疑惑。逆徊生这么拼命来救怜情，可她好像完全不领情的样子。姜拂衣疑心有诈，支撑着剑气墙，更加戒备。

怜情淡淡地说："行了，别在这里演戏了。既然觉得对不起我，就赶紧将我救出去，从此咱们两清。"

逆徊生的头越来越痛："怜情，你能不能把话说清楚，打什么哑谜？"

怜情此时才慢慢察觉不对："逆徊生，你没想起来？"

逆徊生道："什么？"

怜情道："你总该记得你将自己逆转过吧？"

逆徊生道："知道啊，我不是曾经告诉过你，我肯定是中了哪个怪物的标记，才将自己逆转。"

怜情沉默了下，质问："告诉我，你为何来救我？"

逆徊生回得不假思索："我不知道，我就是想救你，特别想救你，甚至要我……"甚至要他的命都可以！

怜情这一逼问，逆徊生脑海里涌出的这种想法，令他震惊得向后连退好几步。

这、这不是朋友之情！他难道真的爱慕怜情吗？不对，怜情的天赋完全不会影响他，说明他没有动情。究竟是怎么回事？

逆徊生急匆匆地问："怜情，我们究竟是怎么回事？我将自己逆转，难道是因为你？"

怜情的声音很平静："别管这些，先救我出去，咱们稍后再说。"

逆徊生再度蓄起雷霆，朝剑气墙攻去。

姜拂衣看出他有些混乱，陷入癫狂，改两指控指，为双掌前推，毫无保留地释放剑气，直接将剑气墙变成一个帐篷，护住神碑。

"轰！"

姜拂衣瞬间耳鸣，只嗅到浓厚的血腥味。剑气墙没裂，但逆徊生疯了似的，一击又一击，根本不停歇。力量打在剑气墙上，也打在姜拂衣身上，本能地令她想要退缩，但脑海里立刻回荡起几个词。

"不能退。

-523-

"不惜一切代价。"

姜拂衣朝逆徊生看过去，他的情况，其实也不比她好太多。她只需要继续撑下去，不必改变策略。

其实逆徊生并不是个听话的人，哪怕是他执念想要救的怜情。他连续攻击剑气墙，是想要强迫自己，想起自己为何要将自己逆转。

终于，他想起来了。逆徊生不再攻击，他茫然地被剑气击退，摔在地上。

"怜情……"逆徊生看向神碑，眼神躲躲闪闪，"我……"

"怎么，全部想起来了？"怜情冷笑，"想起来自己的负心和懦弱了？"

"不是的，怜情。"逆徊生情绪一激动，吐了口血。他捂住胸口，踉跄着站起身。

"不是什么？"怜情质问，"当年是不是你先招惹的我？说着不惧寿元减少，却在我被你打动以后，发现寿元流逝增快，便将自己逆转，洗掉我的天赋。"

逆徊生颤抖道："我……"

怜情不知是嘲讽他，还是嘲讽自己："更可恨的是，我每次靠近你，你每次都是一样的选择。我便发现是我瞎了眼，千挑万选，选了个这世上最懦弱的男人，顶尖怪物，呸！"

逆徊生哑着嗓子："所以，你当年四处猎杀，被神魔围攻，都是被我害的？"

"你说呢？"怜情冷哼，"我可是诞生于'极'啊，当我开始恨你时，便无法吸食你的寿元，自己的生命力反而开始流失，不补回来，我早就死了。"

逆徊生痛苦地闭眼。

怜情却又淡淡地说："陈年往事，不必多提了。逆徊生，我如今虽还有些恨你，但都已经过去三万多年了，对你的恨意早就消磨得差不多，不然我也不会活到今天。等彻底不再恨你，能够吸食你寿元时，我也不会对付你，我说话算话。因为我如今更恨九天神族，只想从封印里出去掀翻他们！"

逆徊生看向姜拂衣："我本来有办法救你出去，我早已在这方圆最近的几座城，设下了你最擅长的嗜血阵……"

姜拂衣脑海里没有嗜血阵的概念，但用猜的也知道，这个阵法，是让怜情用来吸取生命力的。寻常人类的寿元不如修行者，但人数众多，整体的寿元非常可观，能助怜情破印。

怜情道："你说的方圆，超出我现在能感知的范围，没用。"

逆徊生能从封印里逃出来，对封印当然了解颇深："只要我将封印破坏一半，你就可以感知到。"

原本此番封印大动荡,大好的机会,却来晚一步,被他们给毁了!

逆徊生再次悲愤地瞪一眼姜拂衣,又瞪一眼远处那只还在和异兽撕咬的九尾狐:"现在又被这石心人挡着,她的剑气阵强得有些可怕,我哪怕法力耗尽,也很难穿透这堵墙。"

逆徊生在形容姜拂衣时,已经不再使用"小石心人"。

姜拂衣和他斗法,肯定打不过他,但她筑起剑气阵,逆徊生也很难攻破,且石心人的体内像是有个剑气泉眼,一边消耗一边汩汩冒出来。消耗虽然更快,但等逆徊生耗尽她的剑气,自己的法力也将不足,无法击碎石碑。

逆徊生拿定了主意,坚定地说:"怜情,只剩下一个办法,你将我的寿元夺走吧,这堵墙拦不住你,拥有我的寿元作为养分,你就能感知到嗜血阵,催动嗜血阵,助你破印。"

"所以,我当年就是被你这样欺骗到的?"怜情要被气笑了,"我如果可以吃掉你,会等到今天?"

"怜情,我每次都选择离开你,逆转自己,并不是因为懦弱。"逆徊生望着石碑,"因为我会衡量,我们大荒怪物的寿元接近永生,世界山恒在,水恒长,唯有爱情是个变数。为了一个变数,我觉得不值得付出那样的代价。可当我被封印了三万年,出来以后,我发现这世界竟然天翻地覆。大荒没了,怪物已快成为传说,山不再是从前的山,水也不再是从前的水,我从前认为永恒长存的东西,大都面目全非,唯一没有变的,竟然是我心中对你的感情……我错了,我是真的错了。"

怜情默然无声。

"不要再恨我了,拿走我的寿元,启动嗜血阵,破印吧!"逆徊生朝神碑张开双臂,像是在等着怜情来拥抱他,笑道,"我只是你口中那个臭养虫的,你才是大荒最顶尖的怪物。出来,开启大狱,放出所有怪物,踏平人间,去找九天神族复仇!"

姜拂衣心里"咯噔"一声。完了,她知道完了。话说到这份上,怜情肯定会被说动,毕竟从前怜情就是栽在他的手中,别管他癫不癫,怜情就吃他这套。

果然,沉默了一会儿后,怜情说:"好,逆徊生,我不再恨你了,我们从此以后,情仇两消!"

逆徊生"哈哈哈"大笑了几声,手臂张得更开,一副恣意畅快的模样:"来吧!"

姜拂衣不知所措。大荒怪物都这么疯癫的吗?

姜拂衣也快要被逼疯了。怜情要吸食心有情愫的逆徊生,姜拂衣再厚的剑气墙也挡不住。

姜拂衣抽回剑气墙，出手便朝逆徊生攻去。姜拂衣是真的急了，她想拼死将逆徊生杀了，杀不掉也要以命换他重伤。这样逆徊生的寿元将会减少，怜情将少吸一点，或许就感知不到嗜血阵法。

但还没等姜拂衣杀到逆徊生面前，便瞧见他如一捧沙子，轰然散开，随风飘散在茫茫草原，散得捕捉不到一点踪迹。

姜拂衣扑了个空，摔在地上，还没爬起来，仰起头，便瞧见温柔乡上空，凝结出一个血红的印记。耳畔隐约传来轰隆隆的响动，不久后，那些被逆徊生布下嗜血阵的城市上空，也都出现这样血红的印记。印记之间飞射光波，相互连接，最后在温柔乡上空，组成一个嗜血大阵。

姜拂衣数了数大阵的类似血管的脉络，哪里是逆徊生口中的几座城，是整整十六座城！

她忍住浑身剧痛，飞到空中，尝试斩断那些脉络。她接连铸造剑气墙对付怜情和逆徊生，早已剑气空虚，拼了命地斩，才将一座城斩了出去。剑气不足，时间不够，这样根本不行。姜拂衣停了下来。

这时，唯有造一柄特殊的剑，才能在眼前形势下，一剑将延伸出去十几座城的脉络斩断。可是她的胸腔内，如今没有剑心。

姜拂衣强迫自己冷静，从血脉中感知石心人还有什么剑招。

她脑海里慢慢浮现一道身形，一抬手，便将周围的几座山脉，化为巨剑，扎入地面，形成剑阵，困住了一个使用触手作为武器的怪物。她看不真切，是她的外公吗？

姜拂衣立刻放眼望去，然而温柔乡茫茫草原，根本不见山脉。看不见，便无法施展。此刻，一股深深的无力感爬上了她的心头。

姜拂衣记得自己的提醒，她也愿意不顾一切，可是，眼下连不顾一切的机会都没有啊。

魔鬼沼外。

逐影朝燕澜杀去，被沈云竹挡住。沈云竹挡在燕澜面前，如同一面盾，且他也有兵刃，是一把剑扇。沈云竹手腕一转，剑扇朝逐影扇过去，能够将他的天赋，集中针对逐影。

逐影痛苦难当，融合姜韧的血泉，令他失去了肉身，成为这怪物模样，却依然会为沈云竹的天赋所伤。

逐影气恼地道："沈云竹，你我相伴了上千年，别忘了，是我给了你在人间的身份，你就这样翻脸无情？"

沈云竹笑了："怎么，你指望我感恩？同伴？没听棺木隐方才骂什么，我们大荒怪物，向来都是一盘散沙。"

"嘭！"棺木隐趁着沈云竹分心，跑去破结界。

沈云竹无奈，抛出剑扇。那剑扇变成剑伞，旋转着挡在棺木隐想突破的结界前。

棺木隐的木头脑袋几乎要炸开，但拼着一口气朝那剑伞击出一掌："沈云竹，我是念在同族，还想给你机会，你不要以为我真怕你！"

棺木隐攻向剑伞，也攻在沈云竹的胸口，沈云竹嘴角鲜血随之流出。沈云竹的天赋，虽然是令意图伤他者自损，但面对狠角色，能够顶住自损伤他。

逐影见状，再次对燕澜发动攻势，同样是咬牙忍住那股头痛。沈云竹虽挡住，却受伤不轻。逐影还有空调侃："这时候站队神族，可不是什么明智选择。"

燕澜很想为沈云竹减轻负担，但他半跪在沈云竹身后，一双猩红的眼睛痛得他无法起身，连开口讲话都办不到。

心魔的攻势逐渐猛烈，且心魔从前只是蛊惑，如今在惊婪的影响下，情绪和语气都十分暴戾。

"燕澜，逐影又杀来了，还不接受我吗？死都不要我来帮你？

"你死了，沈云竹挡不住的！他们会进入魔鬼沼，阻挡漆随梦！

"那些人，包括你的阿拂姑娘，都在拼死努力，最终若是满盘失败，都是你造成的！你造成的！

"你这个迂腐的废物！"

"够了！"燕澜终于厉声呵斥，"得知我被父亲欺骗了二十年，我没有入魔。想助阿拂破生死劫，我也忍住没有入魔。现在面对这两个二流怪物，和一个人族败类，你让我入魔，你告诉我，他们配不配？"

许是从没见过燕澜这般狠厉，一时将心魔震住。也可能是心魔经燕澜提醒，也觉得对付眼前这些人，用不着自己出手，未免大材小用，低了身份。总之，心魔嘴巴终于闭上了片刻。

这又给了燕澜一点喘息的时间。燕澜趔趄着站起身，他现在不能入魔。哪怕燕澜从本心出发，并不觉得力量分善恶，不认为使用魔道之力取得胜利有错，此时也不能入魔。因为有惊婪在场，他失控的风险极大。待那时，失败才真是他造成的。

果然，惊婪发现心魔再度被压制，心道一声厉害："燕澜，你不愧是太初上神转世，这样还能压制得住？"

燕澜原本一直回避与他对视，此刻朝他望过去："第二册的怪物，原来只有这点能耐？"

惊梦原本根本不在乎《归墟志》的排名，但被他这样说，像是被激发了斗志："原先觉得你足够稳重，想不到，也是逃不过年少轻狂。"他咧嘴一笑，双眼一眯，直视燕澜的红眼，开始没有保留地释放天赋，攻击燕澜的心魔。

燕澜丝毫不避，由着他攻击。心魔很快再度陷入狂躁："燕澜，接受我吧，你是真的没办法了，你没办法了！"

燕澜寒声道："我有办法。"

只是不到万不得已，他不想用罢了。他好想留着这条小命，稍后与姜拂衣重聚，陪伴着她去寻回记忆，真的好想。可是……

"沈叔叔。"燕澜将一本册子朝前递过去，递给沈云竹，"麻烦您，帮我将此书交给漆随梦。"

令候希望他将怪物重新送回封印里去，办法写在这本册子里，还说漆随梦也可以学，也能办得到，可以给他一份。燕澜没答应，之前也没这个打算。

精疲力竭的沈云竹接过来，收入储物戒，不问是什么，只问："你打算做什么？"

"做我该做的。"燕澜又朝温柔乡的方向眷恋不舍地望了一眼，忍痛收回视线，闭上眼睛，开始感知神髓所在。

神族最重要的两件宝物，是血泉和神髓。血泉是法力，神髓乃根基。因此法力可被夺走，神髓无法被抽出，且心魔就附着在神髓上。

然而上次令候说，神髓其实是可以抽出的。他担心燕澜入魔无法自控，想将心魔抽出，交给拥有血泉的漆随梦净化。燕澜非常抗拒，认为没有这个必要。

今日，他也要证明自己是对的。他能自控，他能利用好心魔残留的神力。他不是因为自私。他的阿拂，没有选错人。

很快，燕澜感知到了体内那条时常游走的神髓。心魔也感知到了恐慌："燕澜，你要干什么？"

燕澜抬起手，掌心贴在左肩下方："明知故问，我要净化你。"

心魔疯狂叫嚣："你是不是疯了？你这不是净化，是找死。你这样蛮抽，你会死，我也会死，这结界你不守了吗？"

燕澜不理会他的叫嚣，五指扎入肋骨处，猛地一抓，将神髓抽出！

逐影和棺木隐已经密语过，商量好办法，联手向沈云竹攻去。棺木隐破釜沉舟，舍半条命，也要压制住沈云竹，而逐影则趁势击杀燕澜。

两人刚要逼近沈云竹，忽然见他背后金光迸发，还没来得及思索，又听惊婪痛苦地吼叫了一声，似乎还吐了血。两人心中生出畏惧，慌忙后退。

沈云竹也被这股力量，冲得向前趔趄几步，慌忙躲开。

被他保护在身后的燕澜，此时暴露于众人视野，只见他左肩下方破了个洞，鲜血汨汨外涌，衣袍血迹斑驳。而燕澜手中，攥着一条"光绳"。

沈云竹也算见多识广，仍然愣住："这是……神髓？"

燕澜脸颊苍白，似乎是在对心魔说："今日，你且看我能不能将你净化。"他手臂一振，将自己的修为根基全部灌入那条"光绳"。"光绳"骤然抻直，化为一柄金色的剑。

附着在神髓上的心魔化为乌有，残留神力皆被金剑吸收，再由魔气转为清气，净化完成。刹那间，剑气浩荡，金光迸射。

与此相反，燕澜则千疮百孔，残破得如同风雨中的落叶。他濒临破碎，唯有借用寄魂的力量，支撑他飞速升空。

神髓出体，很快就会枯萎，这柄神髓剑只能使用一次。心魔提供的神力，也只能使用一次，便是这一次。

燕澜神色凛然，宛如天神降世，向下挥剑："太初九清，浩然正气，今日以我神髓，诛邪恶，镇邪祟，斩！"

这是一柄炙热却又温和的法剑。金光缓慢自金剑洒下，如同将太阳的光芒聚拢，集成三束，分别照射向棺木隐、惊婪和逐影。

他们自知不敌，仓皇逃跑。然而所逃之处，头顶皆被烈阳笼罩。当金色光束入体，逐影直接被焚成灰烬。棺木隐和惊婪身为能写进第二册的大荒怪物，没那么容易死去，被金色光束压制得蜷缩在地，动弹不得。

《归墟志》从燕澜袖中飞出，瑞兽麒麟显现，将他们吞入腹中。

"啪！"《归墟志》落在地面。

魔鬼沼内的猎鹿和休容，都被上空突然迸发的金色光束惊了一跳，猜测是燕澜的术法，但他们从未见过。疑惑中，金色光束消失了。天幕慢慢黑沉下来，不久以后，北方天空上，出现星星点点的火光，重新将天幕点亮。

"天降流火？"休容睁大双眼。

"这么多……"身为巫族人，猎鹿很明白流火代表着陨落，他面露恐慌，"休容，你先保护漆随梦，我出去看看！"

休容不仅担心燕澜，还担心父亲，想说让猎鹿留下，她出去看看，也知道此时的猎鹿，不可能冷静，便由着他去。

猎鹿狂奔出魔鬼沼，远远便已经瞧见结界外，沈云竹双手抱着浑身是血的燕澜，面朝结界站立，等着谁来接他们进去。

结界外遍地是残破的树干,凌乱不堪,且还有三处焦土深坑。

猎鹿来到沈云竹面前,隔着结界,不敢去探究燕澜的状况,只仰头望向天空。

沈云竹随着他仰起头,一起望向那壮观到令人生畏的天降流火:"莫要害怕,这是太初神明陨落,引发的天象罢了,通常会降落到空旷处,伤不到人。"

极北之海上。

商刻羽盘膝坐在仙鹤背上,一边闭目养神,一边朝岸上飞。

仙鹤速度很慢,因为还驮着精疲力竭的凡迹星、亦孤行,以及李南音。一路没人说话,弥漫着伤感的气息。

凡迹星想说几句玩笑话,实在没有心情,还是李南音先打起精神:"事情已成定局,无非等待千年罢了,咱们努力修行,等得起。不如趁着咱们几个现在聚在一起,商量一下闻人不弃的建议,该怎样为这世间减少痛苦。"

商刻羽闭着眼睛道:"商讨这些为时过早,莫要忘记,只是极北之海解决了,还不知道大狱和温柔乡情况如何。"

他话音落下,听见凡迹星惊讶的声音:"快看!"

商刻羽皱着眉睁开眼睛。

瞧见天边的流火,几人纷纷站起了身。天降流火常见,但这种规模的流火极为罕见,翻遍史书,恐怕也是第一次。这意味着什么?他们面面相觑,心头一阵抽紧,都不敢将猜测说出口。

温柔乡里。

姜拂衣浮在上空,无计可施,只是机械地以剑气去砍嗜血阵流动血液的脉络。

怜情道:"你再不走,很快就会死在这里。"

姜拂衣面无表情:"你还关心我的死活?"

怜情:"就凭你能说忘情就忘情,这样拿得起放得下,我很欣赏。"

姜拂衣想说她赞誉了,她不是什么拿得起放得下的人。她的忘情,全靠剑傀术。

她选择遗忘的时候,心中指不定多难过。被她忘记的燕澜,恐怕比她更痛苦。付出了这么多,结果依然是一败涂地,姜拂衣实在是不甘心啊!

她重新振作起来。

"起!"她高高飞起,掌心凝结出一柄气剑,俯身斩下。

"嘭！"这一次，她的确一剑便斩断一条脉络，但她也被反震出去极远。

姜拂衣爬起来继续，她要斩到彻底爬不起来为止。

"没用的，你的剑气在逆徊生身上浪费得太多。"怜情胜券在握，"你是在人间长大的吧，知不知道自己也是大荒怪物？"

姜拂衣郑重地道："我们石心人是人类。"

怜情根本不听："不要被人类蛊惑，那些人类在大荒时代，向来只是我们的食物罢了，这原本就是天定的。待我出关，随我重建大荒如何？"

姜拂衣："天定的？"

怜情："弱肉强食，岂不是天定？"

姜拂衣："九上神比你们大荒怪物更强，他们要你们亡，也是天定吧？"

"你……"怜情被戳到痛处，"我本颇为欣赏你，没想到你竟是这般不识抬举之辈！"

姜拂衣反击虽快，心中也在问。难道真是天定的？

旁的不提，九天神族将怜情镇在这茫茫草原，莫说连绵山脉，连个土坡都看不到。方才醒来时的万象巫，升空时，她倒是瞧见附近都是山脉。但石心人将山脉化剑的力量，前提是要"面对面"，而不能凭空幻想，把巫族的山变成剑，飞来这里。

好像真的要认输了，但不到最后一刻，姜拂衣不可能放弃。

她继续想办法。

想办法。

想办法。

恍然间，姜拂衣忽见天际有成片的流火划过。她停下劈砍，仰起头，怔怔望着。流火映照在她的瞳孔中，变得越来越亮，她的眼睛也骤然亮起！

姜拂衣一瞬陷入了狂喜之中！好一场天降流火！她正愁没有材料给她铸剑，一举斩断这些脉络，这不是来了吗？

流火其实是陨石，陨石也是石啊。只要是石头，石心人就有希望将其化为剑！且陨石极为坚硬，属于高级剑石，尤其是尚未落地，依然燃着火焰，威力加倍。再瞧这数量，真正能做到十万八千剑。不，是好多好多的十万八千剑！

姜拂衣根本按捺不住自己内心的激动，"哈哈哈"大笑起来。她方才还觉得大荒怪物疯癫，此刻她狂笑的样子，比他们还要疯癫！

姜拂衣不顾怜情的诧异，收回剑气朝高空飞去。

怜情身在封印里，窥探不了太远，本能地感觉到害怕："你想做什么？"

姜拂衣不理会她，不断升空，升到极限，一个她认为最合适的地方。

隔着遥远的距离,还是这般壮观的天降流火,姜拂衣竟然全然不怀疑自己能不能办得到。她心中充满信心,相信这场流火,是天道赠予她的利刃。连星辰都在帮助她,岂会办不到?

姜拂衣立在云端,面对流火的方向,疯狂迸发自己的剑气,哪怕迸发到七孔流血也不管:"石心人姜拂衣,在此盛邀天火流星,助我破嗜血杀阵,重镇怜情!"

那一日,对于这世间的大多数人而言,不过是个极为寻常的清晨,却因为一场空前规模的天降流火,注定被史书及各种杂记广泛记载。

尤其是那如梦似幻的一幕。数之不尽的流火在划过长空时,逐渐化为一柄柄燃着火光的长剑。随后,一众浩荡长剑在下坠过程中掉转方向,托着长长的火尾,朝着东南方的一片草原,整齐划一地飞去,举世见证。

此后三年,人间还是从前的模样,却又在悄然地发生着一些变化。

风月国换回了从前的国君,商刻羽再次登位。

凡迹星这位神龙见首不见尾的医仙,竟然主动前往一些丹宗、药宗,除了指点弟子们医道,自然被奉为座上宾。

李南音的修罗海市,手开始越伸越长。

最令人费解的要数夜枭谷,以往令人闻风丧胆的魔修组织,如今销声匿迹,在谷中修起了佛道,生动地诠释了何为放下屠刀,立地成佛。

而云巅国的天阙府,无上夷已成地仙,说去云游四海,将天阙府君之位,交给了他的得意门生漆随梦。

这是无上夷联系漆随梦,主动要求的。他看得出漆随梦对人生对未来的茫然,师徒一场,想给漆随梦一个安身立命的地方,也不愿他的本事,没有用武之地。

漆随梦不想留在巫族,天大地大,他的确没有去处,便答应了。主要是,他迫切需要借用天阙府的势力,帮他去寻找失踪了的姜拂衣。

这一回,漆随梦希望能够赶在燕澜之前寻找到姜拂衣。姜拂衣是他对人生的最后一点期盼,究竟是输是赢,便看这一次了。

遥远的极北之海与云巅国交界处,缓慢地升起了一盏长明灯。

海浪滚滚,礁石旁边,燕澜仰着头,望着那盏灯越飞越高,逐渐变成一个光点,犹如夜空里的一颗星星。

"主人。"小熊模样的寄魂,站在他脚边,还不及他的膝盖,也在抬头望着灯,"咱们这样守株待兔,真的有用吗?漆随梦有姜姑娘的心剑,只要姜姑娘出现在他附近,就能锁定她的位置,若是他先找到姜姑娘……"

"我相信阿拂。"

"我可不相信漆随梦,姜姑娘如今谁也不记得,万一他占了先机,欺骗姜姑娘怎么办?"

燕澜不担心:"这倒不会,漆随梦不会骗她。"

寄魂愁得很:"主人,我是真觉得咱们守株待兔没有用。"

"那你说我现如今,还能做些什么?"海风吹动燕澜的长发,他目望着满天繁星,凄然一笑。

三年前在万象巫,燕澜濒死之际,寄魂及时寄生了他的魂魄。从前寄魂无法寄生,是因为燕澜仍有神髓。燕澜将附着武神心魔的神髓抽走以后,寄魂努力尝试,终于成功。

再加上大祭司,他一手将燕澜带大,和剑笙一样,都将燕澜视为亲人。先前燕澜被审判时,他不曾出现,是卜算到燕澜的生关死劫,并不在那日。

大祭司连同巫族人,围着濒死的燕澜,以巫族秘术,以及大祭司自己的命,最终将燕澜唤醒。

沈云竹说那场天降流火,是太初神灵陨落导致的异象,也不算错。没了神髓的燕澜,已彻底成为毫无修为的凡人。

再说天火化剑以后,姜拂衣自高空跌落,不知道落在了哪里,从此销声匿迹。各方势力都在暗中寻找她,始终没有一点消息。燕澜猜测,她将天火化剑,耗尽剑气,损伤根基,可能在某处休眠。

半年多前,燕澜手里的同归连续发出了响动,知道她从休眠中醒来了。没有修为的燕澜打不开同归,旁人也无法替他打开,不能和姜拂衣传信。

按照道理,她在温柔乡失踪,醒来后,也该前往温柔乡。但柳藏酒等待很久,也没等到她。

燕澜便请猎鹿帮忙,将自己送来极北之海的岸边。

燕澜怀疑姜拂衣可能损伤过度,与逆徊生及怜情的那场较量相关,不太记得了。毕竟从她剜心失忆,再到重伤虚脱,仅有两个时辰。她的记忆,依然停留在当初被昙姜送上岸时。那么,她就一定会回来极北之海。

可惜燕澜无力在海域中央逗留,便在岸边的一个小渔村里住下。

极北之海的海岸线何其辽阔,不知她会途经何处,燕澜便每天做一盏和天灯外观相似的灯,在夜间放飞。灯罩上写清楚他的位置,期盼姜拂衣看到那盏灯,会想起他的北斗星。

"回去吧。"燕澜摩挲着手腕上的同归,转身朝居住的渔村走去。

他还要回去打坐。尽管令候曾经说，神髓抽出以后，他此生无法再修炼，但燕澜仍然继续尝试。

令候的结论，是从那些被九上神抽了神髓的堕神身上得出的。那些大荒堕神既然会成为堕神，修炼不成功很正常。燕澜却很有自信。

再者，令候虽然修为比燕澜精深，阅历见识也比燕澜宽广。但燕澜有幸在三万年后的人间成长，知道人族的特性，是拥有"无限可能"。燕澜成了人，同时也拥有了这种特质。

总而言之，他不认输。他想和姜拂衣白头偕老。

在星光的照耀下，燕澜沿着小路，慢慢走回渔村。村口玩耍的几个小孩子，一瞧见他，就七嘴八舌地说："燕哥哥，你总算回来了，有个好漂亮的姐姐来找你，等了好一会儿了。"

燕澜闻言，心脏倏地被抓紧，慌忙朝村子里跑去。他跌跌撞撞，险些被脚下的石头绊倒好几次。他满怀希望，又怕再次失望，内心极度复杂。

终于……那抹朝思暮想的身影，出现在他居住的屋舍门外。姜拂衣妆容精致，身上的发饰和衣裙，都是燕澜从前送给她的。她正捧着那盏他刚放飞不久的灯，仔细打量。

燕澜胸膛起伏，停在距离她几丈远的地方，喉结滚动了几下，不敢上前。仿佛那里站着的，是一只落下来觅食的鸟儿，稍不留神，便被惊飞。他怕又是梦，惊走了她，也惊醒了自己。

姜拂衣感知到不远处有个没有修为的凡人，无须戒备，也没去看他。直到听见一阵狂乱的心跳声，姜拂衣觉得奇怪，才扭头朝他望过去，观察这个站在星光下，双眸噙着泪水的年轻男人。

咦，这双眼睛……

姜拂衣怔忪片刻，才举起手中的灯，好奇地询问道："你叫作燕澜？这盏灯是你放飞的？"

燕澜张口便要哽咽，只能轻轻"嗯"了一声。

姜拂衣捧着灯，还想问他们从前是否认识。

答案是肯定的。

不仅认识，还可能是自己从前的心上人，姜拂衣失忆以后，晚上闲来无事，总是喜欢抬头看星星，想要寻找一颗特殊的星星。

今夜终于知道，她一直在寻找的星星，竟是眼前男子的这一双眼睛。姜拂衣与他对视很久，试图读出他这双泪眼里的千言万语。倏然，一个声音在她脑海里回荡："看灯，不要看我。"

"嘶……"姜拂衣的脑袋剧烈疼痛，慌忙止住，不再多想。他已在眼前，不必急于一时。"

　　姜拂衣笑道："嗯，让我猜一猜，你会这样寻我，应该知道我重伤沉睡了两三年，失去了一部分记忆吧？能不能将你知道的往事告诉我？"

　　燕澜猜到她或许因重伤沉睡了，如今听她亲口说出，仍是一阵心疼："阿拂……"

　　瞧见姜拂衣微微皱了下眉，燕澜心酸改口："姜姑娘，你的伤彻底复原了吗？"

　　姜拂衣道："好得差不多了，只不过……"

　　燕澜紧张起来。

　　"只不过，你打算一直站在那里，像个木头桩子一样，和我说话？"姜拂衣比画了下距离，有些好笑。瞧他模样英俊正派，像个聪明人，怎么有一些呆？

　　燕澜怔了怔，从木讷中活了过来，朝她走过去，陪她站在屋檐下。

　　确定了，真的有些呆。姜拂衣赶在他再次开口之前，指了指紧闭的房门："我飞了很久去追这盏灯，有些累了，燕公子可否让我进去歇一歇，喝杯茶，坐下来听你说？"

　　燕澜面对失忆的她，有些不知所措，内心蠢蠢欲动地想要亲近她，拥抱她，诉说衷肠，可又怕吓到她，给她留下不好的印象。

　　如今从她微变的眼神，惊觉她似乎将他当成个傻子了，燕澜本想解释，恍惚想起来，自己从前在她面前，又何曾像个聪明人。

　　燕澜默默地推开房门："姑娘请进。"

　　姜拂衣随他入内，环顾四周，这房间虽小，却极为干净整洁："燕公子一看就是个讲究人。"

　　燕澜脚步微滞，去一旁柜子里取茶炉，转身发现姜拂衣已经自来熟地坐在了矮几后。那矮几上有一摞书册，还有一摞子姜拂衣的画像。这三年，燕澜以回忆度日，将回忆里那些印象深刻的表情，全部画了下来。

　　还有个匣子，里面放满了燕澜亲手做的发簪，各式各样。他还没能挑出一根最满意的稍后拿来送给姜拂衣，继续那场被打断数次的表白。

　　燕澜并不想被她看到这些，有些心慌地端着茶炉，坐去书案后方。

　　失去修为以后，他无法再控制气血，耳朵有一些发烫。茶炉放在矮几中央，稍稍遮挡他的脸。

　　可这样便遮挡住燕澜看向她的视线，他又将茶炉往一边挪了挪，克制自己的贪恋，望着她："姜姑娘，不知你想从哪里听起？"

　　"这里，或者这里。"姜拂衣左手拿起几张画像，右手挑出一支发簪，歪着脑袋，挑了挑眉，"都可以，反正我有的是时间，就是不知道燕公子有没有时间？"

如此生动的表情，以往只有梦里才能见到，燕澜怔怔半晌，眼泪终于抑制不住地掉了下来。他缓缓地道："自当奉陪。"

极北之海极冷，入夜，又开始飘雪了。

屋外，海浪拍打着礁石。屋内清茶袅袅，对影成双。

一个痴心人，终于等到了他想等的人。

一个无心人，终于找到了她弄丢的那颗心。

第十章
故地重游

半年前，姜拂衣从一处荒无人烟的山谷中醒来。她动弹不了，感知过后，发现自己竟然变成了一柄剑，倒在一片树丛间。她尝试过许多次，才从剑重新成为人的形态。她发觉自己不再是十一岁时的模样，长大长高很多，且修为不低。

她再打量身上残破的衣裳，以及上面陈年的血渍。姜拂衣心想，自己可能是和人斗法，遭受重创，才陷入休眠。她检查自身，脖子上戴着自己的储物法宝，小海螺，里面的物品没有太大变化。

除此之外，她的腰间坠着一个铃铛，络子打得很是漂亮，还绑着一颗圆润的珍珠。姜拂衣检查了下，好像也是个储物法宝。她轻松打开，发现里面摆放着数百个匣子和箱笼。

匣子一个个掀开，有剑石、符箓、丹药瓶、书籍，以及各种日常生活需要的用具，分门别类，条理清楚。

至于箱笼里，则有大量叠放整齐的华美长裙，收拢细致的精致饰品。姜拂衣取出一条长裙换上，确定这些都是她的东西。但肯定不是她收拾的，她没这样讲究。

姜拂衣再去翻其他的箱笼，颇感惊讶，里面竟然还有男人的华贵衣袍、狐裘披风、发冠、腰带、配饰。同样收拾得一丝不苟。

姜拂衣的第一反应，这是自己女扮男装行走江湖的行头，但取出一件长袍比画了下，应该不是。瞧这宽肩窄腰，她可能养了个小白脸？也不对。储物法宝，只能她一人打开，小白脸日常怎么收拾？

当时，姜拂衣提着络子，盯着铃铛，看了好半晌。她怀疑这铃铛可能有一对,另一个在那男人手中。他们两人共用这个储物空间。

姜拂衣便尝试拨动铃铛,将剑气注入内部,试一试对方能不能感知到,却没有得到任何回应。

姜拂衣不能回忆,一想就头痛,暂且不管了。

之后的几个月,姜拂衣在山洞里休养,每天都会看一看铃铛。箱笼和她刚醒来时,没有任何变化。

那男人要么没了,要么也和她一样身受重伤,处在昏睡中。不清楚是两人联手御敌导致的后果,还是她和他自相残杀造成的。

姜拂衣通过观察他的衣着装扮,觉得他应是出身名门正派,得知她是从封印里逃出来的,对她痛下杀手。不管怎样,敌人非常强大这一点毋庸置疑,姜拂衣不得不谨慎小心。

等复原得差不多,离开山谷时,她精心做足一番乔装打扮,且尽量避开人群,绕路前往极北之海。但她仅是落在海岸上,不敢前往海中央。

封印是专门针对石心人的,她担心自己若是靠近,会被封印感知,若是不敌,便浪费了母亲送她上岸的苦心。

姜拂衣犹豫不决,沿着海岸从傍晚飞行到入夜。她习惯性仰头看星星,忽见远方有一盏长明灯不断升空。

姜拂衣的注意力顿时被吸引,总觉得那盏灯极为眼熟,恍恍惚惚,脑海中浮现一个模糊的身影,似乎端着一盏类似的灯。

姜拂衣几乎是下意识地御风而起,追上了那盏灯。只见灯壁上描着景物,似乎是极北之海岸边的一个小渔村,还有几个端正的小字:阿拂,燕澜在此等候。

阿拂?这样巧?姜拂衣觉得不是巧合。

她这才按照灯壁上的"地图",来到渔村。她询问了村口玩耍的孩童,村子里的确有个叫作燕澜的男人。

男人半年前来的,被一个叫猎鹿的人送来这里,猎鹿还给了村长一大笔钱,说燕澜原是贵族公子,来此等一个人。他身体羸弱,可能不太适应渔村的生活,需要多加照顾。而半年前?和姜拂衣醒来的时间接近,她越发确定,自己可能就是他要等的人。

这一刻,姜拂衣还是充满戒心的。直至见到燕澜,望见他那双亮如星子的黑瞳,她的戒心才消退了很多。一夜过去,听燕澜详细讲完过往,姜拂衣对他的戒心,消除掉了一大半。

第二天一早,姜拂衣先去一趟极北之海中央,搜寻许久,才在海底寻到那一剑一尺。

姜拂衣并没有靠近,只是远远望着。她怕自己的剑气,会惊动他们。对他们而言,并不是一件好事情。

母亲和闻人不弃现在的状态,就像是需要冬眠的动物。凭借往日积攒的能量,维持消耗,抵抗严寒,中途被惊动,是颇严重的耗损。

万幸,他们能够相伴取暖。只要人间安稳,四季正常流转,迟早会迎来春暖花开的那一天。然而无论怎样安慰自己,姜拂衣还是没出息地红了眼睛。

一千多年,实在是太久了。

姜拂衣心情低落,折返渔村,远远瞧见燕澜伫立在岸边,背后是一片银装素裹。

姜拂衣落在他身边:"燕公子,你这就睡醒了?"

燕澜不愿对她撒谎,没有回答。

成为凡人以后,他可以吃辟谷丹,解决日常三餐的问题,睡眠却是必不可少的。且他为了养身体,尽早摸到修行的大门,作息极为规律,亥时入睡,卯时起床。除了铃铛初响的那几日,他连续数日无眠。这三年来,作息几乎是雷打不动。

昨晚讲述一夜,早上姜拂衣看出他精神不振,前去海域之前,还特意叮嘱他睡一会儿。燕澜不可能睡得着,甚至坐不住,便前来岸边等她。

"你寻到他们了?"燕澜瞧见她眼睛里的红血丝,有哭过的痕迹。

"嗯。"姜拂衣难掩沮丧,片刻,又打起精神,"比起担心能不能救出我娘,现在至少知道她平安无事,等待就是了。等上一千年,我们就能一家团圆了。"

燕澜一句"我陪你一起等"险些脱口而出。他虽有自信可以重新修炼,但至今仍未成功。这句话对自己说说也就罢了,对姜拂衣而言,有"哄骗"的嫌疑。

姜拂衣感知到燕澜的情绪起伏,打量他一眼,瞧他睫毛上挂了一层霜,便从同归里取出一件厚实的披风出来,递过去。冰天雪地,他没有修为,穿这身锦缎长袍,只能说冻不死。

燕澜却轻轻推回去:"多谢,我不需要。"

姜拂衣望向他手腕上系着的铃铛:"同归里这些衣裳饰品,难道不是你的?"瞧着身材,应是他的没错。

燕澜默默地说道:"我觉得,这样或许更有利于我修行。"

姜拂衣闻言,抖开毛茸茸的披风,强行给他披上:"虽然我不是很懂,但你这种情况,应该是需要摸到一个窍门,这个窍门,肯定不是通过挨饿受冻实现的。"

燕澜微怔，低头看着她，由着她将披风裹紧，系好。

姜拂衣倏然喊道："大哥。"燕澜心尖一紧。

姜拂衣望向大海："接下来，我想故地重游，试试看能不能寻回我的记忆。"

燕澜心想她寻回记忆只是顺带，更多是想通过故地重游，确定一下自己昨夜那些讲述的真实性。

姜拂衣原先觉得他呆，听完往事以后，多少能推测出他的性格，解释道："你不要介意，我本能是相信你的，但还是想让自己心里更踏实一点。"

"我岂会不了解，只是希望，你能允许我陪你一起去故地重游。寻找记忆也好，佐证也好……"燕澜停顿了下，眼底除了紧张，还流露出些许落寞，"如果你不嫌我现在是个累赘……"

姜拂衣打断他："我如今对岸上陌生得很，当然要带着你。何况，我们还有一笔共同的巨额宝藏，我哪里能抛下你？"

她和燕澜不仅有感情根基，还有财富根基，深厚得很。虽然听上去有些奇怪，但燕澜得到这句承诺，放松了一些。

姜拂衣却话锋一转："但是，有句话需要说在前头。我相信我们从前是一对，我也不否认，你的眼睛给我一种很特殊的感觉。可你对我来说，实际上还是一个陌生人，这一路，我暂时只能和你以朋友的身份相处。"

燕澜见她的表情有些不太自然。他怔忪了下，明白她好像误解了一些事情。不知该不该解释，再三犹豫，燕澜赧然道："其实，在你对小酒施展两相忘之前，我们一直是以朋友的身份相处，极少有逾礼之时，你无须太多顾虑。"

姜拂衣原本还怕他听不懂，此时眨了眨眼睛，朝他望去。她明明看到同归里，摆在矮几上的两本书，一本是阵法书，一本是讲神交的，还以为两人已经发展到了这一步，没想到是她想多了。

姜拂衣纳了闷，从种种迹象表明，她与燕澜从前也该是你侬我侬才对，为何这样？

燕澜解答了她的疑惑："我当初在飞凰山，便想对你表明心迹，当时不知身世，念着巫族习俗，想先亲手做一支簪子。而你在巫族的藏宝阁中，提醒我那根簪子必须得做，不能敷衍了事……"

姜拂衣皱紧眉头："有没有一种可能，当时你万念俱灰，咱们又被巫族围攻，我只想你能振作起来？"

燕澜知道："但你既然这样说，我必须要做到，岂料之后一直不得空，做一支满意的簪子需要耗费大量的时间和心血……"

"行了。"姜拂衣抬了下手。随后,她摩挲指腹,思索片刻,"你爱喝酒吗?"

燕澜摇头:"滴酒不沾。"

姜拂衣抱起手臂:"大哥,关于你重修这件事,我觉得你可以选择一个新的角度,多尝试一下酒、色、财、气。"

燕澜不太明白:"酒色财气难道不是修行大忌?"

姜拂衣微微颔首:"是啊。酒是穿肠药,色是刮骨刀。但人族除了无限可能,还有酒色财气。大哥想要拥有无限可能,就得先彻底变成人,接受酒色财气。换句话说,想要出世,必先入世。"

"这……"燕澜为难。

姜拂衣询问:"你觉得我的想法有道理吗?"

燕澜不得不承认:"是有道理。"也很符合她的性格,喜欢剑走偏锋。燕澜担心的是,他整天拼命摒除杂念,规行矩步,都摸不到重修的窍门,一旦放纵,会不会令他前功尽弃?

姜拂衣已经抬脚往渔村的方向走去:"回去收拾一下,咱们立刻出发。"

燕澜裹紧狐裘披风,追着她的脚步:"去哪里?"

"不是说故地重游嘛,咱们先去修罗海市,探望一下我家小姨。听大哥说,这天下最香的酒,就在独饮擅愁待过的无忧酒肆里。"

姜拂衣回头,微笑着指了指他:"这酒色财气呀,先从最简单的酒开始,另外三种,容我慢慢想办法。"

燕澜脚步一滞,脸比平时白了一层。

姜拂衣见他似有畏惧:"怎么了?"

原本以为,姜拂衣是想让他私下里琢磨一下酒色财气。没想到,她竟然打算插手。

单是一个酒,燕澜恐怕就得闹出笑话来,并不是很想被她看到,却也不愿意拒绝她的好心。燕澜硬着头皮,牵起嘴角,挤出一个笑容:"没事,走吧,去修罗海市。"

燕澜心事重重地回去渔村,只简单拿了几本书,交给姜拂衣,请她帮忙放进同归里。想起来,燕澜又从匣子里取出几枚储物戒:"对了,这里面的宝物,你看怎样处理比较好?"

姜拂衣接过来,储物戒没有封印,都是敞开的。

一枚戒指里盛放着各种名贵丹药和珍稀药材,应该是她义父凡迹星赠送的。

一枚戒指里则是各种价值连城的乐器,估计是商刻羽给的。

还有一枚戒指比较直接，里面是大量的金银和晶石，是李南音的手笔。

燕澜缓缓道："他们知道我失去了修为，开启不了储物法宝，都对我颇多照顾，时常派人送东西去万象巫。"

其实用不着，燕澜在万象巫的寝殿里，随便一个烛台拿出去都能置换不少金银。殿外的剑池，还插着几百柄燕澜自小收集的名贵宝剑。燕澜并不会因为身世，就舍弃这些原本就属于他的财物。而凡迹星几人的好意，他同样也不好拒绝，便请猎鹿帮忙收入储物戒中，等着交给姜拂衣处理。姜拂衣当然是全部收入同归里，充盈小金库。

收好以后，姜拂衣思忖道："听你这样说，我们掏空了巫族的宝藏，对巫族人来说，短时间内，似乎影响不大？"

燕澜："嗯。"

姜拂衣："那我们……"

她在试探，想问那些巫族的宝藏，需不需要还给巫族一部分，真正有错的，一直是巫族的那些决策者。如今猎鹿成为巫族的少君，这三年来，他们又对燕澜颇多照顾，她不知道燕澜是怎么想的。

姜拂衣这样拐弯抹角地说话，令燕澜心生黯然。好像回到了相识之初，她满心秘密，处处哄着他的时候。

才刚重逢，燕澜告诉自己不可操之过急，说道："用不着还回去。我们并没有掏空巫族的宝藏，他们还有一部分财富在藏书楼里，只要那些浩瀚的秘术还在，巫族就可以东山再起。"又补一句，"猎鹿也是这样想的，你不必再去巫族询问他的意见。他原本还想放弃万象巫，带着族民继续在魔鬼沼生活，磨炼他们的意志，是我告诉他没有必要。"

燕澜始终认为，人心，同生活环境之间没有必然的关系。

姜拂衣也就不再多言，等到走出渔村，她随手掐了个诀，凝结成一柄一丈多长的气剑。经过尝试，她手中那些飞行器，没有哪个比气剑速度更快。

等燕澜坐稳，姜拂衣在气剑周围设下一层防风罩，随后控剑升空，绕开云巅国境，从外围飞向修罗海市。

不凭借飞行器，全靠自身剑气，竟能一直维持这般惊人的速度，燕澜便知道天火流星化剑以后，她的境界又突破了。石心人的潜能，仿佛无穷无尽。

两人一路南下。

太阳落山以后，姜拂衣控剑落到边境的城市外，两人步行入城。

姜拂衣挑了城中最好的客栈，订了一间上房。

"一间房？"燕澜忍不住问。

掌柜瞧两人般配，原本以为是夫妻俩，已将房钱收下，闻言又好奇地打量起他们。姜拂衣面不改色,竖起食指:"一间房就够了。"

若是男人订房,女人提出疑问,掌柜恐怕会多嘴询问两句。如今反过来,还是位漂亮姑娘订房,掌柜只是笑了下,喊来小二领他们去往二楼客房。

等进去房间,锁上门禁,姜拂衣走去床边坐下来,脱鞋,躺下。

燕澜则站在门前,并不上前,犹豫着问:"阿拂,你不是说,希望暂时和我以朋友的身份相处?"

莫非,是为了"色"?燕澜还以为她打算将他扔进风月之地,令他担忧了一路。

他心中正七上八下,忽见姜拂衣变成了一柄银色长剑。长剑躺在床铺上,说道:"你说说看,订两间房是不是浪费?"

姜拂衣见燕澜微愣的模样:"看样子,我以前不会如此?"

燕澜反应过来,微微摇头:"以前不曾见过,你才学会的?"

姜拂衣道:"我先前重伤醒来时,便是这种形态。我发现变成剑的时候,不必修炼,也能吸收灵气。所以我现在需要休息的时候,就会变成这种形态。"

若不是顾念燕澜需要正常的睡眠,她根本不必住在客栈里,再让她花钱多订一间房,那实在是太浪费了,姜拂衣可舍不得。

燕澜猜到她之前失踪,可能是像昙姜一样变成了剑,却没想到她已经可以随心所欲地幻剑。

姜拂衣见他依然站在门口:"你还有什么好顾忌的?昨夜一宿没睡,你该休息了。"

燕澜面露难色:"阿拂,我昨夜就不曾沐浴……"

姜拂衣懂了。

客房内虽然有浴桶,但他肯定用不惯这种寻常凡品,便从同归里取出来一个大浴桶,以及一个玉质水壶。这水壶姜拂衣研究过,容量惊人,盛的是温泉水。

浴桶和水壶先后从剑身中飞出去。浴桶落地,水壶悬空倒水入内。

姜拂衣实话实说:"我醒来以后,用过几次,你不会介意吧?"她知道这不是自己的东西,但瞧见那本神交的书,自然觉得拿来用没有问题。

燕澜望着正注水的浴桶,眉头揪了起来:"你以前也用过,只是……"

姜拂衣不解:"什么?"

算了。

燕澜搬了屏风来,隔在浴桶和床铺之间。他解下狐裘披风,搭在屏风上。

姜拂衣这才知道他在顾虑什么,忍不住笑了起来:"你还真是有趣,我若想偷看,屏风挡得住?"

-543-

燕澜并不是防她偷看，这扇屏风，遮挡的只是他的难为情罢了。他一边宽衣解带，一边说道："还得麻烦你，取件寝衣出来。"

姜拂衣从箱笼中随便取一件，扔去屏风上。想了想，她将客栈的被子和褥子扔去椅子上，从同归里取出来一套。

屋内静下来，姜拂衣听着衣料摩挲的声响，又听着淅淅沥沥的水声，心中逐渐蔓延出一些奇特的感觉。

"大哥。"她喊。

"嗯？"燕澜隔着屏风回应，声音有些哑。

长剑从床沿一侧，滚到另一侧，又滚回来。她想让燕澜说说话，不然感觉怪怪的。但这样说，似乎更怪。姜拂衣捋不清这种感受，抛诸脑后："我还需要养伤，先休息了。"

燕澜答应一声。

姜拂衣提醒："幻剑状态下，我会睡得比较沉，但你不用担心，整个客栈都被我的剑气环绕，若有异动，剑气会提醒我，你只需要好好休息。"

"好。"

燕澜沐浴过罢，换上寝衣，绕过屏风回来床边，那柄剑悄无声息地躺在褥子上，好像真的睡着了。燕澜小心翼翼地面朝她侧躺下，不知道幻剑时，她是否能感知到冷热，还是轻轻为剑身搭了个被角。

距离昨夜重逢，已经过去整整一日，却直到此刻与她同榻而眠，燕澜才有了真实感，他逐渐入睡。身畔是所向披靡的利刃，燕澜无比心安，三年来，第一次睡得踏实。

翌日一早，他们继续出发。夜晚，他们仍是同住在一间房内。耗时半个多月，他们才抵达修罗海市外围。

登上前往内岛的船，燕澜陪她站在船头："当时，我们就是在这艘船上，遇到的况前辈。他无法离开温柔乡，是以分身的形态，他的分身，是个很漂亮的孩童。"

姜拂衣听他提起况雪沉，心中莫名有些沉闷："况前辈既然可以分身外出，柳藏酒是不是也可以？"

"可以，但是短时间内不行。"燕澜朝温柔乡的方向望了一眼，"小酒需要养伤，再加上封印动荡才平息三年，他不敢离开。"

最重要的是，分身远离本体时，几乎没有法力。若是损坏，本体也会遭受重创。

"柳家三姐还等着小酒将传送门开进五浊恶世，去见焚琴。他不能轻易冒险,一旦有所损伤,拖延的都是他姐姐的时间。"

姜拂衣蹙眉:"传送门开进五浊恶世,究竟有指望吗?"

燕澜也不能确定,有些担忧:"理论上可行。毕竟大狱大门,那颗虚空之眼,以及四方盘,都和虚空神有关系。"

等船抵达修罗岛,两人去往岛主府,却被告知李南音外出办事,并不在岛上。岛主府的管家认得姜拂衣,忙递信箭给李南音,并将两人留在府上,奉为座上宾。

李南音府上客房很多,姜拂衣依然选择和燕澜住在同一个房间里。主要是图个方便,方便燕澜使用同归里的私人物品。

太阳尚未落山,姜拂衣就拉着燕澜去往无忧酒肆。

他们来得比较早,客人还不多,燕澜带她去往角落:"上次来抓独饮擅愁,你穿着男装,我们就坐在这里。"又指了下对面的位置,"焚琴和小酒坐在那里。"

姜拂衣先前听他简单讲过一遍,如同听书。如今故地重游,身临其境,再详细听一遍,内心不禁有些唏嘘。

从前一起出生入死,她对柳藏酒这条九尾红狐有些模糊的记忆,关于焚琴,竟是一点印象也没有。

原本是来陪燕澜喝酒,她自己先饮了好几杯。

燕澜实在不知酒水有什么好喝的,一边讲述,一边当作茶水润嗓子。没想到,果真是酒入愁肠愁更愁,他心中也涌上了些伤感。

姜拂衣见他主动端起酒盏,恍惚想起自己的任务,开始灌他喝酒。燕澜照单全收。直到酒肆里的丝竹之音像是从天边飘来的,眼前的姜拂衣也出现了重影,燕澜才暗道一声"糟糕",不敢再饮,但他已经醉了,极力自控,也难以自控,意识逐渐模糊。

等到燕澜恢复意识之时,已经是第二天傍晚,他不仅头痛欲裂,右手臂还又酸又麻。

燕澜从床铺上坐起身,发现自己只穿着里衣,应是姜拂衣将他扶回来的,但姜拂衣并不在房间里。

燕澜仔细回想昨夜,恍惚明白了"两相忘"的感受,记忆全无,越想头越痛。从来不知,宿醉的感觉竟是这般难受,燕澜难以理解柳藏酒以前为何那么喜欢喝酒,且每次都想一醉方休。

"大哥醒了?"姜拂衣听到动静,推门入内,来到床边坐下,紧盯着他打量。

宿醉过后,似乎很容易心跳紊乱,燕澜一手捂着太阳穴,皱紧了眉:"我睡了多久?"

"一天。"姜拂衣边打量边询问,"你有没有什么感觉?"

燕澜知道她在问修行的窍门,摇了摇头。

姜拂衣惊讶:"不会吧,你昨晚折腾了一整夜,竟然毫无感觉?"

燕澜本就头痛,闻言,额头瞬间浮出一层冷汗:"我都做什么了?"

姜拂衣为难道:"你在无忧酒肆里摔碗砸杯,还跳上高台大喊大叫,更是抱着我又哭又笑,我实在无语,将你打晕了带回来的。"

简直是晴天霹雳,燕澜目露惊恐:"真、真的?"

姜拂衣被他的表情给逗笑了:"当然是假的了,我倒真希望你会因为醉酒失态,说明有用。"

事实上,燕澜醉酒以后,只是安安静静地趴在桌面上。

姜拂衣觉得还不够,让他靠在自己肩头,捏紧他的下巴,又给他灌下一壶烈酒。随后,她看着他晕乎乎起身,去往无忧酒肆后院,漫无目地兜圈子。

之后,燕澜发现有一名小厮站在水池边刷一头代步角鹿,才停下脚步,认真观看。等小厮刷完离开,燕澜去将刷子捡起来,模仿小厮的动作继续刷。

"从月上中天,一直刷到太阳升起,一刻不曾休息,那头小鹿都被你刷秃噜皮了。"姜拂衣花高价购买下来,嗑着瓜子,远远看他闷头刷了一整夜。

她越看越想笑。

难怪他会手臂酸痛,万幸只是刷鹿,没做出太丢脸的事情。

他正在心中庆幸着,听见姜拂衣说道:"做事要一鼓作气,今晚继续。"

燕澜眼皮一跳,却没有拒绝。

他望一眼窗外,院中已是暮色四合,是时候前往无忧酒肆了。

他坐起身,朝她伸出手。姜拂衣从同归里取了一套干净衣袍出来。近来都是她拿什么款式,他就穿哪种款式,从来不挑。

再次去到无忧酒肆,姜拂衣换了几种酒,掺和在一起灌他。宿醉之下,燕澜失去意识的速度更快。这回,姜拂衣随他去往周围的树林,看他砍了一宿的树。

第三天夜里,姜拂衣主动干预,在燕澜醉酒以后,将他关进房间里,想观察他会有什么反应。燕澜依然是一言不发,将房内所有亮面的物体,全部擦拭得锃亮反光。

连续十几日,姜拂衣无论将他带去哪里,燕澜的表现都是一样的。

沉默,重复去做同一件事。

姜拂衣不得不承认,"酒"这条路行不通。燕澜的自控,像是刻进了骨子里。清醒时,他反而比醉酒时更像拥有七情六欲的人类。

"你可以喝醒酒茶了,今晚不去无忧酒肆。"房间里,姜拂衣坐在矮几后面,托着腮,提笔在纸上写了个"酒"字,又扔去一边。

一连醉了十几日,燕澜的脸颊又瘦了一圈,显得五官更为立体。

不用再继续饮酒,他的心情终于轻松了些,但也因为浪费了姜拂衣的苦心而稍显失落。

姜拂衣认真在纸上写下"气"字:"其实我并不是很懂,酒色财气的'气',具体是指什么?气恼?逗气?气焰?争强好胜?年少气盛?"

"都有,众说纷纭。"燕澜开始煮醒酒茶,"不过,这个'气'字对我而言,作用也不会太大。我是有气性的,这或许是我最像人类的地方?"

姜拂衣抬头:"比如说?"

燕澜尴尬道:"比如绝渡逢舟为我取的名字,从小整个巫族都知道,'燕澜'两个字,代表着我会遇到一只滥情鸟妖。我要求改名,他不同意,我为此气恼了十几年……"

姜拂衣忍俊不禁。

"比如,我曾和漆随梦争强好胜,一度以为自己得了红眼病。"燕澜抬手摸了下眼睛,自从将心魔净化,他的瞳色已经恢复如常,眼珠也不会再像从前一样疼痛,"再比如,我曾一度气恨过我父亲……"

她原本打算雇些人挑衅一下燕澜,听他讲完,放弃了这个打算。

太幼稚了。

而且,姜拂衣隐隐察觉,燕澜并不是脾气好,能忍人所不能忍。他是太懂得一个道理,发脾气并不能解决任何问题。

如此说来,"色"对他的影响应该也不大,毕竟燕澜早已动过感情。

那就先考虑"财"吧。修罗海市正好是做生意的地方。

姜拂衣托腮思考良久,倏地站起身:"走。"

燕澜的醒酒茶尚未煮好,愣了下,随她起身:"去哪里?"

姜拂衣道:"我家小姨应该就快回来了,等见过她,我想去温柔乡见一见柳藏酒和柳寒妆。"

燕澜颔首:"温柔乡肯定是要去的,我们的那些宝藏,就封印在温柔乡外围。"

"抵达温柔乡之前,我也决定当一回凡人,不使用任何法力。"姜拂衣拉起他的手,又从同归里取出一颗夜明珠,放在他手心里,"咱们的盘缠就只有这颗夜明珠,你要想办法利用这颗夜明珠养活自己,还要养活我。"

燕澜低头望了望手心里的夜明珠,以及她涂着丹蔻的手指,明白了她的用意。

姜拂衣笑道："现在是响午，下午如果赚不到钱，咱们夜里就要在街边坐一宿了。"

她正要收回手，却被燕澜捉住手腕。燕澜将那颗圆润的夜明珠放回她手中："收起来吧，用不着。在这修罗海市里，我可以去做无本买卖。"

"无本买卖？"姜拂衣不解，打趣道，"你方才说，你曾动过和漆随梦争强好胜的心思。漆随梦曾当过乞丐，难道你也想去乞讨？和他比一比谁乞讨的功夫更胜一筹？"

有时候，人不能太诚实。

"还记不记得我之前说，巫族还有一部分宝藏，藏在藏书楼里。"燕澜打算证明给她看。他写下一个招牌，等到夜市开始，在角落随意支起一个摊位。

招牌上有四个大字：答疑解惑。小字则写上了范围，基本上除了医道，其他均有涉猎，尤其是法阵和星象。

疑惑也不能天马行空，需要提供功法书籍，或是草图，也不必担心功法泄露，燕澜只看对方不理解的那一页。

重点是，无论任何难题，他只收一块晶石。若是解答不出，则支付给对方一万块晶石。

原本就算众人在修炼上有疑惑，也不想在黑市里随意泄露给别人。但这一万块晶石，着实令他们心动，开始有人在摊位前徘徊。

岛上已是盛夏，姜拂衣戴着一副狐狸面具，坐在身披连帽黑袍的燕澜身边，摇着扇子笑道："你就这样自信？万一答不上来，这一万块晶石我可不会给你，咱们只能一起去给人家当奴仆还债了。"

燕澜的一张脸，被帽檐遮得只能看到下巴："会为了一万块晶石，拿出功法书的修行者，在他心目中，那本功法书的价值，应该不会高过一万块晶石。对我来说，解答起来应该不会有难度。"

姜拂衣拿扇柄戳了下他的手臂："你可真够诚实的，我还以为你会让我放心，哪怕来几个博学多才的大荒怪物，也难不倒你。"

燕澜沉默片刻，实话实说："如果这样说，你会更安心，那我的确是这样想的。原本想标价十万，甚至百万，因为你要与我一起承担后果，我必须收敛，力求稳妥。"

姜拂衣摇扇子的手微微一顿，朝他露在外的下巴尖看一眼。

还没来得及说话，摊位前终于有个面具男人坐了下来："邪修的疑问，不知道你能否解答？"

姜拂衣敲了下招牌，一副老板娘的架势："只要在范围之内，都可以。"

燕澜跟着点头："嗯。"

邪修便将誊抄好的一页，递给燕澜："我不解之处，字迹与别处不同。"

燕澜接过，简单看了几眼，提笔在旁写了几行批注。

邪修拿回来一看："就这样简单？"

燕澜淡然："阁下仍有疑惑？"

停顿一会儿，摊位前响起邪修茅塞顿开的笑声，取了十块晶石出来。

一旦开张，很快又来了一些客人。不到半个时辰，燕澜就已经赚到了一百多块晶石。

什么概念？足够姜拂衣和燕澜在这岛上最好的客栈，居住几十年。

姜拂衣掂量着这些晶石，一时间竟然不知道是该忧愁还是欣喜。她的计划又落空了。燕澜即使没有修为，没谁支援，也不会为生计发愁，为钱财发疯。

收了摊，两人沿着小路，并肩折返岛主府。

燕澜问："不是去住客栈？"

姜拂衣讪讪："用不着了。"

接连失败，令她颇感沮丧，但转念一想，真正失望的应该是燕澜。

姜拂衣安慰道："你究竟能不能重新修炼，我现在觉得没有什么要紧的。我有足够的能力保护你，至于延长寿元，不是必须通过修炼才能实现。"

"并不只是寿元的问题。"燕澜摩挲手腕上的铃铛，"棺木隐他们，至今还被封在《归墟志》里。漆随梦正在学习令候留下的大封印术，但我希望，是我亲手将他们送回封印，这样我才能真正放心。"

否则一旦出了什么岔子，将会影响到极北之海，影响到姜拂衣的父母。燕澜不是信不过漆随梦，他只是更信任自己。

"倘若天下太平，我并不介意在你身边当个累赘，怕只怕今后再出什么事端……"回想三年前那场动荡，燕澜是真的怕了，不假思索地道，"我不允许自己只能眼睁睁看着，帮不了你。"他想成为她手中，指哪儿打哪儿的剑。

姜拂衣默默听着，又望一眼他轮廓分明的侧脸。从燕澜愁眉不展的表情，她可以分辨出，他仅仅是在表达心中的忧虑，而不是在说情话。姜拂衣好像越来越懂得，自己从前为何会喜欢他。

这个夜晚，和往常没有区别。

姜拂衣依旧幻剑入眠。凌晨时分，她逸散在院落的剑气，忽然感知到了波动，有位修为高强的剑修正在靠近。

姜拂衣立刻清醒，睁开眼睛之后，怔了怔。奇怪，她竟然从幻剑状态醒来了，恢复成为人身，和燕澜躺在同一床棉被里。

自从能够幻剑，这还是第一次不受控，姜拂衣纳闷极了，检查半晌，也不清楚究竟是哪里出了问题。趁着从窗户洒进来的月色，姜拂衣看向面朝她侧睡着的燕澜，怀疑和他有关系。无暇多想，姜拂衣起身出门去。

那位女剑修衣着光鲜，却满脸的风尘仆仆，不曾进入院落，只在院外稍微驻足，又转身离开。

姜拂衣追了上去："小姨？"

李南音收到信箭以后，慌忙赶回来，房门都没进，先来见姜拂衣。结果走到院门口，她又觉得不妥，打算天亮再来，不承想，竟被姜拂衣发现了。

"真好。"李南音见她伤势已经痊愈，修为也精进了，悬着的心，终于落了地。

姜拂衣失踪后，李南音几人先是亲自在温柔乡附近寻找，遍寻不着以后，又派人扩大搜索范围。直到半年前燕澜给他们递消息，说姜拂衣已经醒来，不必再寻，等待她露面就好，他们才暂且放下。

李南音问："你的记忆也恢复了？"

"没有，我猜的。"姜拂衣对李南音有种熟悉感，可能来源于她体内的剑气。逍遥剑虽然归还给了她母亲，但瞧李南音的境界并未跌落，姜拂衣也松了口气。

李南音朝她背后小院看了一眼："我的意思是，你竟然和燕澜同住一间房，还以为你找回了记忆。"

"图个方便。"姜拂衣没有解释太多，也不需要解释太多。

房门"嘎吱"一声。燕澜走了出来，瞧见是李南音，松懈下来："李前辈，我们忽然来访，希望没有给您添麻烦。"

姜拂衣也很抱歉，得知李南音外出办事，还没来得及做出反应，管家已经"嗖"一声放飞了信箭，拦都拦不住。

"你们两个能念着来见我，我高兴还来不及。"李南音解释，"我外出不是去办什么要紧事，不必在意。"这三年，李南音一直忙着休养身体，最近两个月才有空出门。

"封印动荡那天，通过传音符，我告诉况雪沉最好给我留个念想。他虽没答应，但也没拒绝。结果我问小酒，小酒说他消散之前，连句闲话都没有给我留，提都不曾提过我。"

李南音又气又恼，更不愿意相信，便去了一趟秋水峡谷。那里是她和况雪沉相遇的地方。

李南音说："他曾在那里居住过许多年，有一间他亲手盖在山水间的屋舍，我近来总觉得，他将留给我的念想，藏在了那里。"

真被她猜中了。那间草屋被设置了法阵，李南音破阵入内，发现床上躺着况雪沉的那具孩童分身。

燕澜疑惑道:"本体消亡,分身应该一起消散,竟然独立存在,如何办到的?"

"谁知道他怎么办到的,应该从他打算修无情道,和怜情同归于尽的那天,就开始着手办了吧。"李南音露出心满意足的表情,"不管他,反正我的一丝念想有了。"哪怕一辈子都只是个没有意识的人偶,也足够了。

"小姨,况前辈那具分身呢?"姜拂衣很想见一见。

李南音指了下秋水峡谷的方向:"还在那里躺着。"

姜拂衣不解:"您没带回来?"

"原本是想带回来的。"李南音反复犹豫好久,最终将他留在了那里,"他一生最向往闲云野鹤,喜欢在山水之间,就让他在峡谷里待着吧,我闲了去探望他便是。"李南音拉起姜拂衣的手,"不提这些了,你们两个要在岛上多住几日,我这就通知你义父他们过来……"

姜拂衣忙道:"您只需要告诉他们一声,我平安无事就可以了。往后日子还很长,总会见到的,没必要太过特意。何况我身为小辈,该我前去拜见他们才是。"

李南音寻思她的话在理,便依她的意思做。而姜拂衣觉着李南音是匆匆回来的,可能还要回去秋水峡谷待上一阵子。

第二天,姜拂衣和燕澜便寻了个说辞,告别李南音,离开修罗海市。

出发之前,两人先去了一趟无忧酒肆,采买了不少美酒,打算带去温柔乡,送给柳藏酒。

登门拜访,见面礼是必不可少的。毕竟如今的柳藏酒完全不认识燕澜,姜拂衣也不认识柳藏酒,但这似乎并不重要。

气剑离开修罗海市的领域,开始飞向温柔乡。

姜拂衣迎风而立,回头望一眼渐行渐远的修罗海市,问道:"大哥,你说况前辈的分身,会不会有醒来的一天?"

"不知道。"燕澜也随着她一起回头,"我从昨日就开始琢磨此事,况前辈那具分身,是取他肋骨做成的,能够脱离本体而存在,我怀疑,他是将分身练成了法宝。"

"法宝?"姜拂衣对此一知半解,收回视线,琢磨道,"也就是说,那具分身早已不是人类,不会再具有人类的意识了?"

燕澜也收回视线,犹豫半晌,回答得模棱两可:"为了给李前辈留下这个念想,他将分身铸成法宝时,本体承受的痛苦,难以想象。"

姜拂衣明白了，能够将这具分身保存下来，况雪沉已经尽了自己最大的努力，就别再指望太多了。

燕澜见她微垂眼睑，神情怅惘，忙补充一句："法宝有机会生出器灵，虽然希望比较渺茫，总归是有那么一点希望。"

姜拂衣轻轻叹了口气，心道还真是一点念想："不管怎样，都比彻底烟消云散了强。"

虽然有一层防风罩，气剑在清晨时分升到高空时，燕澜依然觉得冷。他裹紧披风，望着周围的层云，眼底有些落寞："阿拂，你真觉得这样对李前辈更好吗？"

姜拂衣微怔："怎么说？"

燕澜拢了拢眉："没有这个念想，也许李前辈今后某一天，还能彻底走出来，揭开新的一页。但因这一缕念想，可能她终其一生，都要被困在其中。"

姜拂衣纳闷："但这不是我小姨自己要求的吗？"

燕澜欲言又止，还是问出口："你难道不觉得况前辈自私吗？说是给她留个念想，实则是他自己的念想？"

姜拂衣抱起手臂："如果小姨还会遇到一个更适合她的人，那么莫说一缕念想，哪怕况雪沉还活着，她照样会掀开新的一页。若是遇不到，这辈子对她来说只有一个况雪沉，那么她守着一个念想，当然比守着回忆更快乐。"

燕澜："但是……"

姜拂衣打断："大哥，况前辈比我们更了解小姨，知道怎样做对她最好，是你想太多了。"

燕澜沉默下来，他是想到了他自己。

过去半年里，他在海边等待姜拂衣，每晚点灯，生怕慢一步，被漆随梦先寻到她。如今不禁想，自己可以重新修炼，或许也是一缕念想。万一最终失败，即使有驻颜丹和增寿药，他能陪伴姜拂衣的时间，和石心人漫长的寿元相比，也像是昙花一现，倒不如不见，她此番醒来，就能开始全新的人生。

姜拂衣忽然开口："有件事情你并不知道，在我见到你之前，其实已经见过漆随梦。"

正纠结的燕澜愣住："你见过他了？"

姜拂衣点点头，回忆道："我在去往极北之海的路上，感受到了他的沧佑剑，似乎是我的剑心。漆随梦也通过沧佑，感受到了我，开始朝我靠近。"

她怀疑漆随梦可能是自己从前的情人，也可能是将她打成重伤的仇人。

身为铸剑师，姜拂衣可以选择不被剑傀感受到，甚至可以操控心剑，将漆随梦引去别处。于是，姜拂衣隐藏气息躲了起来，暗中观察漆随梦，发现他穿的衣裳,似乎是云巅国天阙府的款式,还听见有人称呼他为"府君"。

姜拂衣耸了耸肩膀:"我更不敢出来见他,毕竟我当时还以为自己是从封印里逃出来的怪物。"

燕澜不知该说什么。

无上夷的修为根基被昙姜夺走以后,天阙府君的位置空了下来,交给漆随梦是最合适的。毕竟在云巅国人的眼中,漆随梦一直是无上夷的接班人。

巫族族老窃神之事,并未宣扬出去。反正巫族当年点天灯请神下凡救世的举动,也不曾公之于世。若是被世人知道,整个云巅国从君主开始,一众高层除了闻人世家,全部"参与"了这场骗局,将"窃神"的漆随梦当作救世者培养,或许会引起难以预料的动荡。

无上夷决定将府君位置交给漆随梦时,云巅君王亲自去往万象巫拜见燕澜,求问他的意见。燕澜没有意见。漆随梦愿意接受,在燕澜看来是一件好事,更担心他不想担责任,拒绝接受。

燕澜道:"他会选择接受,一半是因为他无处可去,一半是想借用天阙府的势力寻找你,没想到,你反过来因此躲着他。"

姜拂衣摇头:"我虽躲着,却暗中跟了漆随梦将近一个月,通过沧佑剑去感受他,了解他,否则早就抵达极北之海了。"

燕澜面上无动于衷,心中却有些不是滋味,姜拂衣上一次失忆,因为怀疑是无上夷剜了她的心,并没有给过漆随梦这样的待遇。燕澜问:"你感知到他对你并无恶意,且还对你痴心一片?"

姜拂衣轻声一叹:"而当时我的内心,不知道怎么回事,隐隐觉得……"原本想说"隐隐觉得心疼",瞧见燕澜的表情起了点变化,话到嘴边,流畅地改为,"觉得他有一点可怜。"说完之后,见燕澜的反应还算正常,她才继续说,"我原本是打算出来见见他的……"

通过这份"心疼",姜拂衣差不多能够判断,漆随梦大概不是害她重伤的人,对她也不存在恶意,但脚步都迈出去了,又缩了回来。因为她在靠近漆随梦以后,通过沧佑剑,感知到漆随梦体内有一股非常强悍的力量。

如今知道那股力量是武神的血泉,当时却觉得过于强悍,她不确定自己是不是漆随梦的对手,万一判断失败,那就糟糕了。戒心令她不敢再继续靠近漆随梦。还有一点,姜拂衣感知沧佑剑似乎也有些阻止她靠近,原因不明。

姜拂衣拿不定主意,又默默跟了漆随梦一个月,犹豫了一个月,最终硬着头皮选择绕过他,继续前行。后来,她才在极北之海上空见到那盏灯,寻到燕澜。

听燕澜讲完往事,姜拂衣终于明白,她为何会下意识地躲着漆随梦。

"大哥，你说漆随梦对我痴心一片，其实并不见得。"附近有风力旋涡，姜拂衣操控气剑转了个弯，"年少时，漆随梦被世人踩在脚底下，而我是唯一一个待他好的人。他努力摆脱从前，盼望出人头地，带我过上好日子，成为他最重要的人生梦想。谁知没过多久，漆随梦就从一无所有，被迫'应有尽有'，他的人生失去了目标，他的梦想只剩下我，所以便紧紧抓住我不放，我成为他人生里最后的一点追求。"

"漆随梦"这个名字，大概就是一种预示。姜拂衣是他追随着的一个梦，是他被安排好的人生里，唯一的例外。

这是爱情吗？姜拂衣搞不清楚，分辨不出。

"我内心觉得，我更像是他最后的一点执念。"姜拂衣观察到的漆随梦，已经和燕澜讲述中的漆随梦不太相同。

如今的漆随梦，性格淡然了很多。沧佑剑"告诉"姜拂衣，漆随梦正在领悟"接受"。这份"接受"并非逆来顺受，而是保持内心的平静。

不然呢？漆随梦已是半神之躯，是受人景仰的天阙府君。哪怕是别人硬塞给他的，总归是获利，不是"逆"，他没有反抗的必要。被人推着向上走，总比被人踩在脚底下强。

姜拂衣道："既是执念，就该打破，无论对漆随梦，还是对我都是一件好事。你我重逢才一天，我就拉着你离开渔村，绕行南下，故地重游，也是因为我察觉漆随梦正在靠近极北之海，此时不便见他。"

姜拂衣心中也很想和漆随梦好商量，但她身为"执念"，若是此时出来见他，可能会打破漆随梦好不容易才得来的平静，觉得这次是他先遇到的她，是命运给他的机会。姜拂衣无奈之下，唯有痛下决心，以"错过""有缘无分"，来让漆随梦彻底死心，破掉他最后这点执念。

她讲完，面朝燕澜说道："我这样说，你明白了吗？不是你抢先一步找到了我，是我又一次选择了你。也是因为先遇到了漆随梦，才令我遇到你时，更懂得分辨你的不同。"

姜拂衣这番言论，对于燕澜而言，无疑是这世上最动听的话。他原先的不安逐渐散去，嘴角抑制不住地微微上翘，旋即又皱起眉头："你能通过心剑感应到他，避开他不成问题，但你打算躲他到几时？"

姜拂衣道："等时机成熟时，不会很久。"

燕澜不太明白："时机？"

姜拂衣给他一个眼神："如果漆随梦看到我对你只是略有好感，你觉得他会死心吗？"

燕澜怔了怔，心中不免怅惘，这样说起来，这个时机不知要等到何时了。

-554-

姜拂衣见他沉默下来，颇有些无语："我将话说到这份上了，你是不是该主动说点什么，做点什么？"

究竟谁才是石心人？怎么比她还不懂风情。怪不得两人从前一直没什么进展，一个是石头心脏，一个是木头脑袋。

燕澜看到她眼中的奚落，窘迫了一下，说出自己心中的纠结："你之前警告过我，暂时只和我以朋友身份相处，我实在摸不准尺度，生怕说话和行为逾越了你能接受的程度，惹你不悦，招你嫌弃……"

"算了。"姜拂衣觉得还是自己主动更好，"通过这段日子的相处，我大概明白自己从前为什么会喜欢你。你就先说说，你是因为什么喜欢我的？从你讲述的往事里，好像从来没提过。"

原因？燕澜微愣，明明只过去了三四年，但好像已经是很久远的事情。他对她的感情，早已犹如一株枝繁叶茂的参天大树。何时种下的种子，已经不太记得了。

燕澜模糊道："有时候喜欢一个人，并不需要太多理由。"

姜拂衣才不信，哪怕一见钟情也是有理由的。她换一种问法："你说个我的优点听听。"

这样问，燕澜想说的就太多了。

姜拂衣赶在他开口之前说："除了美貌，这一点我知道。"

姜拂衣说："你该不会就是看中我的美貌吧？"

燕澜原本想说，自己没那么肤浅，但扪心自问，她的美貌也的确不容忽视："美貌只是你最微不足道的优点。"

姜拂衣莞尔："其他优点呢，说说吧，我想听。"

或者说，她很喜欢看燕澜这副羞窘的模样。猜也能猜到，自己从前肯定没少逗弄他。

燕澜微微垂眸，真的在斟酌语言，一抬眼瞧见她的表情，才知道她醉翁之意不在酒，当即便想要闭口不言了。但想起这些话，他从前不曾对姜拂衣说过，并且险些再也没有机会说，燕澜认真地道："不说你的聪慧、细心、勇气、清醒，每一样都很优秀。就以刚才为例，我内心的不安和顾虑，你看得一清二楚，并且几句话便能安抚住我。"

姜拂衣虽然有颗石头心，对感情比较迟钝，却对人的情绪变化非常敏锐。

"你常说，和我在一起，你会觉得安心，还说我很懂得照顾你。"燕澜看向她，"而我和你在一起时，则是一种舒心，因为你也很懂得照顾我的情绪。"

姜拂衣追问："还有呢？"

燕澜："太多了，一时半会儿说不完。"

姜拂衣笑道："反正路途遥远，闲着无聊，你慢慢说。"

燕澜点头："好。"

温柔乡距离修罗海市，不算太遥远。他们聊着天，很快抵达了目的地。

姜拂衣先和燕澜一起，前去温柔乡外围的戈壁滩拜祭剑笙，随后才前往那片广阔的大草原。

此时的英雄冢上方。

柳藏酒蹲在草地上，面前摆着一套捣药的用具，和几个盛放草药的筐子。他因为捣药用错了杵，正被柳寒妆指着鼻子臭骂："我特意提醒过你，千军草用蓝色的杵，雾里香用紫色的杵，你还是用反了！你的脑子呢，尾巴长出来了，脑子是一点没长吗？天天只会抱怨尾巴太沉，多长点脑子，前后保持住平衡就不嫌沉了！"

柳藏酒怕被她揪耳朵，自己先把耳朵揪起来，心中实在是无语极了，明明是她自己说反了，还反过来骂他。但柳藏酒不敢回嘴，否则可能会被打。

前几天，他二哥况子衿挨骂时，因为嘟囔了一句"你之前真不如跟着焚琴去大狱，我和小酒的日子没准儿更好过一些"，遭到柳寒妆追杀，连滚带爬地逃出了温柔乡，直到现在还没回来。

换成柳藏酒，他无法离开温柔乡，只能被柳寒妆摁在地上打。他家三姐疼他是认真的，揍他也是认真的。

柳寒妆骂了半天，不见他反应，踹他一脚："听没听见？"

柳藏酒赔着笑脸："记住了，下次一定不会搞错，我再捣两份。"

柳寒妆见他开始认真捣药，抚着胸口顺了口气。

谁知道，柳藏酒忽然站起身，耳朵竖起，朝边缘结界望去："三姐，我手里那柄心剑好像感觉到姜姑娘了？"

柳寒妆愣了愣，反应了下，才明白他说的"姜姑娘"是姜拂衣。

"姜姑娘和一个凡人在一起，应该是燕澜吧？"柳藏酒立马变成狐狸，撒腿便跑。

"真的假的？"柳寒妆怀疑弟弟是故意偷懒，但他从来没拿姜拂衣开过玩笑，也慌忙追上去。

九尾狐狸跑得飞快，等抵达温柔乡南部边缘，果然瞧见姜拂衣和燕澜并肩站在结界外。柳藏酒变回人身，欣喜异常："姜姑娘，你总算是出现了。"他慌忙施法在结界上打开一条缝隙，请他们入内。

"柳公子。"姜拂衣礼貌微笑，穿过结界。

燕澜跟上去："小酒，你们联手封印怜情的事情，她因为重伤，不记得了。"

"记不记得无所谓,姜姑娘平安无事真是太好了。"柳藏酒露出谢天谢地的表情。

柳藏酒对姜拂衣的印象,只有当初在温柔乡的并肩作战,已是印象深刻。他当时和逆徊生手中最强的那头大荒异兽缠斗,根本无暇分身,只能眼睁睁看着她去劈砍嗜血阵的脉络。之后天火流星出现,他又看着她飞上高空,将天火化为飞剑,飞来温柔乡。

当无数天火剑落在温柔乡以后,柳藏酒直接就昏过去了。等他再醒来时,满地狼藉,但神碑已经修复完成。

柳藏酒揣着姜拂衣的心剑,知道她还活着,可是找遍了草原的每一个角落,都找不到她的影子。原本他也可以像漆随梦一样去感知她的下落,奈何又不能离开草原,只能在草原上等待。终于等到她了。

姜拂衣和柳藏酒面对面站着,环顾四周。她对这片草原,以及柳藏酒的九尾狐妖身,都有一些若有似无的印象。一幅幅模糊的场景,在脑海里闪过,闪得极快,无法捕捉和定格。

"原来燕公子长得这样俊俏。"柳藏酒和姜拂衣说完话,又打量起燕澜来,"你之前追捕我时,始终戴着面具,说话又硬邦邦的,在我的脑海里,你应该总是拉着个脸……"

"小酒!"柳寒妆没他跑得快,追上来后,先朝他后脑勺拍了下,"你现在和人家很熟吗?不要乱说话!"

柳藏酒悻悻闭嘴。

燕澜无所谓:"我从前听习惯了,无妨的。"

柳寒妆这才看向姜拂衣,眼睛旋即湿润,拉起她的手,先诊脉,确定她剑气充足,身体已无大碍,说了句和小酒一样的话:"你能平安无事,当真是太好了。"

姜拂衣对她毫无印象,实在不适应这样的亲昵,本想将手抽回来,再对他们姐弟拱手,说一句"劳两位挂念"。但又太生疏了,恐怕会惹燕澜和柳寒妆这两个有记忆的人伤感。姜拂衣忍住,尽量放大对他们的熟悉感,和他们寒暄。

柳寒妆也不是个傻子,知道她有假装的成分,没顾上伤感,只觉得心疼她。想松开姜拂衣的手,也和她保持距离,却见燕澜微微摇了摇头,意思是不必拆穿。论演技,柳寒妆自然更胜一筹,便继续拉着姜拂衣问长问短,如同老友重逢。等差不多了以后,柳寒妆才去问燕澜:"你怎么样?"

燕澜知道她问的是修为:"一无所获。"

柳寒妆安慰他:"慢慢来,如今小姜回来了,她肯定会有办法的。"

姜拂衣接上话:"我们正在摸索办法,遇到些问题,但问题不大。"

"那就好。"柳寒妆半点儿也不怀疑,挽住她的手臂,"走吧,咱们去家里说,别站在这里吹风了。"

几人一起去往英雄冢。那块高耸的神碑,如今已被修补得看不出一点裂纹,也感知不到怜情的气息。

柳寒妆亲自下厨招待客人,留他们三人在外面聊天,并且再三警告柳藏酒,不要乱说话。

结果她刚离开,柳藏酒就咂咂嘴:"真要感谢你们,今天总算不是我下厨了。我三姐整天担心她哪天去了大狱,我会娶不到媳妇,提前逼着我做饭、缝补、浆洗衣裳……知道的,这是她对'夫君'的要求,不知道的,还以为要把我送给谁去当牛做马呢。"

姜拂衣听燕澜讲过,焚琴为了扮演好暮西辞,被迫学会了各种本事。她轻轻笑了下。

柳藏酒又不好意思起来:"燕公子肯定是习惯了,但对姜姑娘来说,咱们初次见面,我就喋喋不休地抱怨,会不会觉得很烦?"

姜拂衣没有解释,只从储物戒里取出三个酒葫芦,一个自留,一个扔给燕澜,一个递给柳藏酒:"我这次来见你,就是想和你重新认识认识。你这样的朋友,我可不想错过。"

不必拔开瓶塞,柳藏酒嗅着酒香,口水都要流下来了。

其实他戒酒多时了。从前是为了九尾,如今九尾已生,又想尽快修炼起来,开启四方盘,送三姐和她的夫君团聚。但柳藏酒从来不古板,更不扫兴,酒逢知己千杯少,今日当然可以破例。

他接过酒葫芦,举起来,爽朗地笑道:"那咱们就重新认识一下吧,我叫柳藏酒,九尾赤狐族,来自温柔乡!"

姜拂衣蒙了蒙,也笑着举起酒葫芦,和他的葫芦相触碰:"我叫姜拂衣,人族,来自极北之海。"

话音落下,两个人一起看向燕澜。

这样的行为看上去实在是很愚蠢,但燕澜也学着不扫兴,举起手里的葫芦,和他们两人的葫芦相触碰:"燕澜,人族,万象巫。"

说完以后,三人收回酒葫芦。

柳藏酒仰头"咕嘟咕嘟"。姜拂衣也微微仰头喝了一大口。燕澜轻抿一小口。

这口酒喝下去,酒葫芦放下时,柳藏酒脸上的笑容显然少了一些拘谨:

"我先前寻我三姐,在外面跑了二十年都没交什么朋友,能和燕澜结交,我知道原因,却不知你……"

之前在温柔乡,危机重重,柳藏酒只看出姜拂衣的强,他晃了晃酒葫芦:"今天我终于知道,你这爽快的个性,我是真喜欢。"

忘了就忘了,重新认识就是了。对啊,多简单。

燕澜有些纳闷:"你知道和我结交的原因?"

自从他清醒,燕澜今日是第一次见他。柳藏酒被禁足温柔乡,而燕澜先前一直在万象巫养身体,又没修为,来不了,只书信往来几回。

柳藏酒掏出一枚戒指:"这里面原本装了好多的鸡鸭鹅,我还专门写了个字条,说是燕澜相赠,够阔绰,真贴心,好兄弟,值得交。"他指着一个方向,"那些鸡鸭鹅现在圈养在那边,越养越多。"

燕澜迷瞪了下,脸色倏然一变。他想起来是刚离开万象巫时,为了供养寄魂,在云州城采买的,且当时刚拿到同归,不知道两个铃铛使用同一个储物空间,全部装进了同归里。发现之后,他以为姜拂衣还不知道,怕被她嘲笑,慌忙取出来全送给了柳藏酒。没想到柳藏酒竟然是从这时候开始拿他当朋友的。不过倒也不用愧疚,毕竟他们后来千真万确成了朋友。

但这回旋镖扎得燕澜面露尴尬,且被姜拂衣捕捉,她笑道:"大哥,看来你讲述的那些往事里,漏掉了一些有趣的事情。"

"什么?"柳藏酒也好奇起来。

燕澜抿紧了唇,无论如何都不肯说。柳藏酒越发好奇,追着他问。姜拂衣在一旁边看边笑。等到柳寒妆忙活完,也加入进来。

有了下酒菜,柳藏酒越喝越多。他压抑多时,今日总算可以借机放纵一下。也不算借机,他的确非常开心。虽然不记得他们,心底却有一种说不上来的快乐。最后维持不住人形,柳藏酒变回狐狸,倒在草地里,蜷缩着睡着了。

而柳寒妆听闻大哥留了具分身,喜极而泣,也多喝了几口,伏在桌面上小憩。姜拂衣同样有些微醺,坐不住,拉着燕澜趁夜寻找他们的宝藏。

等出了温柔乡,燕澜驻足,回头凝视这座巨大的"牢笼"。

姜拂衣劝他不必伤感:"我们今后闲来无事,可以多来走走,陪柳藏酒喝喝酒。等他能够分身,我们再保护他外出游玩,照样是天高海阔。"

"等他能够分身……"燕澜在想需要多久,自己就算修炼起来,一关关突破,能否活到那个时候。

姜拂衣道:"酒色财气,不是还有'色'不曾试过吗?你一个人修炼既然摸不到窍门,我们两个双修吧,我陪你一起摸。"

燕澜的脊背一瞬僵直,怔在原地。等确定姜拂衣不是在开玩笑,他神色黯然："阿拂，我不想你是因为帮我修炼，才……"

姜拂衣打断："你管什么原因呢，你这辈子是不是非我不娶？而我心底深处，又不想忘记和错过你，这种感觉一直在支配着我。所以，我们两个这辈子肯定是要做夫妻的，早些双修，晚些双修，有什么差别？"

她太过直白，燕澜一时心慌意乱，脱口而出："你如今没有记忆，我是担心你会后悔。"

姜拂衣看傻子一样看他，好笑道："我现在对你只有一些模糊的、分辨不清的情愫，我都不后悔，等我想起和你之间的深厚感情，我后悔？你知不知道自己究竟在说什么啊？"

燕澜哑口无言，静默之中，心脏开始不由自主地乱跳。

"啪！"

姜拂衣拍了下巴掌，打破沉默："你既然不反对，那就这样说定了。虽然我并不是很在意，但双修该有的仪式必须要有，等我们将宝物取出来，再去寻处合适的地方，建立一个剑宗。到时候，我们将立宗和婚礼选在同一天，邀请医仙凡迹星、修罗岛主李南音、风月国君商刻羽、夜枭谷主亦孤行、巫族少君猎鹿……以他们的身份，咱们的剑宗立马就能被宣扬出去……"

可惜了，世人并不知道三年前的那场天火流星化剑，出自她之手，否则也不必借用别人的名声。

"只不过……"姜拂衣清了下嗓子，"剑宗的宗主之位是我的，大哥若是选择跟着我，这辈子只能成为我的贤内助。今后世人提到你，估计会有些闲言碎语，你需要有个心理准备。"

燕澜忙不迭道："旁人说什么，我并不在意。"

姜拂衣"啧"了一声："这样说起来，你同意了？"

她语调里尽是调侃，燕澜窘迫地想要移开视线，可偏偏姜拂衣忽然绕上前，挡在他面前，一副不同意，就直接扛走的气势。燕澜最终只能望向她，鼓足勇气牵起她的双手："我岂会不同意，此生能与你结为夫妻，是我梦寐以求之事。"

姜拂衣感受到他手心传来的温暖，她胸腔里那颗石头剑心涌上一股极强烈的熟悉感。她紧握住不肯放手："相信我，你一定可以重修成功，因为我就是你的无限可能。"

燕澜微微一怔，心中若有所悟："嗯，我家宗主之言，我必须第一个相信。"

姜拂衣颇为受用，满意地点了点头。

两人相视一笑，继续并肩前行。

番外一

姜妈和她的剑主

在没有见到昙姜以前,亦孤行叫作既亦然。

那一日,亦孤行迷迷糊糊中,好像听到女子的声音。

"你醒了?"

亦孤行挣扎着睁开眼睛,站起身,发现周围四处都是巨大的蚌壳,以及闪光的明珠。看环境,像是海底,但又没有水,能够正常呼吸。他猜,应是用法宝或者法力隔出来的空间。

这里是哪里?亦孤行还记得,他和师兄弟们前来极北之海历练,才刚抵达海岸,便遇到一头深海巨兽浮出水面,一口气,将他们连同海边的渔民全吸了起来。即将被吞入兽口时,他看到一道水柱攻向了巨兽,随后便失去了意识。

亦孤行不免怀疑,他是已经死了吗?

"这里是我的领地,你还活着。"女子的声音又响起来,"我叫昙姜。"

亦孤行神经紧绷,循声望过去,瞧见昙姜朝他走来,是位气质柔和的美人,穿着流光溢彩的鲛纱裙,衣饰上点缀着珍珠和贝壳。

亦孤行愣愣地道:"鲛人?是你救了我?"

昙姜并未否认,好奇地打量他:"你不是渔民,穿着和那些僧人一样,但你为何没有剃度?"

亦孤行没有回答,听她提起自己的师兄弟们,顿时一股悲伤涌上心头。没等他红眼,昙姜先说:"放心,他们也都性命无碍,如今身在渔村。"

亦孤行又是一愣:"真的?可我明明看到,在我之前,好多人被那巨兽吞了下去……"

昙姜来到他面前："有我的水凝珠保护。那头海怪趁我闭关，跑来我的领地觅食，吞了一颗我尚未炼制完成的水凝珠。"

等昙姜发现时，它已经跑出了封印范围。

在海怪眼里，昙姜炼制的水凝珠是可以增强修为的大补之物。其实昙姜消耗大量法力炼制水凝珠，只是为了欣赏封印外的海域景色。

水凝珠进入海怪的身体以后，水灵力会集中在海怪的眼睛内，昙姜便能够和它们共享视野，直到水凝珠灵力耗尽。

而那颗水凝珠因为是个半成品，昙姜花费了一些工夫，才获得它的视野。岂料映入眼帘的，竟是海怪跑去了岸边，吞食人类。相距甚远，昙姜无法离开封印，便想办法通过那颗水凝珠，先护住被海怪吞噬的人，再将海怪击杀。

亦孤行听罢，心中喜悦，旋即又疑惑："他们都在渔村，为何只有我来了恩人的领地？"

"这个嘛……"昙姜不知道该怎样解释。

自从有记忆起，她就跟着父亲奚昙在海底生活，且被一道道封印禁足在这海域中心。不知道过去多少年，父亲去世后，她的记忆似乎遭受封印影响，变得越来越模糊。她尝试过，根本逃不出去，便也不再想去逃。

直到有一天，昙姜回想自己的父亲时，除了一抹红衣，竟然一片空白，她心中第一次发慌。

既然自己无法破印，那就寻个助力，寻个骨格清奇的好苗子，剜心赠他一柄宝剑，等他在外学成，回来助她破印。只不过赠剑之恩怕是不够，最好以身相许，和他结为夫妻。

昙姜不太记得自己是何时生出了这种心思，原本也已经忘记了，今日通过海怪的眼睛，她瞧见了亦孤行，这个念头又忽然冒了出来。

这个人根骨佳，适合修剑，年纪也不大，容易塑造，相貌还挺俊俏，看上去很是清秀、干净。她便使用水凝珠残存的力量，将他从海边拽回了她的封印里。

昙姜当然不能言明："小子，你还不曾回答我的问题。"

亦孤行想起来，忙垂首解释："我是云巅国小无相寺的俗家弟子，师父说我虽然与佛门有缘，但如今还不适合修习佛道，不肯为我剃度。"

亦孤行刚出生那年，村落遭了瘟疫，他成了孤儿，和其他孩子一起，被小无相寺收养。从小在寺院里长大，他规行矩步，遵守清规戒律，从未犯过错，实在不理解师父口中的"如今还不适合"。

亦孤行说："今日见到姑娘，我总算明白，师父是算出我尘缘未了。"

昙姜原本正在担心，他自小在寺院长大，恐怕不会轻易动心，需要耗费不少心思。听他这样说，又觉得他不免有些轻浮了。

岂料，亦孤行忽然单膝跪地："在那巨兽出现以后，我曾在心中立誓，谁能诛杀巨兽，救下众人，平息这场祸患，今后便是我的信仰，我必将一生追随，以身侍奉。"

昙姜微微一愣，抬手："你先起来。"

亦孤行听话地起身："是，主人。"

昙姜皱了皱眉："我救他们只是举手之劳，你不必如此。"

亦孤行垂首："这是我第一次立誓，绝对不会违背。"

昙姜沉默了一会儿，试探道："可我并不需要仆人，我啊，如今需要一个丈夫。"

亦孤行立刻道："不知道主人需要什么样子的丈夫，我帮您去寻。"

她问道："你真想追随我，侍奉我？"

"当然。"

"你了解我吗？知道我是好人还是坏人？我若让你去做坏事，你也去做？"

亦孤行道："救人于危难，主人岂会是坏人，又岂会要我去做坏事？"

昙姜摇头："不见得，这世上有些人矛盾得很，会救人，也会害人，我就认识一个这样的人。"

他叫什么来着？姜韧？好像是巫族的叛族者。昙姜想不起来了。

亦孤行不太相信："主人就算做坏事，也一定有不得已的苦衷。"

昙姜道："你别管我的苦衷，如果我让你上岸，杀光你的师兄弟和所有渔民，你听不听？"

亦孤行怔住，半晌，他垂首："我知道主人不会，否则您也不会救他们。"

昙姜："假设呢？"

亦孤行："佛修不打诳语，从不假设。主人，您不必考验我的忠诚，若我实在下不去手，我会自戕。我说一生追随，就一定是一生。"

昙姜揉着太阳穴，发现和这人根本无法沟通："你不该叫亦然，你该叫亦孤行，一意孤行。"

亦孤行忙道："多谢主人赐名。"

她摆了摆手："你今日应是吓到了，先歇着吧，等你伤好了再说。"

亦孤行："是，主人。"

昙姜越发头痛："你要回报我的第一件事，不要一直叫我主人。"

亦孤行想了下："是，恩人。"

昙姜实在是和他聊不下去。她通过水凝珠耗费了太多法力，也有些乏了，

-563-

回蚌壳里休息。

等昙姜醒来以后,便发现被巨兽捣乱的陈设,都已经被亦孤行收拾妥当。而他开始跟在昙姜背后,一言不发,亦步亦趋。

昙姜逐渐发现,亦孤行口中的一生追随,以身侍奉,的确不只是说说而已。用不着以夫妻之情相绑,他也会努力修剑,争取早日回来救她。她便开始悉心教他剑道。

亦孤行入门极快,等昙姜觉得差不多了,便剜心铸造一柄苦海剑相赠,将他送出了极北之海,前后耗时一个多月。

之所以临别时才赠剑,是因为昙姜在剜心以后,会变得非常虚弱,需要沉眠休养。这一睡,又不知道睡了多少年。

昙姜再次醒来时,剑心已经再生,也将亦孤行忘得一干二净。她又开始炼制水凝珠,喂食给海怪。

从前是为了借用海怪的眼睛看风景,自从因此寻到亦孤行,在她潜意识里,水凝珠成了她寻找赠剑目标的引子。然而好苗子可遇而不可求,在耗费数百颗水凝珠后,昙姜才又发现一个剑骨卓越、相貌上等的年轻男子。

他倒在一处极寒小洞天里。昙姜赶在海怪将他吞吃之前,施展水凝珠的力量,将他拖回了封印中。

随后,昙姜感知到他体内有一道强悍的异火,难以压制,揣测他来极北之海,是为了借用小洞天内的寒冰助他压制异火。但他适得其反了,寒冰之力反而刺激到异火,令异火暴涨,他危在旦夕。

昙姜体内有一丝凤凰血脉,便助他融合了这道异火,救回他一条命。同时也确定他为人正派,意志坚定。因为异火蕴含先天清气,不得沾染酒色财气,否则便会熄灭。异火在他体内,炽盛得难以压制,可想而知他的品性。

昙姜暂时打消了"勾引"他的念头,只想要他一个承诺,今后会回来救她。这样的人,想必一诺千金。

不料想竟然难如登天。

等他醒来以后,昙姜才知道他的名字,无上夷,严肃老成得令人怀疑他的实际年龄。

"您的救命之恩,晚辈万分感激,但您的请求,请恕晚辈不能答应。"无上夷对待昙姜的态度,既感激又疑惑,眼底还藏着一些戒备。

他稍懂些封印术,能感觉到此地的封印年代久远,且是正道所为。而昙姜看似人类,并非人类,超出了他的认知。

面对他的试探,昙姜只能解释:"你感知得没错,这是九天神族设下的封印。"

无上夷的瞳孔紧紧一缩。

昙姜又说:"我们是大荒时代的异族,我阿爹可能真的犯过错,才被神族封印。但我是在阿爹被封印以后才出生的,我没有犯过错。九天神族若是还在人间,应该也会将我放出去。"

无上夷却质疑:"您当真不曾犯过错?"

昙姜点头:"对啊。"

无上夷严肃地道:"但您不是说,您的记忆时常出现混乱,早已忘记了很多事情。既然如此,如何确定自己没有犯过错?"

真被他给问住了。意识失控时,她有没有害过人,的确不能保证。

有吗?没有吧。越琢磨,昙姜越烦躁,倏然一掌拍向无上夷的灵台。

无上夷虽然戒备怀疑,却不还手,这条命是她救回来的,自然由他处置。

昙姜抽他一缕精气,随后剜心铸剑。等无上夷醒来以后,昙姜将新铸造完成的心剑扔给他:"我解释不清,让剑来告诉你吧。"

无上夷双手接住长剑的那一刻,内心便是巨震。他其实也是一名铸剑师,会在识海内蕴养异火,正是为了铸剑,因此他非常懂得手中这柄剑的分量。而且此剑拥有他的精气,是昙姜在短时间内新铸造出来的,何等的匪夷所思。

"你小心些,不要被它标记。"昙姜见他完全被长剑吸引,提醒道,"标记代表着结契,除非铸剑师死去,此生你都无法解除,你会成为我的剑傀,为我操控。"

无上夷吃了一惊,本能地想要扔掉,却又紧紧攥住剑柄,不解地望向她,才发现她瞧上去有些虚弱无力。

"这柄剑叫作碎星,剑意是执守。"昙姜喘了一口气,才继续说,"因为融合了你的精气,即使不结契,你若用心感受,应该也可以感受到剑意。"说完,消耗过度的昙姜扭脸便走,去往蚌床休息。

无上夷呆立原地,半晌才领悟她的意图。昙姜是想让他通过她铸造的宝剑,了解她的为人。

人会撒谎,剑不会。

无上夷照做。在没有结契的情况下,他苦练三个月,终于逐渐感知到了剑意。

——"执守正道,匡扶正义。"

能铸出执守剑的昙姜,一定不会是奸邪之辈。

无上夷想起她出生便被封印,从未离开过海底,颇为可怜,不由得心生怜悯,再加上想要报恩的心,差一点就要做出承诺。但是不行,他不能罔顾天下安危，擅自做出判断。

无上夷最终只说："我会查清楚您的种族来历，您父亲被封印的真相，确定放您出来没有危害。我相信您本意无害，但人间已经没有您口中的大荒异族，神族离开以前，或许将异族全部封印，认为这样才能维持人间平衡……"他垂首，依依不舍地将剑归还，"若是如此，那我也不能打破这种平衡，只能对不起您。"

昙姜和他相处了几个月，早已了解他的个性，完全放弃了"勾引"他。

勾引了也没用。

若为天下苍生，昙姜觉得他会不惜亲手杀妻弑子。当然了，如果让无上夷献祭自身，他更不会眨眼睛。

因此，昙姜赠他的剑意是"执守"，而不是"守护"。

执，意味着执念。哪怕是匡扶正道，有"执念"在内，也不是一件好事。这一点，昙姜已经提醒过他多次。

除此之外，昙姜还是挺欣赏他的，或者说，她欣赏每一个心怀大义，又能够坚守自身的人。昙姜看一眼他手里的剑："这柄剑送你了。人心易偏，剑道恒正，有朝一日你若是走错了路，或许它能及时拉你一把，你记得要听。"

无上夷抬头望她，双眸中，感激、愧疚、无奈交织。

昙姜不善观察，看不懂，以为他担心剑傀术："剑傀术乃是铸剑时自带的，改不了，但只要你们不拿着我的剑为非作歹，我不会强迫任何一个剑傀。且我的寿元漫长，这柄剑够你用一辈子。"

嗯？昙姜愣了一下。

你们？任何一个剑傀？难道她还有其他剑傀吗？

"当然，你若是担心，可以一直不结剑契，不当作主修。"说完以后，不等无上夷开口，昙姜便施展法术，将他送出了封印。

因为无上夷这人实在是太啰唆了，张口闭口全是义正词严的道理。昙姜虽然欣赏他，但也很受不了他。若不是还寄希望他日后搭救，早将他扔出去了。

再说无上夷方才险些又要做出承诺，还不曾开口，便被昙姜送出了海，回到了他先前昏迷的极寒小洞天。他有些失落，也颇为庆幸，盘膝坐下，准备结剑契。

此剑虽然存在风险，但无上夷深知，唯有如此，他的修为才能迅速拔高。而想要调查极北之海的封印之谜，需要修为和身份的加持。

无上夷从前是个散修，不想拜入任何宗门，此刻拿定主意，决定去拜师云巅国官方的剑修学院，天阙府。

如果有一天能够成为天阙府君，便能深度接触到隐世在鸢南的巫族。关于九天神族和大荒异族的事情，巫族这个古老的族群知道得应该最多，一定要和他们打好关系。

在心中盘算好以后，无上夷闭上眼睛，专注结剑契。早日调查清楚，可怜的昙姜便能早一日逃出海底，获得自由。然而……剑契结成的那一刻，无上夷识海一阵剧痛，昏了过去。

再醒来时，他望着手边的宝剑发愣。他只记得因为异火难控，前来极北之海，将自己冰封在此。如今异火成功被压制，还多了一柄剑，难道是这小洞天的馈赠？

虽然诧异，却思考不出其他可能，无上夷唯有选择相信，带着这柄剑离开了极北之海。

或许是得了一柄好剑的缘故，他莫名其妙生出了拜师天阙府的心思。凭借能力，他很快成为当代天阙府君最为器重的弟子，还与师兄争夺府君之位，并且不放过任何一个和巫族打交道的机会。巫族请求的事情，他总是会尽自己最大的努力去完成。

为什么？他也不太清楚。

昙姜再次醒来，是被鲛人王吵醒的。

"姜夫人！

"风月国的大皇子商刻羽跑来咱们极北之海胡作非为，滥杀无辜，嘲讽我偌大极北之海，没有一个能打的大妖！

"他是个乐修，发觉我们鲛人的歌声对他修炼有所裨益，强迫我带领族民从极北之海迁去他们东海！

"最最过分的是，他还是个色痞子！听闻您貌美，以我族人的性命，胁迫我带路前来蚌宫，说要抢您回去做他的小妾！"

前面的指控都不曾听见辩解，此言落下，响起商刻羽恼怒的声音："你在胡说八道什么？看我不拔了你的舌头！"

鲛人王着急大喊："姜夫人不要管我，千万不要露面！"

昙姜皱了皱眉，慢慢从蚌床上坐起来。她猜是鲛人王敌不过商刻羽，故意将他引来她的领地，期盼她出手相助。

情有可原，只是昙姜不喜欢这种方式。她重新躺下，准备小憩一会儿，先等鲛人王挨一顿打再说。

眼睛才刚闭上没多久，蚌宫陡然一阵剧烈颤动。昙姜惊讶地从蚌床坐起身，仰头向上望去。是那乐修的法力，从海面波及海底来了？不应该啊，他或许是位天之骄子，但应该还很年轻，不会强到这等程度，否则鲛人王哪有机会逃到蚌宫？

昙姜正不解，蚌宫再次颤动。此番她的神识，在周围捕捉到了一条弯曲的光带，像是一条穿越蚌宫的……锁链？锁链连着闪烁几下，如同示警，旋即消失不见。

昙姜瞳孔紧缩，脑海里的雾气像是散了一些，涌出众多信息。来不及梳理清楚，昙姜慌忙离开海底。

此时的商刻羽正对鲛人王痛下杀手，昙姜跃出海面，瞧见他的背影，竟然一时失神。

直到鲛人王惊呼一声"姜夫人救我"，她才清醒，忙不迭施展一道水缚诀，从背后将商刻羽捆了个结结实实，拖入海中。

商刻羽猝不及防被拽着下沉，心中有些骇然。以他目前的阅历，完全估算不出这位"姜夫人"是哪种品阶的大妖。再者，根据他的了解，极北之海并没有这等大妖。若早知道，他不会贸然来闯。

"姜……"商刻羽本想解释，小妾的事情完全是鲛人王胡说八道，他是被引来的，在此之前根本不曾听过"姜夫人"的名号。但此时解释，像在求饶，不可能。

商刻羽鄙夷道："你这蚌精也算前辈，趁我与鲛人斗法，从背后偷袭我未免有失风度！真有本事就放开我，你我来一场正面较量，你赢得光彩，我也死得瞑目。"

昙姜不理会，只管拽着他穿透气泡结界，进入无水的蚌宫内部。站稳后，她转身看向他："谁告诉你我是蚌精？"

商刻羽愣住了，鲛人王说此地是蚌宫，他便以为姜夫人是蚌精。如今看清楚她的相貌，更觉得她是蚌精，像极了一颗耀眼又莹润的蚌珠。

"我不是蚌精，我刚才忽然想起来，我其实是一个大荒怪物，自小和我阿爹生活在极北之海的蚌宫。"

昙姜指着"锁链"出现过的方位："大荒时代的神魔之战，魔族输了，那些站队魔族的大荒怪物，都被九天神族封印起来。弱小些的，封在了大狱里，强大的，则被太初九上神单独封印在世界各处，而这些封印地，被一条神力锁链串联起来，形成一个连环牢笼。我的蚌宫，就是其中一环……"

商刻羽惊讶，关于大荒怪物，他年幼时似乎有所耳闻，原本以为早就绝迹了。

昙姜充满希冀地看向他："我说的这些，你能想起来吗？"

商刻羽莫名其妙："想起什么？"

昙姜朝他迈步："这些都是你从前告诉我的。"

被捆着的商刻羽退不了，厉声喝止她："我今日第一次见你，哪儿来的从前？"

昙姜停下来："你的前世。"

商刻羽："嗯？"

昙姜指着自己的脸："阿爹，你仔细看看我，试试看能不能想起来。"

商刻羽神色古怪，终于发现："你这怪物是不是被封印得太久，疯了？"

"我现在很清醒。"昙姜强调，"你在上空和鲛人王斗法，锁链感知到你的力量，竟然浮现了几瞬。九天神族留下的这条锁链，一定是预知到了什么，才会显现。比如，蚌宫这条锁链，今后会被你亲手斩断。"

多年来，昙姜记得自己一直在找一个能够斩断锁链的人。

"锁链断裂，封印的威力少一半，我逃出去更容易，也不会牵一发而动全身，扰乱其他封印地。"

"不可能！"商刻羽想也不想地否认。神族留下囚禁怪物的封印，他身为未来的一国君主，维护还来不及，怎会亲手斩断。

"一定是你。"昙姜说，"我原本也有一些怀疑，但当我看到你，立刻想到了我阿爹。我阿爹最喜欢束长发，穿红衣，除了他，我只见过你……"

商刻羽打断："你果然是个疯子。你被封在海底，还见过几个人？七境九国之内，似我这般打扮的不知道有多少，难道都是你爹的转世不成？"

"那你为何要为我斩断锁链呢？"昙姜原本也不会想太多，一旦加上锁链的预示，很容易联系在一起，"你说说看。"

"什么话都是你自己说的。"商刻羽一贯欠缺耐性，烦躁道，"我再强调一遍，若你真是大荒怪物，被这神族锁链囚禁，我此生都不可能斩断锁链。姜夫人，我如今技不如人，你想杀就杀，莫要再拿我取乐！"说完，商刻羽似乎将心一横，闭上眼睛，紧绷唇线，一副不再与她多言的态度。

昙姜无计可施，扔下他，飞去上方询问鲛人王关于商刻羽的信息。等再次回来，她又走去商刻羽身边："这样吧，我多讲些我阿爹的往事给你听，你再仔细想想？"

商刻羽闭目不语。

昙姜自顾自地讲起来："我阿爹叫……什么？他是大荒时代最有名的铸剑师，我们石心人的剑，好像能够操控剑傀？对，我们是铸剑师，也是剑傀师。"

"我自小在蚌宫里长大，穿衣吃饭，读书写字，都是阿爹手把手教……"

"我还记得……"

商刻羽被束缚住了法力，封不住耳识，只能被迫听昙姜讲述。她讲述得磕磕绊绊，时不时就得停下来思考。

-569-

商刻羽从中得到一个信息，真正被神族囚禁起来的是她父亲，她从未犯错，生来就被困在这封印里不见天日，的确有些可怜。想到这里，商刻羽暗暗蹙眉，告诫自己不要上当。神族都诛杀不掉，只能封印的怪物，绝对不能流入人间。

昙姜边回忆边讲述，就这样断断续续讲了好几天。其间，她还会跑出蚌宫摘一些她自小爱吃的海果，再寻一些父亲曾经送过她的小玩意儿，拿回来给商刻羽瞧。

商刻羽冷着脸，始终闭目不看，耐不住听久了，脑海里总是能浮现出这对父女相处的温馨画面，更感知到了昙姜对她父亲的孺慕和思念。以至于商刻羽感觉自己的冷漠，似乎有些不近人情。他正想睁开眼睛，倏然想起自己还被昙姜紧紧捆绑着。

商刻羽真想笑。一只羊，竟然会同情将他叼回狼窝的狼，他是犯贱还是有病？

在他持续的冷漠下，昙姜讲完了所有她能想起来的点点滴滴："你当真一点触动、一点异样的感觉都没有吗？"

商刻羽沉默许久，终于睁开眼："我劝你省省吧，不要再白费力气了，即使今后真是我斩断这条锁链，也一定另有原因。我不可能是你父亲的转世。"

昙姜不解："你为何这样肯定呢？"

他回得稀松平常："因为我相信，我商刻羽没有前生和来世，是独一无二的存在。"

昙姜像是没辙了，在蚌宫走来走去。

商刻羽则趁她心绪不宁，暗暗施展家传绝学，准备挣破束缚。

这样各怀心事地相处数日，眼看商刻羽快要成功，昙姜出现在他面前："我想到了！你容我抽你一缕精气，我铸一柄剑给你，就可以知道你和我阿爹之间究竟有没有关系。"

商刻羽冷笑："你这怪物瞧见骗不了我，打算以剑傀术控制我，为你斩断锁链？"

"比起逃出去，我现在更在意你是不是我阿爹。"昙姜解释，"你不必担心，成为剑傀，需要你与剑结契。以你的性格，估计宁死也不会结契。"

"废话。"商刻羽有自信，昙姜有本事绑住他，却绝对无法操控他。

昙姜承诺："如果确定你不是他，我会销毁剑，放你走。"

商刻羽质问："我凭什么信你？"

不能等了，他必须立刻行动，否则她见软得不行，指不定会强行抽他精气。正准备动手，商刻羽骤然睁大双眼，震惊地看着昙姜将手覆盖在胸口，取出了她的……心脏？而这颗心脏离体以后，立刻变为一颗光芒闪耀的晶石。

昙姜托起石头心，她的手在轻颤，面色也变得苍白，并不是剜心造成的，而是为了让商刻羽瞧清楚这块石头，是她的心脏。否则，石心人的石头心，从感受要被摘下的那刻起，就会彻底变成石头，外人看着，还以为石头是她凭空变出来的。

昙姜稳了稳气息，将石头心递到他面前："这柄剑，需要以我的心脏来铸造，你能相信我了吗？"

商刻羽生平第一次感觉到了无所适从，体内积聚起的真气逐渐散去，冷淡道："你先放开我，我自取一缕精气给你。"

昙姜皱起眉："解开你，万一你趁机逃跑了呢。"

商刻羽受了奇耻大辱一般，瞪过去："在你眼皮子底下，我逃得走？"

昙姜点了点头："剜心之后的半个时辰内，是我们石心人最虚弱的时候，我知道你还有手段没使出来，我不敢冒险。"

商刻羽没料到她这样坦诚，一时无语，没好气地道："既然如此，你自己动手抽吧。"

昙姜伸手朝他灵台探去："你是乐修？我铸一柄乐剑。"

商刻羽下意识躲了躲，又坐正："要多久？"

昙姜："很快。"

商刻羽正琢磨这个"很快"会是多久，却见昙姜将他的那缕精气灌入石头心内，随后，她手臂一甩，甩出一柄带鞘的长剑。

剑鞘质朴得有些敷衍了事，但长剑出鞘那一霎，商刻羽觉得自己的心似乎也一起动了一霎。

昙姜解开他的束缚，递剑过去。他接过剑的这一刻，好像体会到了"宿命"一词的含义。

商刻羽十岁那年，父王曾经请过巫族的一位大巫，来为他堪算命格，大巫推算他将来会以剑道扬名天下。

他觉得十分荒谬，当众嘲讽了那位大巫一通。

其一，他不喜欢剑和剑道。

其二，他修法的天赋，远远高过修剑。

他有什么理由转修剑？除非，他会得到一柄从大荒时代活下来的石心人，以自身心脏为剑石，为他量身打造的宝剑。

商刻羽在握住这柄心剑以后，慢慢顿悟，从前的他太过桀骜不驯，刚愎自用了。有些事情的答案当时无解，却会在明天，在未来豁然开朗。也许他真的应该考虑转修剑道。

商刻羽忽然又想到，昙姜说他会砍断锁链，莫非也是真的？他该不会真是她父亲的转世吧？他紧张地望向昙姜。

昙姜仔细感知过后，眼底的光芒逐渐暗淡，苦涩地道："你不是他……你走吧，剑扔下就好，我稍后会销毁。"说完，她摆了摆手，捂着心口跟跄转身。

商刻羽原本松了口气，见她像是掉了眼泪，他又生出一股犯错感，原地站着，有一些无措。

"你等一下。"昙姜回头。

商刻羽挺直脊背。

"你离开以后，不要再去找鲛人王的麻烦，极北之海不可以没有鲛人族。"昙姜原本以为他是父亲转世，做什么都是对的，现在不同了，"你若执意，哪怕你像我阿爹，我也会出手教训你。"

商刻羽已经在反省自己的鲁莽，但听到"教训"一词，仍触及了他的自尊，自小，连他父王都不曾对他提过"教训"。

他冷声道："说得好听，你被困在这里，只要我绕开你行事，你能有什么办法？"哐当一声，他扔了心剑，提前掐了个避水诀，向上飞去。

穿破蚌宫结界前，商刻羽又后悔自己的言行，回头想说他对鲛人已经没有兴趣了，不会再抓，却瞧见昙姜倒在了地上。商刻羽慌忙折返回去，喊不醒她，便将她抱起来，放在蚌床上。

海底不分昼夜，商刻羽不知道守了多久时日。他时常望着手里的心剑发呆，开始相信昙姜说的，或许日后他真会斩断连接蚌宫的这条锁链。

如果他不是昙姜父亲的转世，他究竟为何要为了昙姜对抗神明？想不通时，他的视线就会从心剑挪到昙姜的睡脸上，看得出神，随后惊慌转脸。

许久，昙姜醒来后，瞧见商刻羽在不远处站着，微微一愣："你还没走？"她不敢相信，"难道你见我昏睡，担心我会遇到危险，留下来守着我？"

昙姜并不需要，她虽在昏睡，周身剑气却能感知危险，保护和唤醒他。

商刻羽硬邦邦地站着。承认也无妨，见死不救才没风度。可窥见昙姜眼神里渐渐升起的一缕感动，他感觉别扭极了，有种被戳穿心事的不堪。

商刻羽提起手里的心剑，故作坦然："我回来，是想问一问你，此剑销毁可惜，能否赠我？你一直不醒，我不能不问自取，只能守着。"

昙姜眼底尚未成型的感动，一瞬烟消云散，悻悻道："拿走吧。小心练剑时不要太过投入，容易被剑强行标记，我虽无法远距离操控剑傀，但剑傀的修为永远无法超过铸剑师。石心人若是死了，心剑也会消失……"

商刻羽蹙眉。

昙姜说："其实也不用担心，我的修为和寿元，不是你们人类能理解的，不然,也不会被神族囚禁在此。"

商刻羽先前听得不仔细,正想问她更多封印的事情。

昙姜看向他:"你这年轻人,本性其实挺好的,只是太过狂妄。"

当然,商刻羽有狂妄的资本,连神族的锁链都能感知预示这一点。

"但你年纪还小,阅历尚浅,狂妄会是你致命的缺点。"昙姜不知是想报答他看护之情,还是寄希望他能成长到能够砍断锁链,提醒道,"比如这极北之海,你觉得大妖很少,没几个能打的,是因为千年之前,姜韧就已经彻底清扫过一遍,否则你根本来不了内海。"

道理商刻羽都懂,他也想对昙姜解释,他是打探过之后才会选择极北之海历练。但他始终无法接受别人当面"教训"他,令他心情极度不悦。

更何况昙姜这次提起了一个名字,姜韧。忽然提醒了商刻羽,鲛人王称呼她为"姜夫人",难道她是姜韧的夫人?

在昙姜先前的讲述中,只讲述了她和父亲的相处,从未提过"丈夫",商刻羽险些忘记。这是拿她丈夫来贬低他?商刻羽憋了口气,提剑离开。

"你若对手中剑有何不解之处,可以随时回来蚌宫找我。"昙姜在他背后说,"预示最终是你砍断锁链,那么在你回来之前,我始终都在这里。"

商刻羽脚步微滞,这句话,一时被他理解为"我会一直在这里等你,直到你回来"。

他恍惚片刻。

等想明白这句话的顺序,他窘迫地抓着剑,快速离开蚌宫,离开了极北之海。

商刻羽一路回去风月国,想回家查一查关于大荒的古籍,距离极北之海越远,越觉得离开得太仓促。他应问清楚再走,大荒怪物、神族封印、锁链,以及……姜韧和姜夫人。这些事情盘踞在心头,逐渐沉重,令他原地徘徊,无法继续前行。最终,商刻羽拿定主意折返。

他给自己寻了个理由。

昙姜说他若对手中剑不解,可以回去蚌宫。商刻羽既已选择修剑,索性和心剑结契,结契以后,便会生出一些问题来,以便他询问,以免被昙姜看出他的心思。但他千算万算也不曾想到,结契以后出现的最大问题,是令他忘记了问题的本身。

商刻羽丢失了几个月的记忆,忘记了手中剑的来历,只依稀记着他想去找一个女人,以及她对他说:我会一直在这里等你,直到你回来。

他似乎称呼她为……夫人?商刻羽实在不敢相信他竟然忘记了自己的妻子。

但他罗列了多种可能性,这是最有可能的一种。因为这种解释,最能触动他的心。

一百年后,昙姜从沉睡中再一次醒来,闲来无事,继续炼制水凝珠,在极北之海的范围内,寻找合适的剑修苗子。又寻了一百多年,她终于发现一条昏倒在海岛山洞底部、濒死的毒蛇。

昙姜将那条小毒蛇拽入海中,拖回蚌宫。她在海底寻寒铁,打造一套剑针,连着施针十数日,才捞回他的命。

凡迹星刚恢复知觉,发现自己被"拿捏"在一位像仙女一般好看的陌生女人手中,下意识便想狠狠咬她一口,又忍住。

他继续装晕。等昙姜施完针,将他放下,去往别处,他才慌忙逃跑,却又发现蚌宫周围布有一层结界,不但将海水隔绝在外,也将他困在了蚌宫内。

蛇形钻不出去,凡迹星化为人形,打算使用术法。

背后的昙姜说道:"小蛇,你伤及本源,现在不宜使用妖力。"

凡迹星吓了一跳,立刻转身,朝她龇了龇尖长的毒牙。

昙姜打量眼前的少年,好一张漂亮的脸,可惜透出一股阴郁狠辣的气质。

阴郁是真的,狠辣却是装出来的,他的背部紧贴着将他困住的结界,手指也在微微发颤。

昙姜有些想不通:"你清醒时我正为你施针,恰好时机,你不曾咬我,说明你知道是我救了你,为什么又要逃呢?"

凡迹星恶狠狠地道:"谁知道你救我是图我什么?"

他自破壳,就不曾见过父母,先是落在一个富家子弟手中,被拿来斗兽,每次都遍体鳞伤,然后再得到医治。后来,凡迹星又落到一个毒修手里,为取他体内的毒液,十数年变着法地折磨他,怕他会死,也会时不时为他医治。所以他不知道眼前这只蚌精,想图谋他什么。

"我相信这世上有好人,但好人也不会对毒蛇心慈手软,否则那是滥好人,对不对?"凡迹星又朝她龇了龇毒牙,"何况,我可是世间最毒的腾蛇啊,浑身上下都是毒,寻常人甚至触碰不得。"

昙姜寻思:"听上去,无法控制毒素外溢,是你的痛处。也不是没办法处理。"

这的确是凡迹星的痛处:"我明白了,你救我,是想研究我体内的毒?"

"我没兴趣。"昙姜摇摇头,"你方才若是咬了我,我也不会中毒,只会觉得你没有救治的必要,直接杀了你。"

凡迹星越发不懂,眼神里的戒备转为疑惑。

昙姜直言不讳："我有一柄家传好剑，需要一个修剑的好苗子，我想以剑赠他，再以情感笼络他，望他日后学成归来，助我逃离这海底封印。"

凡迹星愣了下，指着自己："我是你挑中的好苗子？"

昙姜却又摇了摇头。

凡迹星藏身的海岛上，猛兽都被瞬间毒死了，以修为和体型来说，昙姜判断出他的毒不一般，他用毒的手段也不一般。毒和医，很多时候是不分家的。

凡迹星很适合修炼石心人的医剑。但医剑的斗法能力一般，凡迹星又伤及了根基，今后哪怕修炼到巅峰，也无法和海底封印抗衡。

"我救你回来，只是想问你愿不愿修习医剑。"昙姜寻觅苗子的这一百年来，看到过无数剑骨，在凡迹星之前，没见过上上等，也没见过一个适合修医剑的。

凡迹星却占了两样，实在难得。而且他来极北之海获取妖丹，猎杀的都是攻击性极强的猛兽，温和无害的一个也没碰，品性不差。

凡迹星质疑："既然我对你无用，你为何还要赠剑给我？"

"我不是说了，你伤及本源，修习医剑有助你康复。"昙姜犹豫了下，实话实说，"对我也不是全然无用，医剑赠你，你拿上岸去治病救人，是可以积功德的。我阿爹说，功德会换来福报，我想，这对我逃离封印或许也是一种帮助吧。"

凡迹星伸出手："你先将那柄医剑拿出来给我瞧瞧？"

昙姜拿不出来，铸剑需要剜心，她觉得以自己目前的身体状况，剜心之后可能会沉睡休养，铸剑必须放在最后一步："你必须先答应接受，等我教你一些医术之后，再为你量身铸造，送你上岸。"

凡迹星将信将疑。

昙姜犹豫了下，道："我家的剑虽强，却有个弊端，是傀儡剑……"

昙姜将弊端仔细告诉他，同时也讲明，这个弊端并无大碍。

凡迹星默不作声。

昙姜不着急："你考虑一下。"

凡迹星直接摇头："不考虑，我不修。多谢姐姐的救命之恩，我现在只想离开这里。"

"哦。"昙姜微微颔首，一拂袖，在结界上开了一扇门。她转身便走。

凡迹星傻眼："喂，你不问我为什么不修吗？"

昙姜停下来："我已将利害讲明，选择在你。"

"但我修剑，不是对你有些利处吗？你就这样放过我？"

"你选择不修，对我同样有利处。我不必铸剑赠你，不必大伤元气，可以继续寻找我的目标。"昙姜扭头看了他一眼,"不过,我劝你最好在这里多待几日,此地位于极北之海深处。以你现在的伤势,无法上岸。"说完,她回去蚌宫,盘膝坐在蚌床上,继续炼制水凝珠。

不一会儿,小蛇形态的凡迹星也回来了,在她脚边溜达了好几十个来回,终于忍不住:"我想解释一下,我不是因为会成为你的剑傀,有一定风险,才不答应。我相信仙女姐姐既然告诉我,就不会害我。"他在蚌床前扭扭,"听你的意思,医剑修炼得再强也是无法杀人的。我冒险来极北之海猎取妖丹,就是为了快速提升修为,出去杀人……"

"你有大仇要报?"昙姜低头看他一眼。

小蛇也低下头,看着自己的尾尖:"真正的大仇早报了。只是很多人类说我天生恶毒,留着我是个祸害,见我就喊打喊杀……"

昙姜道:"你修习医剑,成为一名医修,人类不仅会对你改观,还会将你奉为座上宾。"

小蛇却恼了:"我才不要!凭什么我要努力让他们对我改观?我偏要成为他们口中的祸害,让他们见识到我的恶毒,对我产生恐惧,对我退避三舍!"他磨着牙,嗓音低沉又阴鸷。

却听昙姜问:"那他们有没有人说过,你长得十分丑陋?"

小蛇愣了愣,忍着疼痛再次变回人形,指着自己的脸,好笑道:"我的人形这么好看,除了盲人,谁会说我丑陋?"

昙姜蹙眉:"我是想知道,既然你这样在意他们的看法,如果他们说你是个丑八怪,你会不会想要毁掉自己的脸?"

凡迹星的笑容僵在脸上。

昙姜摇了摇头:"你不会,因为你对容貌有自信,只会嘲讽他们瞎了眼。而其他那些,因为你内心不够坚定,才会刺痛你。"

凡迹星捏紧拳头:"你不是我,根本不懂我的处境,我知道该怎么做。"

昙姜:"怎么,你想做镜子?"

凡迹星莫名其妙:"镜子?"

"可不是嘛。"昙姜指了下珊瑚妆台上,明珠磨成的镜子,"他们说你恶毒,你就恶毒给他们看。他们说你祸害,你就祸害给他们看。他们想象中的你是哪种模样,你就变成哪种模样,那岂不是一面对他们有求必应的镜子?"

"你……"凡迹星呆愣片刻后,抚着胸口喘了几口气,无奈地苦笑,"姐姐,你教训别人,总是这样阴阳怪气的吗?不怕将人气死了?"

"我没见过几个人,不懂什么是阴阳怪气。"昙姜闭上眼睛,"我只是顺着你的话讲,你不想听,我不讲便是了。"

"哎！别。我喜欢听。"凡迹星支撑不住，又变回蛇形，低声道，"姐姐的声音很好听，教训我的声音，更好听。说出来你可能不信，我从小就挺盼望有个人能管管我，教教我，不然，我也不会受了点委屈，就冲动跑来极北之海铤而走险。重伤昏迷之前，我就已经后悔了……"

昙姜从他的语气中听出的，可不仅仅是一点委屈。

凡迹星拿定主意："我想修医剑。"

昙姜又问一遍："你想好了？"

小蛇点头："我其实很喜欢医道，也喜欢热闹，喜欢交朋友，喜欢被人当作座上宾。我很清楚，遇到仙女姐姐是我几辈子修来的福气，我必须抓住。"

"好。"昙姜取出几本医书递过去，"我会为你打造一柄双形态的剑，除了医剑，还有杀剑。两种剑意相辅相成，也相互克制。虽然不能令你战无不胜，却可保你在多数危机之下，足够全身而退。"

凡迹星滞了滞："姐姐刚才怎么不说？"他还以为修了医剑，斗法能力会变得极弱，才犹豫修不修。要是早点告诉他，就不用和她争执半天了。

昙姜诚实地回答："我刚决定的，双形态的剑，很难锻造，会耗费我更多心血。"

凡迹星正想问为什么，她说："你修了我的剑，叫我一声姐姐，我就不能再让你口中的'他们'随意欺负你，这是我的道理。"

凡迹星的眼眶慢慢泛红。正是因为受过太多太多的冷眼，他才更懂得昙姜待他的这份难能可贵。美好得就像梦一样，不，哪怕是梦，他都不敢想自己有朝一日，会有这样的奇遇，受到这般重视。

凡迹星将这份恩情记在心中，双手接过医书。之后几年，他跟在昙姜身边休养身体，修习医术，背药经，学剑针，也时常拉着昙姜聊天。原本的阴郁少年，变得越来越爱说笑。也或许，他原本的性子就很开朗。

尽管在极北之海的日子，是他自破壳以来最逍遥快乐的日子，离开极北之海，也是他主动提出来的，主动请昙姜铸剑给他。医术重在实践，他必须上岸，才能飞速进步。也不想看昙姜整日因为炼制水凝珠耗费精力，他想上岸去帮昙姜物色好苗子，"骗"来极北之海给昙姜挑选。

昙姜在此守株待兔，不如他去主动出击。当然，这个想法他不能告诉昙姜，因为知道他的仙女姐姐，看似随性，骨子里却很有原则。

昙姜也并未多想，抽他一缕精气，剜心铸造出了一柄双形态的剑，便放他去了。此后有一阵子，身边少了一条整天黏着她，扭来扭去的小宠物，她时常有一些不习惯。

直到有一天，她炼制着水凝珠，忽然昏倒。再醒来时，她发现剑心已摘，而蚌宫里的有些地方,散落着一些腾蛇的鳞片。

昙姜努力回想,却头痛欲裂。知道识海早有损伤,她从不强迫自己,清扫了鳞片,便沉眠养心去了。

昙姜在沉眠时,通常是不做梦的。可她黑漆漆的意识世界,忽然亮如白昼。她在海底仰头,看到无数金色符文在海面上翻涌,而那金色符文,是从一柄尺子上飞出的。

昙姜越看那柄尺子越眼熟,刚要想起些什么,忽然从梦境里醒来了。

感知到上方确实有一些异动,昙姜离开蚌宫,游上去,瞧见一个儒生打扮、眉清目秀的年轻男人。他左手握着她梦中的那柄尺子,正试图施法平息忽然掀起的巨浪。

昙姜当即施法,凝结出一条水绳,缠绕住他的左手腕。

闻人不弃已在极北之海漂荡了很久,精疲力竭,行至这片海域,真言尺忽然亮起,掀起风浪,他又消耗了仅存的体力,根本无力抵抗。

"水绳"猛地发力,拽他入海。闻人不弃一边下沉,一边远远望向"水绳"另一端,他的斜下方,依稀有个女子,长发似海藻,身形若蛟龙,牵着"水绳",将他向下拖。

拖到一半,昙姜开始察觉不对劲儿。他挣扎得很剧烈,不是想要挣脱水绳,像是溺水了?昙姜颇感意外,她的水缚诀,的确会束缚住对方的法力,可但凡有点修为,即使陷入昏厥,也不至于溺水吧?至少昙姜拽过那么多人,第一次见。

不对,昙姜泛起了嘀咕,她以前还拽过谁?

思索的时间,闻人不弃快要淹死了。昙姜慌忙瞬移去到他身边,手臂环住他的腰,同时在两人周身布下一层隔水结界。

闻人不弃意识模糊,感知到救命稻草,本能地侧身抱住她,抱得极紧。

除了父亲,昙姜从未和男子挨得这般近切,微微怔了怔。但她心中没有男女之防,并不在意,何况他会溺水,是她的错,便由他抱着,带着他一起下沉,去往蚌宫。

闻人不弃依稀做了一场梦,他抱着一块木头,漂浮海上,在风浪中浮浮沉沉。估计是饿极了,总觉得木头透着一股淡淡的香味,他贴近木头嗅了又嗅。

那块浮木像是吸了他的阳气,倏然变成一个柔软的木雕美人,且说:"你是狗吗?闻够了没有?"

闻人不弃惊得心脏狂跳,倏然醒来,发现自己躺在一个蚌床上,周围是无水的环境,仰起头,得知位于海底。他长舒一口气,幸好是梦。

"你醒了。"

这熟悉的声音……闻人不弃循声望去，望见昙姜绕过珊瑚丛，朝他走来。精致又柔和的五官轮廓，正是他梦中的木雕美人。不，不是梦。闻人不弃明白，自己溺水意识模糊时，很可能真的冒犯了她。他内心纠结要不要立刻道歉，如此一来，说明自己当时有意识，有感觉，或许会令对方尴尬，且看她提不提。

"对不起。"昙姜慢慢走来蚌床边，先道歉，"我……忽略了你可能会溺水。"她原本想说，她实在没想到一个有本事孤身闯极北之海，手持高阶法宝的修者，竟然会溺水。但此话似乎有些伤人。

闻人不弃强撑着下床，敛了敛袖，朝她拱手失礼："在下自幼身体羸弱，修为浅薄，且幼时还曾落水，自此有些畏水……吓到姑娘了。"

昙姜纳闷："你畏水？畏水还敢跑来极北之海？"

"正是畏惧，才需克服，极北之海乃世间最广阔的海域，自然是最好的选择。"

闻人不弃并未说明此行的真正原因。

闻人氏祖上一直针对巫族，不惜发动战争，闻人不弃不太明白原因，或者说，他无法仅听祖训，就去针对一个隐世不出的种族。

而祖传的真言尺跟随了历代家主，没准儿记载了什么，他便尝试以精神力和真言尺"沟通"此事，想知道究竟是谁告密，令祖上坚信巫族有不轨之心。沟通过程中，闻人不弃隐约窥见了极北之海，以及一座矗立在海中央的神殿。想不通，他便来一探究竟。苦寻数月，一无所获。

闻人不弃补充一句："再者，我听闻极北之海有座古神殿，想来拜见，不知姑娘是否知道位于何处？"

"古神殿？"昙姜想不起来，"我没见过，但附近有一处大荒时代的废墟，你可以去瞧瞧。"

闻人不弃记下了，沉默片刻，从腰间抽出真言尺，双手递过去："姑娘，此乃我家传神器，真言尺，主要用来配合我家传的言听计从术。当然，真言尺还有一些其他用途……"

昙姜不接，打量他："你怎么知道我是冲着真言尺？"

闻人不弃浅笑："我来到这蚌宫上行海域，真言尺忽然亮起，且周围掀起海浪，我预想姑娘是歹人，想拦下我。但姑娘一出手，一个简单术法便能解决我，不必闹出那般阵仗。

"我猜，是真言尺和蚌宫海域的某种力量产生了共鸣，引起海啸，从而惊动姑娘。姑娘认识我的可能性不大，应是和我手中真言尺有些渊源，才会将我掳来此处。"

昙姜望一眼他"奉上"的尺子："也许,我是想贪你这柄神器?"

闻人不弃轻轻摇头："被姑娘拽下海时,我来不及将尺子收回去,只搁在腰间,昏睡的这阵子,姑娘拿走便是,却碰都不碰……"

方才朝他走过来,她双眼还一直瞄着他腰间的尺子,蠢蠢欲动。在他昏厥的情况下,能忍住好奇心,不经主人允许,不随便动他人之物,这般品性,无论她是哪种来历,闻人不弃都愿意相信她并非歹人。

他又将尺子抬高了些,示意她拿去。

"有没有人告诉过你,和你交谈很……"昙姜思索词汇,"很舒服。"

闻人不弃礼貌一笑,没有接话。

他认真看着昙姜接过真言尺,攥在手中,仔细打量。从她时而皱起的眉头,时而放空的眼神,察觉她表面正常,但意识似乎有些问题。

正常而言,她费力从海底游到海面,想问他讨要尺子,在海面更简单,却将他拽到海底来。

她畏惧离开海水?神器真言尺对这片水域有反应,莫非周围有神族的封印?她是被神族封印在此的?

闻人不弃揣测她的身份,对她充满了求知欲。忽又想到梦中的那股香味,一阵心慌,打乱他的揣测。

"你说这是神器?"昙姜看向他,察觉他额头上有汗,有些奇怪。

"嗯?"闻人不弃微微迷瞪了下,忙不迭点头,"哦,家父是这样告诉我的,大荒时代众神离开以后,留下的神器不少,大部分都在鸢南巫族。"

"奇怪。"昙姜疑惑不解,"我想起来,我小时候见过这柄尺子,在一位女子手中,她还叮嘱我,希望我今后多多照拂尺子……"

闻人不弃眨了眨眼。

昙姜呆滞了片刻,继续说:"既然是神器,那女子应该是神族吧?但我阿爹是被神族封印起来的大荒怪物,神族人为何会来探望我们?"

闻人不弃内心震动,她竟然是大荒怪物?

闻人氏针对巫族,他对此有些了解,知道大荒怪物的可怕。

昙姜不去纠结:"我识海有损,也许记错了,再加上那已经是很久很久之前的事情了。"

他喃喃:"怪不得……"

昙姜:"什么?"

闻人不弃忙摇头。原来她自小被封印,怪不得瞧着时而沧桑老成,时而又透出一股不谙世事的天真。

昙姜忽然直勾勾地看向他。

闻人不弃屏住呼吸，拱手："不知前辈……"窥见她微微蹙眉，忙改回称呼，"不知姑娘有何指教？"

"我虽记不清了，但我依稀记得要照顾这柄尺子。"昙姜将尺子还回去，"原先我还纳闷，尺子该怎么照顾。今日看到你，我猜，我需要照顾的是你。"她不善于隐藏情绪，眼神写得清清楚楚：你实在是弱得离谱，弱得可怜。

闻人不弃习惯了，也不觉得难堪，更没必要解释，他身体羸弱，但精神力极强，自小就能使用真言尺，家族之中都以他为天才，指望着他光耀门楣。

昙姜说："我是个铸剑师，没有旁的本事，就赠你一柄护卫剑吧，等同一件保命法宝……"

咦？昙姜说话时摸了摸胸口，惊讶地发现，自己胸腔内没有剑心。她才剜过剑心没多久，还没长出来。剜给谁了？

闻人不弃见她陷入呆滞，又见她面露痛苦，险些晕倒，忙上前搀扶她："姑娘？"

昙姜头痛欲裂，喘了几口气："我铸剑需要间隔，好像之前才铸过一柄，需要等待一段时间。要不你在这里等一等，或者你先回家去，过两年再回来看看。"

待她能站稳，闻人不弃退回来，温声询问："我可以拒绝吗？铸造宝剑，对姑娘耗损似乎不小……"

昙姜道："这个无妨……"

闻人不弃不想要："无功不受禄，你我萍水相逢，我实在不喜欢欠人恩情，尤其姑娘的剑，应是至宝……不过，赠剑若能了却姑娘一桩心事，我也只能答应。"

他这样说，昙姜反而不勉强了。她头痛，想睡下了，指向西北方："废墟在那里，你自便。"

闻人不弃道谢，告辞离开。

昙姜望向他离去的背影，心中还是先前的感受。他很像炎炎夏日里一缕恰到好处的清风，交流起来简单轻松，很舒服。

闻人不弃寻到废墟之后，在废墟之上窥探了数日，看不出什么门道。回去蚌宫，他打算再询问一下昙姜。

昙姜盘膝坐在蚌床上，正在辛苦炼制一颗颗充满灵力的水球。

昙姜见他目不转睛地打量水球："这些是水凝珠，我被困此地，这些水凝珠就是我的眼睛，替我巡视海域，寻找年轻的剑修苗子。我有个计划，想培养和勾引一个剑修，等他成长起来，助我逃离封印。"

这是可以随便告诉陌生人的吗？

昙姜蹙眉："你为何这般表情，怎么，我的计划不妥？"

闻人不弃一时语塞，凭她的城府，"勾引"恐怕有难度。但他莫名又觉得，她用不着勾引，只需勾勾手指，便能得偿所愿。

他望着昙姜苍白的脸："我只是在想，姑娘才说如今无法铸剑，若此时寻到好苗子，也无法赠剑，该好生休养，早日复原，再实行计划。"

昙姜苦恼："我知道，我原本正是在沉眠休养，却被你给吵醒了。这两日试了试，始终睡不着，实在无聊，只能先炼一些水凝珠，稍后再用。"

"是我的错。"闻人不弃看出她的烦躁，心想她这般消耗精力，可能会越来越烦躁。

昙姜见他低下头："我没有责怪你。"

闻人不弃并不是自责，他在想补救之策："我来给姑娘寻个乐子，打发无聊如何？"

"嗯？"昙姜被勾起了兴趣。毕竟连她都不知道，自己会被什么逗乐。

闻人不弃走上前，取出一个类似棋盘的宝物。

棋盘上的线格，像是一幅地图，棋子极小，星星点点地分布在地图上。

闻人不弃指着那些棋子："七境九国，这些都是我曾去过的地方，觉得风景不错，便以留影石记录下来，每当心情不悦时，可以取出欣赏。我领着姑娘逛一逛，心情舒展，或许可以继续沉眠休养。"

昙姜双眸亮起。

她对外界的认知，都是来源于父亲的口述。如今大荒覆灭，建立了人间，但很多山川景色，应该还是大荒时代的模样。她会想着逃离封印，最大的动力，就是想去父亲提过的地方转一转。

闻人不弃捏起一枚棋子："咱们就从这里开始吧，这里是云巅国的神都，我闻人世家的别院。"

话音落下，两人周围的景物虚化，凝结出一幅漫天大雪的场景。

昙姜置身在一片梅园中，雪中红梅，美不胜收。

"只不过是稀松平常的景色，但这一年我六岁，有记忆以来，神都第一次下雪，颇有意义。"

昙姜从未见过，可不觉得稀松平常。她屏住呼吸，想伸手去触摸眼前的红梅，想起这仅是影像，手停在半空。

闻人不弃见状，从储物戒中取出一个透明宝瓶，里面封存着一朵被白雪覆盖的红梅。他取出那朵红梅，轻轻递去她悬空的手中："这是当年我留下来的一个纪念品，送给你。"

昙姜呆呆地望着手里的红梅:"你很有心。"

"姑娘是想说我很闲吧?"闻人不弃笑了笑,又捏起第二枚棋子,"一时兴起罢了。"

场景变幻为茫茫沙漠,正值落日时分。

闻人不弃道:"这里是云巅国的西部,无海崖附近,我们云巅有个传说,在落日时分,有缘人可能在无海崖看到神奇蜃境,那里是通往神界的大门。可惜我待了一个多月,并不曾见到。但漠上的落日晚霞,令我觉得此行不亏。"

风吹细沙,飘过眼前,昙姜下意识地伸出那只空闲的手,却真有细沙流下,穿过她的指缝,惹她手痒的同时,心也有些痒痒的。细沙被晒得很暖,依稀还能嗅到阳光的味道。她顺着沙流抬头,是闻人不弃手持一个细口宝瓶,向下倾倒。

昙姜望向他的储物戒:"看样子,你经常一时兴起?"

闻人不弃的储物戒中,的确装满了各式各样的纪念品,他略有些赧然:"被姑娘看穿了,我虽是儒修,却不喜读书,更偏爱游山玩水。观世间广阔,更能认知自身渺小,何尝不是一种修行呢。"

人生不就是由一个又一个瞬间组合起来的吗?

而人类对痛苦的瞬间,记忆通常更为深刻。美好的瞬间,则比较容易遗忘。

闻人不弃便喜欢收藏起这些美好的瞬间,这样,哪怕有朝一日身在谷底,回头一瞧,很快就能重振旗鼓。

等细沙流尽,昙姜贪婪地攥紧拳头,试图留住一些:"你的美好瞬间,就这样浪费了。"

闻人不弃摇头:"你赋予了它更多的意义,怎么能说是浪费?"

昙姜偏头:"但这对你来说有什么意义?"

闻人不弃说:"我这双眼睛记下了姑娘初次触摸沙漠的惊喜,还不是意义非凡?"

昙姜:"儒修都像你这样会说话吗?"

"当然不是。"闻人不弃压低声音,"我爹是当世有名的大儒,在他的口中,我从来听不到一句我想听的,烦得很,不然我岂会天天往外跑?"

昙姜微微一怔,嘴角一弯,终于忍不住笑起来。

此刻,晚霞映在她的笑颜上,闻人不弃愣了愣神,慌张轻咳两声:"太阳落山了,咱们去别处吧。"

"好。"昙姜满心期待,"下一处去哪里?"

"你想去哪里?"

"你决定。"

就这样，闻人不弃陪着她穿过沙漠，走入湿地，来到丛林，去往峡谷。

只是，使用留影石是需要法力的，闻人不弃需要休息。他休息时，昙姜便会讲述一些自己的事情。等他休息好了，他继续带她闲逛。昙姜跟随他，经历了一场漫长的旅行。虚拟的世界，因为那些美丽的、怪异的、奇妙的、有温度的纪念品，拥有了真实感。

直到有一天，她忽然陷入烦躁，不等闻人不弃脱力，提前结束了旅行。

回到现实世界，昙姜坐上蚌床，一言不发，捡起之前的水凝珠，炼制得更加卖力。

闻人不弃立在她身侧，逐渐想明白症结所在。

他原本想着，昙姜从未去过外界，外面的一切，对她来讲都是新鲜的，能为她解闷，令她开心，助她早些入睡。结果适得其反了，遭到外界刺激，她想逃出封印的心变得更加强烈。

见她疯狂炼制水凝珠，闻人不弃既担心又自责，试图阻止她先停下来："昙姜姑娘，不知你是否想过，你的计划，其实方向错了。"

昙姜停下动作："哪里错了？"

闻人不弃道："人族中再强的剑修，能强得过你吗？何况他手中剑还源于你，神族设下的封印，针对你，也必定针对你的剑。"

昙姜知道："我没太指望他，只需要辅助我……"

"既是辅助，应该拥有你所欠缺的特质。与你一致，那他的作用并不大。"

闻人不弃道："何况，你还有要求，要砍断蚌宫前后的锁链，以免放出其他被封印的怪物。这些日子，我拿着真言尺四处感知……总之，神族的这套大封印术似乎千变万化，我认为很难凭借蛮力破除，需要精通封印术，找出变化的规律，其中还涉及极为庞大的运算……"

昙姜的眼瞳逐渐收紧："我想起来了，好像是你说的这样。"

闻人不弃轻叹："专注的剑修，很难分心去研究这等浩瀚、枯燥、乏味的知识。不专注的剑修，剑术又不易达到你的要求。倘若只能选一个，非得选一个，我认为你目前更需要智者，而非强者。还有一点，培养强者，需要经历成长期，而智者天生就很聪明。"

昙姜眨了眨眼："你先前说，辅助我之人，应当拥有我所欠缺的特质。你让我寻一个聪明人，难道，我是个笨蛋？"

闻人不弃嘴角微抽，险些咬了舌头："不，我不是这意思，我的意思是，昙姜姑娘毕竟自幼被困封印之中，无法跳出去，看不到全局……"

昙姜打断："用不着解释，我觉着你说得有道理。"顿了顿，她一眨不眨地盯着闻人不弃，"你，难道是在毛遂自荐？"

-584-

闻人不弃脊背绷直:"我……"

昙姜上下打量他:"你是善学的儒修,的确非常合适,至少是我见过最聪明的人。而且,我和你相处,感觉很快乐,我好像已经很久很久,不知道快乐是一种什么情绪。"

闻人不弃双唇颤了下,旋即绷紧,随后摇头道:"我不行。姑娘所需要的聪明人,需要具备另一个优点,而我恰好欠缺。"

"嗯?"

"勇气。"闻人不弃垂眸,"趋利避害乃物种本能,越是智慧生物,越懂得分析利害,权衡利弊。因此,他需要拥有违背本性的勇气,才能顶住窥探天机的反噬,去破解神族的大封印术。"

剑修只需修炼,稍后以剑斩封印,得到的反噬,属于肉身伤害。而智者窥探天机的过程,是一场持续性的精神反噬,很容易崩溃疯癫。

"许是自幼体弱的折磨,我一贯欠缺勇气,此生只想活得惬意轻松,逍遥快乐。"闻人不弃摩挲储物戒,"这一路,你也瞧见了,我不过是个只懂得风花雪月的废物,并且安于当一个废物。"

"可我怎么觉得,你很有勇气。"昙姜皱起眉,"承认自己没有勇气,这本身就需要莫大的勇气。"

尤其是这些自命不凡的青年才俊。

闻人不弃苦笑,抱歉拱手,双眼藏在宽袖之后:"抱歉,我令姑娘失望了。"

他这般说,昙姜发觉自己心底深处,竟真有一些失落。她打起精神:"都不知多少年了,我不着急,我相信,我会等到一个有勇气的聪明人。"

"会的。"闻人不弃轻声附和。

随后,两人陷入沉默。明明只是短暂的沉默,两人竟都觉得颇为漫长。

昙姜率先开口:"多谢你这阵子的陪伴,我想,我已经可以继续入睡了。"其实她还想继续从他那里感受外界,却有一种念头,他不能继续留在极北之海。

闻人不弃也想说,他的棋盘上,还有一些珍藏的美景,打算留在最后,还不曾陪她欣赏。可他同样认为,自己是时候离开了。

他再次拱手:"愿姑娘早日康复,早日得偿所愿。"

他转身之后,昙姜喊道:"闻人弃。"

闻人不弃转身:"在。"

昙姜迟疑了下:"蚌宫所在,希望你保密,我不想外界的人打扰我。"

闻人不弃忙答应:"我懂。"

再无话可说。

闻人不弃离开蚌宫，他原本来此的目的，早已被他抛诸脑后，如今只想赶紧回到岸上去。

极北之海已经被他列为极度危险之地，一不留神，就有可能陷入万劫不复。至于原因，他控制自己不去想。

等上了岸，融入喧闹的人群中，闻人不弃才逐渐松懈下来。

从极北之海返回云巅神都，距离不近，他一路南下。

途经大雪山，听闻附近的千年梦莲即将绽放，闻人不弃立刻像往常一样跑去蹲守。只不过，往常他会怀着期待的心情，拿出留影石，在一旁静等花开。如今脑海里总是浮现出昙姜微笑时的容颜，以及她那"初见世面"的惊讶表情。

无论闻人不弃怎样自控，总是挥之不去，想留影给她看，想摘梦莲送给她。不，他想她能逃出极北之海，陪在她身边，一起见证这朵花开。闻人不弃起身离开大雪山，不再等待，去往别处。

可之后的每一段风景，这个拼命压下去的念头，都会无孔不入地钻出来。然而，父亲为他取名闻人弃，一个"弃"字，正是要提醒他，关键时刻，必须善于取舍，懂得放弃。

如今明知前方是万丈悬崖，他该如何是好？

弃？还是不弃？

理智和欲望不断拉扯，闻人不弃是真要被折磨疯了。

闻人不弃离开以后，昙姜独坐了一会儿，躺下，合上蚌壳，准备沉眠。闭上眼睛，她脑海中便是各种瑰丽的画面。

她想，闻人不弃的棋盘和纪念品，实在带给她太多的刺激，仿佛为她推开了一扇新世界的大门。她才会念念不忘。可她必须忘掉，尽快休养，待剑心再生，去寻觅闻人不弃口中有勇气的聪明人。

思及此，昙姜后知后觉地发现，新的剑心，竟然不知不觉地生芽了？难道，先前那种快乐的情绪，便是动心？

昙姜默默躺在黑暗之中，懂得过快乐，心中的失落就会变得越来越重。

幸好她记性不好，睡一觉，大概就会忘记了。

忽地察觉结界动荡，有人闯入了她的领地，昙姜立刻推开蚌壳，起身下床，竟是闻人不弃去而复返，分别一个月，他比之前憔悴了很多，像是一路遭人追捕，狼狈逃回来的。

昙姜罕见地动了些火气，面沉如水，凝眸朝闻人不弃背后望去："是谁在追你？"

闻人不弃摇头:"是我自己跑回来的。"

昙姜的视线,重回他憔悴的脸上:"忘记带走什么了?"

"算是吧。"闻人不弃苦笑。

他已经承认,自己信马由缰,走遍万水千山,带走无数纪念品,却在途经极北之海时,将自己的心,留给了昙姜。

他问:"你愿意等吗?"

昙姜凝眉:"嗯?"

此时,闻人不弃距离她尚有一段距离,他不曾上前,认真地望着她:"等我精研上古法阵,修习大封印术。等我窥探天道玄机,揣测九天神意。等我结交顶尖剑修,助我一臂之力。最后……"他停顿了下,满怀希冀,"等我救你逃出封印,陪你走遍人间,去欣赏真正的风花雪月。"

昙姜目光闪烁:"你不是说,你没有勇气?"

"我可以有。"这一关闻人不弃已经闯过去了,不再是问题。如今,他只想确定她的心意。他又问一遍,"你愿意等吗?"

昙姜回答得十分干脆:"当然。"

她早已说过,她最不怕的就是等,还明白他询问的重点,其实是陪她走遍人间,风花雪月。他在表明心迹,也是在许下誓言。而这般誓言,又恰好戳中了她的心底。或者说,闻人其人,与她所需,不多不少,总是恰好。

此后,闻人不弃在极北之海待了将近两年,研究蚌宫附近的封印。之后再不舍,他也必须回岸上,回神都,因为他需要修习的还有很多。

临行前,昙姜剜心赠他一柄拥有保护之力的长生剑,他这次没有推辞,还要求昙姜再打造一柄"锁"。

昙姜几次三番想要告诉他,她的腹中,已经孕育了一颗幼小的剑心,却说不出口。

闻人不弃一门心思地专研封印,已有走火入魔的迹象,若再告诉他女儿的存在,实在不敢想。

最终,在一个晴好的清晨,昙姜沉默着目望他离开极北之海。她决定等闻人不弃做出一些成绩,以后再告诉他。反正石心人的孕育需要很久,闻人不弃也已和她约好,五年为期,不论成绩如何,他都会回来和她团聚。

却不承想,这一分别,两人再相见时,竟是七十多年以后。两人互不相识,且还闹得颇不愉快。

直到闻人不弃遁入真言尺内,与她一同镇海的前一刻,两人才一起冲破记忆的枷锁,想起了从前。之后便化为一剑一尺,一同长眠。

依据闻人不弃的估算,他们镇压怪物撕,封印杀死撕的过程,至少需要一千年。

但在闻人不弃对未来局势的估算里,漏掉了女儿姜拂衣。连昙姜也不曾想到,她的女儿竟能不断打破石心人的规则,创造新的规则,解决了商刻羽几人没有了本命心剑,无法再修剑的弊端,助他们在极短的时间内,修炼至人族巅峰。因此,比起闻人不弃估算的千年,又提前了三百年。

沉睡许久的昙姜,感知到撕已被神族封印磨灭,意识逐渐苏醒。

远处传来姜拂衣紧张的呼唤:"娘,爹……"

燕澜换只手提剑,空出来的手,按住她的肩膀:"母亲和父亲久处混沌,让他们自己慢慢苏醒最好。"

昙姜听不清楚,只知是女儿的声音,挣扎着想要彻底醒来,变回人身。

剑动那一刻,身畔的尺也跟着轻颤了一下。

昙姜顿了顿,这才想起一直陪伴在身旁,供给她养分的是谁。脑海里逐渐回荡起当年那句:"你愿意等吗?"

"当然。"

她等待这一天,当真等了很久。然而,即使颇多波折,能够等到,已是上上签。

番外二
入我剑门

建立门派,并不是一件容易的事情。

首先,在选择门派驻地的问题上,就令姜拂衣头痛不已。

她最初的构想,是将门派建在风月国的境内。

七境九国,风月国内的大小洞天是最多的,商刻羽身为国君,可以由着她挑选地界。但姜拂衣转悠一圈过后,觉得风月国适合退隐之后定居,不适合开宗立派,没有修剑的氛围。

随后,她开始一轮又一轮地挑选和对比。

因为要四处奔波,比较辛苦,姜拂衣并没有带上燕澜,留他在温柔乡和柳藏酒做伴。最终敲定之前,她才将燕澜带来瞧瞧。

"怎么样?"

燕澜答不上来,此地位于云巅和西拢国的边境,连着几座高山,目测毫不起眼。不过他不会怀疑姜拂衣的眼光:"你喜欢就好。"

姜拂衣假意不悦:"我肯定喜欢,你也得喜欢才行,咱们今后不知道要在这里居住多少年呢。"

燕澜闷不吭声,裹紧了衣裳。

山顶风寒,他为了御寒,只能穿着厚厚的裘衣,和姜拂衣的纱裙,仿佛不是同一个季节。

姜拂衣瞧一眼他的神色,估摸他心里是不是想说,若是无法成功重修,以他普通凡人的寿元,或许只能住个几十年。

之前姜拂衣好不容易劝服他,同意她陪他双修,并计划将婚礼和立宗放在同一天。

没想到，光是选择门派驻地，便已过去两三年。

这两三年里，燕澜依然摸不到修行的门槛，只能待在温柔乡里，等着姜拂衣偶尔回来。

姜拂衣可以体会他内心的不安。而这份不安真正的来源，是她刻心失忆，忘记两人的从前，仅是凭着对燕澜的"感觉"，和他绑成一对。

姜拂衣非常清楚，这种"感觉"足够了。但在燕澜看来，这根纽带，脆弱得如同一根暴风雨里的风筝线。

她仅凭"感觉"，就决定和他成婚双修这件事，他一直患得患失，耿耿于怀。若不是成为凡人以后，他的"青春"实在耽误不起，凭他做事的一板一眼，是不会轻易答应的。

姜拂衣忽然说："大哥，我其实已经找到了一个两全其美的好办法。"

燕澜被她提醒过后，正在仔细观察周围的环境，一时不解："什么？"

"你的修为。"姜拂衣指了下他，又指向自己，"我遗忘的记忆。"

燕澜瞳孔微缩。

姜拂衣解释："若不是想到了办法，门派选址不会拖延这么久。"

她在为宗门选址的同时，沿途拜访了不少路过的门派，以及旧门派遗址。她发现但凡能够屹立多年的门派，基本拥有与众不同的特色。

姜拂衣思量，即使她找来一帮剑修大佬为她造势，无非一时名声大噪。当然，她和燕澜拥有大量从巫族拿来的宝物，不愁没弟子上门。可这些终究不是一个剑修门派核心的底蕴。

姜拂衣的核心竞争力是什么？

铸剑。

刻心铸剑肯定不行，姜拂衣想以一些与众不同的材料，吸取她一些心头血，铸造一批与众不同的剑。

从前漆随梦帮她试验过，这种剑不属于心剑，不受石心人剑傀术和遗忘咒影响。

但要怎样与众不同，姜拂衣又犯起了难，便想回去和燕澜商量一下。

想到燕澜的那一刻，她忽然灵光一闪。

燕澜难以重修，是因为抽了神髓。神族的神髓对比人类，类似丹田。没有神髓，如同人类没有丹田，无法积聚灵气。

姜拂衣想要铸造一柄剑，认燕澜为主人以后，成为燕澜的体外丹田。剑是可以升级的，同时反哺燕澜。等到这柄剑修炼到满级，还会将全部能量一起回馈给燕澜。

如果可行，不仅能够解决燕澜无法修炼的难题，还能解决商刻羽几人眼下的困境。他们的本命剑，全部被她母亲吸收了，没有了本命剑，且再也无法和其他剑结契，修为增长缓慢。

"我的这些剑，因为是体外丹田，不需要结契，他们都是可以修炼的。"

姜拂衣解释了一长串，燕澜不是很理解："具体一些说呢？"

"是有些抽象。"姜拂衣索性一拂袖，"去！"只见一柄柄剑胎从袖中飞出，她解释，"铸剑材料难得，稍后再去寻，我先蕴养剑胎。"

也就是剑胚子。

燕澜数了下这些结晶体，一共十二柄，悬浮在半空之中，形成一个圆环。

日光之下，晶莹剔透，熠熠生辉。

姜拂衣指着其中一柄剑胎："这柄剑，我为它起名天狂，打算铸造出来送给商刻羽。"

燕澜皱紧了眉头："天狂？"

姜拂衣颔首："寻常宝剑，剑威是稳定的。剑修多大本事，剑就多大本事。天狂不同，它是一个丹田，以'狂意'为食物，吸收的狂意越多，天狂进阶得越快。商刻羽是我见过最狂的人，天狂跟着他，吸收狂意不成问题，他的修为一定会在短时间内抵达巅峰。"不等燕澜说话，她指向天狂旁边的剑胎，"至于这一柄，我打算赠送给我义父。"

燕澜想起来凡迹星的天赋："这柄剑和医术也有关系？"

姜拂衣摇了摇手指，说："此剑名为天怒。我是觉得我义父那张嘴，太会气人。你瞧他，哪次不将商前辈气到拔剑。连闻人……我爹，也被他气得无语过。"

燕澜大概懂得了这套宝剑的逻辑："天怒剑，是一个以'怒意'为食物的丹田，只要凡迹星足够惹人动怒，天怒进阶越快。换句话说，他只需要没事去找找商刻羽的麻烦，拿商刻羽练剑，根本不愁积攒怒意，甚至可说是轻而易举。"

姜拂衣笑嘻嘻地道："没错。"

燕澜类比："这一套宝剑，你其实参考了一些大荒怪物的天赋系统，是不是？"

姜拂衣拍了下巴掌："我就知道，大哥一定是最懂我的。"她指过去，"这柄叫天厌，此剑在手，会令剑主面目可憎，遭人讨厌，令人想要对其退避三舍。"

姜拂衣不敢说，此剑的灵感，是从漆随梦身上来的。

她去拜访天阙府时，对漆随梦说起自己关于十二剑的设想，漆随梦随口苦笑："你不如打造一柄天厌赠给我，很适合我。"

漆随梦有血泉在身，又有她的心剑，姜拂衣自然不需要再赠剑给他。但她记下了天厌剑。

燕澜寻思道："谁会需要天厌剑？"

姜拂衣挑眉："当然有，比如兵火。他喜欢独处，为了方便独处，不惜将自己的外形修炼成真怪物，想凭外貌惹人讨厌。若有天厌剑，他何须如此？"她又笑道，"只不过兵火不需要更强了，也有了柳寒妆，天厌不给他，留给更需要的人吧。"

她开始讲述另一柄剑胎："你再瞧这柄，名天缺，修炼起来最简单，每隔一段时间，身体就会随机残缺一部分，故名天缺。"

"残缺？最简单？"燕澜先是纳闷，恍然明白过来，"送给小酒的？"

柳藏酒有一件非常苦恼的事情，他在温柔乡的大草原上，特别喜欢变成狐狸奔跑。一条大尾巴他都觉得沉，如今九尾，整天都在喊屁股疼。天缺还真是很适合他，虽是随机残缺，但他尾巴最多，残缺的概率最大。

"多出一个体外内丹，小酒便能早日使用四方盘，将传送阵开到五浊恶世里去。柳寒妆便能和兵火早日团聚。"姜拂衣手指一划，指向天缺旁边，"到时候，我们也进去一趟，我需要兵火，哦，焚琴劫火的帮助，才能锻造下一柄剑。"

燕澜逐渐能够跟上她的节奏："天劫剑？"

兵火乃劫数怪物，体内拥有劫火。

"没错。"说到这里时，姜拂衣的表情瞧着严肃了几分，"这柄天劫剑，是送给无上夷的。"

当年因为被巫族欺骗，无上夷逼迫她自尽，害她被钉在棺材里五年。

姜拂衣一直没找到机会报仇，最后她母亲昙姜，以心剑吸走了无上夷九成的法力根基，留一分让他维持地仙寿元，从此做一个能活很久很久的废人，终生愧疚。

"很解气，但当我听说他跑去祁山那种钟灵毓秀的地方隐居了，心里还是有点不舒服，感觉太便宜他了。"

姜拂衣想到一个更合适的报仇方式。

赠他天劫剑。

从此，无上夷就是一个劫数缠身的倒霉蛋。千万人之中，头顶一排鸟飞过，鸟屎全落在他头上的那种。

"让他搬进巫族的魔鬼沼里，看守五浊恶世的大门。比让他怀着愧疚，在山中忏悔有意义多了。"

毕竟姜拂衣现如今最大的愿望，就是人间平定，封印早些磨死那些大荒怪物，父母才能早日离开极北之海。

"不说他了，下一柄剑。"姜拂衣指过去，"这柄是我打算送给我小姨的，但还没想好，稍后再去一趟修罗海市，和她聊聊，说不定会有灵感。

"还有这几柄，我也没想好，只是觉得一套十二柄比较合适。

"至于这柄，名天仁剑，是一柄功德剑。简单来说，就是要积攒功德，是我打算赠给亦孤行的，他曾是佛修，又入了魔，功德剑适合他……"

燕澜微微一愣："我以为这柄剑，你打算给我练。"

姜拂衣摆手："通过做善事来修炼，很累的，我哪里舍得你劳累。"

她扬起手臂："天宝，来！"一柄剑胎从半空落下，飞来她和燕澜面前，笑道，"大哥，天宝剑才是我要赠给你的。"

"天宝？"燕澜仔细观察，"如何修炼？"

"对别人来说不容易，对我们而言非常简单。"姜拂衣从同归里摸出一件不常用的宝物，凑近天宝剑。

燕澜惊讶地望着这柄剑胚，竟一口将宝物吞食了。

"只需要喂它宝物，它就能不断进阶。"姜拂衣提了提铃铛，"巫族那些宝物里，多得是神族留下来的神器，拿来助你修炼，才是物尽其用。"

燕澜犹豫，说："阿拂，我这样修炼是在走捷径，有什么意义？剑修通常……"

姜拂衣打断："吃得苦中苦，方为人上人那套，你完全不需要，我也绝对不允许。"

燕澜已经吃过太多苦，姜拂衣只想他今后可以轻松一些。

"但是……"

姜拂衣不给他拒绝的机会："你不想早日修成吗？随着天宝剑不断进阶，你与它联系紧密，我身为铸剑师，或许能够通过那一滴心头血，与你心意相通，想起关于我们的往事。快的话，我们成婚之前就可以实现。"

无疑，燕澜抵抗不住这种诱惑："真的？"

姜拂衣向后退了半步，笑道："你试试。我的这些剑胚不会轻易让别人碰，但你不同，它认识你，知道它是为你铸造的。"

燕澜尝试伸手，去握眼前晶莹剔透的剑柄。握住那一瞬，他顿感一股灵气灌入手心，游走经脉。虽然只有一瞬，仅仅是一瞬，但燕澜非常确定，他看到这几年来一直苦苦摸索的修行门槛了。

这柄剑，的确可以帮助他重修。

燕澜按捺不住喜悦，想去拥抱一下姜拂衣，想说她的确拥有无限可能。

姜拂衣却目光呆滞。

燕澜小心翼翼地喊她："阿拂？"

姜拂衣回过神，目露狐疑："燕澜，你是不是有事情瞒着我？"

"嗯？"

"关于从前，你握剑那一瞬，我脑海里忽然浮现出一个画面……"

他半躺在床边，瞧着挺虚弱的模样，而她坐在床边，轻纱帷幔，她朝他的唇边亲了过去？

她一说，燕澜便知道是在修罗海市，他终于知道姜拂衣是个"大荒怪物"，口中的"渡阳气"，只是意图俘虏他的借口。

姜拂衣为了哄他，不让他的准备落空，主动要他渡阳气。

燕澜显得尴尬："没告诉你，是因为没有成功。"只是接触了下唇边而已，对他而言极为难忘，对姜拂衣来说，"不具有任何意义。"

"是吗？"姜拂衣摸了摸心口。她第一个想起来的往事，竟然是这一幕，岂会不具有意义？这或许就是她动心的开始？

燕澜从尴尬中惊醒："你、你自己想起来的？"

姜拂衣摊手："只有一个非常模糊的画面，一闪即逝。"

但这已经足够了，充分验证了她口中的两全其美，确实可行。他可以重修，她也可以恢复记忆。

燕澜内心攥紧剑柄，接纳了这柄捷径之剑。

姜拂衣松了口气，又笑道："你先得还给我，这还只是一柄半成品，铸好再给你，很快的。"

这些剑里，天宝最容易炼制，材料都是现成的。其他剑难度更大，需要的材料不易寻找，且五花八门。不过没关系，这个世界寻不到，她还可以去其他世界寻找。

姜拂衣一直认为，世界之外，还有世界，因为她投胎成石心人之前，似乎还有一个模糊的前世，与这里的世界不同。

记不得了，有时候甚至怀疑只是一个梦。

但关于另有世界的想法，之前和燕澜提及，他倒是很赞同，且说起了佛教中关于三千世界的理论。

而最能佐证这一论点的，是佛道的存在。

大荒时代，只有九天神族，佛道究竟是从哪里流传下来的？

她跑了一会儿神，抬头，望着那些心血剑胚，神采奕奕："镇宗十二剑，将耗费我太多心血，只用一次未免浪费。我设想，这些剑修满之后，会自动脱离宿主，回到最低阶的状态，再流转给其他需要它们的人，从此剑道不灭，生生不息，我们的剑宗，肯定也会屹立不倒的吧！"

他好想问她,你要不要听实话?

她的这一套神剑,是为熟人量身打造的,稍后流转到其他人手中,可想而知修炼起来会有多痛苦。

比如谦逊之人得到天狂,温和之人得到天怒,更别说天劫……

最无奈的是,这一套神剑自成体系,强悍无匹,剑主很少愿意舍弃,再痛苦也会硬着头皮继续修炼,不计后果。

剑宗注定不走寻常路,前途难料,想想都觉得毛骨悚然。

但让姜拂衣之后销毁这批剑,的确不可能,连燕澜都觉得可惜,也就没有泼她冷水的必要。

燕澜摩挲着天宝剑柄,转移话题:"阿拂,如今选好了位置,剑宗的名字你想好了吗?"

姜拂衣很早以前就想好了,笑了一下,以手作剑,剑气在半空写下四个大字。

——入我剑门。

此后,姜拂衣专心铸造十二神剑,燕澜负责规划经营入我剑门。

原本居无定所的两人,在此后一千多年,暂时有了一处安身立命的地方。

番外三
暮西辞柳寒妆

距离柳寒妆和暮西辞分开，已经过去三十几年了。

温柔乡的封印早已稳定，柳藏酒本就勤学苦练，又得到姜拂衣赠送了一柄天缺剑，修为更是突飞猛进。多次表示，他已有能力开启四方盘，将柳寒妆送进五浊恶世里去。但柳寒妆不同意，她坚持要等他的修为再精进些。

柳藏酒觉得没必要，但也知道，他们的大哥正是因为开启四方盘，遭受怜情攻击而丧命，在她心中埋下了阴影。

于是，他更努力地修炼，直到实在受不了柳寒妆，联合二哥一起轰着她赶紧走。

他的三姐，完全把他和二哥当废物。

柳寒妆担心他们饿死，整天从外边采买食材，堆满了大半个仓库。她担心他们没衣服穿，一年四季的衣裳每人做了几百套，几个储物戒都塞不下。除此之外的时间，她就是在房间内炼制丹药，一瓶瓶贴好标签，连风寒感冒的丹药都有。

"我说三妹，真不至于。"弟弟被照顾就罢了，况子衿身为二哥，被这样照顾，实在无语，"等小酒再出息一些，他还能感知你的本体，再次开启四方盘，我们可以进大狱里见你，又不是再也见不着了。"

柳藏酒在旁附和："对啊，巫族那边会答应我再开启第二次的，因为小姜和燕澜还要进去大狱里，请姐夫帮忙铸造天劫剑呢。"

姜拂衣早就打过招呼了，只是以柳藏酒现在的修为，只送柳寒妆入内比较保险。

柳寒妆根本听不进去，大哥不在，她放心不下这两个没脑子的兄弟：

"二哥就不说了,常年待在温柔乡里,人又傻,嘴还笨。小酒你之前在外寻我二十年,竟然都没有一个姑娘看上你?若不然,你现在身边有个妻子,我也能放心些,好受些……"

当初第一次见到姜拂衣,柳寒妆真以为她和燕澜是兄妹,见他们三个感情亲厚,还以为姜拂衣可能会成为她的弟妹。

"什么叫没人看上我?"柳藏酒不乐意了,指着远处,"有只鸟时常来烦我,都被我赶走好几回了。"

飞凰山女凰的徒弟,说柳藏酒当年救过她一命,知道他被禁足在温柔乡里,经常来和他叙旧。

关于飞凰山对付纵笔江川的经历,姜拂衣和柳藏酒两相忘以后,姜拂衣已经想起来了,柳藏酒的记忆还很模糊。

柳寒妆一听这话,双眸亮起:"你赶走人家做什么啊?好不容易有人看上你……"

柳藏酒嘴角一抽:"三姐,我这么不值钱的吗?"

"那倒也不是。"柳寒妆是心里着急,"我是让你别太挑,如果人家姑娘不错,给个机会相处一下。"

"行了三妹。"况子衿摆摆手,示意柳藏酒赶紧去准备开启神器,"大哥不是常说嘛,这缘分的事情,急是急不来的,有缘人自会走到一起,像你和焚琴。无缘的人,哪怕拿条绳子拴在一起,早晚还是要分开。"

提起大哥,柳寒妆哑了哑:"今后只剩下你和小酒相依为命,你这个做二哥的,要多照顾他。"

况子衿身为鉴真镜,不会说谎话和场面话:"你说反了,小酒现在比我的修为高出一大截,你要叮嘱他多多照顾我。"

柳寒妆瞪他一眼。

"那我开始了!"柳藏酒默默施法,闭上双眼,眉心金色印记骤闪。

暮西辞回去大狱之前,柳寒妆曾将她的本体,交给了他。如今柳藏酒隔着大狱结界,感知那一株仙草的所在,柳寒妆一颗心都提了起来。

终于,柳藏酒霍然睁眼,金色印记飞出,在高空旋转起一个旋涡状的传送门。

传送门后,隐隐能够看到下方的山顶上,有个人影在仰头张望。柳寒妆情不自禁地朝传送门迈进。

况子衿拉住她:"先看清楚,万一焚琴已经死了,或者他将你的本体弄丢了,落在其他人手里怎么办?"

"闭上你的乌鸦嘴!"柳寒妆扭头踢他一脚,刚才还放心不下的二哥,这会儿只想直接踢飞。

柳藏酒额头满是汗,感觉体内灵气被抽空了一般,终于明白当年大哥同时开启两个传送阵,究竟有多不容易:"隔着大狱结界,看不清楚的。姐夫不会那么没用,肯定是他,三姐,你赶紧走吧。"

柳寒妆还想再说什么,瞧见弟弟扭曲的面容,知道他支撑得很吃力,便准备离开。

"三妹!"

"三姐!"

原本轰她离开的兄弟两人,一起喊出口,眼睛里写满了不舍。

柳寒妆泪眼婆娑,说:"就知道你们两个离了我不行。"她折返,想再抱抱他们。

"别回来,走吧!"柳藏酒阻止她,强撑着朝她笑,"你等我继续变强,有四方盘在,随时可以接你回来。姐夫要是欺负你,你就催动你的本体让我知道,咱们体内都留着父亲的血,我能感知到。"

柳寒妆抹了抹泪,想说"他才不敢",却只是点了点头:"我记下了。"

毕竟,这是娘家人给她的底气,她当然要收下。

再说暮西辞进入五浊恶世之后,留在大门所在的归墟山待了好几年。等到大狱大门彻底稳固,他才带着那株仙草,进入"大荒"腹地。

大狱虽然是神族建造的虚假世界,但山河地貌,都是根据真实大荒还原的。

暮西辞没往别处去,回到了自己从前的领地里。

这片领地位于一片幽静的山谷中,周围环绕着一座座光秃秃的山脉,几乎是寸草不生。

当年奚昙被一众女人追杀,来找他避难,害他的旧领地被毁掉之后,奚昙陪他一起寻找新的领地。

来到此地后,奚昙第一句话便是:这儿啊,狗都不来。

暮西辞果断选择了这片山谷,并且一住数千年。他喜欢这里,也住习惯了,自然要回来。

但当暮西辞将那株含羞草取出来后,又觉得这里的环境,实在配不上他的仙草。他那喜欢热闹的夫人,肯定不会喜欢这里。他脑海里,甚至可以想象出柳寒妆嫌弃的表情。

暮西辞并不打算再去寻一个新的领地,毕竟他在人间二十年,已经学会了各种手艺,且很清楚他夫人的各种要求。

与其艰难去寻找一个合她夫人心意的世外桃源，不如他来亲手改造。于是，暮西辞先引水流，随后在周围的荒山种树、植草、栽种药材，还盖起了一栋阔气舒适的大宅。直到领地绿树成荫，药草遍地，暮西辞对柳寒妆的期盼和思念之情，也终于抵达了顶峰。

因为闲下来之后，他开始每天望着那株仙草发呆，觉得日子格外难熬。

他甚至怀疑这建造出来的大荒世界，日升月落的时间，是不是与外界不同。

证实相同以后，暮西辞又开始无法理解从前的自己，竟然能够忍受这日复一日的寂寞。

他难免想起当年和奚昙分别时，奚昙举起茱萸酒，笑着祝愿他日后也能遇到一个令他心动和心碎的人，告诉他，人生当有趣，才不虚此行。暮西辞后知后觉的，逐渐懂得了这份祝福的含义。

就这样过去将近四十年，终于有一天，暮西辞正在门外的药田里劳作，忽然感觉周身有一股奇怪的气流。

暮西辞微微愣了下，立刻将仙草取出。

这种感觉已经不是第一次出现了，之前每一次等来的都是失望，但暮西辞仍然满怀希望。

不知道有用没用，他带着仙草飞到附近的山顶最高处，希望柳藏酒的感知，不受任何阻碍。这次果然不同，只见叶片摇摆，暮西辞心旌摇曳。终于，天边出现了他梦寐以求的旋涡，四方盘的传送门。

暮西辞屏住呼吸，下意识向前走了几步。

想起什么，他又倏然停住，慌忙检视自己的容貌和装扮。脱离了"暮西辞"的肉身，他这些年重新修炼了一副新的皮囊，预想了不少英俊帅气的容颜，最后还是决定修成"暮西辞"的皮囊。毕竟对于柳寒妆来说，再好看的皮囊，应该都不如她已经看熟悉的，换个样子，怕她觉得奇怪。

暮西辞整理衣袖的时间里，柳寒妆已经穿过传送门，悬空立在旋涡的前方。她迫不及待地低头，瞧见朝思暮想的人，才刚止住的眼泪，又控制不住地滴落。

暮西辞嘴唇微颤，双眼也逐渐泛红，询问道："夫人，这些年来，你过得还好吗？"

柳寒妆这些年骂柳藏酒兄弟俩骂习惯了，张口便是："你问的什么废话，你看我的样子，像是很好吗？"

暮西辞没觉得哪里不对，先道歉："是我的错。"

这并不是重逢该有的气氛，柳寒妆又忙说："夫君，接住我。"

说完，她便收了法力，从高空落了下来。

　　暮西辞忙将仙草收起来，朝她落下的方向伸出双臂，相距并不遥远，但他等不及了，飞身而起，在半空中接住了柳寒妆。

　　在这处虚拟世界里，暮西辞时常感觉到真假难辨。

　　如今无所谓了。接住柳寒妆的这一刻，他就已经拥有了一个只属于他二人的世界。